Stephen Harper

Kampf um Enigma

Die Jagd auf U-559

Aus dem Englischen von
Dr. Axel Griesmer

Ullstein

Besuchen Sie uns im Internet:
www.ullstein-taschenbuch.de

Umwelthinweis:
Dieses Buch wurde auf chlor-
und säurefreiem Papier gedruckt.

Ungekürzte Ausgabe im Ullstein Taschenbuch
1. Auflage April 2004
2. Auflage 2005
Taschenbuchausgabe mit freundlicher Genehmigung
durch Koehlers Verlagsgesellschaft mbH, Hamburg

Englischer Originaltitel: *Capturing Enigma* (Sutton Publishing Ltd.,
Phoenix Miller, Trupp, Stroud, Gloucestershire)
Umschlaggestaltung: Buch & Werbung, Berlin
Titelabbildung: Mit freundlicher Genehmigung durch
Jak P. Mallmann Showell
Satz: KompetenzCenter, Mönchengladbach
Druck und Bindearbeiten: Ebner & Spiegel, Ulm
Printed in Germany
ISBN 3-548-25778-X

ULLSTEIN

Das Buch

Als zwei Männer des britischen Zerstörers HMS *Petard* ein sinkendes deutsches U-Boot durchsuchen, das wenige Augenblicke später ihr Grab werden wird, reichen sie im letzten Moment Schlüsselunterlagen durch den Kommandoturm zu ihren Kameraden hinauf. Der deutsche Nachrichtendienst hat niemals herausgefunden, daß so das Codematerial von unschätzbarem Wert in die Hände der Kryptoanalytiker in Bletchley gelangte – der »Ultra«-geheimen Government Code and Cipher School. Durch den Coup der *Petard* gelang es den Briten, in das Vier-Walzen-System der genialen deutschen Enigma-Chiffriermaschine einzubrechen, von dem die deutsche Seekriegsleitung überzeugt war, daß es den Funkverkehr mit U-Booten gegen Entschlüsselung absicherte. Die »Ultra«-Erkenntnisse aber trugen während der kritischen Phase des Kampfes der Alliierten mit den »Wolfsrudeln« im Frühjahr 1943 im Atlantik zur Entscheidung bei. Letzten Endes hing der Sieg der Alliierten davon ab.
Die Enigma-Story aus britischer Sicht, mit aufregenden Augenzeugenberichten der Besatzung und neuen Insiderinformationen von ehemaligen Experten aus Bletchley Park. Entschied das Geheimnis um die deutsche Enigma den Zweiten Weltkrieg?

Der Autor

Stephen Harper diente während des Zweiten Weltkriegs in der Royal Navy. Er gehörte noch 1945 und 1946 zum Funkpersonal von HMS *Petard*. Später arbeitete er als Journalist, zunächst als Auslandskorrespondent und dann als Chefkorrespondent für den DAILY EXPRESS. Heute lebt Stephen Harper in Surrey.

Im Gedenken an jene Männer, die ihr Leben
für die Bergung der Enigma-Unterlagen gaben:
Lt Antony Fasson RN, George Cross,
AB Colin Grazier, George Cross,
und ihr Kamerad
NAAFI Assistant Tom Brown, George Medal

Inhaltsverzeichnis

Vorwort

Die militärischen Leistungen des Zerstörers HMS *Petard* der Royal Navy waren im Zweiten Weltkrieg außergewöhnlich. *Petard* war das einzige alliierte Kriegsschiff, das U-Boote der drei gegnerischen Marinen versenken konnte. Sie überstand die Konvoifahrten nach Malta sowie die Kämpfe um die Ägäis, die für die alliierte Seite in einer Katastrophe endeten und als Friedhof der Zerstörer bekannt wurden. Ihr größter Coup allerdings wurde so lange geheimgehalten, daß der Name HMS *Petard* bis heute nahezu unbekannt geblieben ist.

Die enormen Konsequenzen, die sich aus einem Gefecht der *Petard* mit einem deutschen U-Boot im Oktober 1942 im östlichen Mittelmeer ergeben sollten, weitab von der Schlacht im Atlantik, hätten das Schiff wohl zu einer ähnlichen Berühmtheit werden lassen wie Nelsons *Victory*, wäre es damals möglich gewesen, die wahren Umstände ihres Triumphes bekanntzugeben. Der Sieg Nelsons in der Seeschlacht bei Trafalgar beendete den Traum Napoleons von einer Landung in England und machte die Royal Navy unbestritten zur Herrscherin über die Meere und Ozeane. Der Erfolg, den HMS *Petard* gegen U-559 errang, war von derselben Tragweite.

Die Erbeutung der geheimen deutschen Enigma-Schlüsselunterlagen, wobei zwei Besatzungsmitglieder der *Petard* ihr Leben verloren, sowie der Erfolg von Bletchley Park, wo Dechiffrierexperten mit Hilfe des geraubten Codematerials in den Funkverkehr der U-Boote einbrachen, trug entscheidend mit dazu bei, die »Wolfsrudel« im Winter 1942/43 zu schlagen, gerade als diese kurz vor dem Sieg im Atlantik standen. Die U-Bootwaffe verhinderte beinahe die Steigerung der amerikanischen Truppenstärke für die 1944 geplante Invasion der »Festung Europa«; in beiden Weltkriegen standen die U-Boote kurz davor, das Ziel Deutschlands zu erreichen, Großbritannien durch das Abschnüren seiner Seezufuhren auszuhungern.

Die Schlacht im Atlantik war kriegsentscheidend, es war die längste und wichtigste bewaffnete Konfrontation im Zweiten Weltkrieg. Winston Churchill war der Überzeugung, daß sie den dominierenden Faktor des Zweiten Weltkriegs darstellte. Eine Niederlage im Atlantik hätte jeden anderen Erfolg wertlos gemacht.

Eine verlängerte nachrichtendienstliche Verschleierung über fast vier Jahrzehnte stellte sicher, daß die Großtat des Zerstörers *Petard* nahezu unbekannt geblieben ist – allerdings gilt dies auch für den Ruhm, den sich das Schiff erworben hat. Außer ehemaligen Besatzungsmitgliedern und dem Personal der geheimen Regierungseinrichtung in Bletchley Park, der Zentrale für Funkentschlüsselung in Buckinghamshire, war sie nur wenigen ein Begriff. Dort schließlich würdigt eine Stiftung mit einer ständigen Ausstellung einen Teil jener Geschichte, welche uns offenbart, was die Nation einem Kriegsschiff schuldig ist, das vom Ruhm übergangen wurde, einem Kriegsschiff, das gewiß einen würdigen Platz neben Nelsons *Victory* in Portsmouth verdient gehabt hätte. Leider wurde HMS *Petard* 1967 ohne großes Zeremoniell abgebrochen und zu Schrott verarbeitet, etwa 25 Jahre nach ihrem Stapellauf am Tyne. (Jedoch wurden Anstrengungen unternommen, HMS *Cavalier*, den einzigen noch existierenden Zerstörer aus der Periode des Zweiten Weltkrieges und Begleiter der *Petard* auf der Ausreise in den Fernen Osten im Jahr 1945, vor dem Verschrotten zu retten und ihn im historischen Werftgelände von Chatham zu restaurieren.)

Ich habe ein persönliches Interesse an HMS *Petard*, da ich während der Zeit ihrer zweiten Indiensthaltung als Signalgast an Bord gedient habe. Damals, gegen Ende des Krieges mit Japan, war sie Teil der Ostindischen Flotte. Seinerzeit wußte ich nichts über die glorreiche erste Dienstzeit meines Schiffes. Aus einem Bildband, den ich vor ein paar Jahren geschenkt bekam, erfuhr ich, daß sie sich als einziges alliiertes Kampfschiff ausgezeichnet hatte, das U-Boote der drei gegnerischen Flotten versenken konnte. Kurz darauf, im Februar 1994, las ich in der TIMES einen Artikel über die umstrittene Wasserbombenverfolgung der *Petard* gegen einen japanischen U-Kreuzer, nachdem der Truppentransporter *Khedive Ismail* versenkt worden war und sich noch Schiffbrüchige im Wasser befanden – ein weiteres Vorkommnis, das für viele Jahre unter strenge Geheimhaltung fiel.

Erst im März 1997 stieß ich in einem Nachruf auf Captain A. J. Baker Creswell, dem Kommandanten des Zerstörers *Bulldog*, der bereits im Mai 1941 im Atlantik Enigma-Schlüsselmaterial von einem U-Boot erbeutet hatte, auf eine kurze Erwähnung, daß die *Petard* ebenfalls Enigma-Unterlagen hatte bergen können. Das hat mein Interesse dann wirklich angeregt. Ich habe jedes Dokument im Public Record Office studiert, in dem HMS *Petard* erwähnt wird. Es liegt zwar eine Fülle von Material über die Vernichtung der beiden italienischen und japanischen U-Boote vor, aber nichts über die Versenkung von U-559. Nachdem ich mich nach dem Grund hierfür erkundigt hatte, durfte ich einige einschlägige Dokumente einsehen.

Während ich nach Besatzungsmitgliedern aus der Zeit der ersten Indiensthaltung der *Petard* suchte, um an Augenzeugenberichte zu gelangen, fand ich heraus, daß der ehemalige Artillerieoffizier G. G. Connell Aufzeichnungen angefertigt hatte. Der Ausgabe 1994 seines Buches, das den treffenden Titel *Fighting Destroyer* trägt, hatte Connell einen Absatz hinzugefügt, in dem er erklärte, während des Schreibens überhaupt keine Vorstellung davon besessen zu haben, welch unschätzbaren Wert jene Unterlagen darstellten, die von U-559 geborgen werden konnten. Er war bereits sehr krank und starb kurze Zeit darauf.

Es wurde deutlich, daß die ganze Geschichte dieses außergewöhnlichen Kriegsschiffs und der enormen Konsequenzen des Gefechts mit U-559, in welchem zwei Besatzungsmitglieder ihr Leben ließen, noch immer darauf harrte, erzählt zu werden. Mein Dank gilt Reg Grang, dem Schriftführer der HMS *Petard*-Vereinigung, für die großzügige Erlaubnis, aus seinen anschaulich verfaßten Protokollen zitieren zu dürfen; Dank an Lieutenant Commander Robert de Pass RN, ehemals Erster Offizier der *Petard*, für die Erlaubnis, Photos zu verwenden, die er mitten im Gefecht gemacht hat; Dank an John Mackness, Artillerist an einem Oerlikon-Geschütz der *Petard*; Jack Hall, einen der Asdic-Gasten; Stan Reynolds, der in jenem Kutter saß, welcher die auf U-559 erbeuteten, unschätzbaren Enigma-Unterlagen zur *Petard* brachte; Mervyn Romeril, einem ehemaligen Brückenausguck; Ted Saunders, einem vormaligen Obermatrosen – die letzten fünf sind Veteranen der an Kämpfen reichen ersten Indiensthaltungsperiode. Dank auch an Peter Allen, einem Funker während der zweiten Indiensthaltung, und an Les Turnham, der nach dem Krieg auf der *Petard* diente, als sie zur Fregatte umgerüstet wurde.

Ralph Erskine, ein Experte auf dem Gebiet des Marine-Funknachrichtendienstes, hat die auf Enigma Bezug nehmenden Passagen freundlicherweise überprüft und Änderungen vorgeschlagen; Joan Connell erteilte mir die Erlaubnis, aus dem Buch *Fighting Destroyer* ihres verstorbenen Mannes zitieren zu dürfen; Dr. Peter Granwell machte mich als erster auf die Zeit der glorreichen ersten Indienststellung aufmerksam; Dr. John Horsey wies mich darauf hin, daß es eine Vereinigung ehemaliger Bordangehöriger von HMS *Petard* gibt; der vormalige Chefingenieur der Handelsmarine Ian Blair unterstützte mich mit Nachforschungen zur Schlacht im Atlantik; der Major a.D. Robert Findley überprüfte die Passagen zur Schlacht bei Salerno; Terry Fincher nutzte seine komplizierten Computer, um alte Photos zu kopieren, und meine Frau May überprüfte mein Manuskript.

Dank auch an John Gallehawk und die Mitarbeiter im Museum Bletchley Park sowie an das Personal im Public Record Office, im Imperial War Museum und der British Library.

Erster Teil

Die Enigma-Story

Erstes Kapitel

Ein Geheimnis entscheidet den Krieg

Der deutsche Nachrichtendienst hat nie herausgefunden, daß zwei britische Seeleute des Zerstörers HMS *Petard* ihr Leben verloren, als sie ein sinkendes deutsches U-Boot durchsuchten, das von seiner Besatzung aufgegeben worden war. Zuvor hatten sie ihren Bordkameraden noch Schlüsselunterlagen übergeben können, die schließlich dazu dienten, den geheimen deutschen Enigma-Code zu knacken. Ihre kühne Tat stellt eines der sensibelsten Geheimnisse des Zweiten Weltkriegs dar und wurde noch nahezu vierzig Jahre lang als streng vertraulich eingestuft. Vielleicht handelte es sich um die wichtigste militärische Handlung des gesamten Krieges. Das Codematerial, für dessen Erwerb sie mit dem Leben bezahlten, besaß eine außerordentliche Bedeutung. Sie selbst konnten wohl nicht ahnen, welch wichtigen Fang sie in ihrer letzten Stunde durch den Kommandoturm des feindlichen Fahrzeugs, das ihr Grab werden sollte, hinaufreichten. Das erbeutete Material war von unermeßlichem Wert. Es ermöglichte den Kryptoanalytikern in Bletchley Park, der »Ultra«-geheimen Government Code and Cipher School (Regierungsinstitut für Code und Chiffrierung; Anm. d. Übers.), in das Vier-Walzen-System der genialen deutschen Enigma-Chiffriermaschine einzubrechen, von dem die Seekriegsleitung überzeugt war, daß es den Funkverkehr mit U-Booten gegen Entschlüsselung absicherte.

In einer früheren Phase des Krieges war es Bletchley

Park aufgrund polnischer Erkenntnisse gelungen, das ältere Modell der deutschen Enigma, das mit drei Walzen arbeitete, nachzubauen. Aber die Codeknacker waren verblüfft, als die deutsche Seite im Februar 1942 eine vierte Walze für den Funkverkehr mit U-Booten im Atlantik und im Mittelmeer hinzufügte, um eine großangelegte U-Bootoffensive vorzubereiten, die die Lebensadern Großbritanniens ein für allemal durchtrennen sollte. Das bedeutete, daß wesentliche Informationen über U-Bootoperationen für zehn kritische Monate ausblieben. Der Coup der *Petard* kam für Bletchley Park gerade noch rechtzeitig, um die Schwierigkeiten mit dem Vier-Walzen-System zu beseitigen und die alliierten Seestreitkräfte mit jenen nachrichtendienstlichen Erkenntnissen zu versorgen, die sie während der entscheidenden Phase der Schlacht im Atlantik, im Frühjahr 1943, die Oberhand gewinnen ließ.

Wäre man bezüglich des U-Bootfunkverkehrs weiterhin im unklaren geblieben, wären die Alliierten kaum in der Lage gewesen, die Seeherrschaft im Atlantik bereits in der zweiten Hälfte des Jahres 1943 zu sichern, und die Invasion Europas hätte wahrscheinlich auf 1945 oder einen späteren Zeitpunkt verschoben werden müssen.

Die Kriegsentscheidung zugunsten der Alliierten trat ein, nachdem die *Petard* ihre Operationen im östlichen Mittelmeer aufgenommen hatte – weitab von der Schlacht im Atlantik, die sie mit ihrer Großtat dennoch in hohem Grade beeinflussen sollte. Am 30. Oktober 1942, nach einer Jagd, die sich den ganzen Tag über hingezogen hatte, zwangen die Wasserbomben der *Petard* U-559 etwa 60 Seemeilen nördlich von Port Said während der Dunkelheit zum Auftauchen, und die Besatzung begann ihr Boot zu verlassen.

Ohne auf das Aussetzen eines Kutters zu warten, streiften Lieutenant Antony Fasson und Able Seaman Colin Grazier ihre Kleider ab und schwammen in Richtung des U-Boots. Die See wimmelte derweilen von nach Rettung suchenden deutschen Seeleuten. Ein 16 Jahre alter NAAFI-Kantinengehilfe, Tommy Brown, der an Bord des U-Boots sprang, als die *Petard* kurze Zeit längsseits kommen konnte, folgte ihnen. Er drang mit den beiden ins Innere des Bootes vor und kletterte dreimal, mit Büchern und Dokumenten beladen, die Fasson und Grazier gefunden hatten, die Leiter des Kommandoturms auf und ab, um die Unterlagen einem Enterkommando zu übergeben, das neben dem Boot in einem der Kutter der *Petard* wartete. Fasson und Grazier starben, als das U-Boot plötzlich zu sinken begann und die durch den Kommandoturm einströmenden Wassermassen sie begruben.

Sie waren gerade damit beschäftigt gewesen, einen Gegenstand nach oben durchzureichen, den sie offenbar für eine geheime Chiffriermaschine hielten. Brown und die übrigen Schiffbrüchigen wurden aus dem Wasser gefischt.

Die Besatzung der *Petard*, völlig fassungslos angesichts des Verlustes ihrer Kameraden, konnte nicht ahnen, welche Bedeutung dieser tragische Zwischenfall noch erhalten sollte. Die Erbeutung des Materials war so streng geheim, daß sogar die postum an Fasson und Grazier verliehenen Auszeichnungen mit einem Siegel der Verschwiegenheit ausgestattet werden mußten, damit sichergestellt war, daß ihr Erfolg auf der deutschen Seite keine Neugierde erweckte. Sie hätten gewiß das Victoria Cross, die höchste Tapferkeitsmedaille, verdient gehabt. Statt dessen wurde ihren Angehörigen das George Cross überreicht, eine Auszeichnung, die normalerweise nur an

Zivilisten für unerschrockenen Einsatz bei Luftangriffen verliehen wurde. Militärpersonal wurde mit diesem Orden für bewiesenen Mut beim Entschärfen von Magnetminen und Bombenblindgängern ausgezeichnet. Tommy Brown erhielt die George Medal, ebenfalls ein Ehrenzeichen, das für gewöhnlich Zivilisten vorbehalten blieb.

Die Hinterbliebenen von Fasson und Grazier standen vor einem Rätsel, da sie nichts über die Todesumstände ihrer Angehörigen in Erfahrung bringen konnten. Die Argumentation der Admiralität, warum sie die höchste Tapferkeitsauszeichnung nicht empfehlen wollte, lief unter dem fadenscheinigen Vorwand, daß das Victoria Cross nur für Heldentaten im Angesicht des Feindes verliehen werde und daß der Erfolg im vorliegenden Fall nach Beendigung der Kampfhandlungen erzielt worden sei. In Wahrheit fürchtete die Admiralität, daß die Verleihung der höchsten Tapferkeitsauszeichnung den deutschen Geheimdienst zu einer Untersuchung über die näheren Todesumstände der beiden Seeleute veranlassen könnte. Es war sowohl für die Admiralität als auch für Bletchley Park ein Alptraum, daß schon leiseste Verdachtsmomente zu einer erneuten Änderung des Enigma-Schlüssels führen mußten, der sich der Dechiffrierung so lange hatte entziehen können.

Im September 1943, etwa ein Jahr nach dem Zwischenfall, gab die LONDON GAZETTE die postum verliehenen Auszeichnungen an Lieutenant Antony Blair Fasson und Able Seaman Colin Grazier für »außergewöhnliche Tapferkeit und unerschütterliche Pflichterfüllung angesichts drohender Gefahr« bekannt, enthielt sich jedoch weiterer Details. Ferner meldete das Blatt, daß der Kantinengehilfe Thomas William Brown für Tapferkeit und Pflichterfüllung angesichts drohender Gefahr die George

Medal erhalten habe. Der Name Lieutenant Fassons ist gemeinsam mit dem anderen Gefallenen auf dem Kriegerdenkmal in der Jedburgh Abbey eingetragen. Sein George Cross wird im Schloß von Edinburgh aufbewahrt.

Allerdings gab es damals keine Schlagzeilen, die Großbritannien in einer Zeit, die durch eine Serie von Niederlagen und Rückschlägen geprägt war, etwas aufgemuntert hätten. Der Triumph der *Petard* mußte wegen seiner überaus großen Tragweite eines der bestgehüteten Geheimnisse des Krieges bleiben.

Die Admiralität verwendete die Vorsilbe »Hydro« für nachrichtendienstliche Erkenntnisse, die sie aus dechiffrierten Meldungen eines älteren Schlüsselsystems für den Funkverkehr mit U-Booten namens »Hydra« gewonnen hatte. »Ultra« bedeutete »ultrageheim« und wurde im Jahr 1943 als Verschlußgrad für streng geheime Mitteilungen an die britischen Streitkräfte eingeführt. Es war zugleich die Vorsilbe eines Codewortes für Erkenntnisse aus nachrichtendienstlicher Feindaufklärung, die aus dem Schlüsselmaterial sämtlicher Varianten der deutschen Enigma-Chiffriermaschine sowie dem Funkverkehr auf hohem Geheimhaltungsgrad gewonnen werden konnten.

Die Verteilung der Informationen war auf die Mitglieder des Kriegskabinetts, den obersten Beraterstab sowie die militärische Führungsspitze beschränkt. Ultra-Nachrichten waren so streng vertraulich, daß es manchmal sogar abgelehnt wurde, Nutzen aus Informationen zu ziehen, um Gegenmaßnahmen gegen operative Einsätze des Feindes zu treffen. Der Geheimhaltungsgrad entsprach dem des Atombombenprogramms. Der einzige »Maulwurf« in Bletchley Park arbeitete für Moskau. Sorgfältig ausgewähltes nachrichtendienstliches Material über geplante militärische Operationen der Deutschen wurde den Verbündeten Großbritanniens zugänglich gemacht. Allerdings enthüllte John Cairncross, einer der Cambridge-Spione, der in Bletchley Park als Übersetzer (für Deutsch) arbeitete, in einer kürzlich vorgelegten Autobiographie, daß er seinem KGB-Führungsoffizier Erkenntnisse aus Bletchley Park über deutsche Vorhaben an der Ostfront hat zukommen lassen (siehe Epilog). Tausende von Angestellten, die in Bletchley Park ihren Dienst taten, sowie ein paar Hundert weitere in den Verbindungsbüros (wenig später auch Dutzende in den Vereinigten Staaten) besaßen nur das nötigste Wissen darüber, was Ultra wirklich bedeutete. Alle waren eidlich zu absoluter Verschwiegenheit verpflichtet. Es war außergewöhnlich, welch hoher Grad an Geheimhaltung aufrechterhalten werden konnte. Läßt man den Fall Cairncross einmal beiseite, gab es keine undichten Stellen, niemals wurde irgend etwas in Memorien erwähnt. Selbst die Ehefrauen oder Familienmitglieder durften über die Arbeit ihrer Männer oder Verwandten nichts erfahren. Noch nie war Geheimhaltung so rigoros durchgesetzt worden. Churchill bezeichnete den Stab in Bletchley Park einmal als »Hühner, die die goldenen Eier legten, aber niemals gackerten«.

Die Arbeit in Bletchley Park trug entscheidend mit dazu bei, Großbritannien vor einer frühen Niederlage zu bewahren und den Krieg zu gewinnen; sie hatte vor allem großen Anteil daran, daß der Sieg bereits 1945 errungen werden konnte und nicht, wenn überhaupt, erst zwei Jahre später. Die Baracken, in denen die Entschlüsselungsexperten Tag und Nacht arbeiteten, waren durch Mauern gegen die Druckwellen von Bombenexplosionen gesichert, die Dechiffriermaschinen wurden in Betonbunkern bedient. Die deutsche Luftwaffe hat Bletchley Park jedoch niemals angegriffen. Lediglich eine einzige Bombe fiel, während eines Luftangriffs auf ein nahe gelegenes Eisenbahnwerk, mitten ins Gelände.

Die Arbeit in Bletchley Park unterlag solch strengen Sicherheitsvorkehrungen, daß weder während des Krieges noch für die folgenden drei Jahrzehnte irgend etwas über die Tätigkeit dort verlautbart werden durfte. Noch heute, wenn Bletchley Park an jedem zweiten Wochenende für die Öffentlichkeit zugänglich ist, werden Mitteilungen über bestimmte Methoden der Nachrichtenermittlung weiterhin vertraulich behandelt.

Bis 1974 war jegliche Andeutung in bezug auf Ultra verboten. In jenem Jahr erhielt der ehemals verantwortliche Leiter des Nachrichtendienstes für die Weitergabe von Ultra-Erkenntnissen, Wing Commander Frederick Winterbotham, die Freigabe zur Veröffentlichung eines mit großer Diskretion verfaßten Buches unter dem Titel *The Ultra Secret* (dt. Titel: *Aktion Ultra;* Anm. d. Übers.). Die Darstellung basiert auf persönlichen Erinnerungen; Winterbotham war der Zugang zu Dokumenten verweigert worden. Mehr als fünfzig Jahre nach den Geschehnissen bleibt so mancher Aspekt weiterhin geheim.

Für Militärhistoriker bedeuteten die amtlichen Sperrvermerke in bezug auf Ultra für viele Jahre ein großes Hemmnis. Unterdessen erschien eine Vielzahl von Veröffentlichungen über den Zweiten Weltkrieg. Die meisten Bücher, die vor 1974 publiziert wurden – die offiziöse Geschichtsschreibung eingeschlossen –, sind deshalb heute überholt, und einige Darstellungen zu Schlachten und Feldzügen bedürfen einer Neubewertung. Daß die alliierten Befehlshaber über Stärke und Absichten der deutschen militärischen Führung völlig im Bilde waren, darf nunmehr mit absoluter Sicherheit angenommen werden.

1977 schließlich wurde eine größere Anzahl von Ultra-Meldungen im Original für das Public Record Office in Kent freigegeben; das Erscheinen weiterer Bücher wurde dadurch angeregt. Sämtliche Veröffentlichungen wurden jedoch ohne Kenntnis über den Erfolg der *Petard* verfaßt. Auch der ehemalige Artillerieoffizier des Zerstörers HMS *Petard*, G. G. Connell, schrieb in jenen Jahren in *Fighting Destroyer* über die Kampfhandlungen, an denen sein Schiff beteiligt war. Während er an seinem Buch arbeitete, hatte er jedoch über den immensen Wert der Dokumente, die auf U-559 erbeutet worden waren, oder über die Konsequenzen, die sich aus dem Fund ergeben sollten, nicht den Hauch einer Ahnung.

Im Winter 1942 beendete die Untersuchung des von der *Petard* erbeuteten Materials eine seit etwa zehn Monaten andauernde empfindliche Nachrichtenlücke über die Bewegungen und Operationen deutscher U-Boote. Der Erfolg stellte sich gerade zu der Zeit ein, als die U-Boote Handelsschiffe nahezu doppelt so schnell versenken konnten, als Neubauten zur Verfügung standen. Die Briten, bereits auf kleinere Rationen gesetzt, drohten zu verhungern, und die U-Boote behinderten den ständigen Zustrom von Truppen, Waffen und Ausrüstung für die Erstürmung der deutschen »Festung Europa«.

Am 18. März 1975 enthüllte Ralph Erskine, ein Experte für Marine-Funknachrichtendienst, in einem Schreiben an die TIMES, daß drei Besatzungsmitglieder der *Petard* zwei wichtige Codebücher für den Funkverkehr mit U-Booten sichergestellt hatten. Er fügte hinzu: »Von Dezember 1942 bis Juni 1943 waren sie das einzige Mittel, um Bletchley Park Übersetzungshilfen für den Einbruch in Shark zu liefern – so bezeichnete Bletchley Park den neuen deutschen Schlüsselkreis für den Einsatz der Atlantik-Boote. Dies trug dazu bei, den Verlauf des Krieges zu ändern und hatte bedeutenden Anteil am Sieg. Es gibt nur wenige Handlungen persönlicher Tapferkeit, die jemals solch weitreichende Konsequenzen hatten.« Diese Passage wiederholte den Inhalt eines Berichts über *Intelligence and National Security,* den er 1988 verfaßt hatte und der folgende Feststellung trifft:

»Ohne die besonderen Erkenntnisse aus Triton (dem Vier-Walzen-Enigma-Chiffriersystem) wären die U-Boote auf die Dauer zwar ebenfalls besiegt worden, aber der Verlust an Menschenleben in diesem globalen Konflikt wäre insgesamt noch weitaus furchtbarer gewesen, als er dies ohnehin schon war. Falls der Einbruch in Shark (die Codebezeichnung, die in Bletchley Park für Triton verwendet wurde) nicht gelungen wäre, hätten die Alliierten die Seeherrschaft im Atlantik frühestens in der zweiten Hälfte des Jahres 1943 sichern können, und die Invasion Europas hätte sich mindestens bis 1945 verzögert.«

Der Funkverkehr der U-Boote über die Chiffriermethode der Vier-Walzen-Enigma konnte mit Hilfe der *Petard*-Unterlagen binnen vier Wochen geknackt werden. Dies führte dazu, daß wichtige Einsatzmeldungen zwischen den U-Booten und ihrem Befehlshaber, Admiral Karl Dönitz, noch rechtzeitig entziffert werden konnten, um Gegenmaßnahmen zu ergreifen. Geleitzüge wurden um jene Räume herumgeführt, in denen die Wolfsrudel der U-Boote im Hinterhalt lauerten, zudem wurde eine solch hohe Zahl an U-Booten nach der Ortung durch Ultra versenkt, daß Dönitz die Verluste für unannehmbar erachtete und seinen Booten befahl, sich aus dem Nordatlantik in sicherere Seegebiete zurückzuziehen.

Die Schlacht im Atlantik, die entscheidende militärische Auseinandersetzung des Krieges, war ein Kopf-an-Kopf-Rennen. Als die Zahl der U-Boote, die im Atlantik operierten, von Januar bis April 1941 um ein Drittel anstieg und als der deutsche Enigma-Marinefunkschlüssel noch sicher war, hielt Churchill auf dem Tiefpunkt der Schlacht eine düstere Rundfunkansprache an die Nation. Er verdeutlichte den Familien, die sich um ihre Empfangsgeräte versammelt hatten, die Abhängigkeit Großbritanniens vom Seeverkehr und schloß mit den Worten: »Wenn Sie sich all dies vergegenwärtigen, ist es dann ein Wunder, daß die Schlacht im Atlantik in den Gedanken jener, auf denen die Verantwortung für das Erreichen des Sieges lastet, an erster Stelle steht.« Nach der deutschen Kapitulation erklärte Churchill, daß die Schlacht im Atlantik der dominierende Faktor während der sechs Kriegsjahre gewesen sei, und fügte dem hinzu:

»Niemals, auch nicht einen Moment, durften wir vergessen, daß alles Geschehen anderwärts – zu Land, zur See oder in der Luft – zu guter Letzt von dieser Entscheidung abhing, und inmitten aller anderen Sorgen verfolgten wir von Tag zu Tag das wechselvolle Kriegsglück bald bedrückt, bald voller Hoffnung. Inmitten eines Übermaßes an stürmischen Ereignissen stand eine Sorge obenan. Schlachten mochten gewonnen oder verloren werden, Unternehmungen Erfolg oder Mißerfolg zeitigen, Territorien besetzt oder geräumt werden, doch unsere Fähigkeit, den Krieg weiterzuführen, ja uns auch nur am Leben zu erhalten, wurde von einem Problem dominiert: unserer Herrschaft über die Ozeanrouten und die ungehinderte Annäherung und Einfahrt in unsere Häfen.«

Wie diese Herrschaft schließlich erlangt werden konnte, war das bestgehütete Geheimnis Großbritanniens!

Zweites Kapitel

Bletchley Park – die Wiege des Erfolgs

Im Krieg ist die Fähigkeit entscheidend, die geheimsten Meldungen des Gegners mitlesen zu können. Während des Ersten Weltkrieges entschlüsselte ein hervorragendes Team von Kryptoanalytikern in Sektion 25 des Marinenachrichtendienstes 15 000 codierte Meldungen der deutschen Seite; sie waren in Room 40 im alten Gebäude der Admiralität untergebracht. Nachdem drei Signalbücher erbeutet worden waren, hielten sie seit Oktober 1914 den Schlüssel zu sämtlichen deutschen Marine- und Überseenachrichtenverbindungen in der Hand. Das erste der Dokumente, das Deutsche Handelsverkehrsbuch (HBV), war von der australischen Marine auf einem deutschen Frachter im Pazifik entdeckt worden; ein zweites, das geheime Verkehrsbuch für den diplomatischen Dienst, wurde aus einem Wrack in der Nordsee gefischt; ein drittes schließlich stammte von dem deutschen Kreuzer *Magdeburg*, der während einer Unternehmung gegen Rußland auf Grund gelaufen war. Die Marine des Zaren hatte das Signalbuch nach London weitergereicht. Die einmalig günstige Gelegenheit wurde allerdings nicht in dem Maße ausgenutzt, wie man es hätte erwarten können, denn ranghohe Marineoffiziere vertrauten weiterhin eher dem Nachrichtenaustausch per Flaggensignal. Jenes System, das Schiffe bei Fahrten im Verband noch heute anwenden, war von Admiral Home Popham gerade rechtzeitig eingeführt worden, damit Nelson bei Trafalgar seine Befehle an die Flotte erteilen konnte.

Admiral William James, in den späten 30er Jahren zum Stellvertretenden Chef des Stabes ernannt, als erneut ein Krieg nahte, war gegen Ende des Ersten Weltkrieges Leiter des Marine-Nachrichtendienstes gewesen. Er erinnerte sich daran, wie das Versagen, entschlüsselte Meldungen richtig einzuschätzen, der deutschen Hochseeflotte während der Skagerrakschlacht die Gelegenheit zum Entkommen geboten hatte. James war dazu entschlossen, in einem künftigen Krieg eine engere Zusammenarbeit zwischen Nachrichtendienst und Operationsabteilung herzustellen, und gründete das Operational Intelligence Centre.

Ein anderer Veteran aus Room 40 war Dillwyn Knox, ein Dozent für Griechisch, der als kolossaler Bridge-Spieler beschrieben wird. Er blieb in Diensten der Regierung als Mitarbeiter der Government Code and Cipher School, die in einem Bürogebäude auf Londons Broadway ihre Arbeit aufgenommen hatte. Als man in der italienischen Marine während der Dreißiger Jahre die größte Bedrohung erkannte und Mussolini das Mittelmeer zum »mare nostrum« erklärte, gelang es Knox, den italienischen Marinefunkschlüssel zu knacken, der auf einer handelsüblichen Version der deutschen Enigma basierte. Anfang 1939 traf er sich mit polnischen Kryptoanalytikern, die in eine frühe Version des deutschen Enigma-Codes eingebrochen waren (siehe Anhang 1).

Als erneut die Gefahr eines Krieges drohte, befand sich die offizielle Adresse der Government Code and Cipher School noch im Außenministerium, Room 47. Im Juli 1939 verlegte ihr Leiter, Commander Alastair Denniston, die Tätigkeit in einen verschnörkelten, weitläufig von 56 Morgen Land umgebenen viktorianischen Landsitz in Buckinghamshire etwa 80 Kilometer nördlich von

London – Bletchley Park. Seine Neubürger sollten Bletchley Park als BP kennenlernen, allerdings war es unter der Adresse seines Funkabschnitts auch als Station X bekannt. In entlegenen Gebäuden, die überall in der Gegend verteilt waren, gab es Außenposten. Der Mitarbeiterstab wuchs von anfangs kaum 100 auf 12000 Männer und Frauen, weitere 4000 arbeiteten in den Außenposten. Alle waren darauf vereidigt, unter keinen Umständen irgend etwas über ihre Arbeit zu offenbaren, auch nicht ihren Familien gegenüber.

In einem Stallgebäude hinter dem Herrensitz, das als »Sommerhaus« bekannt wurde, setzte Knox seine Bemühungen zur Dechiffrierung des deutschen Enigma-Schlüssels (benannt nach dem griechischen Wort für Rätsel) fort. Seine Arbeit erfuhr einen beachtlichen Schwung, als er den Nachbau einer Enigma untersuchen konnte, die von einer polnischen Firma namens AVA angefertigt und ein paar Wochen vor Kriegsbeginn zusammen mit fünf Schlüsselwalzen von polnischen Kollegen übergeben worden war.

Die Enigma-Chiffriermaschine für militärische Zwecke wog circa 25 Pfund und war etwas sperriger als eine normale Schreibmaschine; sie besaß eine schreibmaschinenähnliche Tastatur, allerdings fehlten die Typenhebel für Zahlen und Satzzeichen. Das Ganze war mit einem Anzeigenfeld aus Leuchtbuchstaben verknüpft. Das Herz der Maschine bestand aus einem Zylinder, in den drei Walzen, wählbar aus einem Satz von fünf (später acht) Buchstabenrädern, in unterschiedlicher Reihenfolge eingesetzt werden konnten. Jedes Rad besaß 26 Felder, eines für jeden Buchstaben des Alphabets, mit derselben Anzahl elektrischer Kontakte auf jeder Seite. Wenn eine Buchstabentaste niedergedrückt wurde, drehte sich zunächst die rechte Walze um eine Position weiter; nach 26 Eingaben bewegte sich das mittlere Buchstabenrad um eine Position vorwärts, und nach 26 mal 26 Eingaben auf der rechten Walze drehte sich die linke eine Stellung weiter. Unterhalb der Tastatur, zwischen dieser und den Buchstabenrädern, war ein Steckerbrett mit 26 Steckkontakten angebracht, auf dem der Verschlüsseler nach Belieben bis zu zehn Kabelverbindungen stöpseln konnte. Jeweils auf der linken Seite der Rändelscheiben befand sich eine Anzeige mit Querverbindungen für weitere Buchstabenkombinationen. Der Weg durch die Walzen führte dann über einen anderen Pfad. Ein auf der Tastatur niedergedrückter Klarbuchstabe wurde aufgrund dieser Anordnung siebenmal umgewandelt, bevor in den Anzeigefenstern ein Ersatzbuchstabe aufleuchtete. An den Walzen waren bewegliche Ringe befestigt, so daß die Einstellung selbst wiederum verschlüsselt werden konnte. Dieses elektromechanische Räderwerk lieferte Millionen verschiedener Buchstabenkombinationen.

Am Montag, den 4. September 1939, einen Tag nach der englischen Kriegserklärung, gesellten sich zwei hervorragende Mathematiker aus Cambridge, Alan Turing und Gordon Welchman, zu Knox nach Bletchley Park. Commander Denniston hatte beide kurz nach dem Münchener Abkommen angeworben. Alan Turing hatte sich mit einem Standardwerk zur Berechenbarkeit mathematischer Funktionen, das die theoretischen Grundlagen für moderne Computer legen sollte, einen Namen gemacht. Welchman verband mathematisches Genie mit einer Begabung für Mechanik und Organisation.

Hastig wurden Dutzende von angesehenen Intellektuellen des ganzen Landes verpflichtet, Linguisten, Schachmeister, Statistiker und Mathematiker. Diese Mitarbeiter studierten eifrig aufgefangene deutsche Funkmeldungen, die vom ständig auf Empfang gegnerischer Sendestationen weltweit arbeitenden Y-Dienst hereinkamen. Die meisten der in der Anfangszeit dechiffrierten Meldungen stammten aus dem Nachrichtenverkehr der Luftwaffe, deren Funker zur Nachlässigkeit neigten, indem sie einzelne Buchstabengruppen ständig wiederholten und damit Hinweise auf die Schlüsseleinstellung lieferten.

Die Taubenschläge in Bletchley Park wimmelten vor Brieftauben, die aufgefangene Meldungen der im Land verteilten Stationen des Abhördienstes der Abteilung Y einflogen. Die Einwohner der Kleinstadt Bletchley gewöhnten sich allmählich an vorbeieilende Kuriere; in der betriebsamsten Phase des Krieges passierten mehr als 70 Meldefahrer pro Tag die schwerbewachten Tore zum Park. Alan Turing bezog das Turmzimmer mit Blick auf den Stallhof, um sich darauf konzentrieren zu können, den Enigma-Schlüssel zu knacken. Neben dem unschätzbar wertvollen Geschenk der polnischen AVA-Maschine (siehe Anhang 1) besaß man in Bletchley Park auch Blaupausen der bahnbrechenden polnischen »bomba«, die ihren Codenamen einer beliebten Eiscrememarke verdankte. Diese Maschine war wie eine Enigma verdrahtet und probierte alle möglichen Schlüsseleinstellungen durch. Den Polen war es gelungen, in den deutschen Enigma-Schlüssel einzubrechen, als sie bemerkten, daß das deutsche Bedienungspersonal zur Vermeidung von Irrtümern eine Gruppe von drei Buchstaben jeweils zu Beginn einer Meldung wiederholte. Die Auswertung der ersten Buchstabengruppen bot die Möglichkeit, in das System einzudringen.

Turing nannte die riesige, über zwei Meter breite und

etwa 1,80 Meter hohe britische elektromechanische Maschine eine »*bombe*«. Sie war von der British Tabulating Machine Company im nahegelegenen Letchworth hergestellt worden. Die Bomben waren rückwärts arbeitende Enigmas, jedoch weitaus komplizierter als diese. Sie simulierten die Einstellung der Drei-Walzen-Enigma etwa 36 mal so schnell, wobei sie Millionen von Buchstaben in unendlich vielen Kombinationen durchprobierten, bis eine mit einer Buchstabengruppe übereinstimmte, die half, die Botschaften der Enigma zu dechiffrieren. Eine Auswahl an Übersetzungshilfen, die aus elektromagnetischen Impulsen bestanden, war auf einem Tableau mit Steckerverbindungen eingestellt. Die »*bombe*« verursachte Geräusche wie eine Hochgeschwindigkeits-Strickmaschine, wenn sie, mit Enigma-Schlüsselmaterial gefüttert, gezielt nach Buchstabengruppen fahndete, die sie als Ergebnis logisch aufgebauter Testreihen nicht verwerfen konnte. Wenn sie auf eine solche Buchstabengruppe gestoßen war, kam die Maschine zum Stillstand und das Bedienungspersonal, das keine Ahnung davon hatte, nach was überhaupt gesucht wurde, zeigte einen Erfolg an. Das Menü, mit dem die Bombe gefüttert wurde, war von Kryptoanalytikern in Baracke 6 zusammengestellt worden und basierte auf »Eselsbrücken« (dem mutmaßlichen Klartext einer Nachricht), die man aus dem Studium von Empfängern, Absendern, Wiederholungen und der Verbreitung möglicher Enigma-Schlüsseleinstellungen gewonnen hatte. Die erste »*bombe*«, getauft auf den Namen Agnes, war ab März 1940 in Baracke 10 in Betrieb.

Diejenigen Kryptoanalytiker, die sich mit dem Nachrichtenverkehr des deutschen Heeres und der Luftwaffe beschäftigten, arbeiteten unter Leitung von Gordon

Welchman in Baracke 6. Sie stützten sich auf eine Vorrichtung von großem Nutzen, ein manuell betriebenes Lochkartensystem, das ihnen die Polen zusammen mit der AVA-Maschine überlassen hatten. Es war dabei behilflich, den Funkverkehr des deutschen Heeres und der Luftwaffe in »Realzeit« zu knacken, und ermöglichte sofortige Gegenmaßnahmen.

Die für den deutschen Marinefunkschlüssel zuständigen Kryptoanalytiker arbeiteten in Baracke 8, wo der mehrmalige Schachmeister C. H. Alexander mit der Leitung beauftragt war. Entschlüsselte Meldungen aus Baracke 6 wurden nach Baracke 3 zur Übersetzung, Auswertung und Verteilung weitergereicht. Dechiffrierte Meldungen des deutschen Marinefunkschlüssels wurden in Baracke 4 bearbeitet. Weitere Teams befaßten sich mit Methoden zur Aufzeichnung und Auswertung des deutschen Fernmeldeschemas, mit auffälligen Sendezeichen, fehlerhaften Übermittlungen und sorglosen Wiederholungen, alles aufbewahrt in Schuhschachteln. Diese überaus heiklen Tätigkeiten waren rigoros gegeneinander abgeschottet, so daß die Mitarbeiter wenig oder gar nichts darüber wußten, was in einer angrenzenden Baracke vor sich ging.

Es dauerte nicht lange, und vier »*bombes*« verarbeiteten in einer von dickem Stahlbeton eingefaßten Baracke verschlüsseltc Mcldungcn von 59 gegnerischen Sendeanlagen, die alle 24, manchmal auch alle zwölf Stunden die Codeeinstellung änderten. Im Verlauf des Krieges konnten die neuen Tagesschlüssel oftmals bereits um drei Uhr nachts geknackt werden – der Rekord lag bei vierzehn Minuten.

Bis zum Ende des Krieges wurden an verschiedenen Orten etwa 200 Bomben hergestellt, 2000 Angehörige des Women's Royal Naval Service (»Wrens«) bedienten sie Tag und Nacht. Spätere »*bombes*« trugen die Namen von Städten oder Ländern. Im Jahr 1942 verstärkten die Amerikaner den Mitarbeiterstab in Bletchley Park, die U.S. Navy entwickelte dann auch »*bombes*« mit größerer Geschwindigkeit als jene in Bletchley.

Angesichts der Millionen von Kombinationen, die eine Enigma bot, arbeitete man in Bletchley nahezu aufs Geratewohl. Zu dieser Tätigkeit war eine Einstellung erforderlich, es immer und immer wieder zu versuchen, sowie unendliche Geduld trotz zahlloser Enttäuschungen. Der Erfolg der »*bombes*« hing von den »Eselsbrücken« ab, wobei das deutsche Bedienungspersonal mit Verfahrensfehlern Hinweise lieferte. Um eine solche Übersetzungshilfe zu finden, mußte man in Bletchley herausbekommen, wer wem eine Nachricht mit welchem Inhalt zusandte. Dazu war es erforderlich, daß man über die Fernmeldeverfahren und zugleich über neu eingegangene und entschlüsselte Funksprüche ständig auf dem laufenden sein mußte.

Erst nachdem im April 1940 das Norwegenunternehmen in einer Katastrophe endete, konnten die Arbeitsgruppen in Bletchley mit der Entzifferung der ersten deutschen Heeres- und Luftwaffenmeldungen beginnen. Dabei handelte es sich jedoch zumeist um Routineangelegenheiten wie Stellenbesetzungen. Innerhalb der deutschen Grenzen wurde der Fernmeldeverkehr per Telegraphenleitung abgewickelt, als aber die Wehrmacht auf ihren Feldzügen ausländischen Boden betrat, war die Koordination zwischen Heer und Luftwaffe während der raschen Vorstöße vom Funkverkehr abhängig. Am 1. Mai 1940 änderte sich plötzlich das deutsche Fernmeldeverfahren. Der Erfolg der Bomben, in den Bletchley zur

Entzifferung von Heeres- und Luftwaffenmeldungen unmittelbar großes Vertrauen gesetzt hatte, war damit gefährdet. Am 10. Mai begannen die Deutschen ihre Blitzkrieg-Offensive gegen Westeuropa.

Dennoch: Als die Panzerverbände von General Heinz Guderian in zwei Tagen über die ehemaligen Schlachtfelder von Flandern rollten und tief nach Frankreich vorstießen, wurden die von einer in seinem Befehlswagen mitgeführten Enigma per Funk übermittelten Anweisungen Guderians aufgefangen. Eine genügende Zahl deutscher Heeresmeldungen konnte dechiffriert werden, die verdeutlichten, daß der französische Widerstand zusammenbrach. Die schwierige Aufgabe der Entschlüsselung war jedoch so zeitaufwendig gewesen, daß die britischen Befehlshaber vor Ort längst zu demselben Ergebnis gekommen waren, als die Informationen des Nachrichtendienstes das Hauptquartier erreichten. Die Evakuierung der British Expeditionary Force aus Dünkirchen wurde angeordnet und eine Armada von kleineren Schiffseinheiten zusammengezogen, um den größten Teil des Truppenkontingents zurück über den Kanal zu befördern.

In dieser kritischen Phase erkrankte Commander Denniston, und Edward Travis, bislang Leiter der Marinesektion und Stellvertreter Dennistons, wurde dann im Februar 1942 sein Amtsnachfolger; er leitete Bletchley für den Rest des Krieges.

Im Herbst 1940, während der Luftschlacht um England, verbesserte sich die Qualität der aufgefangenen und entschlüsselten Nachrichten, und die Verzögerungen beim Dechiffrieren konnten auf wenige Stunden begrenzt werden. Der Oberbefehlshaber der Luftwaffe, Reichsmarschall Hermann Göring, hatte glücklicherweise Vertrauen in die Sicherheit der Enigma und gab seine

Tagesbefehle an die Geschwader per Funk weiter, obwohl er problemlos über Telegraphenleitungen mit ihnen hätte in Verbindung treten können. Die Meldungen enthüllten, daß seine Strategie darauf abzielte, sämtliche britischen Jagdgeschwader in Massenschlachten zu verwickeln, um sie aufgrund der zahlenmäßigen deutschen Überlegenheit rasch zu vernichten. Da er über Strategie und Taktik des Gegners von dessen Oberbefehlshaber informiert wurde, war Air Marshal Hugh Dowding, General der Jagdflieger, in der Lage, den Geschwadern der Luftwaffe täglich schwere Verluste zuzufügen, während er seine eigenen Verbände hütete wie ein Schäfer seine Herde. Andere Kommandeure der RAF-Jägergruppen kritisierten ihn, weil sie Abfangoperationen im »großen Stil« (»*Big Wing*«) den Vorzug gaben. Dowding jedoch konnte auch seinen Stabsoffizieren gegenüber nicht offenbaren, daß seine Strategie auf Ultra-Erkenntnissen beruhte.

In wochenlangen Kämpfen stiegen die Verluste Görings an, dann wechselte er die Strategie von Tagangriffen auf die Flugplätze der RAF zu Angriffen bei Nacht auf London und andere Städte – ein schwerer Fehler. In jenen Tagen hatte die RAF nunmehr eine Handvoll Jagdflugzeuge in Reserve. Wäre es der Luftwaffe gelungen, unsere Jagdgeschwader völlig zu vernichten oder sie am Boden zu halten, hätte die Marine die Gewässer um Südengland nicht behaupten können und Operation »Seelöwe«, die von Hitler für Oktober geplante Landung in England, hätte gegen eine Armee schnell Fortschritte gemacht, die bei der Flucht aus Frankreich einen Großteil ihrer Panzerfahrzeuge und Geschütze hatte zurücklassen müssen.

Der Herrensitz in Bletchley Park war im Herbst 1940 traubenartig von Baracken umgeben, die Arbeitsplätze für den wachsenden Mitarbeiterstab boten. Damals konnte eine Vielzahl mit Enigma verschlüsselter Nachrichten noch so rechtzeitig dechiffriert werden, daß sie die militärischen Operationen beeinflußten. Sobald die Nachrichten entschlüsselt waren, wurden sie nach Baracke 3 weitergereicht und auf eine solche Art und Weise umgeschrieben, daß die Information zwar exakt wiedergegeben wurde, aber keine Rückschlüsse auf eine ehemalige Enigma-Meldung zuließ. Diese »gefilterten« Versionen wurden zu Sir Stewart Menzies gesandt, der als Leiter des Secret Intelligence Service die oberste Befehlsgewalt über Bletchley Park besaß. Er übergab die wichtigsten Meldungen persönlich Winston Churchill sowie den Oberbefehlshabern der Teilstreitkräfte. Über Special Liaison Units erreichten die Mitteilungen auch die Militärbefehlshaber in Übersee. Das gesamte Material mit hohem Verschlußgrad, das der Funknachrichtendienst zusammentragen konnte, führte den Codenamen Ultra und unterlag bestimmten Sicherheitsrichtlinien. Diese sollten gewährleisten, daß militärische Operationen gegen deutsche Vorstöße die Gefahr einer möglichen Enthüllung, die Informationen der Alliierten könnten durch einen Einbruch in den Enigma-Schlüsselkreis erlangt worden sein, völlig ausschlossen. Sicherheit für Ultra genoß die allerhöchste Priorität. Während jedoch Ultra-Erkenntnisse über die Aufstellung des deutschen Afrika-Korps, die Verlegung von Stuka-Geschwadern nach Sizilien oder den deutschen Vorstoß auf dem Balkan bis nach Griechenland als flankierende Maßnahme zum geplanten Überfall auf die Sowjetunion zu den Hauptquartieren der Armee und der Air Force gelangten, blieb der deutsche Marinefunkschlüssel für ein weiteres Jahr sicher.

Dies erwies sich als kostspielig, denn die Verluste an Schiffen und Besatzungen stiegen, weil die U-Boote den Versuch unternahmen, Großbritannien vom Nachschub über See abzuschneiden und auszuhungern. Die deutsche Seekriegsleitung war weit mehr auf die Sicherheit ihrer Schlüsselmittel bedacht als die anderen Teilstreitkräfte, und sie war fest dazu entschlossen, einen erneuten Einbruch, wie dies 1914 geschehen war, zu verhindern. Das Funkpersonal war besser geschult und vermied Wiederholungen von Schlüsselgruppen, welche den Kryptoanalytikern, die darauf erpicht waren, den Code zu knacken, Hinweise liefern konnten. Die Kriegsmarine besaß mit dem Schlüssel »M« eine eigene Version des Enigma-Chiffrierverfahrens, welches dreizehn verschiedene Schlüsselsysteme beinhaltete. Für die Codeknacker des Marineschlüssels in Bletchley Park war der Verkehrskreis »Heimische Gewässer, kurz »Heimisch« bezeichnet und später in »Hydra« umbenannt, der wichtigste. »Hydra« wurde von U-Booten im Nordatlantik benutzt, in Bletchley rangierte dieser Schlüsselkreis auch unter der Bezeichnung »Dolphin«.

Bletchley verwendete die meisten Mühen und Anstrengungen darauf, mit der fast unendlichen Zahl an Schlüsseleinstellungen des Marinecodes klarzukommen. Da die Deutschen allerdings häufig mit Veränderungen aufwarteten, stellte dies auch eine endlose Herausforderung dar. Die Admiralität nahm die Marinefunkaufklärung zudem selbst in die Hand, und seit Kriegsbeginn verfolgte die Marineführung die Absicht, ein deutsches Kriegsschiff in der Hoffnung zu kapern, daß sich ihr Glück aus dem Ersten Weltkrieg wiederholen möge. Im November 1914 waren unschätzbar wertvolle deutsche Schlüsselunterlagen neben dem Wrack des vor der russischen Insel Odensholm im Nebel aufgelaufenen Kreuzers *Magdeburg* vom Meeresgrund geborgen worden. Die Marine des Zaren reichte die Dokumente an die Admiralität weiter, und Room 40 war in der Lage gewesen, in den deutschen Marinefunkschlüssel einzubrechen, ein Vorteil, den einige traditionsbewußte Admiräle, wie bereits erwähnt, nicht zu schätzen wußten.

Während des Zweiten Weltkriegs gelang ein erster ähnlicher Einbruch im Februar 1940, als U-33 beim Minenlegen in der Clyde-Mündung von dem Minensucher HMS *Gleaner* versenkt wurde. Bevor er sein Boot verließ, nahm der Kommandant die drei Buchstabenwalzen aus der Enigma sowie fünf weitere Rändelscheiben aus einem kleinen Kästchen und gab ein paar davon an zwei Besatzungsmitglieder mit dem Befehl weiter, die Walzen beim Überbordspringen ins Wasser zu werfen. Später wurden drei Buchstabenwalzen in den Taschen eines geretteten Matrosen gefunden, der daraufhin seinem Kommandanten beichtete, daß er die Walzen beim Verlassen des Bootes in der Aufregung vergessen habe. Die Buchstabenräder waren den Kryptoanalytikern in Baracke 8 recht dienlich, die Marine-Enigma entzog sich jedoch weiterhin der Auflösung.

Ein bedeutsamerer Erfolg wurde dann im Mai 1940 erzielt, nachdem britische Zerstörer vor Norwegen einen unter holländischer Flagge fahrenden Fischkutter aufgebracht hatten; sie vermuteten, daß es sich um ein getarntes deutsches Kriegsschiff handelte. Als ein Enterkommando von HMS *Griffin* in einem Beiboot übersetzte, wurde ein Mann dabei beobachtet, wie er zwei Segeltuchtaschen über Bord warf. Eine der Taschen versank, die andere trieb im Wasser. Master Gunner F. H. W. T. Foord sprang mit einer umgebundenen Leine aus dem

Boot und wäre fast ertrunken, bevor er zusammen mit der Tasche, die er fest umklammert hielt, wieder an Bord genommen werden konnte. Es stellte sich heraus, daß die Segeltuchtasche Chiffriervordrucke enthielt (und keine Schlüsselunterlagen, wie in der offiziellen britischen Geschichtsschreibung behauptet wird). Weitere Chiffrierunterlagen, die verstreut auf Deck lagen, wurden nach dem Entern des bewaffneten Kutters *Schiff 26* gefunden. Die erbeuteten Schlüsselvordrucke enthielten den passenden Klartext zum verschlüsselten Text und waren den Kryptoanalytikern in Bletchley Park bei den ersten Versuchen zur Dechiffrierung des deutschen Marinefunkschlüssels dienlich. Endlich konnte man in Bletchley einige chiffrierte Meldungen im nachhinein entziffern, aber einem Einbruch in den Schlüssel war man nur unwesentlich nähergekommen. Die dechiffrierten Mitteilungen enthielten nur wenig, was nachrichtendienstlich von Wert gewesen wäre, dabei hatte es fast einen Monat in Anspruch genommen, bis sie entschlüsselt waren. Nichtsdestoweniger stellten sie einen ganz entscheidenden Part in jenem Prozeß dar, der Bletchley schließlich auf die richtige Spur zur Entschlüsselung des Verkehrskreises »Heimische Gewässer« führte.

Für etwa ein Jahr hatte die Marineabteilung außer der Auswertung des Funkverkehrs, des Umfangs und des Verkehrsflusses des deutschen Marinefernmeldesystems nichts weiter zu tun. Aus dem Einpeilen von Funksignalen, aus der Beobachtung von Frequenzen und Adressaten entstand ein Bild des deutschen Fernmeldewesens. Die Kryptoanalytiker hielten nach Abweichungen vom normalen Verkehrsmuster Ausschau, was auf außergewöhnliche Aktivitäten schließen ließ.

In jener Phase erhielt Bletchley die meisten »Eselsbrücken« von sogenannten »Küßchen«, wortgleiche Mitteilungen, die in zwei verschiedenen Schlüsselsystemen gesendet wurden, von denen Bletchley zumindest eines mitlesen konnte. Baracke 4, zuständig für nicht mit Enigma verschlüsselte Meldungen, verfolgte den Schlüssel für die deutschen Marinewerften, und einige Meldungen, im Werftenschlüssel übermittelt, gingen per Enigma auch an die U-Boote. Da es dem Submarine Tracking Room in der Admiralität jedoch an aktuellen nachrichtendienstlichen Erkenntnissen über aufgefangene Meldungen mangelte, mußte es sich auf die Abteilung Funkpeilung verlassen, deren Informationen wiederum von Funkaufklärungsstationen stammten, die um Großbritannien herum verteilt waren sowie in Gibraltar und auf Island standen.

Zehn Monate vergingen, bevor weiteres Enigma-Schlüsselmaterial Bletchley erreichte. Im Februar 1941 wurden während eines Kommandounternehmens gegen die Lofoten Reservewalzen, Schlüsselunterlagen und Karten erbeutet. Die Gegenstände waren von einem Enterkommando auf dem brennenden Vorpostenboot *Krebs* entdeckt worden; die Enigma-Chiffriermaschine war allerdings kurz vorher über Bord geworfen worden. Die Walzen waren mit jenen identisch, die Bletchley bereits besaß, aber eines der erbeuteten Dokumente lieferte den Enigma-Schlüssel für den Monat Februar. Room 8 nutzte die Gelegenheit, und während der Woche vom 12. März tickerten eine Menge dechiffrierter Meldungen über den Fernschreiber im Operational Intelligence Centre, bevor die Qualität der Mitteilungen wieder schlechter wurde. Trotzdem trafen weitere nützliche Neuigkeiten ein. Binnen fünf Wochen konnten die Kryptoanalytiker den Funkverkehr für Februar zurückverfolgen, und anschließend gelang es ihnen, Übermittlungen zu knacken, die im April gesendet worden waren; daraufhin brachen sie auch in den Fernmeldeverkehr des Monats Mai ein.

Da die deutsche Wehrmacht für ihre Blitzkrieg-Bombardements und die geplante Landung in England Informationen über die Wetterentwicklung benötigte, waren seit Sommer 1940 Wetterschiffe in den Atlantik entsandt worden. Die Royal Navy versenkte zwei dieser Einheiten, bis Harry Hinsley, der noch als Student in Bletchley eingestellt wurde, auf die Idee kam, daß Wetterschiffe für Monate auf See bleiben mußten und deshalb Enigma-Schlüsselunterlagen für den gesamten angenommenen Zeitraum ihrer Stationierung benötigten. Er trug seinen Vorschlag, eines dieser Schiffe zu kapern, dem Stellvertretenden Leiter des Operational Intelligence Centre der Admiralität, Captain J. R. S. Haines, vor, und im Mai 1941 führte eine mächtige Task-Force der Royal Navy ein Kommandounternehmen gegen das deutsche Wetterschiff *München* durch. Der Verband bestand aus den Zerstörern *Somali*, *Eskimo*, *Bedouin* und *Nestor* und stand unter dem Befehl von Viceadmiral Lancelot Holland auf dem Kreuzer HMS *Edingburgh*.

Die *Somali* sichtete die *München* am 7. Mai um 17.07 Uhr etwa am Polarkreis und feuerte Warnschüsse ab. Die deutsche Besatzung begann sofort damit, das Schiff zu verlassen, die *Somali* kam längsseits und setzte eine Entermannschaft über. Das Prisenkommando der *Edinburgh*, begleitet von Captain Haines in Zivilkleidung, folgte ihnen rasch nach. Der Kommandant der *München* warf die Enigma-Chiffriermaschine über Bord, als die *Somali* sich näherte. Aber Haines fand dennoch, wonach er gesucht hatte – Schlüsseltabellen für die Monate Mai und Juni. HMS *Nestor* jagte mit Captain Haines an Bord zurück nach Scapa Flow, von dort beförderte er die erbeuteten Unterlagen nach London. In Bletchley war man nun mit Hilfe der Dokumente in der Lage, den deutschen Funkverkehr mit geringer Verzögerung zu dechiffrieren, bis der Schlüssel sechs Wochen später routinemäßig gewechselt wurde. (Am 12. Mai setzte Holland seine Flagge auf HMS *Hood*, und zwölf Tage später starben er und nahezu sämtliche Besatzungsmitglieder des Schlachtschiffes, als die *Hood* durch Salven der mächtigen Geschütze des deutschen Schlachtschiffes *Bismarck* innerhalb weniger Minuten versenkt wurde.) Durch eine in der Wortwahl sehr sorgfältig vorbereitete amtliche Mitteilung ließ man die Deutschen in dem Glauben, daß die Enigma weiterhin sicher sei. Das Kommunique schilderte den Zwischenfall folgendermaßen: »Eine unserer Bewachergruppen, die in nördlichen Gewässern operierte, stieß unerwartet auf die *München*, einen bewaffneten deutschen Fischdampfer. Das Feuer wurde eröffnet, und die Besatzung der *München* verließ und versenkte ihr Schiff. Die Schiffbrüchigen wurden daraufhin gerettet und zu Kriegsgefangenen erklärt.«

Am 9. Mai, nur zwei Tage nachdem die Schlüsselunterlagen des Wetterschiffs erbeutet worden waren, fiel den Alliierten Material von allergrößter Bedeutung in die Hände. Die Zerstörer *Bulldog* und *Broadway* sowie die Korvette *Aubrietia* fuhren als Geleitsicherung des Konvoi OB 318 südlich von Island, als U-110, das bereits zwei Schiffe aus dem Geleitzug versenkt hatte, durch Asdic, dem Unterwasser-Ortungsgerät, erfaßt wurde. Ein Angriff mit Wasserbomben beschädigte Steuer- und Tiefenruder des U-Boots, und da zudem die Maschinen sowie die Beleuchtung ausgefallen waren und Wasser in das Boot eindrang, ließ Kapitänleutnant Fritz-Julius Lemp die Tauchzellen anblasen; das U-Boot taumelte an die Oberfläche. Auf der *Bulldog* erteilte der Kommandeur der Flottille, Captain A. J. Baker Creswell, seinen Geschützmannschaften den Befehl, das Feuer zu eröffnen, und ging auf Rammkurs. Gerade noch rechtzeitig erinnerte er sich an eine Unterrichtsstunde während der Stabsausbildung über die Erbeutung wertvollen Schlüsselmaterials auf dem Kleinen Kreuzer *Magdeburg* im Jahr 1914. Zum Erstaunen der anderen Zerstörerkommandanten brach er den Angriff ab. Die *Broadway* schien jedoch weiterhin die Absicht zu verfolgen, das U-Boot zu rammen, obwohl der Kommandant der *Bulldog* per Megaphon befahl, sich von dem Boot klarzuhalten; der Befehl wurde per Morselampe wiederholt. Tatsächlich beabsichtigte die *Broadway*, zwei Wasserbomben unter dem U-Boot zu zünden, um es am Schnelltauchen zu hindern. Unbewußt befand sie sich aber auf Kollisionskurs, weil durch das Abfeuern ihrer 10,2-cm-Geschütze die Windschutzscheibe auf der Brücke stark gesprungen und nahezu undurchsichtig geworden war. Die *Broadway* passierte so dicht, daß ein Tiefenruder des U-Boots die vordere Kraftstoffzelle an Backbord aufschlitzte und Heizöl austrat.

Kapitänleutnant Lemp hatte vom Kommandoturm aus beobachtet, daß der Zerstörer auf ihn zuhielt, und befahl alle Mann von Bord. Die Geschütze schwiegen, während die Männer aus dem Turm stiegen und in die See sprangen; sie wurden von Beibooten der *Broadway* und der Korvette *Aubrietia* aufgenommen. Der Kommandant des U-Boots, jener Mann, der am ersten Kriegstag die *Athenia* versenkt hatte, befand sich nicht unter ihnen. Die geretteten Seeleute wurden an Bord der beiden Schiffe gebracht und rasch unter Deck getrieben, damit sie nicht erkennen konnten, wie ein Boot der *Bulldog* ein Enterkommando zu dem von ihnen verlassenen U-Boot übersetzte.

David Balme, ein zwanzig Jahre alter Sub-Lieutenant, hatte den Befehl über das Prisenkommando. Er kletterte die Leiter im Kommandoturm hinab und sorgte dafür, daß ein schreibmaschinenähnliches Gerät, von dem er annahm, es sei eine Art Chiffriermaschine, hinaufbefördert wurde. Sie war unverschlossen und wurde zusammen mit anderen Gegenständen und Dokumenten, die später zwei Kisten füllten, in das Beiboot weitergereicht.

U-110 wurde in Schlepp genommen, aber unterwegs via Island nach Scapa Flow begann es am nächsten Tag zu sinken; die Schlepptrosse mußte notgedrungen gekappt werden. Als man in der Admiralität erkannte, daß das ohne Wissen des Gegners erbeutete Enigma-Schlüsselmaterial unendlich viel wertvoller war als ein gekapertes U-Boot, war die Erleichterung dennoch spürbar. Captain Baker Creswell hatte ein Äquivalent zur Beute aus der *Magdeburg* von 1914 geliefert.

Lieutenant Allan Bacon sowie ein von Bletchley Park beauftragter Kollege empfingen die *Bulldog* bei ihrer Rückkehr nach Scapa Flow. Sie hatten nur eine Aktentasche bei sich, um alles mitzunehmen, was von besonderem Wert schien. Beide gerieten über die Beute sofort in helles Entzücken. Für den Fall, daß diesem Schatz auf dem Transport nach Bletchley Park in speziell angefertigten Behältern irgend etwas passierte, photographierten sie die wichtigsten Gegenstände.

Am 13. Mai nahm Baracke 8 die Untersuchung der Unterlagen auf. Kombiniert mit den auf dem Wetterschiff *München* gefundenen Dokumenten war es nun möglich, den Nachrichtenverkehr der U-Boote elf Tage nach dem Auffangen eines Funkspruchs zu entziffern. Als jedoch die erbeuteten Enigma-Chiffren für den Monat Juni in Kraft traten, war das Operational Intelligence Centre schließlich in der Lage, den Funkverkehr der U-Boote in »Real-Zeit«, ebenso schnell wie die U-Bootkommandanten und Dönitz selbst, mitzulesen. Eine am 1. Juni um 18 Minuten nach Mitternacht aufgefangene deutsche Meldung wurde in Baracke 8 dechiffriert, in Baracke 4 übersetzt und um 4.58 Uhr an das Operational Intelligence Centre weitergeleitet.

Die Aktion gegen U-110 war der bislang wichtigste nachrichtendienstliche Erfolg des Krieges. Als Captain Baker Creswell in Buckingham Palace empfangen wurde, um mit dem Disinguished Service Order ausgezeichnet zu werden, ließ König George VI. ihn wissen, daß seine Tat eines der herausragenden Ereignisse der Seekriegsgeschichte darstelle. Lediglich aufgrund des Erfordernisses zur Geheimhaltung sei keine höhere Auszeichnung vorgeschlagen worden. Sub-Lieutenant Balme erhielt das Distinguished Service Cross. (Wie in anderen Fällen auch wurden sämtliche Hinweise auf diesen Zwischenfall in Großbritannien getilgt; auch das offizielle Seekriegswerk *The War at Sea,* herausgegeben von Captain S. W. Roskill, publiziert 1954, enthält hierzu keine Angaben.)

Das erbeutete Material war für Turing und seine Mitarbeiter in Bletchley ein Geschenk des Himmels. Allerdings traf es zu spät ein, um die Anfangsphase der Jagd auf das deutsche Schlachtschiff *Bismarck*, das nach der Versenkung der *Hood* am 24. Mai in den Weiten des Atlantik verschwunden war, noch beeinflussen zu können. Ultra spielte jedoch eine gewisse Rolle, als das gegnerische Schlachtschiff zu entkommen schien. Admiral Lütjens war nämlich der Ansicht, daß ein britisches Kriegsschiff weiterhin Fühlung hielt, deshalb brach er die Funkstille und ließ eine längere Mitteilung über Gefechtsschäden seines Schiffes absetzen, zudem erbat er weitere Anweisungen der Marineführung. Dieser Funkspruch konnte zwar erst drei Tage später dechiffriert werden, als die *Bismarck* schon längst gesunken war. Ihr Standort war aber durch Funkpeilung ermittelt worden, und eine Luftwaffenmeldung verriet, daß die *Bismarck* Brest ansteuerte.

Obgleich das Entschlüsseln der Meldungen der *Bismarck* drei Tage in Anspruch genommen hatte, konnte der Funkverkehr während des Monats Juni durchschnittlich in weniger als sechs Stunden dechiffriert werden. Der Schlüsselkreis »Hydra« – er diente dem Funkverkehr deutscher Einheiten in der Nord- und Ostsee, Minensuchern und Vorpostenbooten vor der französischen und norwegischen Küste sowie zu jenem Zeitpunkt auch sämtlichen U-Booten – war schließlich geknackt worden. Ein weiterer rascher Erfolg stellte sich noch im Juni ein, als Ultra Erkenntnisse darüber lieferte, daß das Westentaschen-Schlachtschiff *Lützow*, die ehemalige *Deutschland*, unter Angabe von Position, Kurs und Geschwindigkeit von der Ostsee in die Nordsee verlegte. Die *Lützow* wurde von Torpedobombern abgefangen und so schwer beschädigt, daß sie für mehrere Monate ausfiel.

Minenlegeoperationen der RAF vor mehreren Häfen im deutschen Herrschaftsbereich verursachten eine Zunahme des Funkverkehrs deutscher Minensuchverbände. Diese Unternehmungen, auch »Gartenarbeit« genannt, wurden in enger Kooperation mit den Codeknackern ausgeweitet. Sie lieferten eine ganze Reihe erfolgreicher

»Eselsbrücken« und Übersetzungshilfen. Aufgrund der Erfahrungen, die Bletchley Park mit den erbeuteten Unterlagen der *Bulldog* gemacht hatte, ergaben sich ganz neue Erkenntnisse. Dort konnte man, außer an wenigen Tagen, mit »Hydra« verschlüsselte Meldungen für den Rest des Krieges mitlesen. Schließlich war Bletchley in der Lage, das Submarine Tracking Room im Operational Intelligence Centre der Admiralität mit einer Fülle von detaillierten Informationen zu versorgen.

Als die Gültigkeitsdauer der gekaperten Chiffren auslief, drängte Harry Hinsley darauf, durch eine erneute Unternehmung gegen ein Wetterschiff die aktuellen Enigma-Schlüsseltabellen »zu stibitzen«. Es war die *Lauenburg*, die in der letzten Maiwoche den nordnorwegischen Hafen Drontheim verlassen hatte, um in einem Gebiet 300 Seemeilen nördlich des Polarkreises zu operieren. Eine Task-Force, bestehend aus einem Kreuzer und drei Zerstörern, machte sich auf den Weg. Am 28. Juni, kurz vor Einbruch der Dunkelheit, sichtete ein Ausguck auf dem Zerstörer *Tartar* das Wetterschiff. Allerdings war die deutsche Besatzung vor der Annäherung des Gegners gewarnt worden, da der Funker der *Lauenburg* starke Signale von Stationen in der näheren Umgebung aufgenommen hatte. Als Granaten um ihr Schiff herum einschlugen, ließen der Kommandant und ein Großteil der Besatzung zwei Rettungsboote zu Wasser. Zwei Seeleute blieben zurück, warfen die Enigma über Bord und stopften Unterlagen in einen Kohleofen.

Als die *Lauenburg* schließlich von den Alliierten geentert wurde, schien außer einem Wust von Papier nichts übriggeblieben zu sein. Man nahm an, daß es sich um Müll handelte. Zur Überraschung der Männer stieß Lieutenant Alan Bacon, der die Task-Force auf dem Zerstörer

Jupiter begleitete und von Bletchley Park als Nachrichtenoffizier eingesetzt war, zu ihnen und befahl, jedes einzelne Dokument aufzusammeln. Sie füllten dreizehn Postsäcke, und unter einer großen Menge Abfall fand Bacon, wonach er gesucht hatte – die Enigma-Chiffren für Juli sowie aktuelle Anweisungen für das Steckerbrett bzw. ein Blatt mit internen Schlüsseleinstellungen. Am 2. Juli traf alles in Bletchley ein, und von diesem Tag an war man dort für den Rest des Monats in der Lage, mit Enigma verschlüsselte Mitteilungen binnen drei Stunden in Klartext zu übertragen.

Dann folgte erneut eine längere Periode, während der die Schlüsselsicherheit im Nachrichtenverkehr mit U-Booten auf Feindfahrt wieder gewährleistet war. Am 1. Februar 1942 schied die U-Bootwaffe aus »Hydra« aus und wurde über ein im Oktober 1941 eingeführtes neues Enigma-Modell, die M4, sowie über einen neu eingerichteten Schlüsselkreis, genannt »Triton«, direkt mit Admiral Dönitz verbunden. »Triton M4«, die Enigma mit vier Walzen, sollte die Kryptoanalytiker verblüffen; sie gaben ihr die Codebezeichnung »Shark«. Die nachrichtendienstlichen Erkenntnisse über in See stehende U-Boote reduzierten sich nunmehr auf geringfügige Überbleibsel aus »Hydra«, man war wieder größtenteils auf Funkpeilung sowie auf die Erfahrungen des Submarine Tracking Room mit den Verhaltensweisen von U-Booten im Einsatz angewiesen.

Die Einführung der Vier-Walzen-Enigma stürzte die leitenden Mitarbeiter von Bletchley Park in tiefe Verzweiflung. Die meisten von ihnen waren der Überzeugung, daß es unmöglich sei, sie zu knacken. Alan Turing war anderer Meinung und behauptete, er könne das Problem lösen. Etwa zur selben Zeit führte die deutsche

Seite einen neuen Schlüssel für Wettermeldungen ein, der den alten Code für meteorologische Datenübermittlung aus dem Jahr 1941, der zehn Monate zuvor von der *Bulldog* erbeutet worden war, ablöste. Da die in See stehenden U-Boote regelmäßig Wettermeldungen absetzten, hatte der Wettercode wichtige Hinweise zum Einbruch in den Funkverkehr mit Enigma geliefert. Um das Verfahren etwas abzukürzen, wurden diese Meldungen in den Drei-Buchstaben-Gruppen des Wetterschlüssels chiffriert und anschließend mit der aktuellen Enigma-Chiffre überschlüsselt. Der Schlüsselwechsel beendete die Vergleichsmöglichkeit des Wetterschlüssels mit der Enigma-Chiffre. Während der Marinenachrichtendienst im Hinblick auf den operativen Einsatz deutscher U-Boote nahezu »blind« war, hatte das deutsche Gegenstück zu Bletchley Park, der Funkbeobachtungsdienst (B-Dienst) den Schlüssel der Royal Navy No. 3 (»Naval Cypher No. 3«, Anm. d. Übers.) geknackt, der im Juni 1941 als gemeinsames Schlüsselsystem zwischen britischen, kanadischen und Kriegsschiffen der Vereinigten Staaten für Geleitschutzoperationen auf den Konvoirouten im Nordatlantik eingeführt worden war. Dönitz erhielt nachrichtendienstliche Erkenntnisse in »Real-Zeit«, und die Seekriegsleitung war in der Lage, die Fahrrroute eines Konvois etwa zwölf Stunden im voraus zu berechnen. Die »Blindheit« des alliierten Nachrichtendienstes und die Fähigkeit der Deutschen, unsere Konvoivorbereitungen, also Details zu Transportmöglichkeiten und Geleitschutz, Geschwindigkeit und Kursen mitzulesen, kamen ausgerechnet zu einer Zeit, als Admiral Dönitz eine weitere großangelegte U-Bootoffensive startete, um Großbritannien durch Aushungern zum Waffenstillstand zu zwingen. Zu Beginn der neuen Offensive standen ihm

249 U-Boote zur Verfügung, ihre Versenkungszahlen beliefen sich im Juni auf 700000 Tonnen, im November auf 730000 Tonnen alliierten Schiffsraums. Im Januar 1943 befanden sich 400 U-Boote unter seinem Kommando. Die meisten von ihnen besaßen verbesserte Offensivqualitäten, wurden von erfahrenen Besatzungen geführt und waren mit einem neuen elektronischen Gerät bestückt, das sie vor einer Annäherung mit Radar ausgerüsteter Flugzeuge warnte. Dies ließ den Booten genug Zeit, um in Sicherheit abzutauchen. Admiral Dönitz war zuversichtlich, daß der Ausgang dieser kriegsentscheidenden Schlacht, von der er glaubte, sie bringe Deutschland den Sieg, in seiner Macht stand.

Drittes Kapitel

Die Schlacht im Atlantik – Entscheidung im Zweiten Weltkrieg

Die ereignislosen ersten sechs Monate des Zweiten Weltkriegs sind als »Sitzkrieg« bekannt geworden. Es gab nichts Neues an der schwerbefestigten Maginot-Linie, die britische Expeditionsarmee saß untätig in Frankreich herum; die befürchteten Luft- und Gasangriffe auf London und andere Städte waren ausgeblieben; und die Hauptaufgabe der RAF schien darin zu bestehen, Propagandaflugblätter über Deutschland abzuwerfen. Im Krieg zur See jedoch gab es kein Herumsitzen.

Am Sonntag, den 3. September, um 11.00 Uhr vormittags hielt Premierminister Neville Chamberlain, der Architekt jener Appeasement-Politik, die Großbritannien kaum gerüstet in den Krieg ziehen ließ, eine Rede an die Nation, in der er erklärte, welch schweren Schlag ein erneuter Krieg Großbritanniens gegen Deutschland für ihn bedeute. Der deutsche Diktator Adolf Hitler hatte ein Ultimatum verstreichen lassen, die deutschen Truppen aus Polen zurückzuziehen, wo sie drei Tage zuvor einmarschiert waren. Mit kaum verhüllten Drohgebärden zögerte Frankreich die Kriegserklärung noch bis 17.00 Uhr hinaus.

Am selben Abend, um 21.00 Uhr, wurde der 13581 Tonnen große Passagierdampfer *Athenia* auf der Fahrt nach Montreal mit 1103 Reisenden sowie 305 Besatzungsmitgliedern an Bord vor Rockall torpediert und versenkt; 118 Menschen, unter ihnen 28 Amerikaner sowie Kinder, die vor erwarteten Luftangriffen in Sicherheit gebracht werden sollten, verloren ihr Leben. Diese

Tragödie gleich zu Beginn des Seekrieges erinnerte an die Versenkung der *Lusitania* im Jahr 1915, als 1198 Menschen, darunter 128 Amerikaner, starben. Der *Lusitania*-Fall bedeutete damals den Auftakt zum uneingeschränkten U-Bootkrieg, der 1917 wiederum den Kriegseintritt Amerikas zur Folge haben sollte.

(Das U-Boot war ursprünglich als Waffe für Terroristen ersonnen worden. Es war das Geistesprodukt von John Philip Holland, einem Mitglied der Irish Fenian Brotherhood, der ein britisches Schlachtschiff in die Luft jagen wollte, um Aufsehen zu erregen und Schrecken zu verbreiten. Er wanderte nach Amerika aus und entwickelte das erste U-Boot für die US-Navy, zudem entwarf er die ersten fünf Tauchboote für die Royal Navy. Über Wasser wurden seine Boote von einem Kraftstoffmotor angetrieben, der die Batterien eines sauerstoffunabhängigen Elektromotors auflud, wenn sich das Boot unter Wasser befand. Es tauchte, indem Ballasttanks mit Seewasser gefüllt wurden, und wurde das Wasser mittels komprimierter Luft hinausgedrückt, stieg das Boot wieder an die Oberfläche.)

Am Tag der Kriegserklärung wurde Winston Churchill zum Ersten Lord der Admiralität ernannt, ein Amt, das er nach der mißglückten Unternehmung gegen die Dardanellen im Ersten Weltkrieg hatte niederlegen müssen. Der deutsche Propagandaminister, Dr. Josef Goebbels, behauptete, daß Churchill britischen Zerstörern befohlen habe, die *Athenia* als Sabotageakt zu torpedieren. Goebbels mußte später eingestehen, daß ein überenthusiastischer U-Bootkommandant das Passagierschiff mit einem Truppentransporter verwechselt hatte. Churchill wertete dies als Erklärung des uneingeschränkten U-Bootkrieges und ordnete unverzüglich an, daß Handelsschiffe in Geleitzügen unter dem Schutz der Marine fahren mußten;

das Konvoisystem war im Ersten Weltkrieg erst nach Jahren schwerer Schiffsverluste eingeführt worden.

Nach der Machtergreifung Hitlers im Jahr 1933 wurde dem Oberbefehlshaber der Kriegsmarine, Admiral Erich Raeder, mitgeteilt, etwa 1944 auf einen Konflikt mit Großbritannien vorbereitet zu sein. Als England wegen des Angriffs auf Polen den Krieg erklärte – Chamberlain hatte nach Hitlers Einmarsch in die Tschechoslowakei lediglich die Hände gerungen –, wähnte sich die deutsche Marineleitung schlecht gerüstet, um den Kampf mit der größten Seemacht der Welt aufzunehmen. Am Vorabend des Krieges hatte Admiral Raeder jedoch entschieden, zur See die Initiative zu ergreifen, und sandte zwei moderne Panzerschiffe sowie achtzehn U-Boote auf Wartestellung in den Atlantik, um britische und alliierte Handelsschiffe zu vernichten – dies war der Beginn des entschlossenen Versuchs, Großbritannien auszuhungern. Eines der Panzerschiffe, die *Admiral Graf Spee*, konnte neun Handelsschiffe im Südatlantik versenken, bevor sie im Dezember im Gefecht vor dem La Plata auf drei britische Kreuzer stieß. Wegen erhaltener Trefferschäden suchte sie Zuflucht in dem uruguayischen Hafen Montevideo; neun Tage später versenkte die Besatzung ihr Schiff selbst. Dem anderen Panzerschiff, der *Deutschland*, gelangen nur zwei Versenkungserfolge, bevor es mit Maschinenproblemen den Rückmarsch antreten mußte. Die *Deutschland* fiel deshalb bei Hitler so sehr in Ungnade, daß er ihre Umbenennung in *Lützow* anordnete.*

* *Anm. d Übers.:* Der Vorschlag zur Umbenennung der *Deutschland* stammte von Admiral Raeder und wurde von Hitler aus Prestigegründen gebilligt, da »unerwünschte psychologische Belastungen« in Marine und deutscher Öffentlichkeit bei einem Verlust des Schiffes befürchtet wurden, siehe Salewski, Michael, Die deutsche Seekriegsleitung, Bd. 1: 1935–1941, Frankfurt a.M. 1970, S. 159.

Die britische Öffentlichkeit war angesichts dieses ersten großen Sieges im Südatlantik endlich wieder guten Mutes. Obwohl die Navy als die einzige ernsthaft kämpfende Teilstreitkraft angesehen wurde, hatte es bis zu diesem Zeitpunkt im Grunde nur Meldungen über Erfolge der U-Boote gegeben: Noch keine zwei Wochen nach Kriegsbeginn versenkte ein U-Boot den Flugzeugträger *Courageous*; im Oktober drang ein anderes Boot durch die Netzsperren in den wichtigsten Flottenstützpunkt, Scapa Flow, ein und torpedierte das Schlachtschiff *Royal Oak*; und im November wurde der Hilfskreuzer *Rawalpindi* versenkt, nachdem er kurz zuvor über Funk gemeldet hatte, er habe die *Deutschland* gesichtet (in Wirklichkeit war es die *Scharnhorst* gewesen).

Zwei Monate nach der Selbstversenkung der *Graf Spee* gab es weiteren Beifall für die Marine, als der Zerstörer HMS *Cossack* das Versorgungsschiff der *Graf Spee*, die *Altmark*, in einem norwegischen Fjord enterte und 229 Besatzungsmitglieder der durch das Panzerschiff versenkten Handelsschiffe befreite. Ein an die unter Deck festgehaltenen Gefangenen gerichteter Ausruf von Able Seaman James Harper – »Die Navy ist da!« – produzierte aufmunternde Schlagzeilen.*

Die Aktion der *Cossack* lieferte einen Hinweis darauf, welch große Zahl an Handelsschiffen versenkt wurde. Selbstverständlich gab es in diesem harten Kampf gegen die U-Boote um die lebenswichtigen Seeverbindungen Großbritanniens keine öffentlichen Bekanntmachungen. Wie im Ersten Weltkrieg war die Schlacht im Atlantik auch im Zweiten Weltkrieg die längste und wichtigste militärische Auseinandersetzung. (Im April 1917, dem

* Der Onkel des Autors wurde für seine Teilnahme an der Befreiungsaktion mit der Distinguished Service Medal ausgezeichnet.

schlimmsten Monat beider Weltkriege, versenkten die U-Boote 881000 Tonnen Handelsschiffsraum, Großbritannien besaß an unentbehrlichen Versorgungsgütern nur noch Vorräte für drei Wochen. Alles in allem gingen 4837 Schiffe mit zusammen 11135000 Tonnen verloren. Die Verlustziffer der U-Boote betrug 178; 176 kapitulierten im November 1918.)

Trotz der lähmenden Verluste in den Jahren 1914–1918 war die britische Handelsflotte 1939 die größte aller seefahrenden Nationen; sie umfaßte nahezu ein Drittel der Welthandelstonnage und rangierte gleichauf mit den vereinigten Flotten der drei nächstfolgenden Rivalen zur See, den Vereinigten Staaten, Japans und Norwegens. Als Norwegen besetzt wurde, befanden sich die meisten seiner Handelsschiffe auf See, alle liefen daraufhin britische Häfen an. Dänische, holländische und belgische Schiffe folgten größtenteils nach. Später stieß eine große griechische Flotte zur alliierten Handelsschiffsarmada hinzu. Großbritannien standen nun insgesamt weitere 700 Schiffe zur Verfügung, und unter Einbeziehung von 480 000 Tonnen Schiffsraum, der im neutralen Schweden gechartert wurde, konnten etwa drei Millionen Tonnen an Transportkapazität bereitgestellt werden – dies bedeutete eine Steigerung um 85 Prozent.

Als im Jahr 1937 erneut der Ausbruch eines Krieges drohte, richtete die Admiralität das Shipping Defence Advisory Committee ein und ließ Seeleute der Handelsmarine durch Verbindungsoffiziere in Schiffsverteidigung unterweisen. Hunderte von Handelsschiffen erhielten Decksverstärkungen zum Einbau von Luftabwehrgeschützen, Tausende von Seeleuten wurden zu Geschützführern ausgebildet.

Nach dem Ende des Ersten Weltkriegs fuhr die mächtige deutsche Hochseeflotte, zusammen 74 Einheiten, in die Internierung nach Scapa Flow; bevor die Flotte jedoch unter den Siegermächten aufgeteilt werden konnte, wurde sie von den eigenen Besatzungen versenkt. Die Bedingungen des Deutschland auferlegten Versailler Vertrages erlaubten lediglich den Aufbau einer maritimen Pro-forma-Streitmacht, der Bau von U-Booten war völlig untersagt worden. Deutsche U-Bootkonstrukteure gründeten 1922 eine Firma in Holland, wo sie ihre Arbeit als Konstruktions- und Beratertätigkeit im U-Bootbau für die Marinen Japans, Schwedens, Argentiniens, Spaniens und der Türkei fortsetzten. Der ehemalige U-Bootkommandant Wilhelm Canaris, später Leiter des deutschen militärischen Nachrichtendienstes, der Abwehr, war daran beteiligt. Die U-Boote wurden in Kiel im Verborgenen zusammengebaut.

Karl Dönitz, im Ersten Weltkrieg mit dem Eisernen Kreuz ausgezeichnet, übernahm im September 1935 das Kommando über die drei U-Boote der ersten Flottille, im Jahr darauf erhielt er seine Ernennung zum Führer der U-Boote. Er hatte ein U-Boot im Mittelmeer befehligt und war im Oktober 1918 von den Briten gefangengenommen worden, nachdem er sein beschädigtes Boot selbst versenkt hatte. Dönitz täuschte eine Geisteskrankheit vor und verbrachte kurze Zeit in einer Nervenklinik in Manchester, bevor er im Juli 1919 vorzeitig entlassen wurde. Als Kommandant eines Torpedoboots kehrte er in Marinedienste zurück.

Als der Krieg erneut ausbrach, war Dönitz zum Sieg in der Atlantikschlacht entschlossen, weil ihm bewußt war, daß es die U-Boote im Jahr 1917 fast geschafft hätten, Großbritannien zum Ersuchen um Waffenstillstand zu zwingen. Er war verbittert, als das Blatt sich wendete und die britische Blockade demgegenüber ein hungerndes Deutschland um Waffenstillstand ersuchen ließ. In der neuen, zweiten Runde wollte er es England mit gleicher Münze heimzahlen. Allerdings hatte Hitler 1938 unter der Bezeichnung »Z-Plan« ein Rüstungsprogramm aufgestellt, das eine Flotte von Riesenschlachtschiffen vorsah, die die britische Marine von den Weltmeeren vertreiben sollte. Der Plan versprach Dönitz zwar ebenso jene 300 Boote, die er nach eigenem Ermessen vor der Wiederaufnahme des Krieges gegen England benötigte. Aber mit einem solch frühzeitigen Kriegsausbruch hatte Hitler nicht gerechnet, und lediglich zwei Schlachtkreuzer sowie drei »Westentaschen-Schlachtschiffe« von kaum 12000 Tonnen Verdrängung waren fertiggestellt. Letztere waren vor allem für einen Einsatz als Handelsstörer entworfen worden und nicht, um es mit britischen Großkampfschiffen aufzunehmen. Jedoch schnitten sie im Vergleich mit den alternden Schlachtschiffen der Royal Navy in Geschwindigkeit, Bewaffnung und Panzerung günstig ab.

Unterdessen war die britische Marine durch wirtschaftliche Sparmaßnahmen und Forderungen nach Abrüstung stark geschrumpft. Bereits 1922 wurden auf der Grundlage des umstrittenen Washingtoner Flottenabkommens 12 der 27 Großkampfschiffe der Marine verschrottet und in allen anderen Bereichen die Mittel gekürzt. Bei Kriegsausbruch besaß die Royal Navy 12 Schlachtschiffe, 3 Schlachtkreuzer, 62 Kreuzer, 7 Flugzeugträger und 2 Mutterschiffe für Wasserflugzeuge. Die Überwasserstreitkräfte der deutschen Marine bestanden aus den Schlachtkreuzern *Scharnhorst* und *Gneisenau*, 3 »Westentaschen-Schlachtschiffen«, 6 Kreuzern, 17 Zerstörern und weiteren Hilfsschiffen. Die Super-

Schlachtschiffe *Bismarck* und *Tippitz*, der Flugzeugträger *Graf Zeppelin* sowie 4 Schwere Kreuzer waren in Bau. Während die deutschen Überwasserstreitkräfte die längste Zeit in ihren Häfen lagen, mußte die Royal Navy ihre schweren Schiffseinheiten zumeist dazu einsetzen, ihr Abschreckungspotential aufrechtzuerhalten oder auf die wenigen tatsächlich durchgeführten Unternehmungen großer Kampfeinheiten gegen die Handelsschiffahrt zu reagieren. Von Beginn an war das U-Boot die Hauptwaffe der deutschen Kriegsmarine, und der Zerstörer war sein gefährlichster Gegner. Als die Schlacht im Atlantik begann, besaß die Royal Navy lediglich 165 Zerstörer, viele von ihnen stammten noch aus dem Ersten Weltkrieg. Weiterhin standen 35 Korvetten und 20 bewaffnete Trawler zur Verfügung, die mit Asdic, einem neuen Unterwasser-Ortungsgerät zur U-Bootbekämpfung, ausgerüstet waren. Um den Bedarf an Geleitfahrzeugen zu decken, waren in den letzten Friedensjahren Aufträge für Korvetten und andere, schnell und billig zu bauende Fahrzeuge vergeben worden. Nachdem Winston Churchill im Dezember 1940 Präsident Franklin D. Roosevelt die für Großbritannien tödliche Gefahr der ständigen und sich weiter verschlimmernden Abnahme des Handelsschiffsraums in einem verzweifelten Schreiben geschildert hatte, überließen die Vereinigten Staaten Großbritannien 50 alte Zerstörer im Austausch für Marinestützpunkte in Britisch-Westindien, auf den Bermudas und in Neufundland.

Da der Krieg früher kam als erwartet, hatte Dönitz nur 57 U-Boote statt der 300 Boote zur Verfügung, die er als notwendig erachtete, um einen dichten Blockadering um Großbritannien zu legen. Von diesen wiederum besaßen 32 Boote nur einen geringen Fahrbereich, sie konnten kaum weiter als in der Nordsee oder vor jenen britischen Häfen eingesetzt werden, wo die Hauptschiffahrtslinien zusammenliefen. Immerhin erzielten diese kleinen 250-Tonnen-Boote bemerkenswerte Erfolge, bis die britischen Verteidigungsmaßnahmen ihren Einsatz im Küstenvorfeld zu kostspielig werden ließen. Nach Hitlers Angriff auf die Sowjetunion im Juni 1941 wurden die kleineren U-Boote in der Ostsee und im Schwarzen Meer stationiert und eingesetzt.

Die übrigen U-Boote, mit etwa 626 Tonnen Verdrängung, einem Fahrbereich von über 6000 Seemeilen und ausgerüstet mit elf Torpedos sowie einer Besatzung von 44 Mann, waren dazu in der Lage, vor den Western Approaches zu operieren, dem Brennpunkt der Blockade gegen Großbritannien.

Seit Kriegsbeginn erhielt der U-Bootbau in der deutschen Marine mit einem umfangreichen Fertigungsprogramm für Einheiten des größeren Typs die höchste Priorität. Von diesen atlantikfähigen Standard-U-Booten wurden 705 auf verschiedenen Werften gebaut. Später entstanden auch U-Boote mit 1000 Tonnen Verdrängung, bestückt mit 22 Torpedos, sowie 2000 Tonnen große U-Tanker, die 14 U-Boote mit Kraftstoff, Torpedos und sonstigen Vorräten versorgen konnten. (All diese Boote waren keine richtigen Unterseeboote, man könnte sie eher als Tauchboote bezeichnen: Sie mußten aufgetaucht mit ihren außenluftabhängigen Dieselmotoren fahren, um die Batterien für den Unterwasserantrieb aufzuladen. Da die geringe Kapazität der Batterien den Fahrbereich mit Elektromotoren einschränkte, erreichten die U-Boote ihre Aufstellungsräume nur, wenn sie sich aufgetaucht bei Nacht mit ihren Dieseln fortbewegten.)

Für die britische Armee und die RAF war der »Sitzkrieg« im April 1940 mit der deutschen Invasion Dänemarks und Norwegens beendet. Die Marine deckte die Anlandung britischer, französischer und polnischer Truppen in mehreren Häfen Mittelnorwegens, mußte sie jedoch kurz darauf wegen der wütenden Angriffe deutscher Sturzkampfbomber wieder evakuieren; dies war die erste einer ganzen Reihe teuer bezahlter Lehrstunden über die Unverzichtbarkeit landgestützter Lufthoheit bei Flotten- und Heeresoperationen.

Danach kämpfte die Navy in zwei heftigen, mit Artillerie und Torpedos geführten Gefechten zwischen Zerstörern in dem weiter nördlich gelegenen Hafen von Narvik, wo deutsche Schiffe Truppen angelandet hatten. Zehn gegnerische Zerstörer wurden versenkt. Damit war der Weg für die Einnahme des Hafens und die Landung von 25000 Mann alliierter Truppen frei. Hurricanes und Jagddoppeldecker vom Typ Gladiator, deren Geschwader auf eroberten Flugplätzen stationiert waren, gaben Luftunterstützung. Dieser erste alliierte Erfolg war in einem ansonsten katastrophal verlaufenden Feldzug allerdings nur von kurzer Dauer. Als die volle Entfaltung der deutschen Blitzkrieg-Taktik mit Panzerkolonnen, die von Sturzkampfbombern unterstützt wurden, im Juni Westeuropa in Flammen setzte, mußte der Feldzug in Norwegen abgebrochen werden.

Narvik wurde am 8. Juni von den alliierten Truppen geräumt, und die Piloten der Hurricanes und Gladiators, die zuvor die Stukas abgewehrt hatten, machten ihre ersten Deckslandungen auf dem Flugzeugträger *Glorious*. Die meisten von ihnen starben, als die *Glorious* noch am selben Tag zufällig auf die beiden deutschen Schlachtkreuzer *Scharnhorst* und *Gneisenau* stieß. Die *Glorious* wurde zusammen mit ihren beiden Begleitzerstörern

Ardent und *Acasta* versenkt, obgleich ein Torpedo der *Acasta* die *Scharnhorst* so schwer beschädigte, daß sie den Rückmarsch antreten mußte. Dies war nur ein Teil jenes Tributs, den die Navy in Norwegen entrichten mußte; die deutsche Kriegsmarine hatte jedoch weit schwerere Verluste.

Mehrere britische Kriegs- und Handelsschiffe überstanden die Angriffe von U-Booten nur, weil deren Torpedos versagten. Das deutsche U-Boot-Ass Günther Prien beklagte sich bei Dönitz, daß er mit Sicherheit das Schlachtschiff *Warspite* versenkt hätte, aber mit einem – nach seinen Worten – »Holzgewehr« nicht kämpfen könne. Von anderen U-Bootkommandanten kamen ähnliche Beschwerden. Die Ursache wurde in einer fehlerhaften Zündpistole gefunden. Bis die Deutschen jedoch 1942 eine zuverlässige Pistole entwickelt hatten, nutzten sie die Kopie eines britischen Modells mit Aufschlagzünder, das im Mai 1940 an Bord des Minen-U-Boots *Seal* entdeckt worden war, nachdem es im Skagerrak vor einem deutschen Wasserflugzeug die Waffen gestreckt hatte.

Die Royal Navy erlitt während des Abtransports der britischen Expeditionsarmee von den Stränden bei Dünkirchen weitere schwere Verluste. Da Zerstörer die größten Kriegsschiffe waren, deren Einsatz in Küstennähe die Admiralität riskieren konnte, wurden von 39 an der Evakuierung beteiligten Einheiten sechs durch Bomben versenkt und 19 beschädigt. Kurz darauf folgte die unvorstellbare Katastrophe der Eroberung Frankreichs und des Verlusts einer verbündeten Flotte mit 5 Schlachtschiffen, 1 Flugzeugträger, 15 Kreuzern, 75 Zerstörern und 59 U-Booten. Churchill, der gerade das Amt des Premierministers von Chamberlain übernommen hatte, war bis zum Äußersten dazu entschlossen, zu verhindern, daß diese Schiffe den Deutschen in die Hände fielen. Als der französische Admiral Darlan sich weigerte, seine Flotte nach Martinique, einer Kolonie in Französisch-Westindien, zu überführen, mußte Admiral Sir James Somerville, Befehlshaber der britischen Mittelmeerflotte, widerstrebend der Anweisung folgen, die Großkampfschiffe des ehemals Verbündeten in Oran unter schweren Verlusten von Menschenleben zu versenken. England demonstrierte Rücksichtslosigkeit und signalisierte, daß es erstens dazu entschlossen war, den Kampf auch bis zum bitteren Ende weiterzuführen, und zweitens nicht daran dachte, um Waffenstillstand zu bitten. Von der französischen Marine war erwartet worden, daß sie sich hauptsächlich um die italienische Flotte kümmern solle. Als Italien wenige Tage vor dem Zusammenbruch Frankreichs in den Krieg eintrat, stieg die Belastung für die Royal Navy weiter an. Die Flotte Italiens umfaßte 6 Schlachtschiffe, 19 Kreuzer, 61 Zerstörer und 105 U-Boote. Der knappe Sieg der RAF in der Luftschlacht um England hatte Hitler im ansonsten eher entmutigenden Jahr 1940 im Herbst von einer Invasion Abstand nehmen lassen, jedoch stellte die deutsche Besetzung der 5000 Kilometer langen Küstenlinie Westeuropas von der Arktis bis an die spanische Grenze eine neue, weit tödlichere Bedrohung dar.

Die U-Boote befanden sich jetzt auf der Schwelle zu den Western Approaches, und somit war die Schiffahrt auf den Versorgungswegen Großbritanniens weit anfälliger gegen Angriffe geworden. Dies kennzeichnete den Auftakt zur Schlacht im Atlantik, der längsten und wichtigsten militärischen Konfrontation des Zweiten Weltkriegs. Die U-Boote waren nunmehr in der Lage, bis 25

Grad westlicher Breite zu operieren, genau in jene Lücke hinein, die zwischen dem Endpunkt des Geleitschutzes für Konvois aus Halifax und dem Beginn der Geleitsicherung vor der Einfahrt in die Western Approaches lag.

Während der deutschen Invasion Dänemarks und Norwegens hatten die Briten Weitsicht bewiesen und waren möglichen deutschen Unternehmungen gegen die dänischen Färöer-Inseln und gegen das im mittleren Nordatlantik liegende Island zuvorgekommen; dies erwies sich im nachhinein als unschätzbarer Vorteil. Der Irische Freistaat jedoch, seit 1921 unabhängig, verweigerte sich britischen Wünschen nach Wiedereinzug in zwei ehemalige Marinestützpunkte, um im Gegenzug das Versprechen zu erhalten, nach Beendigung des Krieges über die Vereinigung mit den sechs loyalistischen Grafschaften in Nordirland zu verhandeln. Die Inbetriebnahme der beiden Stützpunkte hätte den Schutzschirm für die Schifffahrt um 200 Seemeilen nach Westen erweitert und unzweifelhaft britische Schiffe und Menschenleben gerettet. Statt dessen dienten die Buchten Irlands manchmal deutschen U-Booten als Schlupfwinkel.

Von den größeren U-Booten konnte nunmehr eine ausreichende Zahl in Dienst gestellt werden, so daß Admiral Dönitz unmittelbar Nutzen aus der Nähe der U-Bootbasen an der französischen Küste zu den Konvoirouten im Atlantik ziehen konnte. Bereits am 5. Juli verlegte U-30 (unter dem Kommando von Fritz-Julius Lemp) nach Lorient am Golf von Biscaya. Kurz darauf operierten acht Flottillen von Brest, Lorient, La Pallice und St. Nazaire aus. Zur Brennstoffergänzung nutzten sie auch Häfen im faschistischen, aber neutralen Spanien sowie auf den Kanarischen Inseln im Atlantik. Der Angriff auf die Konvoirouten lief nach folgendem Muster ab: In Norwegen und Frankreich stationierte Langstreckenaufklärer vom Typ Focke-Wulf Condor spürten die Geleitzüge auf und gaben Kurs, Geschwindigkeit sowie die Anzahl der Geleitschiffe an die Befehlsstelle der U-Boote in Lorient durch. Von dort wurden bis zu zehn U-Boote in das betreffende Seegebiet beordert, um einen Suchstreifen in vorlicher Position zum Konvoi zu bilden, der sich auf seinem Marsch nach der Geschwindigkeit des langsamsten Schiffes richten mußte.

Während der ersten Monate der Operationen von Häfen an der Biscayaküste aus wurden 38 Schiffe (zusammen 382000 Tonnen) versenkt; dies war zwar weniger als ein Viertel jener Zahl an Handelsschiffen, die in den schlimmsten Monaten des Jahres 1917 vernichtet worden waren, aber die Aussichten waren trübe. Im August ließ Hitler sämtliche Einschränkungen in bezug auf die Angriffsziele fallen. In diesem Monat stiegen die alliierten Schiffsverluste auf 394000 Tonnen, im September auf 442000 Tonnen an.

Im Oktober wurden 17 Schiffe aus dem langsamen, mit nur 7 Knoten Geschwindigkeit fahrenden Konvoi SC 7, der sich auf dem Weg nach England befand, versenkt und zwei weitere schwer beschädigt – zum ersten Mal hatte Admiral Dönitz die Rudeltaktik angewandt, die Jagd in »Wolfsrudeln«. Zur selben Zeit griff ein anderes Wolfsrudel den Konvoi HX 79 an, wegen der stärkeren Geleitsicherung ging jedoch nur ein Viertel der Handelsschiffe verloren. Die konzentriert auftretenden U-Boote überschwemmten die wenigen Sicherungsfahrzeuge, die jedem Konvoi zur Verfügung standen.

Auch die »Westentaschen-Schlachtschiffe« stellten eine permanente Bedrohung dar. Im November 1940 versenkte das Panzerschiff *Admiral Scheer* den britischen Hilfskreuzer *Jervis Bay*. Dessen Kommandant, postum mit dem Victoria Cross ausgezeichnet, hatte den von ihm eskortierten Geleitzug angewiesen, sich zu zerstreuen, während er den weit mächtigeren Geschützen des Gegners ein Gefecht lieferte. Die *Scheer* konnte sich schließlich einer Verfolgung entziehen und operierte im Südatlantik sowie im Indischen Ozean, bevor sie im April 1941 sicher nach Kiel zurückkehrte; sie hatte 14 Handelsschiffe und die *Jervis Bay* versenkt sowie zwei weitere als Prisen aufgebracht. Viel schwerer als jene 100000 Tonnen Schiffsraum, die die *Scheer* versenken konnte, wog jedoch die anhaltende Störung des Konvoisystems und die von ihr verursachte Dislozierung von Marineeinheiten.

Die Schiffahrt auf dem Atlantik bzw. die Schiffsbesatzungen fielen darüber hinaus Langstreckenbombern vom Typ Focke-Wulf Condor zum Opfer. Um diese zu bekämpfen, wurden Hurricane-Jäger per Katapult von Handelsschiffen aus gestartet. Nach dem Angriff auf eine Condor hing das Überleben des Hurricane-Piloten davon ab, ob er in der Nähe seines Schiffes notwassern und dann aufgefischt werden konnte. Den Hurricanes gelang lediglich der Abschuß einer einzigen Condor; die Maßnahme erwies sich jedoch insofern als erfolgreich, als die Langstreckenbomber künftig davon abgehalten wurden, einem Konvoi zu nahe zu kommen.

Die Zahl der im Atlantik operierenden U-Boote nahm von Januar bis April 1941 um ein Drittel zu. Binnen zweier Monate versenkten sie 142 Schiffe mit zusammen 815000 Tonnen, die Lebensmittel und wichtiges Kriegsmaterial transportierten. Auf diesem Tiefpunkt der Schlacht im Atlantik hielt Churchill seine bewegende Rede im Rundfunk, die auf Seite 26 bereits erwähnt wurde. Korvettenkapitän Günther Heßler, der Schwiegersohn von Admiral Dönitz, versenkte mit U-107 im Mai sowie Anfang Juni 14 Schiffe mit 86700 Tonnen – Rekordergebnis für eine einzige Feindfahrt.

Im Mai sandte Admiral Raeder das Schlachtschiff *Bismarck* (41700 Tonnen) und den Schweren Kreuzer *Prinz Eugen* in den Nordatlantik. Er verknüpfte damit die Erwartung, daß beide Schiffe noch weit schwerere Schläge gegen die Nachschubkonvois führen würden. Geplant war, daß die *Bismarck* britische Kriegsschiffe beschäftigen sollte, während die *Prinz Eugen* den Geleitzügen nachstellte. Von britischen Schlachtschiffen verfolgt, trafen die 38-cm-Geschütze der *Bismarck* die Munitionskammern der alten *Hood*, und sie flog in die Luft. Von 1419 Mann der Besatzung konnten nur drei gerettet werden. Die *Bismarck* verschwand, dank Ultra konnte jedoch ihr Funkverkehr beobachtet werden, so daß sie schließlich gestellt und nach massiven Angriffen britischer Kriegsschiffe und Flugzeuge versenkt wurde.

Während der ersten Schlacht im Atlantik, von 1914 bis 1918, hatte die deutsche Seite auch Handelsschiffe mit 15-cm-Geschützen und Torpedos ausgerüstet, die über Einzelfahrer in entlegenen Seegebieten herfielen. Im Frühjahr 1940 verließen sechs solcher Hilfskreuzer ihre Häfen in Deutschland, nachdem, wie im Falle der U-Boote, peinlich genaue Vorbereitungen zur Kraftstoffergänzung vornehmlich auf See getroffen worden waren. Da die Versorgungsschiffe strikte Funkstille zu wahren hatten, wurden die Hilfskreuzer sowie die U-Boote vor ihrer Ausreise über die Standortangaben ihrer Versorgungsschiffe auf deren abgelegenen Positionen im Atlantik informiert. Ultra konnte sie deshalb nicht aufspüren. Allerdings wurden sämtliche Versorger kurz nach der Jagd auf die *Bismarck* versenkt, nachdem Schiffe und Flugzeuge sie ausfindig gemacht hatten.

Im November 1941 erhielt der erfolgreichste der getarnten Handelsstörer, die *Atlantis*, auf dem Rückmarsch in die Heimat den Befehl, U-Boote im Südatlantik zu versorgen. Seit ihrer Ausreise aus Deutschland im März 1940 hatte sie 22 Schiffe mit zusammen über 150000 Tonnen versenken können – dreimal so viele wie die *Graf Spee*. Der neue Einsatzbefehl mußte ihr per Funkspruch mitgeteilt werden, und somit war Ultra in der Lage, das Seegebiet, in das die *Atlantis* umgeleitet wurde, exakt zu bestimmen. Am 22. November entdeckte das Bordflugzeug des Kreuzers *Devonshire* ein verdächtiges Handelsschiff – der Hilfskreuzer war von der *Devonshire* bei der Versorgung eines U-Boots überrascht worden. Das Boot tauchte sofort weg, die *Atlantis* gab ihre Maskerade als holländisches Schiff auf und ließ die Geschütztarnung fallen. Dann jedoch erhielt die Besatzung den Befehl, das Schiff zu verlassen. Die *Devonshire* eröffnete das Feuer, und die *Atlantis* begann zu sinken. Die Briten drehten daraufhin ab, ohne sich um die Schiffbrüchigen zu kümmern, weil sie wußten, daß ein U-Boot in der Nähe war. U-126 lief zur Untergangsstelle und nahm 308 Besatzungsmitglieder auf, schleppte sie drei Tage lang in Rettungsbooten hinter sich her, um sie dann an den U-Bootversorger *Python* abzugeben.

Die Funkstille mußte deshalb erneut gebrochen werden, und Ultra konnte die Position der *Python* feststellen. HMS *Dorseshire*, das Schwesterschiff der *Devonshire*, ertappte sie am 1. Dezember bei der Kraftstoffversorgung zweier U-Boote. Die *Python* wurde versenkt, während die Boote erneut entkommen konnten. Die Besatzung der

Python sowie die Überlebenden der *Atlantis*, zusammen 414 Mann, wurden wiederum von den auf den Schauplatz zurückkehrenden U-Booten aufgenommen. Später stießen zwei weitere deutsche sowie vier italienische Boote hinzu; die Schiffbrüchigen konnten die Rettungsboote aufgeben, und die völlig überfüllten Unterseeboote liefen während der Weihnachtsfeiertage in St. Nazaire ein. Etwa um dieselbe Zeit wurden zwei weitere Handelsstörer versenkt, drei andere Einheiten erreichten Häfen in Europa. Aufgrund dieser britischen Erfolge wurde die Bereitstellung von Überwassereinheiten zur Versorgung von U-Booten aufgegeben. Allerdings waren längst Vorbereitungen getroffen worden, die Boote auf See durch einen neuen U-Boottyp logistisch zu unterstützen; der erste U-Tanker stellte noch im Dezember in Dienst.

Hitler traf Ende 1941 zwei Entscheidungen, welche die englischen Verluste an Handelsschiffen im Atlantik reduzierten. Zum einen wies er einen widerstrebenden Dönitz an, 23 U-Boote in das östliche Mittelmeer zu verlegen, um die Verluste einzudämmen, die die Royal Navy den Versorgungsschiffen Rommels zufügte. Zum andern erklärte Hitler den Vereinigten Staaten kurz nach dem japanischen Angriff auf Pearl Harbor am 9. Dezember den Krieg. Dönitz schickte 1000-Tonnen-Boote mit großem Fahrbereich an die amerikanische Ostküste, und die U-Boot-Waffe genoß, was ihre Besatzungen »die glückliche Zeit« nannten. Die kleineren 500-Tonnen-Boote waren nach Brennstoffergänzung aus den ersten U-Tankern, bei den Alliierten als »Milchkühe« bekannt, in der Lage, daran teilzuhaben.

Während ihres operativen Einsatzes auf der anderen Seite des Atlantik wurden die U-Boote von zwei Faktoren begünstigt: Die amerikanischen Küstenstädte beachteten die Verdunkelungsvorschriften nicht, und somit hob sich die Küstenschiffahrt schön vor dem Hintergrund ab. Ferner erachtete der Oberbefehlshaber der amerikanischen Flotte, Admiral Ernest King, das Konvoisystem als eine Verteidigungsmaßnahme, die den Traditionen der US-Navy unangemessen sei.

King war davon besessen, Vergeltung für Pearl Harbor zu üben, so daß sein Blick stets auf den Kriegsschauplatz im Pazifik gerichtet blieb. Die britische, kanadische sowie die alliierten Flotten im Exil trugen somit die Hauptlast in der wichtigen Schlacht im Atlantik. Zwischen Januar und Juli 1942 wurden 460 Schiffe (mit zusammen etwa 2,3 Millionen Tonnen), einschließlich Tankern aus Venezuela, vor der amerikanischen Ostküste versenkt. Mit Unterstützung von 25 Einheiten der Royal Navy, auf die sie im Grunde nicht verzichten konnte, wurde das Konvoi-System schließlich doch eingeführt, daraufhin gingen die Verluste zurück. Im weiteren Verlauf des Krieges setzten die Amerikaner kleinere Luftschiffe, sogenannte »Blimps«, zur Aufklärung über den Konvois ein. Sie erwiesen sich als äußerst effektiv.

Unterdessen hatten die Deutschen im Februar 1942 einen grandiosen Propagandacoup gelandet; es war ein Unternehmen, das die britische Bevölkerung genauso fassungslos und bestürzt zurückließ wie die Einnahme der Seefestung Singapur durch die Japaner wenige Tage später. Nachdem sie untätig und unter ständiger Bedrohung durch Luftangriffe im französischen Hafen Brest gelegen hatten, gelang *Scharnhorst*, *Gneisenau* und *Prinz Eugen* im Februar 1942 ein schneidiger Durchbruch durch den Ärmelkanal. Allerdings blieb nur die *Prinz Eugen* während der Torpedoangriffe durch Flugzeuge und Zerstörer unbeschädigt; zehn Tage später wurde sie durch das britische U-Boot *Trident* vor Norwegen torpediert und schwer beschädigt; die *Prinz Eugen* konnte jedoch nach Kiel zurückkehren. Die beiden Schlachtschiffe wurden durch Minen beschädigt, die britische Flugzeuge ihnen in den Weg gelegt hatten. Drei nächtliche Bombardements der RAF setzten die *Gneisenau* dann vollkommen außer Gefecht. Die *Scharnhorst* mußte für ein halbes Jahr in die Werft.

In Deutschland feierte man die Flucht aus Brest wie einen Triumph, Admiral Raeder mußte jedoch eingestehen: »Es war ein taktischer Sieg, aber eine strategische Niederlage.« Für Großbritannien lag die Bedeutung dieser Ereignisse darin, daß die Gefahr durch Großkampfschiffe nun in norwegischen Gewässern lauerte.

Die schlimmste Geleitzugkatastrophe ereignete sich im darauffolgenden Juli aus Furcht vor einem Angriff der *Tirpitz*. Nach Ultra-Erkenntnissen erschienen die Bewegungen des Schlachtschiffes als Bedrohung des Konvoi PQ 17 auf seinem Weg nach Murmansk, und die Admiralität erteilte den Befehl zur Auflösung des Geleitzugs. Infolge konzentrierter Luftangriffe durch Heinkel-Torpedobomber und U-Boote sanken 24 der 35 Handelsschiffe. Tatsächlich hatte Hitler abgelehnt, die *Tirpitz* einer Gefahr auszusetzen, als sie von einem britischen U-Boot und Flugzeugen entdeckt wurde. (Churchill teilte Stalin daraufhin mit, daß der Einsatz zu hoch sei, Nachschubgüter auf dieser kürzesten Route zu liefern. Von 811 Schiffen in 40 Rußland-Konvois gingen 92 verloren.)

Dönitz war stets davon überzeugt gewesen, daß im Nordatlantik die Entscheidung dieses Krieges fallen mußte, und deshalb hatte er die Befehle Hitlers nur sehr widerstrebend befolgt, seine U-Boote auf andere Kriegsschauplätze zu verlegen. Er wußte, daß es darauf ankam,

Großbritannien von seinen Nachschublinien über den Atlantik abzuschneiden. Im Jahr 1942, zu Beginn der gefährlichsten U-Bootoffensive, standen ihm mehr als jene 300 Boote zur Verfügung, die er stets verlangt hatte, außerdem besaßen sie verbesserte Torpedos.

Nach einem tragischen Zwischenfall im September nahm der U-Bootkrieg an nie gekannter Brutalität zu: U-156, eines der größeren Boote, hatte den Truppentransporter *Laconia* mit 2600 Menschen an Bord versenkt; darunter befanden sich auch 1800 italienische Kriegsgefangene. Als der Kommandant des U-Bootes, Korvettenkapitän Werner Hartenstein, stoppte, um Überlebende aufzunehmen, stellte er bestürzt fest, daß sie Italiener waren. Er setzte einen internationalen Notruf in englischer Sprache ab, in dem er erklärte, Schiffe, die zur Hilfeleistung kommen würden, nicht anzugreifen. Hartenstein überlud sein Boot mit Schiffbrüchigen, darunter auch einige in britischen und polnischen Uniformen, und begann damit, vier Rettungsboote in Richtung der afrikanischen Küste zu schleppen. Weitere deutsche sowie ein italienisches Boot erschienen und nahmen Schiffbrüchige auf. Am nächsten Tag, noch auf hoher See, wurde der Verband von einer B-24 Liberator der amerikanischen Marine entdeckt, und obwohl Hartenstein eine Rotkreuzflagge deutlich sichtbar am Kommandoturm angebracht hatte, erhielt der Pilot per Funk die Anweisung, das U-Boot anzugreifen. Die Liberator unternahm halbherzig zwei Anflüge, verursachte aber keine Schäden.* Dönitz

* Anm. d. Übers.: U-156 wurde fünfmal von der Liberator angegriffen, wobei das Boot beschädigt und zahlreiche Schiffbrüchige getötet wurden, siehe Rahn, Werner: Der Seekrieg im Atlantik und Nordmeer, in: Horst Boog u. a., Die Welt im Krieg 1941–1943. Bd 1: Von Pearl Harbor zum Bombenkrieg in Europa, Frankfurt a. M. 1992, S. 412.

ordnete den sofortigen Abbruch der Operation an; 800 Briten und Polen, jedoch nur 450 Italiener wurden schließlich gerettet.

Kurz darauf erließ Dönitz einen allgemeinen Befehl an alle U-Boote, der sämtliche Rettungsversuche von Angehörigen versenkter Schiffe oder die Ausrüstung von Rettungsbooten untersagte. Der Befehl stellte fest: »Die Rettung (von Schiffbrüchigen) widerspricht den primitivsten Forderungen der Kriegführung nach Vernichtung feindlicher Schiffe und Besatzungen.« Diese Anweisung hätte für Dönitz das Todesurteil bedeuten können, als er in Nürnberg mit anderen nationalsozialistischen Größen vor Gericht stand, wenn Admiral Chester Nimitz, der Oberbefehlshaber der amerikanischen Marine, ihn in diesem Anklagepunkt nicht mit dem Hinweis entlastet hätte, daß Kriegsschiffe der Vereinigten Staaten nach allgemeinem Grundsatz Überlebende nicht retteten. Statt dessen wurde er wegen Vorbereitung eines Angriffskrieges zu zehn Jahren Haft verurteilt. In Großbritannien verhängte ein Kriegsgericht gegen den Kommandanten sowie die Offiziere von U-852 das Todesurteil durch Erschießen, weil sie Überlebende des griechischen Handelsschiffs *Peleous* im März 1944 mit Maschinenwaffen beschossen hatten.

Die neue U-Bootoffensive fiel in die Zeit der angloamerikanischen Landung in Französisch-Nordafrika. Geleitschutzaufgaben für die dorthin bestimmten Konvois, einige kamen direkt aus Amerika, reduzierten die Zahl der Sicherungsstreitkräfte, die für die wichtige Nordatlantik-Route nach England zur Verfügung standen, in besorgniserregendem Ausmaß. Sechs der großen Schnelldampfer, unter ihnen die *Queen Elizabeth* (84 000 Tonnen) und die *Queen Mary* (81 000 Tonnen), mußten sich in jenen Tagen auf ihre Geschwindigkeit bis zu 30 Knoten verlassen, um etwa 200000 Mann alliierter Truppen über den Atlantik zu transportieren. Zu Beginn des Krieges waren sie in New York aufgelegt worden, um sie der Gefahr durch Bombenangriffe zu entziehen. Danach dienten die Schiffe als Truppentransporter, indem sie australische Divisionen in den Mittleren Osten brachten, später dann überführten sie eine große Zahl amerikanischer Truppen nach Australien – jeweils ohne Verluste.

Im November wurden 117 alliierte Handelsschiffe mit zusammen 700000 Tonnen versenkt, weitere 100000 Tonnen gingen durch Minen- und Bombentreffer verloren. Schwere Stürme schränkten dann im Dezember den Einsatz der U-Boote ein, und die Verluste gingen in diesem Monat auf 262000 Tonnen zurück. Die durchschnittliche monatliche Verlustziffer betrug während des gesamten Jahres 650000 Tonnen; dies entsprach etwa der doppelten Rate an Neubauten. Die Verluste an U-Booten dagegen beliefen sich nur etwa auf die Hälfte der neu vom Stapel gelaufenen Einheiten, und Ende 1942 verfügte Dönitz über 212 U-Boote im Vergleich zu 91 am Anfang des Jahres.

Die deutsche Marineleitung hatte veranschlagt, daß eine monatliche Versenkungsrate von 800000 Tonnen den Zustrom an Nahrungsmitteln sowie wichtigem Kriegsmaterial nach England eindämmen würde und ein hungerndes Großbritannien zum Ersuchen um Waffenstillstand zwingen mußte. Sie war auf dem besten Wege, diese verheerende Versenkungsrate tatsächlich zu erreichen.

Viertes Kapitel

Das siegreiche Schiff

Am 22. März 1941 – die Schlacht im Atlantik war gerade in vollem Gange – lief bei Walker in Newcastle upon Tyne der Rumpf eines neuen Kriegsschiffs vom Stapel, eines Schiffes, das den entscheidenden Beitrag zum Sieg leisten sollte, der damals so weit entfernt zu sein schien.

In jenen dunklen Kriegstagen gab es bei solchen Anlässen keine Feierlichkeiten. Nur ein paar Marineoffiziere hatten sich unter die Werftarbeiter, ihre Chefs sowie die Büroangestellten gemischt und beobachteten, wie der noch unfertige Rumpf die Helling verließ und in den vom Regen gepeitschten Tyne ablief. Der Kiel war am zweiten Weihnachtsfeiertag 1939 gelegt worden, und es sollten noch weitere vierzehn Monate vergehen, bis der Rumpf – vertäut an einer Landungsbrücke und von gegnerischen Bombenangriffen verschont geblieben – zum Kampfschiff ausgerüstet war. Die Arbeiten gingen den ganzen Sommer über sowie den folgenden, harten Winter von 1941/42 weiter, dem kältesten Winter seit Menschengedenken, der als die dunkelste Periode des Zweiten Weltkriegs in Erinnerung geblieben ist.

Am 15. Juli 1942 wurde das brandneue Schiff einer zum größten Teil unerprobten Besatzung übergeben; die meisten von ihnen hatten sich »nur für die Dauer der Feindseligkeiten« zur Marine gemeldet. Die Kriegsflagge wurde gehißt, um den Zerstörer HMS *Petard* in Dienst zu stellen. Später übernahm der Londoner Stadtbezirk Paddington während einer nationalen »*Warship Week*«

die Patenschaft. Eigentlich sollte das Schiff *Persistent* heißen, statt dessen wurde ihm ein Name verpaßt, der im Lexikon wie folgt umschrieben wird: »ein primitiver Sprengkörper, der einem durchaus um die Ohren fliegen kann, bevor man imstande ist, ihn dem Gegner unterzuschieben«. Das war, im Grunde genommen, für ein Kriegsschiff eher unpassend, und auf jene unter seinen Besatzungsmitgliedern, die sich wegen der Namensgebung Gedanken machten, wirkte das nicht gerade vertrauenerweckend. Im Ersten Weltkrieg hatte ein Zerstörer namens HMS *Petard* während der Skagerrakschlacht das Torpedoboot V 29 der Kaiserlichen Marine mit einem direkten Torpedotreffer versenkt – diese Boote waren das deutsche Gegenstück zu einem Zerstörer, jedoch etwas kleiner und weniger stark armiert.

Im Zweiten Weltkrieg machte die *Petard* während der ersten Indienststellung ihrem Namen alle Ehre, denn diese Zeit war ausgefüllt mit buchstäblich »explosiven« Kampfhandlungen, wobei einige davon selbstzerstörerisch waren. Ihr Werdegang war ungewöhnlich, denn sie blieb das einzige alliierte Kriegsschiff, das U-Boote der drei gegnerischen Marinen versenken konnte: ein deutsches, ein italienisches und ein japanisches. Ihrem Namen und mancher Unkenrufe zum Trotz überstand HMS *Petard* als einer von drei Zerstörern der ursprünglich acht Einheiten umfassenden P-Klasse den Krieg in verwendungsfähigem Zustand.

Die Schiffe der P-Klasse dienten unter der Typenbezeichnung Flotten-Zerstörer, weil sie schnell und mit sämtlichen Waffensystemen, inklusive Torpedos, komplett ausgerüstet waren. Ihre Bewaffnung bestand aus vier 10,2-cm-Geschützen, einer Pom-Pom mit vier Rohren, die auch Granaten verfeuern konnte, vier Oerlikon-

Maschinengewehren, acht Torpedorohren und 100 Wasserbomben. Die Schiffe waren etwa 105 Meter lang, hatten eine größte Breite von 10,6 Metern, verdrängten 1540 Tonnen und erreichten eine durchschnittliche Höchstgeschwindigkeit von 32 Knoten, obgleich die *Petard* ihre Fahrt auf 36 Knoten steigern konnte. Die Besatzung bestand aus 211 Mann, davon 9 Offiziere; dies war etwa die doppelte Bemannung der ursprünglich vorgesehenen Sollstärke.

Die unteren Dienstgrade schliefen in Hängematten, die in den Decks im Vorschiff über den Backen hingen, an denen sie ihre in einer kleinen Kombüse zubereiteten Mahlzeiten einnahmen. Die Männer verstauten ihre Kleidung und andere Habseligkeiten in winzigen Fächern von der Größe eines Seesacks sowie in Bänken mit Sitzpolstern; ihre Wäsche wuschen sie in Kübeln. Die neun Offiziere wohnten in luxuriös ausgestatteten eigenen Kammern mit Kojen aus Holz und weiterem Mobiliar in vergleichsweise geräumigen Unterkünften im achteren Decksbereich.

Der erste Kommandant der *Petard* war Lieutenant Commander S.H. Beattie. Während sich das Schiff noch in der Ausrüstung befand, wurde er auf den ehemaligen amerikanischen Zerstörer *Cambelltown* versetzt. Beattie gelang es während eines Kommandounternehmens gegen den französischen Hafen St. Nazaire, die Schleusentore des »Normandie«-Docks zu rammen; er wurde für diese Leistung mit dem Victoria Cross ausgezeichnet. Das Dock war das einzige an der ganzen Atlantikküste, das groß genug war, um das Super-Schlachtschiff *Tirpitz* aufzunehmen; es fiel für den Rest des Krieges aus.

Beattie wurde durch Lieutenant Commander Mark Thornton DSC RN ersetzt, dem vormaligen Kommandanten des Zerstörers *Harvester*. Sein Distinguished Service Cross hatte er im Oktober 1940 für die Versenkung von U-32 vor Nordirland erhalten. Er war von mittlerer Statur, stämmig, mit grauem, kurzgeschnittenen Haar und dem geschundenen Gesicht eines Boxers; ein Mann aus Granit. Den Offizieren und erfahrenen Besatzungsmitgliedern der *Petard* war recht bald bewußt, daß ihn die zwei Jahre unerbittlichen Konvoi-Dienstes im Atlantik stark mitgenommen hatten, wobei der *Harvester* die Versenkung eines weiteren U-Bootes zuerkannt worden war. (Kaum ein Jahr nachdem Thornton das Kommando über die *Petard* übernommen hatte, wurde die *Harvester* mit fast der gesamten Besatzung versenkt, nur 29 Mann überlebten. Ihre Wasserbomben hatten U-444 zum Auftauchen gezwungen, daraufhin ging die *Harvester* auf Rammkurs, wobei das U-Boot sich an der Unterseite des Rumpfes verfing, bevor es wieder freikam. Noch am selben Tag erhielt sie zwei Torpedotreffer von U-432; ihre Wasserbomben hatten den Angreifer zuvor jedoch beschädigt, so daß das U-Boot eine Stunde später auftauchen mußte und vom Zerstörer *Aconit* der Freifranzösischen Streitkräfte gerammt und versenkt wurde.) Während des Ausbildungsabschnitts in Scapa Flow nahm Thornton seine Besatzung hart ran und machte sich deshalb sowohl bei den Offizieren als auch bei der Mannschaft nicht gerade beliebt.

Die operativen Einsätze der *Petard* begannen Ende Juli 1942; sie gehörte zur Geleitsicherung eines Konvois, der um das Kap der Guten Hoffnung nach dem Mittleren Osten bestimmt war. Sie verließ Gourock, um sich mit der Konvoieskorte für zwölf größere Handelsschiffe zu vereinigen, die aus dem Kreuzer *Hawkins*, einem Veteranen des Ersten Weltkrieges, dem Hilfskreuzer *Ranpura* und dem Zerstörer *Catterick* bestand. Der Verband erhielt am nächsten Tag Verstärkung von sieben Zerstörern, die aus Belfast ausgelaufen waren.

Die Nachschubgüter waren für die in schwere Bedrängnis geratene 8. Armee bestimmt, die zwischen dem damals siegreichen Afrika-Korps unter Feldmarschall Erwin Rommel und dem Suez-Kanal, der Lebensader des Empire, stand. Der lange Umweg um Afrika herum, der 54 Tage dauerte, war notwendig geworden, weil die beiden europäischen Achsenmächte, die eine Vielzahl von Flugplätzen auf Sizilien, an der Stiefelspitze Italiens sowie entlang der nordafrikanischen Küste besaßen, jeden Versuch zu einem kostspieligen Unterfangen machten, das Mittelmeer von Gibraltar aus zu durchqueren.

Während der ersten Nacht auf See, etwa um fünf Uhr morgens, befahl Lieutenant Commander Thornton den Radargasten Reg Crang zu sich auf die Brücke, um ihn darauf aufmerksam zu machen, daß sie sich einem Seegebiet mit größerer U-Bootaktivität näherten. Dann hämmerte er mit der Faust in seine Handfläche und schrie: »Crang, bringen Sie mir ein U-Boot!« Reg Crang notierte diesen Vorfall in einem Tagebuch, das er heimlich, unter Verstoß gegen die Dienstvorschriften führte, und dachte für sich, daß sein Kommandant über die begrenzten Möglichkeiten des RDF-Geräts (Radio Direction Finding) bei der U-Bootortung nicht ganz im Bilde sei. Er fügte dem hinzu: »Ich stammelte bloß, daß ich mein Möglichstes versuchen werde, und entfloh seiner furchteinflößenden Gegenwart, so schnell ich nur konnte.«

Am 1. August, zwei Tage nach der Abreise, hatten schießwütige Flakbedienungen auf einigen Handelsschiffen des Konvois bei unsichtigem Wetter zwei Sunderland-Flugboote des RAF-Coastal Command abgeschossen. Crang schrieb in sein Tagebuch: »Fürchterlich. Eines stürzte ganz in der Nähe ab und stand sofort in Flammen. Wir liefen, so schnell wir konnten, zur Absturzstelle, aber es gab keine Überlebenden, nur Wrackteile und ein paar jämmerliche Habseligkeiten der Besatzung. Ein paar Überlebende der anderen Sunderland wurden von HMS *Ledbury* aufgefischt.«

Eine Woche später befand sich die Besatzung der *Petard* erneut auf Gefechtsstationen, weil der RDF-Gast einen Kontakt gemeldet hatte. Sieben Wasserbomben wurden geworfen, aber ohne sichtbaren Erfolg. Am selben Tag noch nahm das Asdic-Gerät, eine Ultraschall-Sende- und Empfangsanlage zur Ortung getauchter U-Boote, mehrere Echos auf, jedoch wurde nichts weiter unternommen. Der Name des Geräts ist aus den Anfangsbuchstaben des Allied Submarine Deteetion Investigation Committee abgeleitet. Es wurde im Ersten Weltkrieg entwickelt und später auch unter dem Begriff Sonar bekannt. Bei stürmischem Wetter war es kaum verwendungsfähig, und um Echos von kleineren Unterwasserzielen aufzuspüren, war es nicht effizient genug.

Alle zwölf Handelsschiffe kamen sicher an. Die angelandeten Truppen und Nachschubgüter erreichten Ägypten in einer sehr ernsten militärischen Lage. Rommels Afrika-Korps stand nur etwa 100 Kilometer vor Alexandria, dem Hauptflottenstützpunkt im östlichen Mittelmeer, entfernt; die Eroberung des Suez-Kanals stand bevor.

Die *Petard* machte an einer Boje in Port Said fest, in der Nähe des Standbilds von Ferdinand de Lesseps, dem Erbauer des Kanals. Statt ihre Reise fortzusetzen, um sich der britischen Fernostflotte anzuschließen, wurde sie nun Teil der 12. Zerstörer-Flottille und war dem Oberbefehlshaber in der Levante unterstellt. Damals hatten deutsche Stukas, die von ihren Stützpunkten auf Sizilien, in Nordafrika, Italien und Griechenland starteten, das maritime Gleichgewicht im Mittelmeer entschieden zu ihren Gunsten verändert. Noch im Dezember 1940 hatte die Royal Navy sehr schnell die Dominanz über die italienische Flotte erringen können, als 24 Torpedobomber des Flugzeugträgers *Illustrious* im Hafen von Tarent drei Schlachtschiffe versenkten und weitere beschädigten. (Der japanische Admiral Isoroku Yamamoto war bei einem Besuch Tarents von diesem Angriff beeindruckt; später befehligte er den Luftangriff auf Pearl Harbor.) Im März 1941 erlitt die italienische Marine im Gefecht bei Kap Matapan weitere schwere Verluste; diesen Erfolg teilte sich die Royal Navy mit Mavis Lever in Bletchley Park, die Enigma-Funksprüche über eine geplante Unternehmung schwerer italienischer Schiffseinheiten gegen einen alliierten Konvoi hatte entziffern können. Im April jedoch griff Hitler ein, um seinen italienischen Achsenpartner zu unterstützen. Seine Truppen überrannten Jugoslawien und Griechenland, unterstützt durch massive Formationen von Stukas, deren Piloten speziell für Angriffe auf Schiffsziele ausgebildet waren. Die 50 000 Mann britischer Truppen, die Griechenland zur Hilfe geeilt waren, mußten sich nach Kreta zurückziehen und wurden von der Navy im Schutz der Dunkelheit evakuiert.

Ultra lieferte nachrichtendienstliche Erkenntnisse über eine geplante deutsche Luftlandeoperation zur Einnahme Kretas. Das waren jedoch Informationen, die für die operative Kriegsführung nur einen geringen Wert besaßen, da die britischen Streitkräfte einer überwältigenden Zahl von Angreifern gegenüberstanden, obgleich die Navy

Schiffe mit weiteren deutschen Verstärkungen versenken oder zur Umkehr zwingen konnte.

Ende Mai 1941 schließlich gelang der Navy, unter heftigen Schlägen von Stukas, der Abtransport von 34000 Mann aus Kreta. Das Schlachtschiff *Warspite* erhielt schwere Trefferschäden; die Kreuzer *Fiji*, *Gloucester*, *Orion* und *Dido* sowie die Zerstörer *Kelly*, *Kashmir*, *Hereward* und *Greyhound* wurden versenkt oder schwer beschädigt.

Die Flotte, zu der die *Petard* in ihrem neuen Stützpunkt Alexandria im August 1942 stieß, war ziemlich dezimiert worden; sie bestand nur noch aus ein paar Kreuzern, zwei Zerstörer-Flottillen sowie kleineren Einheiten. In der Hoffnung, britische Kriegsschiffe von Angriffen auf Rommels Nachschubkonvois nach Nordafrika abhalten zu können, ließ Hitler neben zahlreichen Stuka-Geschwadern noch 15 U-Boote vom Atlantik ins Mittelmeer verlegen. Der Verlust vieler Versorgungsschiffe war für Rommel während des gesamten Wüstenfeldzugs ein ständiges Problem.

Die *Petard* erhielt ihren ersten Einsatzbefehl in diesen hart umkämpften Gewässern am 24. September 1942 um 4.00 Uhr morgens. Der Auftrag lautete, so schnell wie möglich zu einem Verband zu stoßen, der sich aus den Kreuzern *Orion* und *Arethusa* sowie den Zerstörern *Pakenham*, *Paladin*, *Javelin*, *Kelvin* und weiteren Einheiten zusammensetzte, um eine gemeldete gegnerische Landungsflotte abzufangen, die angeblich Kurs auf Zypern hielt. Die Meldung erwies sich als falscher Alarm. Die *Petard* erhielt gerade ihren Rückmarschbefehl nach Port Said, als drei Torpedobomber vom Typ Ju-88 gesichtet wurden. Die Zerstörer legten eine Nebelwand, um die Kreuzer zu decken, und stießen dann zum Angriff auf die Flugzeuge aus dem Nebel hervor. Salvenfeuer vertrieb die Junkers-Maschinen.

Während des folgenden Monats nahm das Schiff an den wöchentlichen Verbandsübungen teil. Am 23. Oktober ortete das Asdic-Gerät der *Petard* nahe der nordafrikanischen Küste ein U-Boot, der Zerstörer griff mit Wasserbomben an. Das U-Boot entkam, und der Kontakt ging verloren. Ganz in der Nähe hatte soeben die Schlacht von El Alamein begonnen, sie sollte den Wendepunkt des Landkrieges markieren. Reg Crang vertraute seinem Tagebuch an: »Als die Nacht hereinbrach, wurde der Himmel über der Wüste durch eine Explosion von Geschützfeuer erleuchtet, ein mächtiges Sperrfeuer, das den Auftakt zur lange erwarteten Offensive unserer Armee bedeutete.«

Eine Woche später ereignete sich die spektakulärste und tragischste Episode in der Chronologie der Kampfeinsätze der *Petard*. Am 30. Oktober, kurz nach Tagesanbruch, meldete ein Sunderland-Flugboot einen Radarkontakt, vermutlich ein U-Boot, auf Position 31 Grad 47 Minuten Nord, 33 Grad 24 Minuten Ost, etwa auf halbem Weg zwischen Port Said und Tel Aviv. Die Zerstörer *Petard*, *Pakenham*, *Dulverton* und *Hurworth* erhielten Order, sich auf die Suche zu machen. Während sich die vier Schiffe von Port Said aus mit Höchstgeschwindigkeit der angegebenen Position näherten, hatte der Zerstörer *Hero* unterdessen ebenfalls die Sichtmeldung des Flugzeugs aufgefangen. Er befand sich etwa 20 Seemeilen von der angegebenen Position entfernt und fuhr gegen 8.30 Uhr ein Suchquadrat ab, ohne jedoch Fühlung aufnehmen zu können. Weniger als vier Stunden später stießen die anderen Zerstörer hinzu, kurz darauf erschien auch eine Wellesley der Staffel 47 der RAF. Ihre Besatzung sichtete ein Periskop sowie die Umrisse eines U-Boots unter der Wasseroberfläche etwa fünf Meilen vom nächststehenden Zerstörer, der *Pakenham*, entfernt. Das Flugzeug warf eine Dreierserie von Wasserbomben vorlich des Tauchschwalls des U-Boots ab, die auf eine Detonationstiefe von etwa 10 Metern eingestellt waren. Da es jedoch keine Anzeichen für eine Beschädigung gab, schoß es mit der Signalpistole zwei weiße Leuchtkugeln, um die Position des U-Boots anzuzeigen.

Die Zerstörer näherten sich mit einer Geschwindigkeit von 31 Knoten und verminderten die Fahrt auf 15 Knoten, als sie die Position erreichten. Auf der *Pakenham* teilte der Führer der Flottille seine Einheiten in einer kastenförmigen Suchaufstellung ein. Ein Teil des Verbandes war damit beschäftigt, das Gebiet abzuriegeln, während die anderen Schiffe in Bereitschaft blieben, um Wasserbomben zu werfen, falls das Asdic-Gerät ein Echo meldete.

Etwa eine halbe Stunde lang, so erinnert sich Jack Hall, einer der Asdic-Gasten der *Petard*, lauschten er und seine Kameraden angespannt auf ein verräterisches Geräusch, aber es passierte nichts. Das Wetter war schön, der Wind kam aus Nordwest mit Stärke 1 bis 2. Der Bericht der Admiralität über das Ereignis erwähnt, daß die Bedingungen für eine Asdic-Ortung ausgezeichnet waren. In seinen zwanzig Jahre später gemachten Aufzeichnungen hob der ehemalige Sub-Lieutenant Connell jedoch hervor, daß die Sonarbedingungen schlecht gewesen seien und das U-Boot begünstigten. Das Wasser wurde von unterschiedlichen Dichtegraden durchzogen und von Temperaturzonen unterbrochen, der Zustrom von Süßwasser aus dem Nildelta verschlimmerte das Ganze noch.

Nach etwa einer weiteren Stunde vergeblicher Suche

meldete der Asdic-Raum auf der *Dulverton* einen Kontakt. Die *Petard* führte den Angriff an und warf um 12.57 Uhr acht Wasserbomben. Sie wurden vom achteren Teil des Schiffes aus abgefeuert und flogen hoch in die Luft, bevor sie etwa hundert Meter weiter in die See klatschten. Mehrere Sekunden lang geschah nichts, dies entsprach dem Zeitraum, den die Bomben benötigten, um auf der eingestellten Wassertiefe zu detonieren. Auf die Explosion folgten riesige Wasserfontänen. Als sich die Wasseroberfläche wieder beruhigt hatte, war die Besatzung enttäuscht, daß sie keinerlei Anzeichen eines Erfolgs, etwa Öl oder Wrackteile, entdecken konnte. Die *Dulverton* fuhr einen Anlauf mit zehn Wasserbomben, und fünf Minuten später warf die *Petard* zehn weitere. Gerade als sie zu diesem zweiten Angriff ansetzte, konnte die Besatzung der *Petard* eine schwere Explosion, anscheinend unterhalb des Schiffes, vernehmen. Sie war auch auf den anderen Zerstörern zu hören, allerdings entstanden an der Wasseroberfläche keine Verwirbelungen, und kurz darauf hörte Jack Hall im Asdic-Raum ein zischendes Geräusch. Das Echo beschäftigte die Besatzungen der *Petard* und zwei andere Schiffe etwa eine halbe Stunde lang, bis die *Pakenham*, die gemeinsam mit der *Hero* Suchquadrate um letztere Einheiten herum abgefahren hatte, weiter westlich das »Ping« der Bewegung eines U-Boots feststellte. Jetzt stand fest, daß die Explosion durch den Ausstoß eines Tauschkörpers, eines »Bold«, verursacht worden war.

Während der nächsten Stunde nahm die *Petard* zusammen mit zwei weiteren Zerstörern die Position auf dem äußeren Ring ein, derweil fuhr die *Pakenham* zwei Angriffe mit jeweils acht Wasserbomben, die *Hero* warf sechs.

Eine Stunde später unternahm die *Pakenham* eine Reihe weiterer Anläufe und warf acht Wasserbomben, die *Hurworth* zehn. Danach folgte die *Hero*, sie griff zunächst mit fünf, dann mit sechs Wasserbomben an.

Eine halbe Stunde verging, ehe die *Dulverton* erneut ein Echo ausmachen konnte. Sie warf zunächst zehn Wasserbomben, dann acht, die *Pakenham* legte einen Teppich mit acht Bomben. Als sich die Wasseroberfläche beruhigt hatte, gab es noch immer keine Anzeichen für einen Erfolg.

Am späten Nachmittag fiel auf der *Hero* die Ruderanlage aus. Die *Petard* löste sie innerhalb des Rings ab, während die *Pakenham*, die nur noch acht Wasserbomben an Bord hatte, die Leitung übernahm. In der nächsten halben Stunde war nur die *Dulverton* in Aktion und warf acht weitere Wasserbomben. Es begann dunkel zu werden, und die Besatzung der *Petard* befürchtete, daß das schwer zu fassende U-Boot entkommen könnte. Maat Eric Sellars im Asdic-Raum erklärte Lieutenant Commander Thornton, er glaube, daß sich das U-Boot in einer Tiefe von mehr als 150 Metern befinde, dies entsprach der maximalen Einstelltiefe für Wasserbomben der Royal Navy. Er schlug vor, Seife in die Öffnungen für die hydrostatische Zündung zu schmieren, damit sich der Wasserdruck langsamer aufbauen konnte und die Wasserbomben tiefer sanken, bevor sie detonierten. Able Seaman Francis Caudwell ging mit einem Stück Seife bewaffnet an die Arbeit, und um 18.42 Uhr warf die *Petard* die erste der »eingeseiften« Wasserbomben. Es dauerte eine Ewigkeit, bis sie explodierten, aber dann war es soweit, und der Trick funktionierte. Das U-Boot bewegte sich und befand sich erneut in der festen Umklammerung des Asdic-Geräts.

Während der darauffolgenden Stunde fuhr die *Dulverton* zwei Angriffe mit jeweils acht Wasserbomben, als sie keine Bomben mehr an Bord hatte, wurde sie von der *Hurworth* abgelöst. Eine weitere Stunde verging ereignislos, bis die *Hurworth* auf ein »Ping« des Asdic-Geräts mit fünf Wasserbomben antwortete, die auf unterschiedliche Detonationstiefen bis zu 80 Metern eingestellt waren.

An Bord der *Petard* meldete Maat Sellars ein Echo, das sich mit etwa 3 Knoten Fahrt fortbewegte. Die *Petard* nahm ihre Position ein, um mit fünf Wasserbomben anzugreifen, die so eingestellt waren, daß das U-Boot zwischen den oberhalb und unterhalb stattfindenden Detonationen eingeklemmt war. Das Schiff nahm seine Angriffsgeschwindigkeit von 18 Knoten auf, die Fahrtrichtung war so gewählt, daß Kurs und Fahrt des U-Boots sowie die Sinkgeschwindigkeit der Wasserbomben nach dem Abrollen vom Heck des Schiffes und dem Abfeuern durch die Wabo-Werfer berücksichtigt wurden.

Die Besatzung der *Petard* hatte sich etwa zehn Stunden lang ununterbrochen auf ihren Gefechtsstationen befunden, deshalb kam ihr die Zeitspanne zwischen Abwurf und Detonation wie eine Ewigkeit vor. In der Dunkelheit der Nacht schienen die Explosionen und die darauffolgenden weißen Wasserkaskaden in unmittelbarer Umgebung des Schiffes eine vernichtende Wirkung zu besitzen. Dann folgte eine tiefe Stille, die nur vom aufkommenden Wind und dem Klatschen der Wellen unterbrochen wurde. Die letzten Wasserbomben hatten diesmal jedoch ihr Ziel gefunden. Der Geruch von Diesel lag in der Luft, und aus dem Asdic-Raum ertönten Rufe, daß man ein U-Boot beim Ausblasen der Tauchtanks hören könne. Auf der Backbordseite, etwa 1 000 Meter entfernt, erschien ein Schwall weißen Wassers. Von der Brücke ertönte der Befehl, den 10-cm-Suchscheinwerfer ins Spiel zu bringen. Bevor der mächtige Lichtstrahl jedoch sein Ziel erfaßt hatte, bediente der Signalmaat Robert Chapman die Morselampe an Backbord. Er beleuchtete einen Kommandoturm, auf dem die Umrisse eines weißen Pferdes aufgemalt zu sein schienen. Sekunden später fanden die starken Strahlen des Suchscheinwerfers zusammen mit einem Scheinwerfer der *Hurworth* ihr Ziel: weiße Gestalten, die auf dem Kommandoturm auftauchten. Sie hasteten die Turmverkleidung entlang in Richtung der Geschützplattform oder sprangen in die See.

Lieutenant Commander Thornton befahl, das Feuer zu eröffnen, aber das U-Boot war so nahe, daß die 10,2-cm-Geschütze B und X nicht tief genug gerichtet werden konnten. Die *Petard* fiel etwas ab, damit Geschütz B eine 10,2-cm-Granate abfeuern konnte. Sie durchschlug glatt den Kommandoturm des U-Boots, bevor sie detonierte. Danach konnten nur noch das Pom-Pom-Geschütz sowie die Oerlikons an Backbord tief genug gerichtet werden, um das Feuer zu eröffnen. Granaten der Pom-Pom und Geschosse der Oerlikons trafen den Bootskörper und verursachten weitere Einschußlöcher im Kommandoturm. John Mackness, Artillerist an einer Oerlikon, stand auf einer extra für ihn angefertigten hölzernen Plattform, weil er wegen seiner geringen Körpergröße das Geschütz nur mühsam nach unten richten konnte. 55 Jahre nach den Ereignissen erzählte er dem Autor in seiner Heimatstadt Gosport: »Ich habe auf den Kommandoturm ganz schön eingehämmert.« Auch die *Hurworth* feuerte mit ihren Pom-Pom- und Oerlikon-Geschützen auf das U-Boot.

Als er erkannte, daß das Boot gestoppt lag und die Besatzung ihr Schiff verließ, bediente Lieutenant Antony Fasson, der neben dem Kommandanten auf der Brücke stand, die Klingel zur Einstellung des Feuers. Er wußte, daß der Kommandant beabsichtigte, ein U-Boot zu entern, bevor es wegen der durch Wasserbomben verursachten Schäden oder durch das Anbringen von Sprengpatronen sinken würde. Beide hatten sich mehrmals über Möglichkeiten unterhalten, eine Chiffriermaschine des Gegners oder Schlüsselunterlagen zu erbeuten. Als das U-Boot zum Auftauchen gezwungen wurde, erteilte Lieutenant Commander Thornton dem Artillerieoffizier, Sub-Lieutenant Connell, den Befehl, seine Station in der Feuerleitung zu verlassen und sich hinunter auf das Vorschiff zu begeben, um sich klar zur Übernahme eines Enterkommandos zu halten.

Unterdessen, etwa um 22.45 Uhr, hatte die *Petard* beigedreht. U-559 lag tief im Wasser etwa 50 Meter entfernt an der Backbordseite, der Bug untergetaucht in einer zunehmend rauher werdenden See. Außerhalb des Lichtstrahls, den der Scheinwerfer der *Petard* erzeugte, lag alles in tiefer Dunkelheit. Die *Dulverton* umkreiste die Szenerie, um etwaige Angriffe anderer U-Boote abzuwehren.

Als Connell das Vorschiff erreichte, erschienen die Gesichter und Arme der auf die *Petard* zuschwimmenden U-Bootbesatzung im Suchstrahl des Scheinwerfers. Der Kommandant rief zu ihm hinunter, er solle über Bord springen und zu dem U-Boot schwimmen. Connell schälte sich aus seinem feuerfesten Schutzanzug, während das Enterkommando antrat. Unter ihnen befand sich auch Ablebodied Seaman Colin Grazier, der seinen Overall auszog und erklärte, er wolle den Sub-Lieutenant begleiten. Dann trat Lieutenant Fasson aus der Dunkelheit hervor, er kam von Steuerbord, wo er das Abfieren des Kutters beaufsichtigt hatte. Aufgrund seiner Gespräche mit dem Kommandanten über die Absicht, an Bord eines U-Boots zu gelangen, um Schlüsselunterlagen zu erbeuten, hatte er ein Enterkommando unter anderem darin ausgebildet, eine Kette über einen geöffneten Kommandoturm zu werfen, damit die Einstiegsluke nicht mehr geschlossen werden konnte. Jetzt bot sich die Gelegenheit, das Ganze in die Praxis umzusetzen, und diese Chance wollte er sich nicht entgehen lassen. Die Mütze hatte er bereits abgenommen, dann schleuderte er seine Halbstiefel weg und streifte die Uniform ab, unterdessen erteilte er Connell andere Anweisungen. Weil Fasson selbst die Aufgabe übernahm, zu dem U-Boot hinüberzuschwimmen, sollte Connell an seiner Stelle nach achtern eilen, den Kutter zu Wasser lassen und so schnell wie möglich längsseits des U-Boots gehen. Dann sprang Fasson über Bord und schwamm auf U-559 zu, Able Seaman Grazier folgte ihm dichtauf.

Wegen der Dunkelheit und inmitten all der Aufregung und dem Durcheinander war man bislang davon ausgegangen, daß auch der Kantinenassistent Tommy Brown seine Kleidung abgelegt hatte und vom Mitteldeck des Schiffs ins Meer gesprungen sei, um den beiden zu folgen. So jedenfalls will es die Legende, die sich um seine mutige Tat rankt. Allerdings, während einer Untersuchung des Zwischenfalls, die die Marine auf Anordnung des Oberbefehlshabers in der Levante acht Monate später durchführte, wurde Brown gefragt: »Wie gelangten Sie an Bord des U-Boots?« Er antwortete: »Ich gelangte kurz vor dem Backbord-Kutter an Bord, als sich das Deck auf gleicher Höhe mit dem Kommandoturm befand. Ich stieg auf den Kommandoturm.« Dann fuhr er mit seiner Zeugenaussage fort.

»Zunächst war ich beim Festmachen behilflich – drei oder vier Leinen rissen, bis wir mit einer Manilatrosse festmachen konnten, die vom Schiff übergeben wurde. Dann stieg ich nach unten. Der Erste Offizier war bereits dort mit AB Grazier. Ich schleppte eine Menge Bücher nach oben und versuchte, ein Seil zu befestigen (vom oberen Ende des Kommandoturms nach unten), damit ich noch mehr nach oben bekommen konnte. Ich verließ die anderen, um das zu erledigen, dann stieg ich wieder hinunter.

Der Erste benutzte eine Maschinenpistole, um die Schranktüren in der Kammer des Kommandanten einzuschlagen. Dann probierte er einige der Schlüssel aus, die hinter einer Tür hingen, und öffnete eine Schublade, nahm einige Verschlußsachen heraus und gab sie mir. Ich legte sie unter dem Turmluk auf dem Boden ab, und nachdem noch weitere Bücher in einem Schrank oberhalb der Koje des Kommandanten gefunden worden waren, schleppte ich sie mit den anderen nach oben.«

Nach der Lage im Innern des Bootes befragt, antwortete Brown:

»Es war stockdunkel – der Erste Offizier hatte aber eine Taschenlampe dabei. Das Wasser stand nicht sehr hoch, aber es stieg die ganze Zeit über ständig weiter an. Als ich das letzte Mal nach oben kam, war es etwa einen halben Meter tief. Genau vor dem Kommandoturm befand sich ein Loch, durch welches Wasser einströmte. Als ich durch den Kommandoturm in die Zentrale hinabstieg, spürte ich, wie es meinen Rücken hinunterlief. Auch dort, wo auf beiden Seiten des Turms die Panzerung eingedrückt war, kam Wasser herein.«

Brown fügte dem hinzu, daß er während seines dritten Aufenthalts unten im Boot bemerkte, wie der Erste Offizier versuchte, ein Gerät von der Bordwand in der Zentrale loszureißen:

»Wir kriegten es auch von der Bordwand ab, aber es wurde von mehreren Kabeln festgehalten, also gaben wir es auf. Das Wasser stieg immer höher, und ich sagte zum Ersten Offizier, daß alle an Deck rufen würden, wir sollten von Bord gehen. Er gab mir noch weitere Bücher, ich schleppte sie hinauf und reichte sie an den Kutter weiter.

Als ich wieder durch das Turmluk nach unten sah, strömte das Wasser schon über das Oberdeck. Ich konnte Grazier erkennen, und dann erschien auch der Erste Offizier am Fuß des Kommandoturms. Ich rief zweimal: ›Ihr kommt jetzt besser rauf‹, und sie waren gerade dabei, als das Boot sehr rasch zu sinken begann. Mir gelang es noch, von Bord zu springen, und dann wurde ich vom Kutter aufgefischt.«

Able Seaman Kenneth Lacroix sagte vor der Untersuchungskommission aus, daß er von Backbord achtern an Bord des U-Boots gelangt sei und dabei behilflich war, eine Trosse am Kommandoturm zu befestigen. Dann stieß er zu Brown oben auf dem Kommandoturm und machte ein Seil fest, um die Bücher hochzuziehen. Er fuhr fort: »Dann zog ich ein paar Bücher aus dem Kommandoturm nach oben, wartete, bis der Kutter längsseits gekommen war, und gab sie weiter. Der Erste Offizier rief nach oben: ›Gehen Sie vorsichtig mit diesem Instrument um. Es ist sehr empfindlich.‹ Es war an einem Seil befestigt, damit wir es hochziehen konnten. Ich begab mich in die Zentrale (jene im Kommandoturm), und als sich der Kasten auf meiner Höhe befand, rief der Erste Offizier nochmals und meinte, wir würden es zu schnell hinaufziehen, es sei sehr empfindlich.

Als der Befehl kam, von Bord zu gehen, strömte Wasser ins Turmluk, und ich konnte den Kasten nicht mehr sehen. Ich befand mich als letzter im Kommandoturm und das Wasser schoß hinunter, und während ich die zwei obersten Stufen der Leiter hinaufstieg, mußte ich mich dagegenstemmen, um hinauszugelangen. Als ich vom Boot wegschwamm, spürte ich noch den Sog, und dann wurde ich vom Kutter aufgefischt. Auf dem Kommandoturm befand sich ein Verwundeter.«

Ablebodied Seaman G. W. MacFarlane sagte aus, daß er auf das Boot gelangte, als es sich längsseits der Backbordseite der *Petard* befand, und fügte hinzu: »Ich lief mit dem Navigationsoffizier zum Kommandoturm und war beim Abbergen der Geheimunterlagen behilflich. Dann hievten wir einen Kasten nach oben zum Einstiegsluk. Ich nahm an, daß es ein empfindliches Instrument sei, da der Erste Offizier nach oben rief, wir sollten sorgsam damit umgehen. Dann kam der Befehl, von Bord zu gehen, und ich mußte den Kasten zurücklassen, weil das Wasser schon den Kommandoturm überspülte. Ich hatte gar nicht mitbekommen, daß das Boot sank. Es passierte ganz plötzlich.«

(MacFarlane wurde später auf ein U-Boot versetzt, das auf einer Einsatzfahrt verlorenging.)

Lieutenant Spens-Black RN, der Navigationsoffizier, erklärte vor der Untersuchungskommission, daß er an Bord des U-Boots gelangt sei, als es sich an der Backbordseite auf Höhe des vorderen Torpedorohrsatzes befand. Dann war er dabei behilflich, die Manilatrosse festzumachen, und eilte zum Kommandoturm, wo gerade Verschlußsachen hochgehievt wurden. Er fuhr fort:

»Der Erste Offizier rief: ›Ein Kasten kommt nach oben. Seid vorsichtig, mir scheint, daß er sehr wichtig ist.‹ Wir zogen den Kasten hoch, plötzlich begann das Boot wegzusacken. Ich rief: ›Alle Mann von Bord‹, wir mußten den Kasten zurücklassen.« Als Spens-Black danach gefragt wurde, wie das Wasser ins Boot gelangte, antwortete er: »Ich habe zwar keine Informationen aus erster Hand, aber kurz nachdem er hinabgestiegen war, rief der Erste Offizier, daß das Boot vorn leckgeschlagen sei. Ich konnte nicht sehen, daß Wasser einströmte, die Bücher waren jedenfalls trocken, als sie oben am Einstiegsluk ankamen.«

Die Erinnerung daran, was in jener Nacht voller Anspannung von den Decks der *Petard* aus in absoluter Finsternis, die nur durch die Lichtstrahlen der Scheinwerfer unterbrochen wurde, wahrgenommen werden konnte, ist nach so vielen Jahren verworren und widersprüchlich. Aber nach den Zeugenaussagen zu urteilen, die vor der Untersuchungskommission gemacht wurden, kann sich die *Petard* nur für kurze Zeit längsseits des U-Boots befunden haben; dieser Umstand war Connell und seinem Enterkommando wohl nicht bewußt. Das Boot muß sehr schnell wieder freigekommen sein, da es in dem zunehmenden Wellengang heftig zu schlingern begann. Der von Connell befehligte Kutter wurde von Heck an der Backbordseite ausgesetzt, an einer Stelle, wo man nichts erkennen konnte, und er mußte in der kabbeligen See um das Schiff herumgerudert werden, bevor er das Boot erreichte. In seinen Aufzeichnungen macht Connell weder hierzu irgendwelche Angaben noch zu den Männern, die direkt von der *Petard* aus an Bord des U-Boots gelangten. Er behauptet zudem, daß Tommy Brown zu dem U-Boot hinübergeschwommen sei. Sonderbarerweise war er nicht vor die Untersuchungskommission geladen worden.

Connell schreibt in seinem Buch darüber, wie er das U-Boot erreichte, nachdem er von deutschen Seeleuten behindert worden war, die sich am Dollbord des Kutters festklammerten. Er erwähnt die Stöße, die der Kutter in der kabbeligen See längsseits des U-Boots aushalten mußte. Er schildert, daß die Turmverkleidung von der See umspült wurde und der Bug tief im Wasser lag. Connell beschreibt seine Überraschung, als er Tommy Brown dabei beobachtete, wie dieser gerade die äußere Leiter zum Kommandoturm hinaufkletterte, und er erzählt, wie er Brown befahl, nicht mehr nach unten zu gehen, sondern Fasson und Grazier zuzurufen, daß beide sofort das Boot verlassen sollten. Er erwähnt, daß er selbst versuchte, auf den Kommandoturm zu gelangen, als das Boot sank, und daß man ihn in den Kutter zurückreißen mußte, damit er nicht von dem Sog erfaßt würde. Allerdings läßt er die drei anderen Besatzungsmitglieder der *Petard* unerwähnt, die sich zu dieser Zeit noch auf dem Kommandoturm befanden, einer von ihnen wurde immerhin im Gefechtsbericht ehrenvoll erwähnt.

Connells Kutter zog Tommy Brown aus dem Wasser und blieb vor Ort, bis die Wasseroberfläche sich beruhigt hatte. Die Matrosen riefen wiederholt nach Fasson und Grazier. Ein deutscher Seemann, der verwundet auf dem Kommandoturm gelegen hatte, wurde an Bord genommen, aber von den beiden britischen Seeleuten fehlte jede Spur. Unterdessen muß der zweite Kutter wohl die drei anderen Besatzungsmitglieder der *Petard* aufgenommen haben, während man in Connells Boot weiterhin darauf hoffte, Fasson und Grazier zu finden.

Der ehemalige Able Seaman Mervyn Romeril, der heute seinen wohlverdienten Ruhestand in seinem Haus in Bournemouth genießt, erinnert sich noch immer daran, wie der Steuerbord-Kutter mit dem Enterkommando klargemacht wurde: »Es war stockfinster, und wir konnten nur im Licht des Scheinwerfers erkennen, was vor sich ging. Da ich Ausguck an Steuerbord war, verdeckten mir die Aufbauten die Sicht auf das, was an der Backbordseite passierte. Die *Petard* bewegte sich die ganze Zeit über nur langsam vorwärts. Einige von uns halfen den deutschen Überlebenden, die zu den an den Schiffsseiten ausgebrachten Netzbroken geschwommen waren. Sie waren in ihren nassen Uniformen nicht mehr in der Lage, nach oben zu klettern.«

In Whitham, in der Grafschaft Essex, erinnert sich der vormalige Leading Seaman Ted Saunders vor allem an das Chaos, das in jener Nacht herrschte: »Wenn die alten Bordkameraden der HMS *Petard*-Vereinigung sich treffen, scheinen sie eine Menge verschiedener Erinnerungen daran zu besitzen, was wirklich geschehen ist. Ich selbst weiß nichts davon, daß die *Petard* längsseits des U-Boots ging oder daß der zweite Kutter zu Wasser gelassen wurde. Ich sah Fasson und Grazier über Bord springen und zu dem U-Boot hinüberschwimmen, allerdings habe ich gehört, daß Tommy Brown ihnen im Wasser schwimmend gefolgt sei.«

Einigkeit besteht jedoch darüber, daß die *Petard*, deren Bordwände noch immer mit den Netzbroken drapiert waren, an denen einige der Besatzungsmitglieder des feindlichen Schiffes nach oben in Sicherheit und Gefangenschaft kletterten, schließlich längsseits von Connells Kutter ging. Und nachdem sie gestoppt hatte, um ihn an den Davits festzumachen, wurde der Kutter zurück an Bord genommen, während das Schiff wieder Fahrt aufnahm. Der Scheinwerfer wurde abgeschaltet, und die *Petard* verließ die Gegend mit hoher Geschwindigkeit.

Der Bericht der Admiralität über die Versenkung von U-559 erwähnt, daß die *Petard* beide Kutter ausgesetzt hatte, und man kann davon ausgehen, daß es der Backbord-Kutter war, der Lieutenant Spens-Black, Ablebodied Seaman Lacroix und Ablebodied Seaman MacFarlane schließlich aufnahm. Während der zehnstündigen Jagd hatte U-559 unter Wasser Zick-Zack-Kurse gesteuert und etwa 30 Seemeilen zurückgelegt. Der Bericht der Admiralität stellte abschließend fest, daß »der Kampf hauptsächlich durch Unnachgiebigkeit und Beharrlichkeit entschieden wurde.«

Der Kommandant von U-559, Korvettenkapitän Hans Heidtmann, hatte nach dem Auftauchen den Befehl zum Verlassen des Bootes erteilt. Er befand sich unter den drei überlebenden Offizieren und elf Unteroffizieren der Bootsbesatzung. Der Leitende Ingenieur bestätigte, daß er die Flutventile geöffnet hatte, bevor er der Anweisung folgte, von Bord zu gehen; er rechnete damit, daß das U-Boot jeden Augenblick sinken würde.

Die Besatzung des U-Boots sagte aus, daß sie während der Verfolgung 288 Detonationen von Wasserbomben gezählt habe, allerdings waren in 18 Anläufen nur 150 Bomben geworfen worden. Der Munitionsverbrauch der *Petard* belief sich auf eine 10,2-cm- sowie 114 Pom-Pom-Granaten und 79 Schuß aus der Oerlikon. Die letzten Wasserbomben der *Petard* hatten steuerbord achtern die Außenhaut des U-Boots eingedrückt. Unterdessen war die Luft im Boot stickig geworden, es schien, als ob sich überhaupt kein Sauerstoff mehr darin befinden würde, und der Kommandant erteilte den Befehl zum Auftauchen.

Was auf dem Kommandoturm wie die Umrisse eines weißen Pferdes aussah, war in Wirklichkeit ein stilisierter Esel, ein Anflug teutonischen Humors, da die Besatzung glaubte, daß man ihr zu Salami verarbeitetes Eselsfleisch aufgeschnitten hatte, als sie in Griechenland stationiert war. U-559 war eines der ersten Boote gewesen, die ins Mittelmeer verlegt wurden. Das Boot hatte Messina auf Sizilien am 29. September zu seiner zehnten und letzten Feindfahrt verlassen. Während eines früheren Einsatzes hatte es die australische Sloop *Parramatta* und mehrere Versorgungsschiffe versenkt sowie erfolglos Torpedos auf die Zerstörer einer Geleitsicherung geschossen. Die letzte Feindfahrt von U-559 war ohne besondere Vorkommnisse verlaufen, bis das Boot gejagt und versenkt wurde.

Reg Crang, der sein Tagebuch weitergeführt hatte, teilte dem Verfasser mit, daß er annahm, Fasson und Grazier hätten einen Plan ausgearbeitet, wie man ein aufgetauchtes U-Boot rasch entern könne. Außerdem war er der Meinung, daß Fasson die Taschenlampe und die MPi in einem wasserdichten Beutel mitgenommen haben mußte, als er zu dem U-Boot schwamm. Er hat die dramatischen Ereignisse jenes Tages und jener Nacht in seinem Tagebuch notiert:

»Der Asdic-Kontakt konnte nur phasenweise hergestellt werden, die vier Zerstörer warfen abwechselnd schematisch ihre Wasserbomben ab. Die See wurde immer wieder heftig erschüttert, riesige Wasserfontänen wie bei einem Vulkanausbruch stiegen in die Luft. Die Besatzung war äußerst erregt, weil wir alle sicher waren, daß uns die Beute angesichts dieses erbitterten Bombardements nicht entkommen konnte. An der Wasseroberfläche waren jedoch keine Anzeichen von Beschädigungen zu erkennen, und während die Stunden vergingen, nahm unsere Begeisterung ab.

Als es dunkel wurde, nahmen die *Pakenham* und die *Hurworth* die Suche in einem anderen Abschnitt auf, die *Petard* blieb und übernahm die Führung, sie wurde von einem Zerstörer der Hunt-Klasse, der *Dulverton*, unterstützt. Der Asdic-Kontakt ging jetzt für sehr lange Zeitabschnitte verloren, und wir ließen den Mut langsam sinken.

Jedoch etwa um 23.00 Uhr klingelten die Alarmglocken erneut. Ich eilte an Deck und sah das U-Boot, gefangen im Licht des Scheinwerfers. Es war ein furchteinflößender Anblick, ein dramatischer erster Blickkontakt mit dem Feind. Jemand rief, sich zum Rammen klarzumachen. Ich begann, meine Schwimmweste aufzublasen, obwohl ich wußte, daß sie undicht war.

Unsere Pom-Poms und die Oerlikon eröffneten das Feuer auf den Kommandoturm und bepflasterten ihn mit Granaten. Das U-Boot befand sich offensichtlich in einer mißlichen Lage, deshalb gingen wir langsam längsseits. Es war erfurchtgebietend, so nahe dem Feind gegenüberzustehen. Die Überlebenden sprangen ins Wasser und schwammen dann auf uns zu. Wir brachten Jakobsleitern und Netzbroken aus, damit sie an Bord klettern konnten. Unterdessen war ein Boot zu Wasser gelassen worden, um ein Enterkommando zu dem U-Boot überzusetzen. Bevor es dort ankam, hatten sich drei unserer Besatzung bis auf die Haut ausgezogen und schwammen hinüber.

Die Überlebenden begannen, die Leitern und Netze aufzuentern, aber sie waren sehr mitgenommen, und es war für sie eine Qual. Einer mit schrecklichen Bauchverletzungen blieb hängen und war nicht mehr in der Lage, weiterzuklettern. Seine Kameraden versuchten ihm zu helfen, aber er rutschte aus und trieb ab. Ich lehnte mich über die Bordwand und griff nach einem von ihnen, dann zog ich ihn unter großen Anstrengungen an Bord. Ich zitterte vor Aufregung, daß ich einen Deutschen in meiner Gewalt hatte, und mir war so, als ob ich ihn zu Tode schüttelte. Wir trieben sie alle nach achtern, viele von ihnen zitterten angesichts ihrer Tortur. Sie erholten sich recht bald, einige waren sehr heiter und sogar überheblich.

Wir erfuhren jedoch sehr schnell, daß wir Gefallene hatten, ein tragischer Verlust, der uns alle sprachlos machte. Das Enterkommando unter Gordon Connell war ohne Tony Fasson und Colin Grazier zurückgekehrt. Sie gingen mit dem U-Boot unter, das so schnell gesunken war, daß sie nicht mehr rechtzeitig aus dem Kommandoturm herauskommen konnten. Der Erste Offizier war in die Zentrale hinuntergestiegen, um Dokumente und geheime Chiffrierunterlagen zu sichern. Diese wurden an Colin Grazier und dann an Tommy Brown weitergereicht, der sich am Bootskörper festhielt, um das wichtige Material an das Enterkommando zu übergeben.

Das Kommando war gerade in Begriff gewesen, an Bord zu kommen, als das U-Boot mit den beiden tapferen Männern, die sich nicht bewußt waren, daß ihnen ein Unglück drohte, versank. Tommy Brown und Gordon Connell schafften es noch, in das Beiboot zu klettern, um dann mit der schlimmen Nachricht zurückzukehren.

Jimmy, so nannten ihn alle, war ein Mordskerl gewesen, er war auf dem Schiff beinahe eine Legende. Stattlich und überheblich, aber verdammt tüchtig, wurde er von allen bewundert. Auch für den einfachsten Matrosen hatte er immer ein Lächeln oder einen Scherz übrig. Wir alle können uns nicht vorstellen, daß es in der Navy je einen besseren Ersten Offizier gegeben hat.«

Als HMS *Petard* die Gegend mit hoher Fahrt verließ, wurde ein Funkspruch mit einer codierten Nachricht abgesetzt, der die Erbeutung von Dokumenten andeutete; daraufhin erhielt die *Petard* den Befehl, mit äußerster Kraft Haifa anzulaufen, sie wurde von der *Dulverton* begleitet. Dort wurden die Schiffe von Offizieren des Marinenachrichtendienstes erwartet, die die erbeuteten Unterlagen per Kurier nach London bringen ließen, von wo sie vermutlich eilig nach Bletchley Park, der britischen Zentrale der Codeknacker, weitergeleitet wurden. Unterdessen wurden die deutschen Gefangenen ausgeschifft, und die Besatzung der *Petard*, eingeteilt in zwei Wachen, erhielt achtundvierzig Stunden Landgang, eine Wache löste die andere ab. Einige von ihnen besuchten Jerusalem, den Jordan, den See Genezareth und das Tote Meer.

Lieutenant Commander Thornton beschäftigte sich damit, Empfehlungsschreiben für Auszeichnungen an seine Besatzung anzufertigen. In der ehrenvollen Erwähnung Lieutenant Fassons stand: »Nachdem das U-Boot aufgetaucht war und sich ergeben hatte, sprang er vom Vorschiff über Bord und enterte das Boot mit großem Schneid. Er blieb unten und arbeitete in der Dunkelheit, obwohl er wußte, daß das Wasser anstieg und das Boot leckgeschlagen war. Er fuhr fort, Bücher und Instrumente herauszuholen, bis das Boot sank. In seinem Eifer, an wichtige Informationen zu gelangen, gab er sein Leben.«

Die ehrenvolle Erwähnung für Grazier enthielt folgendes: »Dieser ausgezeichnete junge Seemann folgte dem Ersten Offizier, indem er vom Vorschiff über Bord sprang und in kürzestmöglicher Zeit das U-Boot enterte. Er lieb unten und arbeitete in der Dunkelheit, während das Wasser höher stieg und er wußte, daß das Boot leckgeschlagen und es zu spät war, noch rechtzeitig herauszukommen. In seinem Eifer, an wichtige Informationen zu gelangen, gab er sein Leben.«

Über Brown schrieb er: »Ohne zu zögern, sprang er auf das U-Boot, um Lieutenant Fasson zu unterstützen. Er stieg dreimal in der Dunkelheit nach unten, um Bücher heraufzuholen, obwohl er wußte, daß das U-Boot an zwei Stellen leckgeschlagen war und ständig Wasser einströmte. Er gab ein gutes Beispiel ab für Kaltblütigkeit und Tapferkeit in einer gefahrvollen Situation, dies zählt um so mehr, weil er noch sehr jung ist (16 Jahre).«

Als die Einzelheiten der Versenkung von U-559 und Thorntons Empfehlungsschreiben für Auszeichnungen die Admiralität erreichten, wurde entschieden, daß Fasson und Grazier ein Maß an Tapferkeit bewiesen hatten, das mit der Verleihung des Victoria Cross gewürdigt werden mußte. Allerdings gab es starke Bedenken insofern, als die posthum verliehenen beiden Orden ein öffentliches Interesse für die Auszeichnungen erwecken konnten und daß der gegnerische Nachrichtendienst daraufhin versuchen würde, näheres über die Gründe der Verleihung zu erfahren. Seine Lordschaften erfanden eine Ausrede, indem sie erklärten, daß das Victoria Cross für bewiesene Tapferkeit im Angesicht des Feindes vorgesehen sei, im vorliegenden Falle sei die mutige Tat jedoch erfolgt, nachdem die Kampfhandlungen bereits eingestellt worden waren. Somit empfahlen sie die posthume Verleihung des George Cross, der höchsten Tapferkeitsauszeichnung für Zivilpersonen.

Eine Denkschrift des Honours and Awards Committee (Komittee für Ehrungen und Auszeichnungen; Anm. d. Übers.) stellte hierzu fest, daß die Frage der angemessenen Auszeichnung für Fasson, Grazier und Brown einige Schwierigkeiten bereite, obgleich Fasson und Grazier eine Leistung vollbracht hätten, die den Anforderungen an die Verleihung des George Cross/Victoria Cross mit Sicherheit genügen würde. »Um an Informationen von äußerster Wichtigkeit zu gelangen, nahmen sie die Herausforderung an, in ein U-Boot hinunterzusteigen, von dem sie wußten, daß es jederzeit sinken konnte: diese Tat kann man kaum als ›Himmelfahrtskommando‹ bezeichnen, da sie gehofft hatten, mit dem Leben davonzukommen, um die Information weiterzugeben.

Ihnen war völlig klar, daß sie ein hohes Risiko eingingen, und sie nahmen dies um der Informationen willen bewußt in Kauf. Für eine angemessene Würdigung ihrer Tapferkeit ist ferner die Tatsache von Belang, daß sie ihre Aufgabe erfüllten, obwohl das ansteigende Wasser sie erkennen ließ, daß die Gefahr ständig größer und größer wurde.«

Die Denkschrift führte weiter aus, daß einer informellen Anfrage an den Vorsitzenden des George Cross Committee (Komitee für die Verleihung des Georgskreuzes; Anm. d. Übers.) zu entnehmen sei, daß eine Verleihung des Ordens nicht in Betracht gezogen würde, da das George Cross für erwiesene Tapferkeit bei der Zivilverteidigung gegen Luftangriffe und deren Folgen begründet worden sei. Die Denkschrift schloß mit der Empfehlung, daß die Zustimmung zur Verleihung so weit als möglich dem George Cross Committee überlassen bleiben solle, und so wurde auch verfahren. Der größte Widerstand kam aus dem Finanzausschuß, der für Auszeichnungen an Veteranen zuständig war. Dort bat man um eine Erklärung und begründete dies wie folgt: »Das George Cross ist nicht als Auszeichnung für Leistungen, die unmittelbar auf Kampfhandlungen mit dem Gegner folgen, begründet worden.«

Die Anträge auf Verleihung des George Cross lösten einen umfangreichen Schriftverkehr aus, manches wurde sogar per Funk übermittelt. In einem Telegramm an den Oberbefehlshaber in der Levante vom 1. April 1943 erklärte J. P. Droop, der Vorsitzende des Honours and Awards Committee, daß das George Cross Committee der Überzeugung sei, die Verleihung des George Cross sei unangemessen. Die Auszeichnung solle aufgrund der Teilnahme an einer Kampfhandlung erfolgen. Sollte demnach der Oberbefehlshaber das Victoria Cross empfehlen? Am 8. April kam ein Antwortschreiben: »Ich möchte dringend darum bitten, daß nichts an die Öffentlichkeit gelangt, woraus geschlossen werden könnte, irgend etwas von Wert sei von dem U-Boot geborgen worden.« Ein Funkspruch vom selben Tag fügte dem hinzu: »Ich bedaure, daß ich das Victoria Cross leider nicht empfehlen kann. Das U-Boot war vom Gegner aufgegeben worden und befand sich längsseits der *Petard*. Ich bin zuversichtlich, daß das George Cross für eine sehr tapfere Tat Lieutenant Fassons und Able Seaman Colin Graziers angemessen ist, da sie ein U-Boot bei Nacht geentert haben und im Boot blieben, obwohl es langsam vollief, und beharrlich sehr wichtige Dokumente und Instrumente bargen.« Sein abschließender Kommentar läßt eine gewisse Ungeduld erkennen: »Ansonsten empfehle ich im Gefechtsbericht eine ehrenvolle Erwähnung postum.«

An dieser Stelle intervenierte der Direktor des Marinenachrichtendienstes und stufte die gesamte Korrespondenz als »Streng geheim« ein. Zudem hob er hervor, »daß das Wissen über die Bergung von Dokumenten und Gerät aus einem U-Boot auf einen ganz kleinen Kreis von Personen selbst innerhalb der Admiralität beschränkt bleiben muß. Auf gar keinen Fall darf ein solcher Zwischenfall an die Öffentlichkeit gelangen oder das Wissen darüber an Personen weitergeleitet werden, deren Dienstobliegenheiten die Kenntnis darüber nicht erfordern.«

Der Erste Lord der Admiralität bestätigte dies in einem Schreiben an Sir Robert Knox vom Schatzamt, in dem er zugunsten der höchsten Auszeichnung für Zivilpersonen argumentierte. Er vertrat den Standpunkt, daß die Kampfhandlungen beendet gewesen seien, die bewiesene Tapferkeit sei jedoch gleichbedeutend mit jeder anderen vergleichbaren Handlung unter Gefechtsbedingungen. Sein Brief endete wie folgt: »Da wir es hier mit dem Erwerb wichtiger Informationen aus Feindeshand zu tun haben, sollte diese Frage ›Streng geheim‹ behandelt werden.«

J. P. Droop widersetzte sich einem Versuch, die Auszeichnung für Tommy Brown auf die Verleihung der British Empire Medal herabzustufen. In einem Schreiben vom 19. Juli sollte er hierzu darlegen: »Er kletterte dreimal nach unten, um Bücher etc. heraufzuholen. Als er zum dritten Mal nach unten stieg, riefen die Leute an Deck. Das U-Boot sank, als er gerade nach oben kam, er sprang und wurde aus dem Wasser gefischt. Nach Ansicht der Admiralität qualifiziert ihn der Mut, den er bewiesen hat, für eine höhere Auszeichnung als den BEM.«

Während dieser Briefwechsel fortgesetzt wurde, gab die LONDON GAZETTE am 12. Januar 1943 bekannt, daß Lieutenant Commander Mark Thornton DSC RN aufgrund eines erfolgreichen Angriffs gegen ein feindliches U-Boot als Kommandant von HMS *Petard* zum Träger des Distinguished Service Order ernannt worden sei. Am 23. März 1943 veröffentlichte die LONDON GAZETTE dann folgende Bekanntmachung über Auszeichnungen

»für Tapferkeit und Kühnheit während ihrer Dienstzeit an Bord von HMS *Petard* bei einem erfolgreichen Angriff auf ein feindliches U-Boot«: das Distinguished Service Cross für Lieutenant David Dunbar-Nasmith RN, die Distinguished Service Medal für den Signalmaat Randell Chapman sowie Leading Seaman Trevor Tipping, ehrenvolle Erwähnungen im Gefechtsbericht über Midshipman Peter Thomas Alleyne Goddand RN und den Signalgasten Kenneth Hannay.

Erst im August verfaßte Sir Henry Markham aus der Kanzlei des Schatzamts ein abschließendes Schreiben, in dem er erklärte, daß die Kontroverse über die Verleihung des George Cross einvernehmlich gelöst worden sei. Die Auszeichnungen wurden am 9. September durch den König genehmigt und am 14. September öffentlich bekanntgegeben. Die Verleihung des George Cross an Lieutenant Antony Blair Fasson und Ablebodied Seaman Colin Grazier »für außergewöhnliche Tapferkeit und unerschütterliche Pflichterfüllung angesichts drohender Gefahr« erschien ohne weitere Angaben in einer Bekanntmachung der LONDON GAZETTE. Das Blatt zeigte zugleich die Verleihung der George Medal an den Zweiten Kabinenassistenten Thomas William Brown für »Tapferkeit und Pflichterfüllung angesichts drohender Gefahr« an. In der nächsten Ausgabe der LONDON GAZETTE erschien eine Berichtigung, indem Fassons vollständiger Name mit Lieutenant Francis Antony Blair Fasson angegeben wurde.

Captain Stevens, der Kommandeur der 12. Zerstörer-Flottille an Bord der *Pakenham*, erhielt einen Balken zu seinem Distinguished Service Order. Die als »Streng geheim« eingestufte Empfehlung des Kommandanten der *Petard*, Lieutenant Commander Mark Thornton DSO

DSC RN, lautete: »Die Vernichtung von U-559 am 30. Oktober 1942 ist vor allem seinem Können, seiner Beharrlichkeit und seinen Führungsqualitäten während dieser langen und erfolgreichen Jagd zu verdanken.« Auf Empfehlung von Captain Stevens wurden die Kommandanten der *Pakenham* und der *Hero* mit dem Distinguished Service Cross ausgezeichnet. Das Empfehlungsschreiben von Captain Stevens für eine Auszeichnung an den Kommandanten der *Petard* deutet jedoch darauf hin, daß er nur unzureichende Informationen darüber besaß, was während des Gefechts der *Petard* mit U-559 tatsächlich geschehen war. Darin stand zu lesen: »Nachdem das U-Boot aufgetaucht war, griff die *Petard* an und ging anschließend längsseits, brachte eine Spiere aus und nahm das Boot in Schlepp, bevor es sank – eine außergewöhnliche seemännische Leistung, die zur Erbeutung einer Menge von Verschlußsachen führte.«

Weitere Auszeichnungen wurden entsprechend den Empfehlungen des Kommandanten der *Petard* bewilligt. Lieutenant Robert Eliot Frank de Pass RN, der Torpedooffizier: »Der begabte junge Offizier war mir eine sehr große Hilfe. Beim Einschätzen der Situation bewies er Weitblick und Einsicht. Seine Begeisterung während der gesamten Dauer der Jagd trug entscheidend zum Erfolg bei«; Maat Sellars: »Während der langen Verfolgung des U-Boots bediente er die meiste Zeit über das Asdic-Gerät. Er ist ein erstklassiger MSD (Hauptsonargast)«; Ablebodied Seaman Kenneth Vivian Lacroix: »Er war vom MSD mit der Ablösung beauftragt worden, als dieser zu einer Erholungspause befohlen wurde. Er blieb auf dem Kommandoturm und versuchte, die letzten Sachen noch mitzunehmen, als das Wasser ihn beinahe mitriß, während das Boot sank«; Ablebodied Seaman Francis

James Caudwell: »Während der gesamten Dauer der Operation bewies er Verstand und Einsatzbereitschaft beim Klarmachen der Wasserbomben. Als er erkannte, daß eine Leine ausgebracht werden mußte, sprang er sofort über Bord und schwamm zu dem U-Boot hinüber.« (Hier irrte der Kommandant. Caudwell erklärte vor dem Untersuchungssausschuß, daß er direkt vom Deck der *Petard* auf U-559 gelangte.)

Zwei Distinguished Service Medals gingen an Maate der *Pakenham* und der *Dulverton*, drei Besatzungsmitglieder der *Dulverton*, drei der *Hurworth* und eines der *Hero* wurden im Gefechtsbericht ehrenvoll erwähnt.

Mit seinen 16 Jahren war Tommy Brown der jüngste Träger der George Medal, dennoch hatte er sich als ein Jahr älter ausgegeben. Obwohl er noch nicht das erforderliche Mindestalter besaß, blieb er an Bord der *Petard*, bis sie 1944 nach England zurückkehrte. Später wurde er zum Ersten Kabinensteward auf dem Kreuzer *Belfast* ernannt (dem heutigen Museumsschiff auf der Themse). Während die *Belfast* im Februar 1945 für den Krieg in Fernost ausgerüstet wurde, verbrachte Brown ganz in der Nähe einen Kurzurlaub bei seiner Familie in Lily Gardens, Ridges Estate; er erwartete täglich den Befehl zum Dienstantritt. Tommy Brown, gerade 19 geworden, und seine vier Jahre alte Schwester starben, als in den frühen Morgenstunden des 13. Februar 1945 Feuer ausbrach. Die Mutter, drei Brüder und sechs weitere Schwestern überlebten das Unglück. Der Vater, ein Royal Engineer, hatte eine Woche zuvor seinen Urlaub beendet. Die Mutter, Margaret Brown, erhielt im Juli 1945 eine Audienz in Buckingham Palace, wo ihr von König George VI. Tommys George Medal überreicht wurde. 1985 übergab die Familie die Auszeichnung zusammen mit fünf weiteren

Ehrenzeichen sowie einer Uhr, die Tommy Brown von der NAAFI geschenkt worden war, dem Museum an der Zentralstelle der Truppenbetreuung in Amesbury, in der Grafschaft Wiltshire.

Lieutenant Commander Thornton übergab die Jacke eines deutschen U-Bootmannes der Walker-Werft in Newcastle, um ein den Werftarbeitern gegebenes Versprechen einzulösen, daß er ihnen einst Trophäen der Erfolge der *Petard* zukommen lassen wolle.

Das empfindliche Gerät, das Lieutenant Fasson unbeschädigt erbeuten wollte und das schließlich seine Rettung verhindert hat, muß wohl die Enigma von U-559 gewesen sein. Tragischerweise konnte er nicht ahnen, daß weitaus wertvolleres Material bereits sicher im Kutter der *Petard* verstaut lag und daß die Erbeutung einer Enigma von relativ geringer Bedeutung war, da Bletchley Park bereits das von der *Bulldog* geborgene Gerät besaß. Der Coup der *Petard* gegen U-559, der Dokumente und Übersetzungshilfen lieferte, beendete die zehn Monate andauernde, kostspielige Nachrichtenlücke; während dieser Zeit war man in England nicht in der Lage gewesen, den Funkverkehr der U-Boote zu entschlüsseln. Allerdings gab es keine Schlagzeilen, welche die Menschen daheim in dieser Phase andauernder Niederlagen und Rückschläge etwas hätten aufmuntern können, und HMS *Petard* verpaßte den Ruhm, den sich das Schiff erworben hatte.

Mit Hilfe der erbeuteten Unterlagen waren die Kryptoanalytiker in Bletchley Park nunmehr in der Lage, den Vier-Walzen-Schlüssel Triton zu knacken. Ab Sonntag, den 13. Dezember 1942, ungefähr sechs Wochen nachdem die *Petard* das Schlüsselmaterial auf U-559 entdeckt hatte, konnte ein Großteil des U-Bootfunkverkehrs mitgelesen werden. Die Ultra-Erkenntnisse stellten sich als unschätzbar wertvoll heraus. Sie trugen während der kritischsten Phase des folgenschweren Kampfes mit den Wolfsrudeln der U-Boote zur Entscheidung in der Schlacht im Atlantik bei.

Letzten Endes hing sogar der Sieg der Alliierten von diesem Erfolg ab.

Fünftes Kapitel

Sieg in der Schlacht im Atlantik

Die von HMS *Petard* erbeuteten Unterlagen enthielten unter anderem das aktuelle Kurzsignalheft und den Wetterkurzschlüssel für 1942. Am 4. November erreichten die ersten der erbeuteten Dokumente Bletchley Park, wo die Codeknacker schon begierig auf das Material warteten. Diejenigen Chiffrierunterlagen, die am dringlichsten benötigt wurden, wie etwa der Wetterkurzschlüssel, trafen jedoch erst am 24. November in Bletchley Park ein. Für diesen Zeitverlust läßt sich keine hinreichende Erklärung finden.

Der Kurzschlüssel für 1941, der auf dem Wetterschiff *München* im Mai 1941 erbeutet worden war (er kam in Bletchley drei Tage später an), ermöglichte den Codeknackern nach mehrmaligen verstärkten Anstrengungen, in die Drei-Walzen-Enigma der Marine, die den Schlüsselkreis für die heimischen Gewässer bediente, einzubrechen. Von August 1941 an hatte dies enorme Auswirkungen auf die Schlacht im Atlantik. Die Verluste an Handelsschiffen gingen zurück, indem die Geleitzüge umdirigiert wurden, während eine steigende Zahl an U-Booten geortet und versenkt werden konnte. Dieser Vorteil ging jedoch mit der Einführung einer vierten Walze in die neue Enigma M4 verloren, die ausschließlich im Schlüsselkreis Triton für den Atlantikeinsatz der U-Boote Verwendung fand. Das Gerät wurde am 1. Februar 1942 eingeführt, und von diesem Tag an war Bletchley für zehn Monate »blind«, während die Verluste der Schiffahrt im Atlantik eine kritische Marke erreichten.

Für einige Zeit war man in Bletchley sehr besorgt darüber, daß der enorme Vorteil, den Funkverkehr über den operativen Einsatz der U-Boote mitlesen zu können, endgültig verlorengegangen zu sein schien. Im Dezember 1941 wurde diese Befürchtung bestätigt, als die Kryptoanalytiker herausfanden, daß der Übergang zu einer Enigma mit vier Walzen, die für den U-Booteinsatz im Atlantik und im Mittelmeer vorgesehen war, unmittelbar bevorstand. Der Übermittlungsfehler eines U-Bootfunkers hatte sie darauf aufmerksam gemacht. Dieser hatte einen ungewöhnlich langen Funkspruch nach dem Vier-Walzen-Schlüssel Triton chiffriert, in dessen Verfahren er wohl gerade ausgebildet worden war. Bevor er seinen Irrtum bemerkte, hatte er Teile des Spruches bereits gesendet. Daraufhin überschlüsselte er die Nachricht im gültigen Drei-Walzen-Code.

Mit Hilfe der beiden aufgefangenen Mitteilungen waren die Experten in Bletchley in der Lage, die Verdrahtung einer Vier-Walzen-Enigma nachzuvollziehen. Allerdings waren die Schwierigkeiten enorm, die um das Vielfache gestiegene Zahl möglicher Einstellungen herauszufinden, außerdem erhielten sie während des zehnmonatigen Blackouts überhaupt keine Eselsbrücken oder Übersetzungshilfen. Die sechsundzwanzigfache Arbeit war erforderlich, um eine auf der Vier-Walzen-Enigma geschriebene Übersetzungshilfe durch eine der vorhandenen Drei-Walzen-»*bombes*« laufen zu lassen. Auf jeden Fall standen dann nicht mehr genügend »*bombes*« zur Verfügung, um den Schlüssel des Heeres und der Luftwaffe zu dechiffrieren. Als jedoch Harry Keen, der für den Bau der Bomben bei der British Tabulating

Machine Company zuständig war, um Rat gefragt wurde, wandte er bewährte elektronische Verfahren an, um die Geräte zu modifizieren. Damit waren sie in der Lage, die sechsundzwanzigfache Anzahl an Tests im Vergleich zur herkömmlichen Drei-Walzen-»*bombe*« durchzuführen, und benötigten dazu lediglich die doppelte Zeit. Aus Erfahrung wußte Keen, daß er die Schlagzahl noch erhöhen konnte.

Als die erste der Vier-Walzen-Bomben im Juli 1943 betriebsbereit war und der Einbruch in den Schlüssel mit den Unterlagen von U-559 gelang, hatte Bletchley Park mit Hilfe der Vorgängermodelle lediglich an drei Tagen in den Schlüsselkreis Triton eindringen können. Als die Codeknacker in Bletchley mit der Untersuchung der Unterlagen begannen, die von HMS *Petard* weitab der Bedrohung im Atlantik erbeutet worden waren, erreichte die große U-Bootoffensive gerade ihren Höhepunkt. Die U-Boote standen kurz davor, die Oberhand zu gewinnen. Auf Ausgabe Nummer Zwei des Wetterkurzschlüssels hatten die Kryptoanalytiker stets gehofft. Als sie dieses Dokument in Händen hielten, konnten sie ihm entnehmen, daß der Vier-Buchstaben-Spruchschlüssel für den normalen Funkverkehr der U-Boote dem Drei-Buchstaben-Schlüssel für Wettermeldungen mit Ausnahme eines zusätzlichen Buchstabens entsprach. Das bedeutete also, falls der Tagesschlüssel für eine Wettermeldung bekannt war, mußte ein Spruch im Vier-Walzen-System nur auf sechsundzwanzig Positionen durchprobiert werden, um den vollständigen Schlüssel zu erhalten.

Die Deutschen hatten die neue M4-Enigma Triton getauft, nach dem Sohn des Poseidon, des Meeresgottes in der griechischen Mythologie, der durch eine gewundene Seemuschel blies, um Sturm zu erzeugen. Bletchley Park gab ihr die Codebezeichnung Shark. Am Sonntag, den 13. Dezember 1942, wurde die erforderliche Schlüsseleinstellung zur ersten Dechiffrierung mit Shark codierter Funksprüche entdeckt, etwa sechs Wochen nach der Versenkung von U-559. Bevor dieser Erfolg sich einstellte, waren allerdings unablässiges Arbeiten und Tausende von Durchläufen der Bomben vonnöten gewesen. Noch am selben Tag zeichnete sich der Einbruch in den bis dahin undurchdringlichen Funkverkehr mit der Vier-Rotoren-Enigma zwischen den U-Booten auf See und ihrer Befehlsstelle ab. Nur eine Stunde nachdem die ersten Meldungen dechiffriert worden waren, wurde der aufgefangene Funkverkehr der U-Boote an das Submarine Tracking Room in der Admiralität weitergeleitet. Er enthüllte die Positionen von fünfzehn U-Booten.

Geleitzüge aus den Vereinigten Staaten, die Nachschubgüter für die amerikanischen Truppen in Nordafrika transportierten, kamen nun immer häufiger ohne Verluste durch, indem sie die durch Ultra aufgedeckten Positionen der U-Bootrudel umfuhren. Schätzungen gehen davon aus, daß die Entschlüsselung von Triton-Meldungen allein zwischen Dezember 1942 und Januar 1943 etwa 500000 bis 750000 Tonnen Schiffsraum vor dem Verlust bewahrt hat. In den ersten Tagen des Jahres 1943 vermochte Ultra ein Wolfsrudel von sechs U-Booten ausfindig zu machen, das zwischen den Azoren und Madeira auf der Lauer lag. Da ihm über einen aufkommenden Konvoi keine der üblichen nachrichtendienstlichen Erkenntnisse des B-Dienstes vorlagen, weil der Geleitzug nicht über den Funkverkehr im Konvoi-Code organisiert und geführt wurde, besaß Dönitz keine Informationen, bis ein einzelnes U-Boot per Zufall auf den Konvoi stieß. Anweisungen an das U-Boot, Fühlunghaltersignale abzusetzen, und Befehle an andere Boote, in das betreffende Seegebiet zu verlegen, wurden in Bletchley Park entziffert.

Ein anderer Geleitzug, der sich aus neun vollbeladenen Tankern unter der Bezeichnung TM 1 zusammensetzte und durch den Zerstörer HMS *Havelock* und drei Korvetten eskortiert wurde, erhielt die Anweisung, auf Südkurs zu gehen, eine Fahrtroute, die ihn um etwa 100 Seemeilen an den im Hinterhalt lauernden U-Booten vorbeigeführt hätte. Der Kommandant des Zerstörers, Commander R.C. Boyle, wußte freilich nichts über die goldene nachrichtendienstliche Quelle, die für den Ausweichkurs verantwortlich war. Er behielt lieber den ursprünglichen Kurs bei, als daß er auf eine Schlechtwetterzone zuhalten wollte, die er im Süden vermutete, zumal die Korvetten unbedingt Brennstoff ergänzen mußten. Dieser verhängnisvollen Entscheidung folgte tragischerweise eine der gelegentlichen Betriebsstörungen, die Bletchley Park erdulden mußte. Die deutsche Seite hatte um Mitternacht die Schlüsseleinstellung für Triton gewechselt, damit war Bletchley für die nächsten 48 Stunden nicht mehr in der Lage, den Funkverkehr der U-Boote mitzulesen – während der folgenden drei Tage sollte es allerdings jede Menge Funkverkehr geben. Bevor Ultra wieder Informationen liefern konnte, waren sieben Tanker mit zusammen 55000 Tonnen Schiffsraum, die 100000 Tonnen dringend benötigten Kraftstoff befördert hatten, versenkt – dies bedeutete eine Verlustquote von 77 Prozent und zugleich die höchste Verlustrate aller Geleitzüge während des gesamten Krieges.

Auf ihrer gemeinsamen Konferenz in Casablanca im Januar 1943 führte Churchill Präsident Roosevelt nochmals deutlich vor Augen, daß der Krieg verloren sei, falls die U-Boote nicht bezwungen würden. Man müsse damit rechnen, daß Großbritannien ausgehungert werde, eine Invasion des europäischen Kontinents könne nicht begonnen werden, und die Russen müßten ohne die notwendigen Lieferungen an Kriegsmaterial ihrer westlichen Verbündeten auskommen. Der Abzug von Geleitschiffen zum Schutz der Invasionsflotte für Nordafrika sei der Grund eines überdurchschnittlichen Anstiegs der Handelsschiffsverluste im Atlantik gewesen. Churchill drängte Roosevelt, hier Abhilfe zu schaffen, indem dieser seine Zustimmung dazu erteilen sollte, daß der Sieg über die U-Boote absolute Priorität erhalten müsse.

Als Amerika in den Krieg eintrat, nachdem seine Schlachtflotte bei dem japanischen Angriff auf Pearl Harbor nahezu vernichtet worden war, hatte die amerikanische Marineführung sich gegen die – mit Churchill vereinbarte – Politik Präsident Roosevelts ausgesprochen, daß der Sieg in Europa Vorrang besitzen solle. Der größte Teil der Seestreitkräfte wurde gegen Japan zusammengezogen, während die Flotten Englands, Kanadas und der übrigen Alliierten die Hauptlast der Schlacht im Atlantik trugen. Die Amerikaner unterrichteten die britische Seite darüber, daß sie den japanischen Code, Purple genannt, geknackt hatten, und die Engländer teilten ihre Erkenntnisse aus Ultra mit der amerikanischen militärischen Führungsspitze. Ein Team des amerikanischen Geheimdienstes unter der Leitung des New Yorker Anwalts Telford Taylor wurde für kurze Zeit Bletchley Park zugeteilt, danach richteten sie eine eigene Arbeitsgruppe in New York ein, die sich mit einer weitaus größeren Anzahl an Bomben und viel mehr Personal der Entzifferung des Enigma-Codes widmete.

Unterdessen ging die Schlacht im Atlantik ohne Unterbrechung weiter. Der größte Vorteil für die U-Bootrudel bestand in einer riesigen »Luftlücke« im mittleren Atlantik, außerhalb der Reichweite von Überwachungsflugzeugen, die auf beiden Seiten des Ozeans stationiert waren. Für den Oberbefehlshaber der RAF, Air Chief Marshal Arthur Harns, hatte die Bomberoffensive gegen die industriellen Zentren Deutschlands absoluten Vorrang. Dieses Ziel verfolgte er hartnäckig, und nur unter massivem Druck gab er 24 Liberator für die Atlantik-Schlacht frei. Mit ihren vier Motoren besaßen sie eine größere Reichweite als die unzulänglichen Maschinen etwa vom Typ Avro Hanson, die bislang die Flugüberwachung durchführten. Das RAF-Coastal Command setzte darüber hinaus Sunderland-Flugboote ein.

Der von Harns dominierte Führungsstab der RAF war der Auffassung, daß die effektivste Angriffsmethode gegen U-Boote die Bombardierung ihrer Stützpunkte und ihrer Bauwerften sei. Tatsächlich fiel jedoch kein einziges Boot den heftigen Bombardements der verbunkerten U-Boot-Liegeplätze an der französischen Atlantikküste zum Opfer, die RAF erlitt dafür bei den sehr energisch durchgeführten Angriffen hohe Verluste (100 schwere Bomber allein in den ersten fünf Monaten des Jahres 1943). Sie belegte die U-Bootbunker mit 15 000 Tonnen Bomben, aber die massiven Betonbauten waren nahezu unverwüstlich.

Die Tatsache, daß die U-Boote auf den Funkverkehr angewiesen waren, um ihre kombinierten Angriffe durchzuführen (dies galt vor allem für die Jagd mit Wolfsrudeln), bedeutete für Ultra eine reiche Ernte, falls der Tagesschlüssel geknackt werden konnte, was meistens auch gelang.

Wenn ein einzelnes U-Boot oder ein Langstreckenaufklärer vom Typ Focke-Wulf Condor einen Geleitzug ausfindig gemacht hatte, wurden seine Zusammensetzung, Kurs und Fahrt, die Anzahl der Schiffe und Typen der Geleitfahrzeuge an die Befehlsstelle der U-Boote in Lorient an der französischen Atlantikküste durchgegeben. Die dortige Operationszentrale sendete an alle in dem betreffenden Seegebiet stehenden U-Boote Anweisungen zum Sammeln. Falls es sich um einen größeren Konvoi handelte, waren manches Mal bis zu zwanzig Boote beteiligt. Wenn der Kontakt zu einem U-Boot hergestellt war, bestätigte es den Anruf und gab seine Position durch. Der Funkverkehr wurde in der Marineversion der Enigma (Funkschlüssel M) abgewickelt, und diese Mitteilungen besaßen eine höhere Schlüsselsicherheit als andere Meldungen.

Zu jenem Zeitpunkt erhielt Bletchley Park durch die Analyse des deutschen Funkverkehrs sichere Hinweise, daß der B-Dienst, der deutsche Widersacher Bletchleys, den britischen Konvoi-Code mitlesen konnte. Bis Juli 1943 stand ein neuer Schlüssel allerdings nicht zur Verfügung, da die Verteilung der neuen Codebücher bis in die entlegensten Teile der Erde viel Zeit in Anspruch nahm. Als die U-Bootgefahr in den ersten Monaten des Jahres 1943 einem weiteren Höhepunkt zusteuerte, wurde das Submarine Tracking Room, das seinen Sitz nunmehr in einem bombensicheren Betonbunker hinter der Admiralität hatte, mit einem ständigen Service dechiffrierter Meldungen des Schlüsselkreises Triton versorgt. U-Boote wurden geortet, die Anweisungen der U-Bootbefehlsstelle waren bekannt, Gegenmaßnahmen wurden eingeleitet und Geleitzüge umdirigiert. Im Vergleich zu den hohen Verlustraten der vorausgegangenen beiden

Monate hatte sich die Zahl versenkter Handelsschiffe im Januar und Februar halbiert.

Aufgrund der schwachen Vorstellung, die der schwere Kreuzer *Admiral Hipper* und das Westentaschen-Schlachtschiff *Lützow* (die ehemalige *Deutschland*) beim Angriff auf einen Rußland-Geleitzug an Silvester 1942 gezeigt hatten, der lediglich durch sechs Zerstörer gesichert war, entließ ein vor Wut rasender Hitler Großadmiral Raeder und ernannte Dönitz zum Oberbefehlshaber der Kriegsmarine. Er blieb weiterhin auch Befehlshaber der U-Boote (BdU), und sein Stab zog mit ihm nach Berlin um. Zur gleichen Zeit bemerkte er, daß die Übersetzungen des B-Dienstes aus dem britischen Konvoi-Code eine beunruhigende Genauigkeit aufwiesen, was alliierte Meldungen über die Standorte einzelner U-Boote und sonstige Mitteilungen an Geleitzüge und ihre Sicherungsfahrzeuge anbetraf. Er befahl eine Untersuchung zur Schlüsselsicherheit der Marine-Enigma. Die Untersuchungskommission unter Vorsitz von Admiral Kurt Fricke kam zu dem Ergebnis, daß das System Enigma zweifelsohne nicht zu knacken sei. Die Genauigkeit der alliierten nachrichtendienstlichen Erkenntnisse wurde der Beobachtung durch Fischereifahrzeuge bzw. Werftspionage zugeschrieben. In seinen nach dem Krieg (1958) veröffentlichten Memoiren schreibt Admiral Dönitz hierzu: »Immer wieder wurde überprüft, ob die U-Bootfunksprüche schlüsselsicher waren. Aber ebenso oft blieb der Chef des Marinenachrichtendienstes im Oberkommando bei der Ansicht, daß es für den Gegner unmöglich sei, sie zu entziffern. Wir haben auch heute, soweit mir bekannt ist, keine sichere Kenntnis davon, ob dem Gegner im Kriege ein Einbruch in unsere Schlüssel gelungen ist.«

Kurz nachdem der Stab des BdU nach Berlin verlegt worden war, erteilte Dönitz seinen U-Booten die Anweisung, die allergrößten Anstrengungen zu unternehmen, um die Lebensadern Großbritanniens zu durchtrennen. Die Zahl versenkter alliierter Handelsschiffe stieg von 29 (mit 203 000 Tonnen) im Januar auf 95 (mit 627 000 Tonnen) im März. Es war die mit Abstand schlimmste Phase der Schlacht im Atlantik.

Weil die über den Atlantik verstreuten U-Bootrudel zu zahlreich waren, wurde es zunehmend unmöglich, Empfehlungen für Ausweichkurse zu erteilen. Die Verlustrate war nahezu doppelt so hoch wie die Neubaurate, während die neunzehn versenkten U-Boote nur etwa die Hälfte der vierzig neu in Dienst gestellten Einheiten ausmachten. Das Tagesmittel der im Atlantik operierenden U-Boote stieg von 92 im Januar auf 111 im April. Während des restlichen Jahres 1943 standen durchschnittlich 116 U-Boote pro Tag in See.

Wie bereits erwähnt, basierten diese gewaltigen Anstrengungen auf Berechnungen des Befehlshabers der U-Boote, daß eine Versenkungsziffer von monatlich 800 000 Tonnen Großbritannien angesichts einer katastrophalen Versorgungslage dazu zwingen mußte, um Frieden zu bitten. Diese Rate schien in greifbarer Nähe. Die deutsche Seite stand kurz vor dem Sieg im Atlantik, der Entscheidungsschlacht des Krieges.

Dönitz machte reichlich Gebrauch von nachrichtendienstlichen Erkenntnissen, die der B-Dienst lieferte. Diesem war es gelungen, in den britischen Manneschlüssel für die Konvoisteuerung einzudringen. Deutsche Kryptoanalytiker lasen die britischen Konvoi-Codes mit (obwohl sie den Marinefunkschlüssel nicht knacken konnten), lange bevor es Bletchley gelingen sollte, Teile des deutschen Funkverkehrs zu entziffern. In dieser entscheidenden Phase des Krieges im Atlantik konnten 80 Prozent des britischen Nachrichtenverkehrs entschlüsselt werden. Das bedeutete, daß der Befehlsstab der U-Boote in der Lage war, die Fahrtroute einer Vielzahl von Atlantikkonvois mitzuplotten.

Aufgrund dieser Informationen konnte Admiral Dönitz im März 1943 seine Boote zur größten Geleitzugschlacht des Krieges aufstellen. Er zog 39 U-Boote zusammen, um zwei Konvois abzufangen, die von Halifax (Nova Scotia) nach Liverpool bestimmt waren – ein langsamer Konvoi mit 52 Schiffen und ein schneller mit 25. Der schnelle Geleitzug stieß zuerst auf die U-Boote und verlor binnen acht Stunden ebensoviele Schiffe. Danach vereinigten sich die beiden Geleitzüge, so daß ihre Sicherungsfahrzeuge zusammengefaßt werden konnten. Es entwickelte sich eine fortlaufende Konvoischlacht, die drei Tage dauerte und bei der 21 Schiffe mit zusammen 140000 Tonnen versenkt wurden; vier von ihnen fielen einem einzigen U-Boot, U-338, zum Opfer. Ein Boot wurde versenkt. Falls diese Erfolge sich fortgesetzt hätten, wäre Admiral Dönitz seinem Ziel, die Lebensadern Großbritanniens zu durchtrennen, mit Sicherheit nähergekommen.

Dönitz konnte während dieser kritischen Phase rund 400 Boote in den heftigsten Geleitzugschlachten des gesamten Krieges einsetzen. Ausgerechnet jetzt hatte Bletchley Park Probleme, die durch Dönitz' Anweisung zur Überprüfung der Schlüsselsicherheit der Enigma verursacht worden waren. Denn die U-Bootfunker hatten Befehl erhalten, größere Sorgfalt zur Vermeidung von Wiederholungen oder fehlerhaften Übermittlungen walten zu lassen, und die Menüs, die den Tagesschlüssel für

Triton herausfinden sollten, waren immer schwerer zu erhalten. Im Januar 1943 konnten zehn Tage lang keine Schlüsseleinstellungen der Enigma herausgearbeitet werden, vom 10. bis 17. Februar wiederholte sich das Spiel. Trotz dieser Pechsträhne führte die Erbeutung des Kurzwetterschlüssels durch die *Petard* dazu, daß Bletchley Park den Funkverkehr mit Shark zwischen dem 13. Dezember 1942 und dem 10. März 1943 an neunzig von neunundneunzig Tagen entziffern konnte. Dann trat ein neuer Enigma-Wetterschlüssel in Kraft, der viel komplizierter als die beiden vorangegangenen war, und Bletchley Park gingen daraufhin die Übersetzungshilfen aus dem Wetterschlüssel verloren. Der Chef des Marinenachrichtendienstes befürchtete, daß dieser Wechsel Bletchley Park für einen längeren Zeitraum blind machen konnte. Allerdings versetzte das Kurzsignalheft, das ebenfalls durch die Besatzung der *Petard* auf U-559 entdeckt worden war, die Kryptoanalytiker in Baracke 8 wieder in die Lage, Eselsbrücken aus den Fühlunghaltermeldungen von U-Booten zu konstruieren, die den Kontakt zu Geleitzügen hergestellt hatten. Zwischen dem 10. März 1943 und Ende Juni konnten die Kryptoanalytiker an 87 von 112 Tagen den gesamten Funkverkehr in Shark mitlesen.

Da sie über die U-Bootlage durch Ultra-Erkenntnisse im voraus Bescheid wußten, gingen die alliierten Marinen im April in die Offensive. Der Geleitschutz wurde verstärkt, Kriegsschiffe mit verbesserten Radargeräten und Hochfrequenz-Funkpeilern ausgerüstet. Neue Geleitflugzeugträger beteiligten sich an der Jagd. Die Zahl der aus Geleitzügen heraus versenkten Handelsschiffe fiel um zwei Drittel, die Verluste der U-Boote stiegen. In diesem Monat wurden 245 000 Tonnen Schiffsraum versenkt, dafür gingen 15 U-Boote verloren.

Anfang Mai wurde ein westgehender Konvoi, der ohne Ladung aus England ausgelaufen war, südlich von Grönland durch stürmisches Wetter zerstreut. Er hatte das Pech, per Zufall auf ein U-Bootrudel zu stoßen. Neun Handelsschiffe gingen im Gegenzug für den Verlust eines U-Boots verloren. Im selben Monat überquerten zwei Geleitzüge ohne Verluste den Atlantik, während sechs U-Boote versenkt wurden. Die Verlustrate belief sich für diesen Monat auf lediglich 165 000 Tonnen Schiffsraum, dafür wurden insgesamt 40 von 118 weiterhin im Atlantik operierenden U-Booten versenkt.

Zu dieser Zeit, etwa sechs Monate nachdem die *Petard* die Triton-Unterlagen erbeutet hatte, konnte der Funkverkehr der U-Boote fast kontinuierlich mitgelesen werden; hin und wieder entzog sich der Tagesschlüssel jedoch der Feststellung. Eine dieser Unterbrechungen in der Flut der Ultra-Erkenntnisse ereignete sich am 20. April, nachdem Ultra zuvor noch vor einem U-Bootrudel hatte warnen können, das auf der Lauer lag, um einen größeren Konvoi aus Halifax abzufangen. Glücklicherweise wurden die richtigen Übersetzungshilfen noch rechtzeitig gefunden, und nach einem quälend langen Tag der Stille war Ultra wieder munter. Der Geleitzug aus 57 Handelsschiffen, der von fünf Kriegsschiffen eskortiert wurde, erreichte England ohne Verluste, da er aufgrund von Ultra-Erkenntnissen um das U-Bootrudel herumgeführt werden konnte. Die 57 Schiffe löschten nach Monaten voller Sorge, derweil die Lagerbestände rasch abnahmen, dringend benötigte Versorgungsgüter. Sie hatten Nachschub für die bevorstehende Invasion in der Normandie und Rohstoffe für die britische Rüstungsindustrie transportiert: Drei von ihnen hatten Getreide und Panzer geladen, zwei Stahl und Bauholz, neun hatten

Explosivstoffe befördert, andere wiederum Kraftstoff, Schmieröl, Zucker, Phosphat und sonstige Güter.

Sogar für den hartnäckigen Befehlshaber einer Waffengattung, die jederzeit mit schweren Verlusten rechnen mußte, war der Preis zu hoch geworden, den er in U-Booten zu bezahlen hatte. In der letzten Maiwoche wies Dönitz seine Boote an, die Schiffahrtsrouten im Atlantik zu räumen und westlich der Azoren in Wartestellung zu gehen. In nicht einmal fünf Wochen hatte sich das Blatt in der Atlantikschlacht gewendet. Es war der größte Seesieg in der Geschichte der Royal Navy. Dönitz vertraute weiterhin der Schlüsselsicherheit im Funkverkehr mit der Enigma und schrieb die Niederlage der verbesserten alliierten Funkmeßortung zu. Während der folgenden drei Sommermonate wurden mehr U-Boote als alliierte Handelsschiffe versenkt – das Verhältnis betrug 74 zu 58.

Ralph Erskine, ein Experte für Funknachrichtendienst, betonte dem Verfasser gegenüber, daß es von großer Bedeutung war, die Enigma-Meldungen kontinuierlich mitlesen zu können. Die Arbeit mit den durch die *Petard* erbeuteten Unterlagen sollte Bletchley Park letztlich auch den Weg ebnen, erneut in Shark einzubrechen, als die deutsche Seite im Juli 1943 eine zusätzliche Walze sowie eine weitere Anzeige für Querverbindungen einführte.

Trotz der Entscheidung der deutschen Seekriegsleitung, ihre versenkten Versorgungsschiffe nicht zu ersetzen, waren die U-Boote erneut zu länger andauernden operativen Einsätzen in der Lage, da sie von ihren »Milchkühen« in entlegenen Seegebieten versorgt wurden. Die Positionen der U-Tanker waren aufgrund von Ultra-Erkenntnissen bekannt. Die Admiralität sprach sich bis Mitte 1943 gegen Angriffe auf U-Tanker aus, da sie in ständiger Sorge war, daß die deutsche Seite vielleicht mißtrauisch werden könnte, Enigma sei geknackt worden, und deshalb einen neuen Code einführte. Wurden die »Milchkühe« zu einem späteren Zeitpunkt angegriffen, war ihre Ortung durch Luftaufklärung und verbesserte Radargeräte plausibel erklärbar. Die Amerikaner hatten schon seit längerem darauf bestanden, die U-Tanker zu vernichten. Sie konnten die Admiralität schließlich davon überzeugen, daß das Risiko für Ultra minimal sei. Zwischen Juni und August 1943 versenkten US-Trägerflugzeuge fünf »Milchkühe« und Reservetanker.

Ab August 1943 bis Kriegsende konnte der Funkverkehr mit der Marine-Enigma rasch und regelmäßig und im wesentlichen ohne Verzögerungen mitgelesen werden. Churchill erhielt am 21. September stehende Ovationen im Unterhaus, als er bekanntgab, daß während der vergangenen drei Monate nicht ein einziges Schiff im Nordatlantik versenkt worden sei. Die neue Lage war durch eine Kombination von Faktoren entstanden, die es ermöglichten, Ultra-Erkenntnisse – die für das wörtliche Mitlesen des Funkverkehrs zwischen den U-Bootkommandanten auf See und ihrer Befehlsstelle an Land sorgten – vollständig auszunutzen.

Die britischen »boffins« (ein Begriff aus Kriegszeiten für Wissenschaftler, die in Hinterzimmern arbeiteten) hatten eine neue Art Kurzwellenradar entwickelt, das von U-Booten nicht aufgefaßt werden konnte. Wenn die Boote aufgetaucht fuhren, wurden sie häufig überrascht und waren Bombenangriffen von Flugzeugen ausgesetzt, die unbemerkt angeflogen waren. Von Mai bis Juli 1943 wurden 26 U-Boote versenkt und 17 schwer beschädigt. Dönitz mußte eingestehen, daß diese Entwicklungen den Nordatlantik unhaltbar für seine U-Boote machten.

Ein weiterer Faktor bestand darin, daß die Portugiesen

dem jahrelangen Drängen der britischen Seite nachgaben und ihre Zustimmung zur Einrichtung alliierter Luftwaffenstützpunkte auf den Azoren erteilten. Damit war die »Luftlücke« endlich geschlossen. Andere Faktoren waren die Hochfrequenz-Funkpeilung und der Bau schneller Geleitschiffe auf britischen Werften, den Fregatten der River-Klasse. Diese konnten ohne Brennstoffergänzung den Atlantik überqueren und waren schnell genug, um ein aufgetauchtes U-Boot zu überholen, wozu die älteren Einheiten nicht in der Lage waren. Desweiteren hatten die Alliierten Geleitträger (sogenannte »Woolworth«-Träger) entwickelt, indem ein Flugdeck auf einen Handelsschiffsrumpf gesetzt wurde. Die Luftlücke im mittleren Atlantik wurde zusätzlich von landgestützten Flugzeugen mit größerer Reichweite geschlossen. Den Bedarf an Schiffsraum deckten amerikanische Werften rasch mit vorgefertigten, geschweißten, standardisierten Handelsschiffsbauten – den berühmten Liberty-Schiffen. Sie benötigten eine Bauzeit von zehn Tagen, und auf amerikanischen Werften liefen pro Woche drei vom Stapel. Im September schickte Dönitz 28 U-Boote auf Feindfahrt, die mit verbesserter Flak-Bewaffnung und Radar-Warngeräten ausgerüstet waren, um den seit Mai praktisch ausgesetzten Kampf um die atlantischen Versorgungslinien wiederaufzunehmen. Sie führten einen neuen Torpedo mit der Bezeichnung »Zaunkönig« mit, der auf die Schraubengeräusche von Geleitschiffen ansprach. Nach dem Abfeuern mußten die U-Boote allerdings sofort auf Tauchstation gehen, um zu verhindern, daß sie selbst von dem Torpedo gejagt wurden.

Über das Lagebild der Geleitzüge erhielten sie keine Informationen mehr, weil der neue britische Konvoi-Code in Kraft getreten war. Die U-Boote mußten deshalb in der

Weite des Atlantik kreuzen und auf eine zufällige Begegnung mit alliierten Schiffen hoffen. Eine kanadische Liberator entdeckte am 19. September eines von ihnen auf dem Kurs zweier Geleitzüge und versenkte das Boot. Die beiden Konvois wurden daraufhin zu einem einzigen Geleitzug mit 66 Schiffen und 15 Sicherungsfahrzeugen zusammengefaßt. Die letzte Geleitzugschlacht begann am nächsten Tag, als HMS *Lagan* sank, nachdem ihr das Heck weggesprengt worden war. Während eines laufenden Kampfes wurden drei Kriegs- und drei Handelsschiffe versenkt, drei U-Boote gingen verloren – zwei wurden durch Flugzeuge, eines durch den Zerstörer *Keppel* vernichtet.

Das RAF-Coastal Command ging in dieser Phase des Krieges mit einem neuen Radar, das auf der Zentimeterwelle arbeitete, sowie verbesserten Suchscheinwerfern in die Offensive, dies forderte einen hohen Tribut von den in ihre Stützpunkte zurückkehrenden U-Booten. Die Flugzeuge wurden zumeist durch das auf Ultra-Erkenntnissen basierende Mitplotten der U-Bootkurse geleitet. Der vormalige Befehlshaber des RAF-Coastal Command, Sir John Slessor, schrieb 1974 in seinem Vorwort zu Wing Commander Fred Winterbothams Buch *The Ultra Secret*: »Ich habe guten Grund anzunehmen, daß Ultra, in Verbindung mit HF/DF (Hochfrequenz-Funkpeilung), während der Schlacht im Atlantik tatsächlich die Entscheidung herbeigeführt hat.«

Im weiteren Verlauf des Krieges fuhren die U-Boote – unter Wasser – von ihren französischen Stützpunkten in spanische Gewässer, wo sie auftauchen und ihre Batterien nachladen konnten. Im Oktober 1943 unterrichtete die Admiralität die Amerikaner über Ultra-Erkenntnisse, wonach eine Versorgung durch U-Tanker im Seegebiet nördlich der Azoren erfolgen sollte. Amerikanische Trägerflugzeuge entdeckten tatsächlich vier aufgetauchte U-Boote und versenkten die »Milchkuh« U-460. Im November war nurmehr ein einziger U-Tanker von zehn Einheiten, die sich im März noch in Dienst befunden hatten, übriggeblieben. Dies hatte eine drastische Abnahme der Zahl einsatzbereiter U-Boote im Atlantik zur Folge.

Als die Boote in ihre Stützpunkte zurückkehrten, wurden sie mit neuen Waffen, darunter akustische Torpedos, und einem neuen Apparat, Schnorchel genannt, ausgerüstet. Dabei handelte es sich um eine Röhre mit Ventil, die die U-Boote dazu befähigte, unter Wasser mit ihren Dieseln zu fahren, was ihre Geschwindigkeit und Reichweite erhöhte.

Unterdessen blieben die deutschen Großkampfschiffe der britischen Marineführung ein Dorn im Auge. Im März 1943 hatte Churchill den Russen mitgeteilt, daß die Geleitzüge im Nordmeer, die wichtige Nachschubgüter für die sowjetische Kriegsführung beförderten, Verluste in unannehmbarer Höhe hätten und deshalb eingestellt werden müßten. Im Herbst wurden sie jedoch wiederaufgenommen, und drei Konvois erreichten Murmansk ohne Zwischenfall. Als der dritte Geleitzug, ohne Ladung, zurückfuhr, wurde er von einem deutschen Aufklärungsflugzeug erfaßt. Hitler hatte damit gedroht, die Großkampfschiffe verschrotten zu lassen, und deshalb traf Dönitz die riskante Entscheidung, das Schlachtschiff *Scharnhorst* auf den nächsten Geleitzug anzusetzen. Er nannte das Unternehmen »Ostfront«, da man davon ausgehen konnte, daß der Konvoi 400 Flugzeuge und 400 Panzer beförderte, deren Vernichtung für die nach dem russischen Sieg in der Schlacht von Kursk zurückweichenden deutschen Truppen eine große Entlastung bedeutet hätte.

Die *Scharnhorst* war die einzige zur Verfügung stehende große Kampfeinheit, da sich das neueste und schlagkräftigste deutsche Schiff, die *Tirpitz*, nach einer Attacke mit Kleinst-U-Booten und schweren Bombenangriffen durch die RAF in Reparatur befand. Aufgrund von Ultra-Erkenntnissen war der Befehlshaber der Home-Fleet, Admiral Sir Bruce Fraser, darüber im Bilde, daß die *Scharnhorst* in Begleitung von fünf Zerstörern am Nachmittag des ersten Weihnachtsfeiertages ausgelaufen war und Kurs auf den wichtigen Geleitzug genommen hatte. Auf seinem Flaggschiff, dem Schlachtschiff *Duke of York*, fuhr Admiral Fraser der starken Geleitsicherung aus Kreuzern und Zerstörern entgegen, um sich mit ihr zu vereinigen. Die Begleitzerstörer des deutschen Schlachtschiffes waren gerade zur Suche nach dem Konvoi detachiert worden, als die *Scharnhorst* ohne ihren Geleitschutz auf die britischen Kreuzer *Belfast*, *Sheffield* und *Norfolk* stieß. Während des anschließenden Gefechts wurden die *Norfolk* und die *Sheffield* beschädigt, die *Scharnhorst* aber wies keine sichtbaren Trefferschäden auf, obwohl alle drei Kreuzer behaupteten, Treffer erzielt zu haben. Sie hielt Kurs Süd mit 30 Knoten Geschwindigkeit, um dann auf die *Duke of York* zu treffen, die von dem Kreuzer *Jamaica* begleitet wurde.

Die *Scharnhorst* war überrascht worden und drehte nach Norden ab, als die Granaten einer gutsitzenden Breitseite, jede von ihnen etwa eine Dreiviertel Tonne schwer, einschlugen und ihre Geschwindigkeit sichtlich verringerten. Zwei 28-cm-Geschosse der *Scharnhorst* durchschlugen die Hohlmasten der *Duke of York* ohne zu detonieren. In einem 90 Minuten andauernden Duell wurde der Stolz der deutschen Kriegsmarine in Stücke geschlagen, nachdem Torpedos, die von Zerstörern abgefeuert worden waren, ihre Geschwindigkeit auf 5 Knoten herabgesetzt hatten. Insgesamt waren 55 Torpedos auf die *Scharnhorst* geschossen worden, bevor sie schließlich sank. Nur 36 ihrer 2000 Mann starken Besatzung wurden aus der eiskalten See gefischt. Dieser bedeutende britische Seesieg ist unter der Bezeichnung »Gefecht vor dem Nordkap« berühmt geworden.

Ultra-Erkenntnisse deuteten darauf hin, daß der Netzkasten, der die *Tirpitz* vor Torpedotreffern schützte – ihre letzten Reparaturarbeiten waren gerade beendet –, ab dem ersten April geöffnet sein würde. Sie sollte zu Seeerprobungen vor dem Altafjord in Norwegen auslaufen. Ein Angriff von 44 Bombern, die von den Flugzeugträgern *Victorious* und *Furious* gestartet waren, verursachte nur geringe Beschädigungen am Rumpf, jedoch fiel sie für weitere drei Monate aus. Das bedeutete, daß kein einziges deutsches Großkampfschiff zur Verfügung stand, um im Juni die alliierte Invasionsarmada anzugreifen. Die *Tirpitz* erhielt schließlich den Rest, als sie die RAF im November mit fast 6,5 Meter langen Bomben, »Tallboys« genannt, an ihrem Liegeplatz vor der Insel Haakoy angriff.

Zu dieser Zeit forderten die Seeaufklärer schwere Opfer unter den U-Booten. Sechs Wochen bevor Dönitz den erneuten Rückzug aus dem Atlantik befahl, hatten sie bereits 23 versenkt. Von Mitte Dezember bis Mitte Januar überquerten zehn Geleitzüge den Nordatlantik, ohne daß irgendwelche Anzeichen einer drohenden U-Bootgefahr zu entdecken waren.

Ende Januar unternahm Dönitz einen weiteren Versuch mit 26 U-Booten in den Gewässern westlich Irlands, die vor alliierten Geleitzügen nur so wimmelten.

Sie konnten nur ein einziges Handelsschiff sowie die Sloop HMS *Woodpecker* versenken; drei Maschinen des Coastal Command wurden abgeschossen. Elf U-Boote gingen verloren, sechs von ihnen fielen Wasserbomben von Johnnie Walkers Sicherungsverband, der aus fünf Sloops bestand, zum Opfer. Dönitz schickte diejenigen U-Boote, die diese Schlacht heil überstanden hatten, Ende Februar mit einem Wolfsrudel, das aus sechzehn Booten bestand, erneut in das Seegebiet westlich Islands. Bis zum 22. März, als er die übriggebliebenen zurückrief, konnten sie eine Sloop und eine Korvette versenken, sieben U-Boote gingen verloren.

In den ersten drei Monaten des Jahres 1944 versenkten die U-Boote lediglich drei von 3360 Handelsschiffen, die in riesigen Geleitzügen über den Atlantik eskortiert wurden, während 36 Boote verlorengingen. Bis Ende 1944, dem letzten vollen Kriegsjahr, waren 241 U-Boote nicht mehr in ihre Stützpunkte zurückgekehrt. Im ersten Halbjahr 1944 waren die meisten Boote in den Küstengewässern um die britischen Inseln herum konzentriert worden, um die Stationierung von Truppen in Großbritannien für die erwartete Invasion auf dem Kontinent zu unterbinden. Sie versenkten zwei britische Fregatten sowie ein amerikanisches Landungsschiff – in getauchtem Zustand. Eines torpedierte vier amerikanische Versorgungsschiffe vor Selsey Bill nahe Portsmouth. Sämtliche Boote konnten entkommen.

Ultra trug entscheidend mit dazu bei, daß ernsthafte Angriffe der deutschen Kriegsmarine gegen die riesige alliierte Armada unterblieben, die die Invasionstruppen für die Landungen am D-Day, dem 6. Juni, und in der Zeit danach über den Kanal beförderten. Da die Gefahr durch schwere Schiffseinheiten und die Luftwaffe gebannt war, sahen die alliierten Befehlshaber in der großen Zahl an U-Booten, die in den Häfen am Golf von Biscaya lagen, die schlimmste Bedrohung. Wegen des Zusammenbruchs der Nachrichtenverbindungen an Land als Ergebnis alliierter Bombardements mußte Dönitz auf den Funkverkehr zurückgreifen, um mit seinen U-Booten in Verbindung zu treten, und Bletchley Park konnte deshalb die meisten seiner Befehle mitlesen. Mitte Mai 1944 entzifferte Bletchley eine Mitteilung des Befehlshabers der U-Boote an das Marinegruppenkommando West, die enthüllte, daß vierzig Boote am Tag der Landung bzw. am Tag darauf gegen die Invasionsflotte eingesetzt würden. Sie enthielt zugleich Informationen über weitere Seegebiete, in denen U-Boote ständig patrouillieren sollten – vor den Scilly-Inseln, in Richtung des nördlichen Cornwall und in einer zusätzlichen Auffangstellung im Golf von Biscaya. Um sicherzustellen, daß der kontinuierliche Zustrom an Ultra-Erkenntnissen aus Bletchley Park optimal genutzt werden konnte, verlegte der Direktor des Submarine Tracking Room sein U-Bootlagezentrum nach Plymouth.

Am Tag der Invasion wurden die U-Boote durch gezielte alliierte Desinformation überrascht. Die deutsche Seekriegsleitung setzte sie in den frühen Morgenstunden davon in Kenntnis, daß die Landung in der Seine-Bucht stattfinde. Am Abend des 6. Juni verließen insgesamt 35 U-Boote ihre Stützpunkte, sechs von ihnen waren mit Schnorcheln ausgerüstet – und nahmen Kurs auf den Ärmelkanal, neun operierten vor den Küsten von Devon und Cornwall, der Rest formierte sich zu einer Auffanglinie vor der französischen Küste, wo sie von acht weiteren Booten unterstützt wurden, die von ihrem Einsatzgebiet im Atlantik abgezogen worden waren. Angesichts der mächtigen alliierten U-Bootabwehr konnten sie jedoch nur geringe Erfolge erzielen. In drei Monaten wurden 18 Schiffe mit Nachschubgütern für die Invasionstruppen versenkt, dafür gingen 35 U-Boote verloren. Im August zog Dönitz den Rest zurück. Nach der Landung in der Normandie wurde in den Biscaya-Häfen die Ausrüstung der U-Boote mit Schnorcheln fortgesetzt. Als sich die alliierten Truppen näherten, mußten die Boote jedoch einen Stützpunkt nach dem anderen räumen. Sie wurden nach Norwegen verlegt, von wo sie ihre Angriffe auf die britischen Küstengewässer konzentrierten. Die Entwicklung des Schnorchels ermöglichte ihnen, unentdeckt zu operieren, und verlieh ihnen die Fähigkeit, schnell abzulaufen, falls sie geortet wurden. Im September versenkte U-482 vor Nordirland eine Korvette und vier Handelsschiffe, die sich auf dem Weg nach Liverpool befunden hatten. Das Boot hatte 2500 Meilen der 2730 Seemeilen langen Fahrtstrecke getaucht zurückgelegt. In diesem Monat konnten lediglich zwei U-Boote versenkt werden, hauptsächlich deshalb, weil nur wenige Boote einsatzfähig waren.

Im Oktober konnte Ultra vermelden, daß in südnorwegischen Häfen sechs U-Boote für Feindfahrten von elf Wochen Dauer ausgerüstet würden. Dies ließ darauf schließen, daß sie um die britischen Inseln herumfahren und in den Kanal vorstoßen sollten. Dönitz ermahnte seine Besatzungen: »Die Wiederaufnahme des U-Bootkrieges muß und wird das Hauptziel Deutschlands sein … es wird sich herausstellen, daß letzten Endes die Entscheidung in diesem Krieg von der neuen Offensive abhängen wird, die nunmehr angelaufen ist und deren Aussichten sehr günstig sind. Vor Ablauf dieses Jahres müssen entscheidende Erfolge erzielt werden.«

Die U-Bootabwehrkräfte, die vom Ärmelkanal in das Seegebiet nordöstlich Schottlands verlegt worden waren, wurden erneut in den Kanal zurückgerufen, um dieser Bedrohung zu begegnen. Um Weihnachten herum flackerten die U-Bootaktivitäten in der Nähe der Halbinsel Cotentin noch einmal auf, als in sechs Tagen sechs Schiffe versenkt wurden, hauptsächlich durch ein einziges Boot. Die letzte deutsche Gegenoffensive in den Ardennen, die durch schlechtes Wetter begünstigt wurde, weil die überlegenen alliierten Luftstreitkräfte am Boden bleiben mußten, war auf der Basis von Wettermeldungen vorbereitet worden, die von U-Booten im Nordatlantik stammten.

Die U-Bootoffensive im Kanal war ein völliger Fehlschlag. Aus dem enormen Schiffsaufkommen, das für die Invasion bereitgestellt wurde, konnten sie nur 33 Handels- und neun Kriegsschiffe versenken, während in demselben Seegebiet 46 U-Boote vernichtet wurden. In den letzten vier Monaten des Krieges überquerten 12000 alliierte Handelsschiffe sicher den Nordatlantik.

Anfang 1945 war die Marineführung wegen der U-Bootgefahr erneut zutiefst beunruhigt. Ihre Sorge gründete zum einen darauf, daß die U-Boote durch den Schnorchel die Möglichkeit erlangt hatten, sich einer Verfolgung zu entziehen, und basierte zum andern auf nachrichtendienstlichen Erkenntnissen über den neuen Typ eines Elektro-U-Boots, das in acht vorgefertigten Sektionen an verschiedenen Orten gebaut wurde bzw. bereits in der Nordsee mit den See-Erprobungen begonnen hatte. Die Nachricht über diese Bedrohung stammte von den Amerikanern, die Mitteilungen über technische Entwicklungen, welche der japanische Marineattaché in Berlin nach Tokio gemeldet hatte, abfangen konnten.

Nun war die RAF an der Reihe, um ein von »Bomber-Harris« gegebenes Versprechen einzulösen. In jener Phase des Krieges wurde das Bomber Command zur wichtigsten Waffe im Kampf gegen die U-Boote. Es flog schwere Luftangriffe zum einen auf Produktionsstätten und Werften, die die U-Bootsektionen herstellten, zum andern auf jene Hafenstädte, wo die Sektionen zusammengefügt wurden, und schließlich auf die Verkehrswege, auf denen die U-Bootsektionen befördert wurden, vornehmlich den Dortmund-Ems-Kanal, der die Ruhr mit der Nordsee verbindet.

Die Zahlen der U-Bootfertigung sanken zum ersten Mal vor allem auch deshalb, weil die alliierten Truppen die Werften in Deutschland überrannten. Bis dahin war die Produktion von U-Booten ständig gestiegen, und 120 Einheiten der superschnellen Elektro-U-Boote konnten noch fertiggestellt werden.

Am 25. Februar 1945 versenkte U-2322, ein kleineres Elektro-Boot für die Verwendung im Küstenbereich, den kleinen britischen Frachter *Egolm* (1317 Tonnen) vor der schottischen Küste. Englische Kriegsschiffe nahmen unverzüglich die Jagd auf, aber das Boot konnte unbeschädigt entkommen. Die Verfolger waren angesichts seiner Unterwassergeschwindigkeit erstaunt, die einen Angriff mit Wasserbomben zwecklos machte.

Bei einer Zusammenkunft mit Hitler erklärte Dönitz, daß er erwarte, eine genügende Anzahl dieser neuen Einheiten zusammenzufassen, um den Nachschub der alliierten Truppen zu unterbinden und danach den Kampf um die Konvoirouten wieder aufzunehmen. Er führte weiter aus: »Mit dem vollkommenen Unterwasserfahrzeug ist eine Wende im Seekrieg herbeigeführt. Die scharfe Waffe des reinen U-Boots ist vorhanden.« Hätte der Krieg in Europa noch zwei Jahre angedauert – was durchaus möglich schien, bevor Bletchley Park das durch HMS *Petard* erbeutete Material auswerten konnte, um Ultra mit den nötigen Erkenntnissen zu versorgen, die in der kritischsten Phase des U-Bootkrieges im Jahr 1943 zum Sieg führten –, hätte Dönitz eine weitere Chance erhalten – mit schrecklichen Konsequenzen für Großbritannien. Er wäre auch in der Lage gewesen, den Krieg nach Amerika zu tragen.

Diese Pläne kamen jedoch zu spät, weil die Intensität der RAF-Bombardements zunahm. Allerdings wagte Dönitz im Atlantik noch einen allerletzten Anlauf. Im April 1945 nahmen sechs mit Schnorcheln ausgerüstete U-Boote Kurs auf die USA. Die Amerikaner, durch Ultra vorgewarnt und in Sorge, daß die U-Boote mit den bereits gegen England eingesetzten V 2-Raketen ausgestattet sein könnten, schickten ihnen 20 Zerstörer entgegen. Drei der Boote wurden sogleich versenkt, ein weiteres wurde vernichtet, nachdem es kurz zuvor den Zerstörer *Frederick C. Davis* torpediert hatte. Die beiden restlichen Boote blieben unentdeckt, sie ergaben sich jedoch nach der deutschen Kapitulation.

Das erste der großen Elektro-U-Boote vom Typ XXI verließ Bergen am 30. April mit Fahrtziel Karibik. Ein zweites lief am 3. Mai aus Wilhelmshaven aus, als britische Truppen schon fast die Kriegsmarinewerft erreicht hatten. Beide gehörten zu den 49 U-Booten, die in See standen, als Dönitz (nach dem Selbstmord Hitlers zum Staatsoberhaupt ernannt) ihnen befahl, aufzutauchen und den nächsten alliierten Hafen anzulaufen. Bis dahin waren sie eine ständige Bedrohung gewesen, die riesige alliierte Ressourcen band.

Während der letzten fünf Kriegsmonate waren 153 U-

Boote versenkt worden, das letzte – U-320 – am 7. Mai, nachdem es von einer Catalina des RAF-Coastal Command zwischen den Shetland-Inseln und Norwegen mit Wasserbomben belegt worden war. Am selben Tag wurden zwei Handelsschiffe und ein norwegischer Minensucher von U-Booten torpediert und versenkt – die Boote hatten den Befehl zur Übergabe nicht erhalten, weil sie mehrere Tage getaucht gefahren waren.

Die U-Bootbesatzungen erlitten hohe Verluste. Von nahezu 40900 Mann, die während des Krieges ihren Dienst auf U-Booten ableisteten, fielen 25800, und 5000 wurden gefangengenommen – eine Verlustrate von 76 Prozent. Deutsche Werften bauten 1162 U-Boote; 842 kamen zum Fronteinsatz und 784 (93 Prozent) gingen verloren, davon 696 durch Feindeinwirkung; 220 wurden von ihren Besatzungen selbst versenkt, um nicht dem Gegner in die Hände zu fallen, 156 kapitulierten, 2 flohen nach Argentinien und der Rest lag bei Kriegsende in seinen Stützpunkten in Norwegen und Deutschland.

Das Boot mit dem höchsten Versenkungserfolg des Krieges war U-48. Zwischen September 1939 und Juni 1941 vernichtete es 51 Schiffe mit zusammen 310407 Tonnen. Mehr als 200000 Wasserbomben wurden geworfen, einer von 16 Angriffen war erfolgreich. Britische Kriegsschiffe versenkten 158 U-Boote mit Wasserbomben (siehe ferner Anhang 2 – Verluste an Zerstörern).

Bis zum Ende der Schlacht im Atlantik waren 2452 alliierte Schiffe (zusammen 2,8 Millionen Tonnen Schiffsraum) im Nordatlantik versenkt worden. Die Handelsschiffsverluste der Welt betrugen 5150 Schiffe (21570720 Tonnen). Die britische Handelsmarine verlor 30248 Seeleute, die Royal Navy 73642 Marineangehörige hauptsächlich im Atlantik, wo die U-Boote 175 Kriegsschiffe, meist britische, versenkten. Das RAF-Coastal Command verlor 5 866 Mann und 1 777 Flugzeuge. Die Personalverluste der Royal Canadian Navy betrugen 1 965 Mann.

Aufgrund dieser Verluste und da der Außenhandel praktisch zusammengebrochen war, zumal in den Jahren des Bombenkrieges Wohnungen und Industrieanlagen zerstört wurden, sah sich das siegreiche Großbritannien in den Nachkriegsjahren in der Rolle der größten Schuldnernation der Erde. Admiral Dönitz, weiterhin völlig ahnungslos darüber, daß der Funkverkehr mit Enigma geknackt worden war, schrieb: »Das Radar, besonders aber die Radarortung vom Flugzeug aus, hatte die Überwasserkampfkraft des U-Bootes fast völlig ausgeschaltet. Der Geleitzugkampf in der Rudeltaktik im Nordatlantik, als dem am stärksten luftüberwachten Hauptoperationsgebiet, war in Zukunft nicht länger möglich. Er konnte erst wieder beginnen, wenn es gelang, die Kampfkraft des U-Bootes wesentlich zu verbessern. Ich zog die Konsequenzen und ließ den Nordatlantik räumen. Am 24. Mai befahl ich den U-Booten, unter Anwendung aller Vorsichtsmaßnahmen in den Seeraum südwestlich der Azoren abzumarschieren. Wir waren in der Atlantikschlacht unterlegen.«

Am Tag des Sieges lag die *Petard* im Trockendock in Wallsend on Tyne. Sie befand sich kurz vor ihrer zweiten Indienststellung mit einer neuen Besatzung aus jungen Freiwilligen, die noch zur Schule gingen, als der Krieg begann. Die *Petard* war leckgesprungen, als sie ein U-Boot mit Wasserbomben verfolgte, das mit Asdic nördlich von Schottland aufgefaßt worden war. Sie fuhr ihre üblichen Angriffsmuster, der Schnorchel ermöglichte dem U-Boot jedoch ein rasches Entkommen.

Nach dem Werftaufenthalt verließ sie Gourock und den Clyde, um am Krieg gegen Japan teilzunehmen. Von Deck aus konnte der Verfasser mehrere U-Boote im Päckchen liegend sehen, die die Befehle zur Übergabe befolgt hatten. Die Besatzungen mehrerer dieser Boote beobachteten uns mit Neugierde. Aber weder sie noch die junge Mannschaft an Bord der *Petard* ahnten, welchen Beitrag das Schiff zur Niederlage der U-Bootwaffe geleistet hatte. Dies blieb, vielleicht, noch für Jahrzehnte das größte Geheimnis des Krieges.

HMS *Petard* während der ersten Indiensthaltung

Die Besatzung der *Petard* in Port Said, Oktober 1942. Der 16jährige NAAFI-Kantinenassistent Tommy Brown hält den Schriftzug mit dem Schiffsnamen; er wurde mit der George Medal ausgezeichnet.

Detonationen von Wasserbomben während der langen Jagd auf U-559

Wieder geht eine Wasserbombe hoch. Die beiden auf dieser Seite abgebildeten Fotos wurden von der Brücke der *Petard* aus aufgenommen.

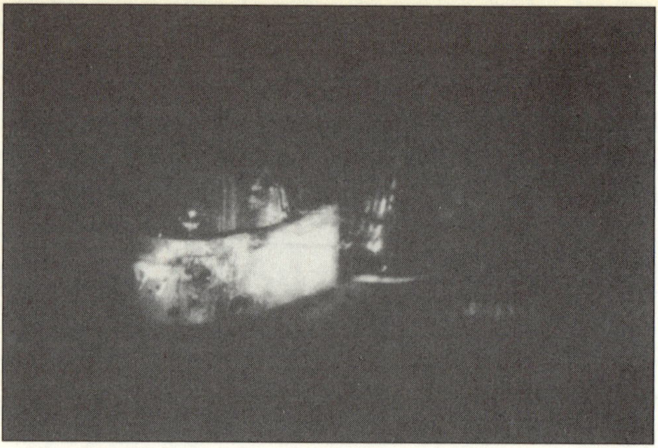

U-559 wird nach Einbruch der Dunkelheit zum Auftauchen gezwungen.

Die auf der *Uarsciek* erbeutete italienische Kriegsflagge wird einer jubelnden Menge gezeigt, als die *Petard* in den Grand Harbour auf Malta einläuft.

Lieutenant Antony Fasson,
George Cross

AB Colin Grazier,
George Cross

General Eisenhower an Bord der *Petard* während der Landung auf Sizilien

Während einer Rundfunksendung der BBC für Familienangehörige stellt Lieutenant Commander Egan die Besatzung vor.

Der japanische U-Kreuzer I-27 bei dem verzweifelten Versuch, den beschädigten britischen Zerstörer *Paladin* zu rammen.

Der siebte Torpedo der *Petard* trifft: I-27 wird versenkt. (Vorstehende Aufnahmen mit freundlicher Genehmigung durch Lieutenant Commander Robert de Pass).

HMS *Petard* läuft hohe Fahrt während ihrer zweiten Indiensthaltung

Operation »Zipper«: Ein Transporter für Panzerfahrzeuge steckt am Strand von Moribe fest.
(Mit freundlicher Genehmigung von Stanley Skinner.)

Der japanische Zerstörer *Kamikaze* hat das White Ensign der Royal Navy über der japanischen Kriegsflagge mit der aufgehenden Sonne gesetzt, als er am 2. September 1945 Karten an die *Petard* übergibt, auf denen Minenfelder verzeichnet sind. (Stephen Harper)

Eine Landungsabteilung der *Petard* hat sich klargemacht, um Leuchttürme auf Sumatra zu sichern; zweite Indiensthaltungsperiode. (Stephen Harper)

Zweiter Teil

HMS *Petard* kämpft weiter

Sechstes Kapitel

Sieg und Niederlage im Mittelmeer

Während die Erkenntnisse aus Ultra über den Funkverkehr der U-Boote wieder aufgefrischt werden konnten und das Blatt in der Atlantikschlacht wendeten, befand sich HMS *Petard* im Dauereinsatz im östlichen Mittelmeer, wo Armee und RAF verzweifelt kämpften. Die Besatzung des Schiffes, die sich über ihren nachhaltig wirkenden Beitrag zum Sieg in der Schlacht im Atlantik kaum bewußt war, kehrte von einem Erholungsurlaub im Heiligen Land an Bord zurück, wo ihr neuer Erster Offizier schon auf sie wartete. Es handelte sich um den Sohn eines mit dem Victoria Cross ausgezeichneten Offiziers aus dem Ersten Weltkrieg und späteren Admirals, Lieutenant David Dunbar-Nasmith RN, der bereits eine ehrenvolle Erwähnung erhalten hatte.

Fünf Tage später befand sich die *Petard* bereits wieder im Einsatz. Sie eskortierte Versorgungsschiffe in den soeben wiedereroberten ägyptischen Hafen Marsa Matruh. Ihre Geschützbedienungen waren durch das Radargerät vor der Annäherung feindlicher Bomberverbände gewarnt worden und eröffneten das Feuer, als diese in Reichweite kamen. Fünfzig Bomben fielen rund um die vier Schiffe ins Wasser. Vier Tage später stieß die *Petard* zu einem Verband aus vier Kreuzern und 22 Zerstörern, die vier mit Flugbenzin, Munition und sonstigen Versorgungsgütern beladene Handelsschiffe in das belagerte Malta begleiteten. Der Konvoi wurde wiederholt angegriffen, aber die italienischen und deutschen Flugzeuge wurden durch heftiges Flakfeuer von dem Geleitzug ferngehalten, Naheinschläge verursachten jedoch Splitterschäden. Während der Abenddämmerung griffen sechs Ju-88 Torpedobomber im Tiefflug fast auf Wellenhöhe an, erzielten aber keine Treffer. Am folgenden Tag, kurz nach Einbruch der Dunkelheit, wurde der Konvoi in den Schein von Leuchtkugeln getaucht. 26 Ju-88 Torpedobomber griffen von allen Seiten an. Ein Torpedo traf den Bug des Kreuzers *Arethusa*, tötete 157 Mann, verwundete eine große Zahl weiterer Besatzungsmitglieder und verursachte schwere Schäden am Schiff. Die *Petard* schleppte den Kreuzer zurück nach Alexandria und konnte unterwegs weitere Angriffe von Ju-88 Bombern abwehren. Unterdessen erreichte der Konvoi Malta ohne Verluste; es war der erste Geleitzug, der die belagerte Insel nach zwei Jahren erreichen sollte.

Vierzehn Tage später, am 30. November, schloß sich die *Petard* einem Sicherungsverband für einen weiteren Malta-Konvoi an, der aus vier Kreuzern und 20 Zerstörern bestand; er stellte das Geleit für einen mit Benzin beladenen Tanker sowie drei weitere Handelsschiffe. In der Abenddämmerung des nächsten Tages zwang schweres Abwehrfeuer der vierundzwanzig Kriegsschiffe mehrere Ju-88 zum vorzeitigen Abwurf ihrer Torpedos, so daß sämtliche Schiffe Zeit zum Ausweichen hatten und keines getroffen wurde. Weitere Angriffe mit Bomben und Torpedos folgten, keiner jedoch wurde energisch genug durchgeführt, und der Konvoi erreichte Malta ohne Verluste. Inmitten der Kampfhandlungen fischte die *Petard* die Besatzung eines Wellington-Bombers auf, der am Tag zuvor abgeschossen worden war. Sie befand sich in der Nachhut des Konvois, und die vor ihr fahrenden Schiffe hatten das Dhingi nicht bemerkt. Die hervorragenden Ausguckposten der *Petard* hatten den Schein einer kleinen Taschenlampe ausmachen können, diese war das einzige Signalmittel, das den Männern im Dhingi noch verblieben war, nachdem sie all ihre Leuchtraketen abgefeuert hatten, ohne entdeckt zu werden. Tausende von Maltesern, die sowohl unter Nahrungsmittelknappheit als auch unter schweren Bombardements litten, säumten Grand Harbour, um die Schiffe mit stürmischem Beifall zu begrüßen.

Kurz darauf geleitete die *Petard* neun Handelsschiffe zurück nach Port Said, und obwohl der Verband täglich von Bombern angegriffen wurde, ging kein Schiff verloren. Die Geschützbedienungen der *Petard* schossen eine Ju-88 ab; es war der erste Abschuß eines Flugzeugs, der dem Schiff gelingen sollte. Reg Crang schrieb in sein Tagebuch:

»Riesiger Jubel ertönte, als die Ju-88 nach dem Abwurf ihres Torpedos vom Kurs abkam und zu nahe heranflog, sie kriegte den Bauch voll Kugeln. Als sie in eine Kurve ging, wurde sie von unseren Pom-Poms und Oerlikons mit Feuer aus weniger als 150 Metern überschüttet. Der Bomber stürzte nahebei ins Meer und überschlug sich, als er auf der Wasseroberfläche auftraf. Allerdings schien es am nächsten Morgen so, als hätte man uns für eine Revanche ausgesucht. Dreimal kamen deutsche Bomber laut dröhnend sehr nahe, gabelten die *Petard* ein und prügelten sie richtig durch. Eine Bombe detonierte so nahe am Rumpf, daß das Schiff in die Gischt eintauchte und wie ein wildes Pferd bockte. Die Beleuchtung fiel aus, und alles, was nicht niet- und nagelfest war, flog wild durch die Gegend. Glücklicherweise hatten wir etwas Luftsicherung, und wir konnten beobachten, wie unsere Jäger zwei deutsche Maschinen herunterholten.«

Ein paar Tage später schossen die Geschützmannschaften der *Petard* ihre zweite Ju-88 ab, als das Schiff einen Konvoi nach Tobruk begleitete.

Die Hauptaufgabe der Navy bestand zu jener Zeit darin, Handelsschiffe zu schützen, die Nachschubgüter für Häfen in Libyen transportierten, während die 8. Armee auf dem Vormarsch war, sowie die Truppen der Achsenmächte an der Flucht aus Nordafrika zu hindern. Der Oberbefehlshaber sandte einen allgemeinen Funkbefehl an alle britischen Kriegsschiffe mit der Anweisung: Versenken, Verbrennen und Zerstören. Laßt keinen durch. Die *Petard* untersuchte zwei Lazarettschiffe, fand jedoch an Bord keine diensttauglichen Truppen vor.

Am 13. Dezember – am Tag als Bletchley Park die ersten Funksprüche entziffern konnte, die mit der Enigma für den Schlüsselkreis Triton chiffriert waren – fuhr die *Petard* von Tobruk nach Bengasi; sie hatte gerade die Hafeneinfahrt erreicht, als ein schwerer Luftangriff begann. Reg Crang notierte: »Es kam uns so vor, als ob wir in ein Inferno hineinfahren würden. Bomben schlugen im Hafengebiet ein, und unsere sämtlichen Geschütze feuerten blindlings drauflos, als wir uns in den Hafen hineinzwängten, um einen Liegeplatz zu finden. Ein in der Nähe liegender Tanker wurde getroffen und brennendes Öl quoll heraus, breitete sich auf dem Wasser aus und setzte ein paar kleinere Schiffe aus Holz in Brand. Nach dem Festmachen erschienen einige vom RASC, um ihre Vorräte abzuholen; sie machten sich nichts aus dem Bombardement, das um sie herum niederging.«

Am nächsten Tag fuhr die *Petard* zusammen mit dem griechischen Zerstörer *Vasilissa Olga* nach Malta. Die Schiffe waren davor gewarnt worden, daß ein britisches U-Boot, die P-35, auf ihrem Kurs operieren würde. Am nächsten Tag, kurz nach drei Uhr morgens, eine neue Wache war gerade aufgezogen, konnten die Ausgucks ein Fahrzeug etwa 1,5 Seemeilen voraus an Backbord ausmachen, das gleichen Kurs hielt. Es war eine dunkle, mondlose Nacht, und auf der Brücke nahm man an, daß es sich um ein Überwasserfahrzeug handelte. Als die Zerstörer näher kamen, war in den starken Nachtgläsern zu erkennen, daß ein U-Boot seine Batterien auflud. Da er annahm, daß sie früher als erwartet auf P-35 gestoßen waren, ließ Lieutenant Commander Thornton Vorsicht walten. Er befahl einem Signalgasten, das Fahrzeug mit der Morselampe anzurufen. Das U-Boot, nun querab, antwortete, indem es zwei Torpedos abfeuerte und dann auf Tiefe ging. Der Asdic-Raum meldete, daß Torpedos auf das Schiff zuliefen, die *Petard* ging mit dem Ruder hart Backbord, um zwischen die phosphoreszierenden Laufbahnen zu gelangen.

Jack Hall hatte gerade Dienst im Asdic-Raum; das Echo war ausgezeichnet, und er gab ständig Peilung und Fahrtrichtung des U-Boots durch. Es war windstill, und die See war ruhig. Die *Petard* warf eine Wasserbombe, die auf eine Detonationstiefe von 15 Metern eingestellt war. Dann warfen beide Schiffe Bombenteppiche, wobei das U-Boot beschädigt und zum Auftauchen gezwungen wurde. Vom Asdic-Raum vorgewarnt, daß das Boot die Tauchtanks anblasen würde, richtete die *Petard* ihren 10-cm-Suchscheinwerfer auf den Kommandoturm, als das U-Boot die Wasseroberfläche in etwa einer Kabellänge Entfernung – ca. 180 Meter – durchbrach. Der Scheinwerfer der *Vasilissa Olga* fand ebenfalls schnell sein Ziel, sein Suchstrahl überkreuzte sich mit dem der *Petard*.

John Mackness, Geschützbedienung an einer Oerlikon, erzählte dem Verfasser, was dann passierte: »Der Kommandant rief ›Feuer eröffnen‹, und ich durchsiebte den Kommandoturm förmlich und zielte auf Gestalten, die an der Reling entlang in Richtung des Decksgeschützes liefen. Der Kommandant hatte den ständigen Befehl erteilt, Dauerfeuer aufrechtzuerhalten, so daß die Besatzung im Boot festgehalten werden sollte und es nicht selbst versenkte.« Das Boot wurde zudem mit Pom-Pom-Granaten eingedeckt. (Später stellte sich heraus, daß es sich bei dem gegnerischen Fahrzeug um das italienische U-Boot *Uarsciek* handelte, das sich auf seiner 25. Einsatzfahrt befand. Der Kommandant hatte seiner Besatzung den Befehl erteilt, sofort nach dem Auftauchen das Boot zu verlassen. Er war einer der ersten, die getötet wurden, als die Mannschaft über Bord sprang oder Schutz suchte.)

Der Bericht von Lieutenant Commander Thornton, durch die Admiralität als »Streng geheim« eingestuft, bis er vom Public Record Office 1974 freigegeben wurde, gibt zunächst Auskunft über den Beginn der Aktion und fährt dann fort: »Bis dahin hatte das Schiff die unangenehme Aufgabe erledigt, das U-Boot mit Gewehrfeuer zu beharken, als die Besatzung von Bord sprang, eine große Zahl von ihnen wurde dabei niedergemetzelt. Einer unserer Matrosen rief einem Mann auf dem Boot zu, er solle nach unten gehen und die Maschinen abstellen. Der Italiener hatte Glück, daß nicht ich ihn entdeckt hatte, sonst wäre er erschossen worden. Wie dem auch sei, er stoppte die Maschinen, obwohl er durch Splitter schwer verwundet worden war. Ich ging längsseits in der Absicht, das Boot vor dem Sinken auszuräumen. Statt dessen ließ ich mit der Bugleine festmachen und ein Prisenkommando übersetzen. Die *Vasilissa Olga* erhielt

Anweisung, zu stoppen, Überlebende aufzunehmen und uns abzuschirmen.«

Besatzungsmitglieder der *Petard*, die von Bord aus die Versenkung des italienischen U-Boots beobachten konnten, haben eine etwas andere Erinnerung an den Tod der italienischen U-Bootleute. Sie konnten Männer erkennen, einige von ihnen unbekleidet, die am Kommandoturm zum Oberdeck hinunterrutschten und dabei von Pom-Pom-Granaten und den Geschossen aus der Oerlikon in Stücke gerissen wurden. Reg Crang notierte in sein Tagebuch:

»Als die unbekleideten Männer aus dem Kommandoturm stiegen, um auf das Deck zu gelangen, eröffneten beide Kriegsschiffe ein mörderisches Gewehrfeuer. Keiner an Deck kann dieses Gemetzel überlebt haben. Nach einer längeren Feuerpause ging die *Petard* näher heran. Ein paar weitere unbekleidete Männer erschienen, wir nahmen an, um sich zu ergeben, als ein Maschinengewehr auf der Brücke erneut das Feuer eröffnete und sie regelrecht abknallte. Die Besatzung war über das, was wir als einen persönlichen Racheakt unseres Kommandanten empfanden, völlig entsetzt. Gott sei Dank hörte es gleich auf. Jetzt aber war die *Petard* so nahe an das U-Boot herangekommen, daß eine Kollision unvermeidlich war. Ein entsetzliches Krachen war zu hören, als die *Petard* das U-Boot teils rammte, teils auf seinen Rumpf stieg. Mit ›Maschinen äußerste Kraft zurück‹ kam sie wieder frei. Jetzt konnten wir daran denken, die Überlebenden zu retten, statt sie zu töten. Der Morgen dämmerte schon, und die italienischen Seeleute sprangen ins Wasser und schwammen auf uns zu. Viele riefen etwas, was sich wie »Aiuta« anhörte, ich nehme an, das bedeutet ›Hilfe‹. Ein paar von ihnen, wahrscheinlich waren sie verletzt oder Nichtschwimmer, trieben außerhalb unserer Reichweite ab, wir konnten ihnen nicht mehr helfen. Es war schrecklich, das mit ansehen zu müssen.«

Stunden später begann die *Uarsciek* zu sinken; das Prisenkommando kehrte zur *Petard* zurück, während das U-Boot unter die Wasseroberfläche glitt. Reg Crang vermerkte in seinem Tagebuch:

»Wir waren enttäuscht, daß wir nicht die Ehre hatten, eine solch sensationelle Beute mit nach Hause zu bringen. Am späten Nachmittag erreichten wir Malta. Irgend etwas war durchgesickert, und eine große Menschenmenge hatte sich versammelt. Als unser Skipper befahl, eine erbeutete italienische Flagge zu schwenken, brach riesiger Jubel aus. Vielen von uns war jedoch nicht danach zumute, sich mit unserem Erfolg zu brüsten. Ich glaube nicht, daß ich jemals das ›Aiuta‹ ertrinkender Menschen vergessen kann.«

In seinem zwei Jahrzehnte nach diesen Ereignissen geschriebenen Buch erinnert sich Gordon Connell, damals Sub-Lieutenant:

»Die Klingel zum Einstellen des Feuers läutete und besänftigte das mörderische Geknatter der auf kurze Entfernung abgefeuerten Waffen, viele standen angesichts dessen, was sie im widerwärtigen Licht des Scheinwerfers gesehen hatten, entsetzt und wie betäubt da. Eine Zeitlang war es still, dann kamen noch mehr weiße Gestalten, meist unbekleidet, auf dem Kommandoturm zum Vorschein, sie schreckten vor dem fürchterlich blendenden Lichtstrahl des Scheinwerfers zurück und stolperten über die scheußlich blutigen Überreste ihrer Kameraden. Die Stimme des Kommandanten war in der herrschenden

Stille gut zu hören, als er befahl, das Feuer erneut zu eröffnen. Die Geschütze aber schwiegen, sie konnten nicht so weit nach unten gerichtet werden, um das U-Boot zu treffen, einige der Männer zögerten auch, den Befehl auszuführen, jeder war angesichts dieses Gemetzels erschüttert. Die Sekunden tickerten dahin, immer mehr Gestalten stürzten aus dem Kommandoturm, und der Kommandant wiederholte seinen Befehl.

Aus der Dunkelheit der Brücke begann ein Lewis-MG sein widerliches Solo, es war auf die Männer gerichtet, die nach achtern rannten. Kugeln zerfleischten die Körper, drei oder vier fielen hin, bevor das Schießen abrupt endete. Der Kommandant versuchte verzweifelt, eine Kollision zu verhindern. Ihm war entgangen, daß sich das U-Boot auf Kollisionskurs befunden hatte. Das Schiff traf knirschend auf den Druckkörper der *Uarsciek*, bevor es mit äußerster Kraft zurück wieder freikam, wurde das U-Boot nahezu überrannt. Erst in dem Augenblick, als die Schreie der Verwundeten und Ertrinkenden zu vernehmen waren, bestätigte sich die Nationalität des U-Boots. Mark Thorntons schlimme Befürchtung, daß es sich um das britische P-35 handeln könnte, bestätigte sich demnach nicht. Bereits die ersten Salven des Geschützfeuers hatten ihren Zweck erfüllt, sie setzten die Kanone des U-Boots außer Gefecht und töteten den italienischen Kommandanten, gerade als er im Begriff war, die Geheimsachen über Bord zu werfen. Diese wurden neben seiner Leiche in einer Tasche gefunden, die mit Gewichten beschwert war.

Die zweite Salve der *Petard* war bei diesem Gemetzel möglicherweise gerechtfertigt. Die Männer, die nach achtern zu einer Kuppel rannten, könnten einem Himmelfahrtskommando angehört haben, das irgendeine Vorrichtung aktivieren sollte, um einer Kaperung vorzubeugen oder das Boot zu zerstören; das ist zwar unwahrscheinlich, aber durchaus möglich. Im Krieg läßt man es eben nicht drauf ankommen, aber unsere Gegenmaßnahme war und bleibt schrecklich.«

John Mackness, Geschützbedienung an einer Oerlikon, erwähnte in einem Gespräch mit dem Verfasser: »Es tat mir außerordentlich leid. Ich muß viele von ihnen getroffen haben. Aber im Krieg kommt es darauf an, den Feind zuerst zu töten, bevor er selbst die Gelegenheit dazu hat.«

Mervyn Romeril, heute Bankmanager im Ruhestand, konnte alles genau beobachten. Er erzählte dem Verfasser: »Ich war Ladenummer an der Steuerbord-Oerlikon und erinnere mich noch lebhaft an den Moment, als wir Befehl erhielten, auf die italienische Besatzung zu feuern. Man kam sich vor, als ob man an einer Schießbude auf dem Jahrmarkt stehen würde. Ich sah, wie Männer in die Luft geschleudert wurden, bevor sie ins Wasser fielen. Sie hatten versucht, das Geschütz auf dem Bootskörper zu bemannen, wir oder sie, darauf kam es an. So ist das im Krieg. Es war ein fürchterlicher Anblick. Das Bild verfolgte mich noch jahrelang.«

Auf die Frage, ob er sich noch daran erinnere, daß ein Maschinengewehr von der Brücke gefeuert habe, nachdem der Befehl zum Einstellen des Feuers gegeben worden war, antwortete er: »Ich weiß nichts von einem Lewis-MG oder von Schüssen nach dem Einstellen des Feuers. Einmal hatten wir ein italienisches Schnellfeuergewehr, das irgendeiner in Marsa Matruh oder Tobruk hat mitgehen lassen und das auf der Reling in der Nähe der Torpedorohre montiert war.«

Ted Saunders erinnert sich: »Einer der Italiener, die wir an Bord nahmen, hatte einen zerfetzten Arm. Wir besaßen nur Mittel für eine lokale Anästhesie, also verabreichte der Doktor ihm Rum, amputierte ihn und wies uns an, was von dem Arm noch übrig war, über Bord zu werfen.« Zu den Schüssen aus der Lewis befragt, antwortete er: »Ja, es gab eine Lewis an Bord, Kaliber 7,6 Millimeter. Es würde mich nicht wundern, wenn der Skipper sie selbst von der Brücke aus abgefeuert hätte.«

Die *Petard* nahm 32 Gefangene an Bord. Die Verwundeten, einige von ihnen mit schweren Verletzungen, wurden von Surgeon-Lieutenant William Prendergast versorgt, ein Kriegsfreiwilliger aus County Derry, der das Blutvergießen laut vernehmlich verurteilte.

Lieutenant Commander Thornton DSO RN wurde mit dem Distinguished Service Cross ausgezeichnet, und die Admiralität sah über ihre Bestimmungen hinweg, indem sie die gleichzeitige Verleihung des Griechischen Militärkreuzes gestattete. Die Empfehlung zur Verleihung des Ordens stellte fest: »Besonders hervorzuheben ist, daß die *Petard* die ganze Zeit über hervorragend geführt wurde und es ihr beinahe gelungen ist, das von seiner Besatzung aufgegebene U-Boot einzubringen. Das Enterkommando wurde mit Schneid und Entschlossenheit geführt.«

Lieutenant David Arthur Dunbar-Nasmith RN erhielt das Distinguished Service Cross und Signalmaat Randell Chapman sowie Leading Seaman Trevor Tipping wurden mit der Distinguished Service Medal ausgezeichnet. Midshipman Peter Thomas Alleyne Goddard RN, der das Prisenkommando befehligte, und Signalgast Kenneth Hannay wurden ehrenvoll im Gefechtsbericht erwähnt.

Drei Wochen lang, über Weihnachten und Neujahr, lag die *Petard* zweimal in Alexandria im Dock, um notwendige Reparaturen durchzuführen, die bei der Kollision mit dem italienischen U-Boot entstanden waren. In dieser Zeit verließ Lieutenant Commander Thornton das Schiff. Surgeon-Lieutenant Prendergast hatte einen Bericht geschrieben, in dem er empfahl, daß sich der Kommandant einer medizinischen Untersuchung unterziehen solle, und seine Ablösung ging rasch vonstatten. Lieutenant Commander Rupert Egan übernahm das Kommando, als die *Petard* Ende Januar das Dock verließ.

Anfang April 1943 unternahm die *Petard* in Begleitung der *Paladin* einen nächtlichen Vorstoß. Sie liefen mit Höchstgeschwindigkeit von 36 Knoten nach Sousse, um die tunesische Hafenstadt zu beschießen; die vorrückende 8. Armee stand nur noch ein paar Kilometer vor der Stadt. Die Schiffe benutzten Kartenmaterial, das auf der *Uarsciek* erbeutet worden war, gelangten sicher durch die Minenfelder und entgingen knapp der Entdeckung durch patrouillierende deutsche U-Boote. Sie erreichten Sousse, wo das Geschützfeuer der 8. Armee jenseits der Stadt zu vernehmen war.

Beide Schiffe richteten ihre 10,2-cm-Geschütze auf ein kleines blaues Blinklicht am Ende der Hafenmole, das offenbar dazu diente, einem erwarteten Nachschubkonvoi Navigationshilfe zu leisten. Acht Salven wurden abgegeben, das blaue Licht erlosch. Während sie abliefen, kreuzte ein Schnellbootverband ihren Kurs. Die *Paladin* – die *Petard* fuhr in Kiellinie dicht hinter ihr – hielt direkt auf die Schnellboote zu. Während sie einen Rauchschleier legten, eröffneten beide Schiffe mit ihren Pom-Poms und Oerlikons das Feuer. Die Schnellboote bestrichen die beiden Zerstörer mit MG-Feuer; niemand wurde verletzt, größere Schäden waren nicht zu vermelden.

Während der folgenden sechs Wochen geleitete die *Petard* Versorgungsschiffe in das zurückeroberte Sfax, der Kurs führte durch Seegebiete, die vor Treibminen wimmelten. Die Decksmannschaft hatte alle Hände voll zu tun, um die Minen mit gezielten Gewehrschüssen zur Explosion zu bringen. Nach Sonnenuntergang tauchten am 24. April feindliche Flugzeuge aus der Dunkelheit auf und bestrichen die *Petard* vom Heck bis zu den Brückenaufbauten mit Feuer aus ihren Bordwaffen; weder die Ausguckposten auf der Brücke noch das Radar hatten sie zuvor ausmachen bzw. auffassen können. Die gesamte Bedienungsmannschaft an Geschütz Y wurde ausgelöscht, drei waren auf der Stelle tot, und der Geschützführer wurde lebensgefährlich verletzt. Ein Mitglied der Munitionsmannschaft wurde ebenfalls getötet und zehn verwundet, vier von ihnen schwer. Man nahm an, daß es eine einzelne Maschine war, die zudem viel zu schnell flog, um den Typ erkennen zu können. John Mackness jedoch, Geschützbedienung an einer Oerlikon, erinnert sich, vier Ju-88 in Kiellinie fliegend gesehen zu haben: »Wäre ich 15 Zentimeter größer gewesen, hätte es mir den Kopf weggerissen«, meinte er in Anspielung auf seine geringe Körpergröße von 1,60 Meter, »im Munitionskasten hinter mir befanden sich Einschußlöcher.«

Mervyn Romeril hatte Dienst als Brückenausguck, am selben Tag war er von seinem Posten als Ladenummer an Geschütz Y abkommandiert worden – das hatte ihm wohl das Leben gerettet. Er erinnert sich: »Ich habe nur ein einziges angreifendes Flugzeug bemerkt, allerdings hatte ich mich geduckt, als ich Leuchtspurmunition über meinem Kopf sah.«

In der Nähe von Malta, die Besatzung hatte sich die ganze Nacht über auf Gefechtsstationen befunden, riefen die Ausgucks, daß ein U-Boot Steuerbord voraus aufgetaucht sei. Die Pom-Pom-Geschütze eröffneten das Feuer auf den Kommandoturm, das U-Boot schoß einen Torpedo und führte ein Schnelltauchmanöver durch. Die *Petard* legte sich nach Backbord über, als sie hart andrehte, um der Laufbahn des Torpedos auszuweichen, der ganz nah Steuerbord achtern vorbeilief. Zum Erstaunen der Besatzung setzte die *Petard* danach ihren ursprünglichen Kurs fort. Reg Crang notierte: »Der Skipper, immer sehr zuverlässig, hatte gerade genug Zeit besessen, dem Torpedo auszuweichen. Aber es war verdammt knapp gewesen. Eine Wasserbombenverfolgung schien ein klarer Fall zu werden, aber wir liefen weiter, offenbar, weil es auch ein britisches U-Boot hätte sein können.«

Zwanzig Meilen vor Kap Bon, in der Nacht zum 4. Mai, versenkten die *Petard*, die *Paladin* und die *Nubian* den italienischen Zerstörer *Campobasso* und den Dampfer *Perseo*, der Kraftfahrzeuge, Bomben und Landminen befördert hatte. Die Ladung flog in einer mächtigen Explosion in die Luft; dies geschah in Sichtweite der letzten Festung des Gegners in Nordafrika, wo die Nachschubgüter der *Perseo* verzweifelt erwartet worden waren.

Nach der Kapitulation Rommels in Tunesien, am 12. Mai, richteten die alliierten Luftstreitkräfte und die Navy ihre mächtige Feuerkraft gegen die italienische Insel Pantelleria im Kanal von Sizilien, die den engen Seeweg beherrschte, der die östliche und westliche Mittelmeerküste verbindet. Seit Beginn der Operation mit dem Codenamen »Retribution« nahm die *Petard* daran teil. Am letzten Tag des Feldzugs in Nordafrika stieß sie dann zu einem Sicherungsverband für den Kreuzer *Orion*, der aus den Zerstörern *Isis* und *Nubian* bestand, um die Landeoperation auf Sizilien zu decken. Der Schiffsverband wagte sich in Sichtweite einer 28-cm-Küstenbatterie ganz dicht unter Land vor; die Batterie fand ihr Ziel allerdings sehr schnell und gabelte die *Petard* mit den ersten beiden Salven ein. Diese zog sich auf die offene See zurück, nachdem sie zum Schutz der anderen Schiffe einen Rauchschleier gelegt hatte. Die Einschläge lagen jedoch so nahe am Heck, daß die Beplattung sich verzog und Wasser eindrang. Auf dem Rückweg nach Malta waren die Pumpen ständig in Betrieb.

Anfang Juli hoffte die Besatzung, endlich Heimaturlaub zu bekommen, als die *Petard* Gibraltar in Richtung Atlantik passierte, aber diese Hoffnung zerstreute sich rasch. Sie stieß mit fünfzehn anderen Zerstörern zu einem Verband, der aus den Schlachtschiffen *Howe*, *King George V.*, *Nelson*, *Rodney*, *Warspite* und *Valiant* sowie den Flugzeugträgern *Indomitable* und *Formidable* bestand und Kurs auf Sizilien hielt, um die Landungen zu decken.

Die Invasion begann am 10. Juli, die Seestreitkräfte patrouillierten weit draußen vor den Strandabschnitten, um sicherzustellen, daß die italienische Flotte nicht eingreifen konnte. Am zweiten Tag wurde die *Petard* detachiert und nach Malta beordert, um einen besonderen Auftrag zu übernehmen.

Am 12. Juli, um zwei Uhr nachts, kam der Oberbefehlshaber der alliierten Streitkräfte General Dwight D. Eisenhower in Begleitung seiner Stabsoffiziere an Bord, und die *Petard* brachte sie zum britischen Strandabschnitt bei Pachino. Dort kam ein Verkehrsboot längsseits, um Eisenhower und seinen Stab zu einer Konferenz mit General Bernard Montgomery auf dessen Befehlsschiff *Largs* zu bringen. Nach seiner Rückkehr, etwa eine Stunde später, jagte die *Petard* mit 34 Knoten Geschwindigkeit zur Bucht von Porto Palo auf der östlichen Seite von Kap Passero, wo Eisenhower mit Lieutenant General Miles Dempsey und dem Befehlshaber der Seestreitkräfte, Rear Admiral Philip Vian, eine Unterredung führte. An keinem der Strandabschnitte gab es irgendwelche Anzeichen von Kampfhandlungen, der Vorstoß ins Landesinnere war bereits in vollem Gange. Um die Mittagszeit kehrte Eisenhower auf die *Petard* zurück, um nach Malta zurückzufahren. Reg Crang schrieb in sein Tagebuch: »Als ein junger Seemann sich vorwagte, um ihn um ein Autogramm zu bitten, tat er ihm den Gefallen mit der Bemerkung ›Klar, Junge‹. Andere Jungs folgten seinem Beispiel. Als Jimmy (der Erste Offizier) davon Wind bekam, geriet er fast aus dem Häuschen und stellte das Ganze sofort ein. Auf unserem Weg an der Küste entlang feuerte der Feind dreimal auf uns. Sämtliche Einschläge lagen zu kurz, deshalb bestand keine Gefahr. Der General jedoch zuckte zusammen. Es war uns eine Ehre, mit dieser Aufgabe betraut worden zu sein.«

Am nächsten Tag wurde die *Petard* vom Geschütz eines Panzers getroffen, als sie den Fahrzeugverkehr auf einer Küstenstraße in der Nähe von Catania, im Osten Siziliens, unter Feuer nahm. Die Granate ging glatt durch das Schiff hindurch, stanzte dort, wo sie wieder austrat, ein nettes Loch, richtete aber sonst keinen weiteren Schaden an. Am selben Abend beschoß die *Petard* mit drei weiteren Zerstörern ein Flugfeld bei Catania. Das Radar konnte eine Ju-88 auffassen, die im Tiefflug von achtern kam. Der Radargast gab per Sprachrohr eine Warnmeldung nach unten an die Brücke durch. Die *Petard* drehte hart nach Steuerbord, kurz darauf lief ein Torpedo an der Backbordseite entlang. Das wäre beinahe schiefgegangen. Reg Crang schrieb begeistert in sein Tagebuch: »Das Radargerät hatte seine Möglichkeiten unter Beweis gestellt, unsere Moral ist dadurch mächtig gestiegen.«

In derselben Woche war die *Petard* an zwei weiteren Beschießungen Catanias beteiligt. Ein Teil der Zerstörersicherung lag dicht unter Land, während 38-cm-Granaten des Schlachtschiffes *Warspite*, einem Veteranen der Skagerrakschlacht, über die Schiffe hinwegsausten. Als die *Petard* während der Nacht nach Malta zurückfuhr, gab es einen schweren Luftangriff, sie kam jedoch ungeschoren davon. Am folgenden Tag fuhr sie mit fünf anderen Zerstörern Geleitschutz für die Kreuzer *Aurora* und *Penelope*. In der folgenden Nacht wurde die Stadt Cotrone beschossen, die am Stiefelabsatz des italienischen Festlandes liegt. Die *Petard* feuerte 160 Schuß 10,2-cm-Granten.

Am 30. Juli wurde die *Petard* während eines Highline-Manövers mit dem Schlachtschiff *Warspite* beschädigt. Sie war mit 20 Knoten Geschwindigkeit längsseits gegangen, um Dokumente zu übergeben. Der Rumpf wurde stellenweise eingedrückt, tiefe Risse entstanden, und ein Magazin wurde geflutet. Zur Freude der Besatzung lief die *Petard* zur Instandsetzung nach Malta. Reg Crang schrieb: »Wir glauben alle, daß wir eine Pause verdient haben. In dieser Woche waren wir die meiste Zeit über draußen, um U-Abwehraufgaben wahrzunehmen. Wir haben Landungsschiffe nach Syrakus geleitet und sogar an Flottenmanövern teilgenommen.«

Bereits am 6. August war die *Petard* zusammen mit der *Vasilissa Olga* wieder im Einsatz. An der Ostküste Siziliens schleppten sie Landungsboote zu Strandabschnitten hinter den feindlichen Linien. Die Soldaten waren an Bord der Zerstörer eingeschifft worden, bevor sie auf die Landungsboote umstiegen, um während der Nacht an Land zu gehen, Brücken zu sprengen und den Rückzug des Gegners zu stören. Danach mußten sie sich aus eigener Kraft zu den Linien der Alliierten durchschlagen. Die *Petard* lief weiter, um an den allmorgendlichen Bombardements entlang der Küste Kalabriens teilzunehmen. Diese Beschießungen unterbrachen nachhaltig den Straßen- und Eisenbahnverkehr des Gegners. Die Lokführer stoppten in Tunnels, um dort Zuflucht zu suchen, und ließen den Rest des Zuges als Zielscheibe im Freien stehen. Reg Crang notierte: »Wir fuhren so dicht unter Land, daß wir Gefahr liefen, auf Grund zu geraten. Sowohl die Lastwagenkonvois als auch den Güterzugverkehr brachten wir ganz schön durcheinander. Es waren Ziele, die wir auf so kurze Entfernung gar nicht verfehlen konnten. Ein mit Munition beladener Zug flog in einer gewaltigen Explosion in die Luft, und wir konnten beobachten, wie Güterzugwaggons von einer Bahntrasse an einem Abhang auf den Strand hinunterpurzelten. Mehrmals mußten wir Vergeltungsschläge durch Artillerie und Panzer über uns ergehen lassen. Sie hätten uns eigentlich treffen müssen, denn ein paarmal wurden wir von Granaten eingegabelt.«

Die *Petard* war daraufhin kurze Zeit in Augusta stationiert, wo die Besatzung sich vor allem über Früchte oder Tomaten freute, da sie mehrere Wochen auf frisches Obst und Gemüse hatte verzichten müssen. Das Schiff führte offensive Vorstöße in die Straße von Messina durch, eines Nachts zerstörte es mit seinen Geschützen einen Leuchtturm. Während heftiger Luftangriffe fuhr die *Petard* Geleitsicherung für die beiden Schlachtschiffe *Rodney* und *Nelson*.

Mitte August hatten die Alliierten ganz Sizilien erobert und Montgomerys 8. Armee stand kurz davor, über die Straße von Messina zu setzen, um dann auf dem italienischen Festland weiter vorzudringen. Mussolini war gestürzt worden. Die neue, von König Viktor Emanuel eingesetzte Regierung unterzeichnete am 3. September einen geheimen Waffenstillstandsvertrag. Am selben Tag, dem vierten Jahrestag des Kriegsausbruchs, überquerte die 8. Armee die Straße von Messina, ohne auf nennenswerten Widerstand zu stoßen, und landete an der Stiefelspitze Italiens.

Sechs Tage später eskortierte die *Petard* als Teil eines Verbandes von zwölf Zerstörern einen Geleitzug, der von zwei Schlachtschiffen und einem Flugzeugträger angeführt wurde, nach Tarent. Dort wurden 6000 Soldaten der 1. Luftlandedivision ausgeschifft. Weil keine Flugzeuge zur Verfügung standen, hatten die Kriegsschiffe den Transport der Truppen übernommen. Während der Fahrt durch das Ionische Meer mußte der Verband heftige Luftangriffe über sich ergehen lassen, aber die Schiffsflak und Luftunterstützung durch die Trägerflugzeuge sorgten dafür, daß kein Schiff verlorenging. Ein Kreuzer sank durch Minentreffer.

John Mackness erinnert sich: Die Flugzeuge flogen so tief an, daß das Schrapnellfeuer unserer eigenen 10,2-cm-Geschütze wie Hagel niederprasselte. Die *Petard* zog die aus vier Mann bestehende Besatzung zweier Ju-88-Torpedobomber aus dem Wasser, die innerhalb des Geleitschirmes der Zerstörersicherung abgeschossen worden waren, als sie versuchten, an die Schlachtschiffe heranzukommen. Reg Crang schrieb in sein Tagebuch: »Ich nehme an, wir haben jetzt schon sieben Schlauchboote mit Überlebenden rausgezogen (37 Mann insgesamt, darunter 28 Deutsche). Das geht auf das Konto unserer Ausgucks, die wirklich unschlagbar sind, wenn es sich um das Erkennen kleinerer Objekte handelt.«

Die restlichen Schiffe der in Tarent liegenden italienischen Flotte erhielten Befehl, Malta anzulaufen, um sich dort internieren zu lassen. Die deutsche Luftwaffe versenkte in wütenden Angriffen das neueste Schlachtschiff und Flaggschiff der italienischen Flotte, die *Roma*, mit zwei direkten Treffern ferngelenkter Gleitbomben.

Während Tarent von alliierten Truppen besetzt wurde, begann das Unternehmen »Avalanche«, die bis dahin größte amphibische Operation des Krieges. Die Fünfte Alliierte Armee, die sich aus dem Britischen 10. Korps und dem 5. US-Korps zusammensetzte, landete bei Salerno und im Golf von Policastro, südlich von Neapel. Gegen zähen deutschen Widerstand wurden vier Landeköpfe gebildet. Massive deutsche Verstärkungen strömten nach Italien, besetzten Rom, befreiten Mussolini aus seinem Gefängnis in einer Bergfestung und wandten sich nach Süden, um gegen die alliierten Brückenköpfe vorzugehen.

Nach der Kapitulation der italienischen Marine hatten die Großkampfschiffe der Flotte den Rückmarschbefehl erhalten, und die Besatzung der *Petard* war hocherfreut, dem Zerstörergeleit anzugehören. Die Hoffnung war groß, daß es diesmal wirklich nach Hause ging. Bald nachdem sie Malta in Richtung Gibraltar verlassen hatten, traf der Befehl zur Umkehr ein. Ein Offensivvorstoß von Einheiten fünf deutscher Panzerdivisionen gegen den Landekopf bei Salerno hatte eine schwere Krise ausgelöst; das amerikanische 6. Korps war fast bis zum Strandufer zurückgedrängt worden. Jetzt sollten die schweren Schiffsgeschütze die Panzer knacken; allerdings wurden auch Pläne für eine Evakuierung vorbereitet.

Die *Petard* stieß zu einer Flottille von vier Zerstörern, die die Schlachtschiffe *Warspite* und *Valiant* eskortierte, während diese auf Panzeransammlungen in den Bergen hinter den Strandabschnitten feuerten. Am Nachmittag des 15. September brachte ein Kutter der *Petard* eine Abteilung Artilleriebeobachter an den Strand und wartete dann weiter draußen. Amerikanische Soldaten kauerten in niedrigen Gräben, die sie gerade oberhalb des Meeresspiegels in den Sand geschaufelt hatten. Die Zerstörer legten einen Rauchschleier, um die schweren Schiffseinheiten abzuschirmen, welche kaum 2000 Meter vor der Küste lagen. Derweil markierten die vorgeschobenen Beobachter die Ziele. Die acht 38,1-cm-Geschütze der *Warspite* donnerten volle Breitseiten, die riesigen Granaten pfiffen über die *Petard* hinweg, dann folgten die Kreuzer *Penelope*, *Aurora*, *Mauritius* und die USS *Philadelphia*, die britischen und amerikanischen Zerstörer beteiligten sich schließlich ebenfalls an der Beschießung.

Die *Petard* lag unweit der Küste und feuerte mit ihren 10,2-cm-Geschützen Salven in hügeliges Gelände etwas oberhalb der vordersten amerikanischen Linien. Alliierte Flugzeuge trugen ihren Teil zu dem Spektakel bei, indem sie mit Bomben und Bordwaffen angriffen, während die Schiffsgeschütze für kurze Zeit das Feuer einstellten. Im Tal von Sele befand sich das Hauptangriffsziel. Dort hatten am 14. September vier deutsche Divisionen, die von Tiger-Panzern unterstützt wurden, einen etwa drei Kilometer breiten Keil zwischen den US-Brückenkopf und das Britische 10. Korps getrieben, das weiter nördlich, in der Flanke der Amerikaner, gelandet war.

Durch die Wucht des Angriffs auf Truppen, Panzer und Versorgungseinheiten brach die Offensive der Deutschen zusammen, und die Britische 7. Panzerdivision, die mit drei Kreuzern aus Tripolis überführt worden war, wurde angelandet. Die 8. Armee vereinigte sich am 16. September mit dem Landekopf der 5. Armee, und die deutschen Truppen zogen sich bis zu einer quer durch Italien verlaufenden befestigten Linie südlich von Rom zurück. Das Kriegstagebuch des Oberkommandos der Wehrmacht bemerkt hierzu: »Unsere Offensive mußte abgebrochen werden … wegen des äußerst effizienten Feuers feindlicher Seestreitkräfte und ständiger Luftangriffe.«

Bei Anbruch der Dunkelheit wanden sich die beiden Schlachtschiffe durch einen Schwarm kleinerer Fahrzeuge, die sich vor den Strandabschnitten versammelt hatten und schwere Verluste durch ferngelenkte Gleitbomben hinnehmen mußten, in Richtung der offenen See. Sie wurden von der Luftwaffe verfolgt, die heftige Bomben- und Torpedoangriffe auf die beiden Einheiten konzentrierte. Die schweren Luftabwehrgeschütze der Schlachtschiffe legten ein gewaltiges Sperrfeuer.

Die *Petard* wurde von einer Granate getroffen, gerade als ihre Geschütze ebenfalls zu feuern begannen. Diese riß oberhalb der Wasserlinie ein Loch von etwa 50–60 Zentimeter Durchmesser in die Bordwand, Splitter verursachten Verluste unter der Besatzung und weitere Schäden im Schiffsinnern. Zwei Mann wurden auf der Stelle getötet und bald darauf der See übergeben. Sechs weitere Besatzungsmitglieder wurden verwundet, drei von ihnen schwer. Reg Crang schrieb in sein Tagebuch: »Unsere Schlachtschiffe feuerten mit ihrer Mittelartillerie und niedrigem Richtwinkel auf Torpedobomber, die nur so über die Wellen hüpften. Eine 15-cm-Granate, die wahrscheinlich von der *Warspite* abgefeuert worden war, detonierte im Vorschiff in der Mannschaftsmesse, genau inmitten der Munitionsverteilerstelle für die Geschütze A und B.« Einer der Verwundeten war der Asdic-Gast Jack Hall, dessen Gefechtsstation sich im Messedeck unter Geschütz A befand, falls er nicht im Asdic-Raum Dienst hatte. Seine Aufgabe war es, Granaten vom Munitionsaufzug auf einer Rutsche zu Geschütz A auf dem Vordeck weiterzubefördern.

Noch fünfzig Jahre später erinnert er sich an den Vorfall: »Es gab eine Explosion, einen Splitterregen, dann herrschte totale Finsternis. Ich stolperte in Richtung Oberdeck und hatte gar nicht bemerkt, daß ich verwundet war, bis ich anfing, meine Schwimmweste aufzublasen und sah, daß Blut aus einem Loch in meiner Brust sprudelte. Ich lief in Richtung der Krankenstation, wo der Schiffsarzt meine Wunden behandelte. Ein Granatsplitter hatte eine richtige Furche über meinen Rücken gezogen, und ein anderer war in meinen Rücken eingedrungen und vorne wieder herausgekommen. Später erfuhr ich, daß meine beiden Kameraden in Stücke gerissen wurden. Freiwillige wurden gesucht, um das, was von ihnen übriggeblieben war, einzusammeln und für die Bestattung in Hängematten zu packen. Niemand erklärte sich dazu bereit, deshalb wurden zwei Mann abgeteilt – sie erhielten eine doppelte Ration Rum.«

Nach weiteren Aufklärungsfahrten in der Adria, die ohne Zwischenfall verliefen, erhielt die *Petard* den Befehl, zusammen mit der *Panther* nach Alexandria zu verlegen, um die Schiffsverluste, die während der Operationen im Ägäischen Meer entstanden waren, zu ersetzen.

Die Royal Navy erlitt während dieser militärischen Katastrophe schlimme Verluste – es handelte sich um einen Versuch, aus der Kapitulation Italiens Nutzen zu ziehen, indem die griechische Inselgruppe des Dodekanes besetzt werden sollte, die hauptsächlich von italienischen Truppen gehalten wurde.

Nach der Kapitulation Italiens hatte Hitler rasche Maßnahmen angeordnet, um den Dodekanes von den italienischen Einheiten zu übernehmen. Das deutsche Fliegerkorps besetzte mit hunderten von Flugzeugen der Typen Ju-87, Ju-88, Me-110 und Me-109 Flugfelder auf Rhodos; deutsche Truppen setzten zum Sprung auf die übrigen Inseln an. Durch den ständigen Informationsfluß aufgefangener Funksprüche war Churchill über die deutschen Maßnahmen gut unterrichtet, ohne Rücksicht drängte er jedoch zum Vorstoß auf die Inseln. Die Situation erinnerte an das gescheiterte Gallipoli-Unternehmen dreißig Jahre zuvor. Die Ju-87 Sturzkampfbomber machten die Ägäis zum Friedhof der Zerstörer. Auf Kos, nördlich von Rhodos gelegen, befand sich der einzige Flugplatz, der nicht in deutscher Hand war. In der Nacht auf den 14. September landeten britische Fallschirmjäger, um das Flugfeld zu sichern; eine Staffel Spitfire flog am nächsten Tag ein. Drei Tage später erhielt die Insel erhebliche Verstärkungen durch Truppen, die von Zerstörern überführt wurden. Als sich HMS *Petard* im Oktober 1943 an den Kampfhandlungen in der Ägäis beteiligte, war der griechische Zerstörer *Vasilissa Olga*, ihre Gefährtin aus alten Tagen, bereits verlorengegangen; Mitte September hatte die *Olga* zwei Handelsschiffe mit deutscher Besatzung vernichtet, die Truppen zu den Inseln im Dodekanes beförderten. Am 26. September wurde sie von Stukas angegriffen und versenkt, wobei ihr Kommandant, Korvettenkapitän Georges Blessas und siebzig Mann der Besatzung ums Leben kamen. Der sie begleitende Zerstörer HMS *Intrepid* wurde ebenfalls versenkt.

Bei Tagesanbruch am 3. Oktober überwältigten deutsche Fallschirmjäger die britische Besatzung, die das Flugfeld auf Kos verteidigen sollte. 2000 Mann zusätzlicher deutscher Truppen gingen von 17 Schiffen mit Unterstützung durch 130 Bomber an Land. Der Navy war es nicht gelungen, die Truppentransporter abzufangen, weil drei Zerstörer zur Sicherung eines vor Malta zusammengezogenen Schlachtschiffverbandes abgestellt worden waren. Nach dem erzwungenen Rückzug der Spitfires von Kos war der alliierte Schiffsverkehr den Stukas ausgeliefert. Churchill forderte bei Eisenhower bzw. dessen britischen Stellvertreter Air Chief Marshal Sir Arthur Tedder während einer kurzen Unterbrechung der Kämpfe in Italien verzweifelt Luftunterstützung an. Als Zeichen guten Willens wurden amerikanische Jagdflugzeuge vom Typ Lightning vorübergehend auf dem Flugfeld von El Adem in der Nähe von Bengasi stationiert.

Am 7. Oktober kam die Nachricht vom Fall der Insel Kos, gerade als die *Petard* und die *Panther*, die als Flakschutz für den Kreuzer *Carlisle* fuhren, in die Kämpfe eingreifen sollten. Mit zwei weiteren Zerstörern waren sie auf der Suche nach einem deutschen Landungsverband, der sich, so war gemeldet worden, im Anmarsch auf die kurz zuvor von britischen Truppen eroberte Insel Leros befand. Die Suche mußte ergebnislos abgebrochen werden, und bei Tagesanbruch zogen sich die Schiffe durch die nicht ganz ungefährliche Straße von Scarpento zurück. Die beiden mitlaufenden Zerstörer wurden von der *Rockwood* und der griechischen *Miaoulis* abgelöst; mit 25 Knoten Geschwindigkeit durchquerten die fünf Einheiten bei Tageslicht die Meerenge in nördlicher Richtung. Während amerikanische Lightnings, die sich im halbstündigen Rhythmus ablösten, Luftsicherung flogen, blieb alles ruhig. Dann zogen Wolken auf; der sechste Ablösungsflug war bereits überfällig, als aus Reg Crangs Radarraum anfliegende Maschinen gemeldet wurden. Es schien, als ob die bereits erwarteten Lightning-Jäger aufgefaßt worden waren. Statt dessen stießen sechzehn Stukas aus der Sonne auf den Verband herab. Sie konzentrierten ihren Angriff auf das größte Schiff, und die *Carlisle* erhielt mittschiffs sofort vier schwere Treffer; durch mehrere Nahdetonierer wurden Welle und Schraube an Backbord weggerissen. Während einer kurzen Kampfpause näherte sich die *Panther* rückwärts der *Carlisle* und versuchte, sie in Schlepp zu nehmen. Dann erschienen noch mehr Stukas.

Die *Panther* hatte gerade wieder Fahrt voraus aufgenommen, um den Bomben auszuweichen, als sie mittschiffs zwei Treffer erhielt, zwei Bomben detonierten nahe am Schiff. Sie machte weiterhin Fahrt, es hatte den Anschein, als ob sie in die ruhige See eintauchen wollte. Die meisten ihrer Besatzungsmitglieder wurden von der *Miaoulis* aufgenommen, die hinter ihr gefahren war. Die längst überfälligen Lightnings trafen schließlich doch noch ein, sie hatten die Schiffe erst ausmachen können, als sie Explosionen und Rauchsäulen entdeckten. Vier Stukas waren durch die Schiffsflak abgeschossen worden; die 10,2-cm-Geschütze der *Petard* hatten pro Minute 22 Schuß abgegeben, die Pom-Poms und Oerlikons feuerten so schnell, wie ihre Geschützbedienungen nachladen konnten. Die Lightnings schossen in rascher Folge zehn weitere Stukas sowie die Ju-88 ab, die den Schiffsverband beschattet hatte. Ihre Verspätung jedoch kostete die Navy einen Kreuzer und einen Zerstörer.

Der Brückenausguck Mervyn Romeril erinnert sich:

»Als sie erkannten, daß wir keine Luftsicherung hatten, flogen die Stukas wie ein Bienenschwarm die *Carlisle* an. Wir fuhren im großen Bogen um sie herum und feuerten aus allen Rohren. Der Kommandant lag auf dem Rücken und rief uns Ruderkommandos zu, ›Hart Backbord‹ oder ›Hart Steuerbord‹, als er sah, daß es die Stukas auch auf uns abgesehen hatten. Wenn ein Stuka-Pilot einmal zum Sturz auf sein Ziel angesetzt hat, ist er nicht mehr in der Lage, seinen Kurs zu ändern; falls ein Schiff also seine Fahrtrichtung schnell genug korrigieren kann, gehen die Bomben daneben. Es war wirklich haarsträubend. Wir wurden mehrmals von Bomben eingegabelt, aber keine traf. Die *Panther* war eben dabei, die *Carlisle* in Schlepp zu nehmen, als noch mehr Stukas angriffen. Sie hatte gerade wieder Fahrt voraus aufgenommen, da wurde sie getroffen. Sie verschwand in einer Welle aus Gischt. Als wir während unserer Fahrt im Kreis wieder an der Stelle vorbeikamen, konnte ich nur noch Bug und Heck aus dem Wasser ragen sehen; der Zerstörer war in der Mitte durchgebrochen. Als wir dann zum dritten Mal vorbeikamen, war das Schiff verschwunden.«

Dies war der letzte Einsatz der Lightnings über der Ägäis gewesen. Der Stellvertreter General Eisenhowers, Air Chief Marshal Tedder, hatte bereits ihre Rückverlegung an die italienische Front angeordnet; der Feldzug im Dodekanes mußte deshalb praktisch ohne Luftsicherung durchgeführt werden. Zu dieser Zeit befanden sich zwei britische Flugzeugträger und sechs Geleitträger im Mittelmeer. Keiner wurde detachiert, um die sich zäh verteidigenden Einheiten in der Ägäis zu unterstützen.

John Mackness erinnert sich, daß der Einsatz der Lightnings der einzige Fall einer relativ gut funktionierenden Luftsicherung blieb: »Die meiste Zeit über sorgten Beaufighters, die von Flugfeldern auf Zypern gestartet waren, für eine Deckung aus der Luft. Wegen der großen Entfernung, die sie zurücklegen mußten, konnten sie einen Schiffsverband aber nicht sehr lange begleiten. Sobald sie den Rückflug antraten, entdeckte uns meist eine Ju-88, und diese informierte dann die Stukas.« Er fügte dem hinzu: »Die Stuka-Angriffe waren so ziemlich das Schlimmste, was wir durchmachen mußten.«

Die *Carlisle* wurde zurück nach Alexandria geschleppt, unterwegs gab es keine weiteren Luftangriffe. Sie hatte achtzehn Tote und siebzehn Verwundete an Bord; das Schiff war so schwer beschädigt worden, daß sich eine Instandsetzung nicht mehr lohnte.

Die *Petard* unternahm zwei Versorgungsfahrten nach Leros, die Decks waren vollkommen überladen mit Soldaten, kleineren Kraftfahrzeugen und Nachschubgütern. Tagsüber suchte sie Zuflucht in türkischen Gewässern, bei Nacht fuhr sie, unentdeckt durch deutsche Flugzeuge, weiter. Auf der dritten Fahrt geriet sie in einen schweren Luftangriff, Leuchtkugeln erhellten die Szenerie. Sie wurde jedoch nicht getroffen. Im Hafen von Leros wurde sie so heftig mit Bomben belegt, daß das Löschen der Ladung schließlich unterbrochen werden mußte. Die *Petard* fuhr auf die offene See hinaus und nahm die Truppen und Teile der Ausrüstung wieder mit zurück nach Alexandria.

Den vierten Spießrutenlauf durch die Reihen der Stukas führte der Zerstörer *Eclipse* unter dem Kommando von Commander E. Mack an. Auf den Decks der beiden Zerstörer türmte sich Armeeausrüstung, und Soldaten des East Kent Regiment (die »Buffs«) bevölkerten die

Messedecks. Reg Crang notierte am 26. Oktober: »Die Situation ist so besorgniserregend, daß der Kommodore persönlich auf der *Eclipse* eingestiegen ist, um sich ein Bild von der Lage zu machen.« Die *Eclipse* mit Kommodore Percy Todd, dem Befehlshaber der Zerstörer in der Levante, an Bord und die *Petard*, die 188 Soldaten der Buffs unter Deck sowie Fahrzeuge und weitere Ausrüstung mitführte, die das Oberdeck verstopften, waren am 23. Oktober ausgelaufen. Sie wurden von den Zerstörern *Aldenham*, *Exmoor*, *Hursley* und *Rookwood* begleitet, die zur Hunt-Klasse gehörten. Der Kreuzer *Phoebe* fuhr als Flakschutz bis zur Sicherheitsgrenze südlich von Rhodos mit, einer gedachten Linie, die von den Flottenbefehlshabern als Begrenzung einer Risikozone für wertvolle Schiffseinheiten festgelegt worden war. Das Tagebuch von Reg Crang gibt über die Ereignisse, die dann folgten, Auskunft:

»Auf unserem Weg nach Norden erhielten wir schlechte Nachrichten. Für uns völlig ungewohnt, gab eine Beaufighter die Meldung per Aldis-Lampe durch. Ihre Mitteilung besagte, daß zwei Zerstörer der Hunt-Klasse, die *Hurworth* und die griechische *Adrias* in ein Minenfeld geraten waren. Die *Hurworth* war gesunken, auslaufendes brennendes Öl hatte schreckliche Verluste an Menschenleben gefordert. Der *Adrias* war der Bug weggerissen worden, aber ihrem Kommandanten war es gelungen, das Schiff auf Strand zu setzen. Er hatte die Position des Minenfelds an das Flugzeug durchgegeben, damit diese unserem Verband auf seinem Weg nach Norden mitgeteilt würde. Irgendwo in der langen Nachrichtenkette hatte sich jedoch ein tragischer Fehler eingeschlichen, was die genaue Lage des minenverseuchten Gebietes anbetraf.

Dieses befand sich östlich der Insel Kalymnos, aber in der Meldung, die wir aufgefangen hatten, war ›westlich‹ angegeben. Von der *Eclipse* erging der Befehl an die restlichen Zerstörer der Hunt-Klasse, das Seegebiet zur Durchführung eines Ablenkungsmanövers zu verlassen und eine andere Insel zu beschießen. Dies sollte unsere Chancen für eine erfolgreiche Landung auf Leros erhöhen. Die *Eclipse*, dicht gefolgt von der *Petard*, hatte einen Kurs gewählt, der östlich Kalymnos genau in das Minenfeld führte. Keine 200 Meter vor uns flog sie in einer schrecklichen Explosion in die Luft. Innerhalb weniger Sekunden war sie gesunken.

Mit einem Notmanöver befahl Skipper Egan ›Beide Maschinen äußerste Fahrt zurück‹, und die *Petard* konnte noch rechtzeitig abstoppen. Jetzt kam es zunächst darauf an, Ausschau nach Überlebenden zu halten. Diese Aufgabe löste sowohl bei der Besatzung als auch bei den eingeschifften Soldaten etwas die Ängste und die Anspannung, die der Horror eines Minenfeldes erzeugen kann, wenn es dazu auch noch stockdunkel ist. Wiederum war der Verlust an Menschenleben entsetzlich. An Bord des Zerstörers hatten sich 220 Besatzungsmitglieder und weitere 200 Soldaten des Buffs-Regiment befunden. Unsere Beiboote konnten nur 44 von ihnen retten. Unter den Getöteten befand sich auch Commodore Percy Todd, der sich, bittere Ironie, ein Bild davon machen wollte, wie schlimm die Lage wirklich war. Der Kommandant der *Eclipse*, Commander Mack, wurde zusammen mit dem Colonel, der die Buffs befehligte, gerettet. Später erfuhren wir, daß ein paar stramme Schwimmer es geschafft hatten, die türkische Küste zu erreichen, eine erstaunliche Leistung.

Wir hatten jetzt 440 Menschen an Bord eines Zerstörers, der nur für 150 Mann Besatzung konstruiert war. Die Soldaten an Bord taten uns leid. Sie befanden sich in einer viel schlimmeren Lage als wir. Wegen der schlechten Vorbereitung mußte das Vorhaben, einige der Inseln des Dodekanes zu erobern, mit Sicherheit in einer Katastrophe enden. Die Bodentruppen konnten nur auf ein rasches Ende des Feldzugs und dann auf die Gefangenschaft hoffen. Die beiden übriggebliebenen Hunt-Zerstörer kamen längsseits und übernahmen die Soldaten, um sie in der Bucht von Alinda an Land zu bringen. Im Augenblick stand es uns frei, diese trostlosen Gewässer zu verlassen und mit Höchstgeschwindigkeit nach Alexandria zu fahren, um die paar Glücklichen an Land zu bringen, die das tragische Ende der *Eclipse* überlebt hatten.«

Während des fünften Vorstoßes der *Petard* in das Ägäische Meer war Lieutenant Commander Egan kommandierender Offizier einer aus drei Zerstörern bestehenden Flottille. Alle hatten Truppen und Ausrüstung für Leros an Bord. Der Kreuzer *Aurora* fuhr als Begleitschutz mit, und seine mächtige Flugabwehrbewaffnung war bald gefragt. Eine größere Formation Ju-88, die von sechs Me-109 eskortiert wurden, griff aus großer Höhe an, aber sämtliche Bomben fielen ins Wasser. Eines der Flugzeuge wurde durch das Sperrfeuer der vier Schiffe abgeschossen.

Nach weiteren Angriffen aus großer Höhe erschienen vierzehn Stukas und trafen die *Aurora*. Die meisten Geschütze wurden außer Gefecht gesetzt, 46 Mann wurden getötet, 20 verletzt. Der Zerstörer *Beauford* begleitete sie auf dem Rückmarsch, die *Petard* und die *Belvoir* setzten ihren Weg nach Leros fort. Kurz vor Einbruch der Dunkelheit griffen sechzehn Ju-88 an, beide Zerstörer fuhren vierzig Minuten lang Ausweichmanöver und konnten Treffer verhindern, dann erschien ein Beaufighter und vertrieb die Bomber. Später warfen noch einmal acht Ju-88 ihre Bomben aus großer Höhe ab, ohne Wirkung zu erzielen. Einer von ihnen kam jedoch im Tiefflug zurück und warf eine Bombe auf die *Belvoir*, die das Schiff knapp hinter dem vorderen Geschütz traf. Sie durchschlug zwei Decks, ohne zu detonieren. Der Blindgänger wurde von Hand zu Hand über die Niedergänge hinauf an Deck befördert und über das Heck ins Wasser geworfen.

Lieutenant Commander Egan gab Befehl zum taktischen Rückzug, da die Schiffe noch immer von den Ju-88 belästigt wurden. Nach Einbruch der Dunkelheit ließ er jedoch umkehren, um den Rest der Nacht und den gesamten nächsten Tag in türkischen Hoheitsgewässern zu warten. In der folgenden Nacht erreichten sie Leros, die Soldaten gingen an Land, die Nachschubgüter wurden gelöscht, dann fuhren sie wieder zurück in Richtung der türkischen Küste. Dort kam der örtliche Hafenkapitän an Bord, der sich mit dem Grund ihrer Anwesenheit zufriedengab, als er eine Hilfsmaschine erblickte, die wegen eines fingierten Fehlers in ihre Einzelteile zerlegt worden war. Bis zum Anbruch der Dunkelheit genoß er die Gastfreundschaft der Offiziersmesse, dann fuhren beide Schiffe durch die Nacht nach Alexandria.

Während der nächsten Einsatzfahrten der *Petard* in der Ägäis hatte sie den Auftrag, deutsche Truppentransporter abzufangen, die in Richtung Leros unterwegs waren. Angeblich waren Schiffe im Seegebiet um die Insel Kalymnos zusammengezogen worden. In der ersten Nacht auf See erfaßte das Radargerät ein Überwasserfahrzeug in etwa zwei Seemeilen Entfernung. Der Scheinwerfer wurde eingeschaltet, und in seinem Rampenlicht erschienen zwei kleine Küstensegler sowie ein Landungsboot, die randvoll mit deutschen Soldaten beladen waren. Die *Petard*, die *Rockwood* sowie der polnische Zerstörer *Krakowiak* eröffneten das Feuer mit ihrer Hauptarmierung und schossen die Schiffe in Brand.

Kurz darauf war im Schein einer Leuchtgranate, die über dem Hafen von Kalymnos abgefeuert wurde, ein großer Frachter zu erkennen, der an einer Mole festgemacht hatte. Granaten der Zerstörer setzten ihn in Brand, und Lieutenant Commander Egan führte die *Petard* bis an die Hafeneinfahrt heran, um sicherzugehen, daß das Schiff vernichtet war. Er befahl, einen Torpedo in den Hafen zu schießen. Während sie die Insel Kos in geringem Abstand passierten, wechselten die Geschützbedienungen der 10,2-cm-Kanonen von Flugabwehr-Modus auf die Bekämpfung von Landzielen und feuerten auf Flugzeuge, die gerade vom Rollfeld des Flugplatzes auf Marmari starteten. Bei Mondlicht flogen Schwärme deutscher Bomber stundenlang Angriffe auf die Schiffe; manche flogen taktische Muster, die eine Attacke mit Gleitbomben erwarten ließen. Mehrere schlugen ganz in der Nähe ein, und kurz nach Mitternacht wurde die *Rockwood* von einer Bombe getroffen, die jedoch nicht detonierte. Sie ging glatt durch das Schiff hindurch und trat unter der Wasserlinie wieder aus; die Ruderanlage war beschädigt worden. Während die Geschütze, nunmehr wieder auf Flugabwehr-Modus geschaltet, ununterbrochen feuerten, gelang es der *Petard*, eine Trosse zu übergeben, danach schleppte sie die *Rockwood* in türkische Gewässer. Zwei Wellen deutscher Bomber warfen ergebnislos Leuchtkugeln und Bomben, als die Schiffe etwa zehn Meilen offener See überqueren mußten, um in neutrale Küstengewässer zu gelangen. Dort wurde das von der Gleitbombe verursachte Loch notdürftig geflickt, und im Schlepp erreichte die *Rockwood* Alexandria.

Am 12. November landeten deutsche Truppen auf Leros; die *Petard* lag gerade in Alexandria, wo ihre 10,2-cm-Geschütze schon zum zweiten Mal innerhalb eines Monats durch das Werkstattschiff *Woolwich* neu beseelt werden mußten. Der Widerstand der schlecht ausgerüsteten britischen Truppen, die unter schweren Verlusten nach Leros überführt worden waren, brach nach nur fünf Tagen zusammen – in jenen fünf Tagen lag die *Petard* längsseits der *Woolwich*. Die Garnison auf Leros war nach schweren Stuka-Angriffen von Fallschirmjägern überwältigt worden. 3000 britische Soldaten gerieten in Gefangenschaft, 250 entkamen in die Türkei und wurden dort interniert. Mehr als 5000 Italiener, deren Regierung Deutschland am darauffolgenden Tag den Krieg erklärte, kapitulierten. Viele italienische Offiziere wurden als Überläufer erschossen.

Am 19. November unternahm die *Petard* ihren letzten Vorstoß – es war der achte – in die gefährlichen Gewässer der Ägäis. Sie hatte den Auftrag, britisches Armee- und Luftwaffenpersonal ausfindig zu machen, das sich möglicherweise per Boot von Leros hatte absetzen können, um auf Kos Zuflucht zu suchen – es wurden jedoch keine entflohenen Gefangenen entdeckt.

Das kostspielige Abenteuer auf dem Dodekanes war vorüber. Von den Leiden der griechischen Inselbewohner einmal abgesehen, den italienischen Besatzungen, die von Feinden zu Verbündeten wurden, sowie der britischen Armee und der RAF hatte die Royal Navy zweifelsohne den höchsten Preis an Schiffen und Menschenleben bezahlt. Sechs Zerstörer, zwei U-Boote und acht kleinere Einheiten fielen Flugzeugen oder Minen zum Opfer, vier Kreuzer und vier Zerstörer wurden beschädigt.

Die Operationen in der Ägäis waren ein Beispiel dafür, daß auch vortreffliche nachrichtendienstliche Erkenntnisse, wie sie etwa Ultra liefern konnte, ohne das entsprechende militärische Potential wertlos sind.

Die Besatzung der *Petard* war völlig erschöpft und quittierte die Nachricht mit Erleichterung, daß das Schiff zur Reinigung der Kessel nach Haifa gehen solle. Die Crew erhielt Weihnachtsurlaub. Dann stieß die *Petard* zu einem Sicherungsverband für die Schlachtschiffe *Queen Elizabeth*, *Valiant* und *Renown* sowie die Flugzeugträger *Illustrious* und *Unicorn*. Gerüchte machten die Runde, daß es nach Fernost ginge, um an den Kämpfen gegen Japan teilzunehmen.

Siebtes Kapitel

Die Versenkung eines japanischen U-Kreuzers

Die gewaltige Streitmacht, die sich Ende 1943 in Alexandria versammelt hatte, fuhr anschließend durch den Suez-Kanal, um die Fernost- bzw. die Pazifische Flotte zu unterstützen. Die Zerstörer *Petard*, *Paladin*, *Pathfinder* und *Rocket* bildeten die Nahsicherung. Nach der Ankunft in Trincomalee, dem Stützpunkt der Fernostflotte an der Nordostküste Ceylons (dem heutigen Sri Lanka), erhielten die *Petard* und die *Paladin* Befehl, zum Geleit für die fünf Truppentransporter des Konvois KR 8 zu stoßen, um diese auf der Fahrt von der kenianischen Flottenbasis Kilindini nach Colombo zu eskortieren. An Bord der Truppentransporter befanden sich afrikanische Soldaten auf dem Weg nach Burma sowie eine größere Zahl Angehöriger des Women's Royal Naval Service (Wrens), des Womens Army Service (ATS) und Krankenschwestern.

Die Zerstörer überquerten den Äquator – mit der traditionellen Linientaufe – und machten vor dem Addu-Atoll südlich der Malediven Station. Dort genossen die Besatzungen einen Badeaufenthalt an den traumhaft schönen Stränden des Indischen Ozeans, während die Schiffe aus einem Tanker Brennstoff ergänzten. Amerikanische Kryptoanalytiker waren in der Lage, 90 Prozent des japanischen Funkverkehrs mit der Bezeichnung »Purple« zu entziffern, der über Chiffriermaschinen abgewickelt wurde, die nicht annähernd so technisch ausgefeilt waren wie die deutsche Enigma. Deshalb nahm man an, daß sich keine japanischen U-Boote in der Nähe aufhielten.

Reg Crang schrieb am 9. Februar in sein Tagebuch: »Während der letzten beiden Wochen war das Leben hier wunderbar. So muß es wohl in der Vorkriegsmarine gewesen sein.« Drei Tage später befand sich die *Petard* schon wieder im Einsatz.

Am 12. Februar, kurz nach Tagesanbruch, stießen die beiden Zerstörer zu dem Konvoi. Er wurde von einem einzigen Schiff begleitet, dem Kreuzer *Hawkins*, einem Veteranen aus dem Ersten Weltkrieg. Der Kommodore des Geleitzugs fuhr auf dem Passagierschiff *Khedive Ismail* an der Spitze, HMS *Hawkins* stand an Backbord und die *Varsava* an Steuerbord. Die drei anderen Fahrzeuge folgten jeweils in deren Kielwasser. Die *Petard* hatte eine Position Steuerbord achtern eingenommen und fuhr Zick-Zack-Kurse, die *Paladin* folgte Backbord achtern. Da mit japanischen U-Booten in diesem Seegebiet nicht gerechnet wurde, lief der Konvoi auf geradem Kurs, um schneller voranzukommen. Sämtliche Frauen befanden sich an Bord des Führungsschiffs des Geleits, der *Khedive Ismail*, das die angenehmsten Unterbringungsmöglichkeiten besaß. Mehr als 600 afrikanische Soldaten eines Artillerieregiments mit ihren britischen Offizieren und Unteroffizieren sowie 200 Mann Marinepersonal waren unter Deck zusammengepfercht. Viele der 40 Queen Alexandra-Armeekrankenschwestern, 22 der Marinenachrichtenhelferinnen und Angehörige des ATS nahmen ein Sonnenbad, andere wiederum lauschten im Gesellschaftsraum einem Konzert von Nachwuchskünstlern oder nahmen an einer Tombola auf dem Achterdeck teil.

In der einschläfernden tropischen Hitze dieses Nachmittags entdeckte der Wachoffizier der *Petard*, Lieutenant Robert de Pass, frischgebackener Erster Offizier, auf der in der Sonne glitzernden Wasseroberfläche zwischen zwei Truppentransportern etwas, das wie ein Periskop aussah. Fünfundfünfzig Jahre später erzählte er dem Verfasser in seinem Haus in Petworth, Sussex: »Ich nahm an, ein Periskop gesehen zu haben. Auf einer glitzernden, von der Sonne beschienenen Wasseroberfläche kann man sich da aber nie sicher sein. Auf jeden Fall ließ ich auf das Objekt zudrehen und gab Gefechtsalarm. Sekunden später konnte ich die Laufbahnen zweier Torpedos erkennen, die auf die Truppentransporter zusteuerten. Dann gab es zwei mächtige Explosionen. Die *Khedive Ismail* war binnen weniger Sekunden verschwunden, in diesem Moment übernahm der Kommandant die Schiffsführung.«

Als der Passagierdampfer *Khedive Ismail* versank, erteilte die *Hawkins* per Flaggensignal den Befehl, daß der Konvoi sich zerstreuen solle. Ihre Schiffssirenen heulten. Die *Paladin* warf bereits Wasserbomben, der Skipper der *Petard* aber zögerte noch, bis er einen festen Asdic-Kontakt hatte. Beide Zerstörer ließen ihre Kutter zu Wasser, um die Schiffbrüchigen aufzunehmen und die Geretteten auf die *Paladin* zu bringen; die *Petard* hatte somit freie Hand, das U-Boot aufzuspüren und anzugreifen, bevor es die anderen Truppentransporter attackierte. Die Asdic-Gasten auf der *Petard* ermittelten Kurs und Fahrt des U-Boots – das »Ping« des Sonargeräts verriet ihnen, daß es sich um ein größeres Fahrzeug handeln mußte –, und die *Paladin* trieb an der Untergangsstelle, um die Schiffbrüchigen aufzufischen, die inmitten von Wrackteilen und ölverklebtem Wasser schwammen.

Während die *Paladin* etwa 260 Menschen aufnahm,

darunter nur fünf der jungen Frauen, führte die *Petard* wiederholt Angriffe mit Wasserbomben durch. Die Besatzung hielt scharfen Ausguck nach Schiffbrüchigen, die sich unter Umständen an jenen Stellen im Wasser befanden, wo die Detonationen riesige Fontänen hochschleuderten. Später, als nur noch leblose Körper zwischen den Wrackteilen trieben, mußte die *Petard* auch hier ihre tödliche Last abwerfen, weil das Asdic-Gerät das sich mit Schleichfahrt fortbewegende U-Boot genau dort in Lauerstellung aufgefaßt hatte; anscheinend suchte es unterhalb der Schiffbrüchigen Deckung.

Die dritte Serie mit zwölf Wasserbomben warf einen Berg von Wasser ganz nahe am Heck der *Petard* auf. Wrackteile des gesunkenen Schiffes, die hoch in die Luft geschleudert wurden, fielen zurück ins Meer, als plötzlich die Umrisse eines U-Boots von gewaltiger Größe in einem Wirrwarr aus entweichender Druckluft und Gischt auftauchten. Hinter dem Kommandoturm waren riesige Gleitschienen, die zur Mitnahme von Zwei-Mann-U-Booten dienten, zu erkennen, und davor war ein mächtiges 12-cm-Geschütz montiert. Die Besatzung der *Petard* beobachtete, wie ein paar Gestalten aus dem Kommandoturm stürzten, um das Geschütz zu bemannen; zugleich drehte das U-Boot zum Überwasserschuß an. Beide Zerstörer antworteten mit Salvenfeuer auf den Rumpf, den Kommandoturm und das Geschütz. Die Männer auf dem U-Boot wurden ins Wasser geschleudert, andere erschienen, um den selbstmörderischen Versuch zu wagen, das Geschütz klarzumachen, während das U-Boot den 10,2-cm-Granaten auszuweichen versuchte. Die Kanone war schnell außer Gefecht gesetzt; das Periskop war erkennbar verbogen.

Während der Kommandant der *Petard* das Feuer einstellen ließ und einem möglichen Torpedoangriff auszuweichen versuchte, rief Lieutenant de Pass: »Die *Paladin* setzt zum Rammen an, Sir!« Etwa 1 000 Meter Steuerbord querab der *Petard* lief der andere Zerstörer mit Höchstgeschwindigkeit. Egan brüllte: »Halten Sie sie auf!« Die *Petard* ließ ihre Sirene aufheulen und erteilte zugleich per Blinklampe und Flaggensignal den Befehl »Nicht rammen«. Die *Paladin* reagierte sofort und legte sich weit nach Backbord über – aber es war bereits zu spät. Sie hatte zuviel Fahrtüberschuß und stieß mit der Breitseite gegen den Rumpf des U-Boots, dessen backbord vordere Tiefenruder schlitzten ihr auf etwa fünf Metern Länge die Seite auf. Etwa 750 Meter von dem U-Boot entfernt kam sie zum Stillstand, das Boot jedoch fuhr mit unverminderter Geschwindigkeit weiter. Die *Paladin* hatte zehn Grad Schlagseite nach Backbord und war außer Gefecht gesetzt.

Weil vom Periskop nur noch ein Stumpf übrig war, schien dem Kommandanten des U-Boots offenbar entgangen zu sein, daß einer der Angreifer sich nicht mehr wehren konnte. Um den Gegner noch mehr zu verwirren, ließen die Pom-Poms und Oerlikons über dem Kommandoturm einen Geschoßhagel niedergehen. Die *Petard* schloß dicht an das U-Boot heran, das weiterhin etwa 8 Knoten Fahrt machte, verringerte dann die Geschwindigkeit auf 18 Knoten und passierte querab im Abstand von etwa 3 Metern. Der Zerstörer warf einen Teppich aus acht Wasserbomben kurz vor den Bug des gegnerischen Fahrzeugs. Riesige Wassersäulen verstellten den Blick auf das U-Boot, und als sich die See wieder beruhigt hatte, machte der Gegner, offenbar unbeschädigt, immer noch Fahrt voraus. Die *Petard* griff noch zweimal nach ähnlichem Muster an, es wurde jedoch deutlich, daß die

Detonationstiefe der Wasserbomben nicht flach genug eingestellt werden konnte, um entscheidende Wirkung zu erzielen.

Die *Petard* zog sich zurück und schoß auf 3000 Meter Entfernung Salvenfeuer aus allen vier 10,2-cm-Geschützen. Die Granaten mit Aufschlagzünder detonierten jedoch, ohne den Stahlrumpf des U-Boots durchschlagen zu können. Im Magazin in Trincomalee waren keine Panzersprenggranaten vorrätig gewesen. Der Kreuzer *Hawkins* hätte das U-Boot mit einer einzigen Salve seiner 19-cm-Geschütze vernichten können, er war jedoch mit den restlichen Schiffen des Konvois unter dem Horizont verschwunden.

Lieutenant de Pass, der Torpedooffizier, erhielt Befehl, die Torpedorohrsätze auf das weiterhin 8 Knoten Fahrt machende U-Boot auszurichten und sie vom Zielgerät auf der Brücke abzufeuern. Ein Angriff auf bewegliche Ziele wurde normalerweise mit einem Fächer aus vier Torpedos durchgeführt. Skipper Egan nahm jedoch an, daß bei einer Entfernung von 1000 Metern, ruhiger See und hervorragender Sicht ein Einzelschuß genügen würde. Ein 53,3-cm-Torpedo mit dem Gewicht von einer Tonne verließ den vorderen Rohrsatz. Die berechnete Laufzeit betrug 45 Sekunden, und die Besatzung verharrte in gespannter Erwartung. Als sich nach zwei Minuten noch immer nichts tat, war klar, daß es sich um einen Fehlschuß gehandelt hatte. Ein zweiter Torpedo ging auch daneben. Der Torpedomeister, S. Leullette, rief auf der Brücke an und protestierte gegen diese Verschwendung der kostbaren Waffen. Er wurde gar nicht beachtet. Ein dritter und vierter Torpedo verfehlten ebenfalls ihr Ziel. Leullette rief in Richtung der Brücke und bat um Erlaubnis, die restlichen Torpedos mit dem Zielgerät auf dem Rohrsatz abfeuern zu dürfen. Niemand nahm von ihm Notiz. Lieutenant de Pass nahm erneut Maß, daraufhin verließen ein fünfter, dann ein sechster Torpedo ihren Rohrsatz, keiner traf. Sie hatten nur noch einen einzigen Torpedo in Reserve, als de Pass den Befehl zum Abfeuern des siebten erteilte. Ärgerlich wartete die Besatzung die 45 Sekunden Laufzeit ab, dann stießen alle einen Seufzer der Erleichterung aus, als eine riesige Wassersäule und Flammen das gegnerische Fahrzeug verdeckten. Als sich die See wieder beruhigt hatte, war das U-Boot verschwunden. Die Crew der *Petard* war von den Ereignissen noch zu benommen, als daß sie hätte in Jubel ausbrechen können. Das Torpedo-Drama hatte quälend lange 70 Minuten gedauert. Zweieinhalb Stunden waren vergangen, seitdem das U-Boot aufgetaucht war und drei Stunden und zehn Minuten seit dem Untergang der *Khedive Ismail.*

Erst jetzt konnte die *Petard* sich um ihr angeschlagenes Schwesterschiff kümmern. Sie ging längsseits der *Paladin*, deren Lecks mit Hängematten notdürftig gestopft worden waren, und nahm sämtliche Überlebenden an Bord. Dann schleppte sie den verkrüppelten Zerstörer zum 150 Seemeilen entfernten Addu-Atoll. Der Kreuzer *Hawkins* begleitete die vier restlichen Schiffe des Konvois KR 8, bis sie sichere Gewässer erreicht hatten. Dann eilte er zum Addu-Atoll, um die Schiffbrüchigen von der *Petard* zu übernehmen.

Der Kommandant der *Petard*, gerade frisch zum Commander befördert, gab in seinem offiziellen Bericht eine etwas geschönte Darstellung der Ereignisse; die Unterlagen wurden erst vierzig Jahre später freigegeben. Reg Crang dagegen schrieb folgendes in sein Tagebuch:

»Jedesmal, wenn wir uns der Masse der im Wasser

treibenden Schiffbrüchigen näherten, hatten wir Asdic-Kontakt zu dem feindlichen U-Boot. Wieder und wieder warfen wir Wasserbomben, die Frauen und Männer im Wasser durchlitten einen entsetzlichen Todeskampf. Per Zufall oder absichtlich nahm das U-Boot unter ihnen Zuflucht. Trotzdem hatte es den Anschein, als ob es sich davonstehlen wollte, und wir mußten den Suchbereich erweitern. Eineinhalb Stunden nach dem Untergang der *Khedive Ismail* fingen wir an, uns Sorgen zu machen. Wir hatten längere Zeit über keine Wasserbomben geworfen und unsere Chancen verschlechterten sich. In ein paar Stunden würde es dunkel werden.

Ich stand auf der Signalbrücke und überwachte den steuerbord achteren Sektor, als vor meinen Augen ein Kommandoturm auftauchte, unerwartet und unheimlich. Rufe ertönten, das Signalpersonal wirbelte wie wild umher, und für ein paar Augenblicke herrschte Panik. Das Schiff legte sich über, als wir hart nach Backbord drehten. Es war ein großes U-Boot, kein Zweifel. Es schien gepanzert zu sein, denn unser Geschützfeuer konnte ihm nichts anhaben. Das Boot mag schwer beschädigt gewesen sein, aber es machte keine Anstalten, sich kampflos zu ergeben oder unterzugehen. Es versuchte, mit dem Bug auf uns zuzuhalten, um einen letzten verzweifelten Torpedoschuß auf uns loszumachen.

Obwohl unser Skipper der dienstältere Offizier war, entschied sich der Kommandant der *Paladin* eigenmächtig zu einer Art Verzweiflungstat. Unsere Zerstörerschwester lief rückwärts, um Anlauf für einen kräftigen Rammstoß gegen das U-Boot zu nehmen. Während sie zum Angriff ansetzte, jubelten ihr viele unserer Besatzung voller Bewunderung zu. Die *Paladin* konnte noch rechtzeitig ausscheren, um einer möglichen Selbstzerstörung zu entgehen, aber es war bereits zu spät, eine Beschädigung zu verhindern. Die aus dem Rumpf hervorragenden Tiefenruder des U-Boots schlitzten ihr den Bauch auf. Die *Paladin* legte sich über, machte eine Menge Wasser und stoppte. Sie war außer Gefecht gesetzt.

Jetzt waren wir an der Reihe. Unser Kommandant entschied sich seinerseits für eine ungewöhnliche, wenn nicht verzweifelte Maßnahme. Er fuhr gefährlich nahe an das U-Boot heran, so daß wir ihm Wasserbomben direkt in den Weg werfen konnten. Sie waren auf geringe Tiefe eingestellt, um den größtmöglichen Schaden anzurichten. Die Detonationen verursachten eindrucksvolle Eruptionen riesiger Wassersäulen, die rings um das uns entgegenkommende U-Boot aufschossen. Das Fahrzeug bahnte sich jedoch stur seinen Weg hindurch, es war anscheinend unzerstörbar. Uns blieb nur noch eine Möglichkeit, ihm den Rest zu geben – ein Torpedo. Einer würde schon genügen, so oder so ähnlich dachten wir. Nachdem der Torpedo abgefeuert worden war, hielten wir den Atem an und warteten und warteten. Keine Detonation – er mußte sein Ziel verfehlt haben. Dann ungläubiges Erstaunen, als auch der zweite Torpedo danebenging. Mit Nummer 3, 4, 5 und 6 passierte das gleiche. Jetzt ließen wir den Mut langsam sinken und begannen, uns mit einem Fehlschlag abzufinden. Aber Torpedo Nummer 7 (wir hatten nur noch einen einzigen übrig) jagte das Boot wie verrückt in die Luft, ein echter K.O.-Schlag nach einem Kampf, der mehrere Stunden gedauert hatte. Wir nahmen etwa 200 Schiffbrüchige an Bord, darunter zwei Wrens und drei Krankenpflegerinnen (von 76), ein paar britische Seeleute und Soldaten, der Rest schwarze Armeeangehörige, die auf dem Weg nach Burma waren. Die Überlebenden erzählten uns herzzerreißende Geschichten. Ein Maat erklärte, daß er mit seiner Verlobten vom Marinehilfskorps an Deck stand, als die *Khedive Ismail* getroffen wurde. Sie besaß keine Schwimmweste, also gab er ihr seine eigene und stieß sie ins Wasser. Er konnte gerettet werden, aber von ihr fehlt jede Spur. Die armen schwarzen Soldaten waren verängstigt und verwirrt.«

Der vormalige Leading Seaman Ted Saunders erzählte dem Verfasser gegenüber folgendes:

»Später erfuhr ich, daß der Alte (Skipper Egan) während unserer Jagd auf das japanische U-Boot der Überzeugung war, es sei zur Untergangsstelle zurückgekehrt und befinde sich unterhalb der im Wasser treibenden Schiffbrüchigen. Kurze Zeit später erreichten wir eine jener Stellen, an denen Überlebende schwammen und warfen einen Wasserbombenteppich. Sie fielen inmitten der Menschen, die um ihr Leben kämpften. Es war schrecklich, das mit ansehen zu müssen, aber es war leider notwendig.

Ich habe den Verantwortlichen nie verziehen, daß wir nicht mit Panzersprenggranaten ausgerüstet worden waren. Der Torpedomeister war deshalb so aufgebracht, weil das übliche Schießverfahren mit einem Fächer aus vier Torpedos nicht angewandt wurde. Er stand auf dem eisernen Deck und schrie den Skipper oben auf der Brücke an. Das war etwas, was mit der Disziplin in der Navy nicht vereinbar war, es grenzte fast schon an Meuterei. Die Brücke ignorierte ihn einfach.«

Robert de Pass erinnert sich fünfundfünfzig Jahre später:
»Ich war Torpedooffizier, und einige dachten, daß ich die

ganze Sache vermasseln würde. Aber mit dem siebten meiner Torpedos kriegten wir das Boot. Keiner der Besatzung hat überlebt, allerdings haben wir ohnehin keine Zeit darauf verschwendet, um nach ihnen zu suchen. Wir mußten der *Paladin* helfen.«

Einer der Überlebenden der *Khedive Ismail*, der Erste Offizier John Duncan, erklärte vor dem Untersuchungsausschuß in Colombo: »Die Zerstörer *Paladin* und *Petard* ließen Boote zu Wasser und begannen, die Schiffbrüchigen zu bergen. Wir alle wurden auf die *Paladin* gebracht. Ich konnte niemanden mehr im Wasser sehen. Die Kutter der Zerstörer suchten weiter, aber sie fanden keinen mehr.«

Der Zweite Offizier, Cecil Munday, sagte aus: »Ich paddelte inmitten von Wrackteilen herum und wurde an Bord eines Rettungsbootes gezogen, in dem sich bereits sechs Männer befanden. Wir trieben etwa eineinhalb Stunden, dann wurden wir von einem Boot der *Paladin* aufgefischt.«

William Thomson, der Zweite Funkoffizier, erinnerte sich: »Es gelang mir dann, mühsam auf ein kleines Floß zu klettern. Hier und da waren die Schiffbrüchigen als kleine Punkte auszumachen. Die beiden Zerstörer warfen ihre Wasserbomben gefährlich nahe. Während die Wasserbombenangriffe weitergingen, hielten ein Kutter und eine Pinasse der *Petard* Ausschau nach weiteren Überlebenden, ihre Besatzungen wurden von der Wucht der Unterwasserdetonationen durchgeschüttelt.«

Der Kapitän des Transportschiffes *Ekma*, Captain Denis Gun-Cuninghame, erklärte, daß sein Schiff durch Wrackteile der *Khedive Ismail* hindurchfuhr, als er ein Ausweichmanöver einleitete. Seine Besatzung sei darüber entsetzt gewesen, Schiffbrüchige im Wasser zu sehen und nicht in der Lage zu sein, ihnen helfen zu können.

Der ehemalige Artillerieoffizier der *Petard*, G. G. Connell, schildert in seinem Buch *Fighting Destroyer* das kaum nachvollziehbare Dilemma, in dem sich Commander Egan befand, als er versuchte, das U-Boot an der Versenkung weiterer Schiffe des Konvois zu hindern. Er schrieb:

»Es hätte der fast verzweifelten Rufe der Ausgucks und Geschützbedienungen gar nicht bedurft, um zu begreifen, daß die Wasserbomben inmitten der Schiffbrüchigen geworfen wurden und daß der Kommandant diesen Umstand seiner ihn quälenden Entscheidung, anzugreifen und das U-Boot daran zu hindern, unter der größten Ansammlung von um ihr Leben kämpfenden Menschen Schutz zu suchen, mit einbezogen hatte.

Die Besatzung an Oberdeck verharrte in geduckter Haltung auf ihren Gefechtsstationen, angewidert und benommen ... der Teppich aus acht Wasserbomben schien mit einer größeren Wucht als sonst zu detonieren. Die Unterwasserexplosionen trafen den Rumpf der *Petard* mit gewaltigen Schlägen, sie haben das Entsetzen jener, die in der ölverklebten See noch immer um ihr Leben kämpften, wohl noch verschlimmert ...

Die *Petard* setzte zum dritten Anlauf an und fuhr durch die Ansammlung von Körpern hindurch, schwarze und weiße, alles junge Frauen und Männer, alle rettungslos verloren; die Wasserbomben fielen mitten unter die mit den Wrackteilen ihres Schiffes dahintreibenden Leichen.«

Als die Überlebenden auf die *Petard* umstiegen, fügte Connell seinen Aufzeichnungen hinzu, konnten die fünf

Frauen unter ihnen es nicht ertragen, von der Mannschaft der *Paladin* getrennt zu werden, »die ihr Leben dabei riskiert hatte, inmitten des lärmenden Getöses detonierender Wasserbomben über Bord zu springen, um sie zu retten. Die jungen Frauen waren mehr tot als lebendig aus der See gezogen worden, und wie viele der Überlebenden nahmen sie eine feindselige und ängstliche Haltung ein, als sie sich auf der *Petard* befanden. Dies trug dazu bei, das schlimme Gefühl des Versagens und der Verzweiflung unter den Besatzungsmitgliedern noch zu verstärken.«

Nach offiziellen Angaben starben 1297 Menschen, darunter 72 Frauen; während des Krieges gab es nur zwei weitere Fälle, bei denen der Untergang eines einzelnen Schiffes noch mehr Menschenleben gefordert hat; die Zerstörer konnten lediglich 260 Schiffbrüchige retten. Im Verlauf ihrer langen Dienstzeit hat die *Petard* eine große Zahl an Handelsschiffen eskortiert, entweder allein oder im Konvoi. Die *Khedive Ismail* war der einzige der ihr anvertrauten Schützlinge, der durch den Angriff eines gegnerischen U-Boots verlorenging.

Bei dem U-Boot handelte es sich um I-27, 108 Meter lang (drei Meter länger als die *Petard*) mit einer Wasserverdrängung von 2198 Tonnen (im Vergleich zu den 1540 der *Petard*). Es hatte einen Fahrbereich von 14000 Seemeilen, somit konnte es von den malaiischen Inseln aus ohne Brennstoffergänzung die französische Küste erreichen. I-27 hatte bereits 15 größere Schiffe versenkt und zwei weitere beschädigt. Andere U-Boote dieses Typs konnten Flugboote zu Aufklärungszwecken mitführen.

Die Ergebnisse des eine Woche später in Colombo einberufenen Untersuchungsausschusses stellten die Entscheidung des Konvoi-Kommodore in den Blickpunkt des Interesses, die Ankunft des Geleits dadurch zu beschleunigen, daß er einen geraden Kurs ohne Zick-Zack-Bewegungen gewählt hatte – fährt ein Geleitzug Ausweichmanöver, ist das Ziel für ein U-Boot viel schwerer zu treffen. Der Untersuchungsausschuß war zudem der Ansicht, daß Captain Josselyn, der Kommandant von HMS *Hawkins*, die Situation falsch eingeschätzt habe, indem er keine Zick-Zack-Kurse steuern ließ. Auch wurde festgehalten, daß der Angriff der *Petard* mit Torpedoeinzelschüssen nicht richtig gewesen sei. Die Wasserbombenabwürfe in der Nähe der Schiffbrüchigen wurden nicht erwähnt.

Vom Verfasser auf die Vorwürfe hin befragt, ob Wasserbomben abgeworfen worden seien, ohne auf die Schiffbrüchigen Rücksicht zu nehmen, die im Wasser auf ihre Rettung hofften, erklärte der ehemalige Erste Offizier Robert de Pass – erst nachdem er eine Weile innehielt: »Ich glaube nicht, daß Wasserbomben dort abgeworfen wurden, wo sich möglicherweise Schiffbrüchige im Wasser befanden. Wenn dies tatsächlich der Fall gewesen wäre, hätte es sich tief in mein Gedächtnis eingegraben, ich hätte das niemals vergessen können.«

Die nächsten Geleitzugoperationen verliefen ohne besondere Zwischenfälle. Dann nahm die *Petard* an der ersten größeren Offensive gegen die japanische Seeherrschaft in südostasiatischen Gewässern teil. Sie stieß zur Force 69, einem Verband aus drei Schlachtschiffen und vier Kreuzern mit starker Zerstörersicherung, der unter dem Kommando des Oberbefehlshabers, Admiral Sir James Somerville, stand. Force 7, eine weitere Kriegsschiffsgruppe, umfaßte drei Schlachtkreuzer, zwei Flugzeugträger sowie einen Kreuzer und Geleitzerstörer. Den Japanern war es nicht gelungen, die im Anmarsch befindliche Flotte zu entdecken. Am 19. April flogen Trägerflugzeuge die ersten Angriffe. Reg Crang schrieb in sein Tagebuch: »Die japanische Marine blieb im Hafen, und lediglich drei Flugzeuge wagten sich heraus. Sie wurden von unseren Jägern abgeschossen. Sämtliche Schiffe feuerten Salven in das Hafengebiet, die Docks und auf ein in der Nähe liegendes Flugfeld. Die dicken Brummer der Schlachtschiffkolosse heulten über die Zerstörer hinweg, als wir mit unseren Miniaturkanonen näher herangingen. Im Vergleich zu den »Dicken Berthas« mit ihren 38,1- und 40,6-cm-Kalibern sahen unsere Geschütze wie Spielzeugpistolen aus. Gleichzeitig belegten Trägerflugzeuge Öltanks und andere militärische Einrichtungen mit Bomben und bestrichen sie mit Bordwaffen. Riesige Feuer brachen aus.«

Ende Juli erhielt die *Petard* Befehl, einen Konvoi von den Seychellen nach Aden zu eskortieren und dann nach England zurückzukehren. Auf der Fahrt durch das Mittelmeer mußte sie noch einen kurzen Umweg machen. Sie kam einem Handelsschiff zur Hilfe, das nördlich Bengasi von einem einzelnen Flugzeug torpediert worden war. Das Opfer war ein Liberry-Schiff mit einer Decksladung Lastkraftwagen, die See plätscherte schon um die Räder der Fahrzeuge. Die *Petard* nahm die 26-köpfige Besatzung, die bereits in die Rettungsboote gegangen war, an Bord, unternahm einen Versuch, das Schiff zu schleppen, mußte die Bergung jedoch aufgeben, da das Ruder sich verklemmt hatte. Die Besatzung stieg auf eintreffende Schlepper um, und die *Petard* fuhr nach Malta weiter. Dort blieb sie jedoch nur für zwei Stunden, um Brennstoff zu ergänzen und frischen Proviant an Bord zu nehmen. Zur Kraftstoffergänzung legte sie noch einen kurzen Zwischenstopp in Gibraltar ein.

Mit neunundvierzig Pflastern auf ihren Wunden kehrte die *Petard* am 16. August 1944 nach Portsmouth zurück. Zu jener Handvoll erfahrener Besatzungsmitglieder der alten Crew, die nach einem Erholungsurlaub wieder an Bord zurückkehrten, um die Reparatur und den Ersatz von speziellen Ausrüstungsgegenständen zu überwachen, gehörte auch der Maat Reg Crang.

Achtes Kapitel

Wieder im Dienst

Die *Petard* sah sehr mitgenommen aus. Im Trockendock wurde sie buchstäblich ausgeweidet, eine neue Beplattung ersetzte die neunundvierzig Flicken. Sie erhielt neue 10,2-cm-Doppeltürme auf den Positionen B und X, diese gewährleisteten ein verstärktes Flakfeuer gegen japanische Selbstmordflieger. Ein neuer Gittermast trug eine verbesserte Radarausrüstung. Im Januar 1945 waren die Arbeiten noch im Gange, als die neue Besatzung an Nelsons Flaggschiff, der *Victory*, vorbei zum Liegeplatz der *Petard* marschierte.

Zu dieser Zeit setzte die deutsche Seite ihre verbesserten U-Boote ein, die mit Schnorcheln und zielsuchenden Torpedos ausgerüstet waren. Eine letzte Offensive gegen die Schiffahrt in den britischen Küstengewässern hatte begonnen.

An einem schönen, sonnigen Tag, ihr neuer Kommandantenwimpel flatterte im Wind, fuhr die *Petard* entlang der englischen Südküste; sie war auf dem Weg zur Marinebasis in Scapa Flow. In der Irischen See kam Sturm auf. Die Besatzung befand sich wiederholt auf Gefechtsstationen, da das Asdic-Gerät insgesamt 13mal das Echo eines U-Boots angezeigt hatte. Auf dem letzten Abschnitt nach Scapa Flow besserte sich das Wetter. Der Asdic-Raum meldete ein starkes Echo, und die *Petard* kreuzte drei Stunden lang an derselben Stelle. Wasserbomben wurden geworfen, aber Wrackteile waren keine auszumachen – sein Schnorchel muß dem U-Boot wohl das

Entkommen mit hoher Fahrt ermöglicht haben. Nach der Ankunft in Scapa Flow erhielt die *Petard* Befehl, zu einem Nordmeer-Geleitzug zu stoßen, der sich auf dem Rückmarsch befand. Kurz nach dem Auslaufen meldete der Maschinenraum eine Schraubenhavarie, offenbar ein Ergebnis der letzten Wasserbombenverfolgung. Sie lief North Shields am Tyne an und ging ins Trockendock. Dort lag sie, als der Krieg in Europa endete. Dann erhielt die *Petard* Order, Trincomalee auf Ceylon anzulaufen, den Stützpunkt der Ostindischen Flotte. Zuvor jedoch ging sie in Gourock in die Werft, um Restarbeiten durchführen zu lassen. Auf ihrer Fahrt den Clyde abwärts, passierte sie im Päckchen liegende U-Boote, die den Befehl zur Übergabe befolgt hatten. Manch einer der Besatzung mag sich wohl gefragt haben, ob auch jenes Boot dabei war, das sie noch ein paar Wochen zuvor so hartnäckig verfolgt hatten. Die Männer an Deck der U-Boote starrten den Zerstörer neugierig an. Die *Petard* war einst ihr Todfeind gewesen. Angesichts der Niederlage müssen sie wohl Verzweiflung verspürt haben. Allerdings war für sie der Krieg vorbei. Für die Besatzung der *Petard* schien er gerade erst zu beginnen.

Bevor sie den Suez-Kanal passierte, ging die *Petard* in Alexandria nochmal ins Trockendock. Beim Einlaufen in den Indischen Ozean ordnete der Kommandant über die Bordsprechanlage volle Kriegsbereitschaft an; möglicherweise befanden sich japanische U-Boote in der Nähe.

Der ausgedehnte Naturhafen von Trincomalee quoll fast über vor Schiffen, die, soweit das Auge reichte, in Reih und Glied vor Anker lagen. Es schien, als ob die *Petard* noch rechtzeitig für eine größere Sache eingetroffen war.

Die Nachrichtensendungen der BBC stellten die einzige Informationsquelle dar, und in den amtlichen Berichten schienen die Beratungen über eine europäische Nachkriegsordnung das alles beherrschende Thema zu sein. Über den weiterhin andauernden Krieg der Alliierten gegen Japan waren nur sehr dürftige Informationen zu erhalten. Dann jedoch trafen wichtige Neuigkeiten ein. In ihrer Potsdamer Deklaration wiesen die Regierungen der Vereinigten Staaten und Großbritanniens Japan ein letztes Mal darauf hin, die sofortige bedingungslose Kapitulation anzunehmen. Im Falle der Ablehnung drohten sie mit der totalen Vernichtung. Es war allerdings äußerst unwahrscheinlich, daß die japanische Seite darauf eingehen würde. Der Krieg schien kein Ende zu nehmen.

In der Britischen 14. Armee war man angesichts der langen Dschungelkämpfe weitab von der Heimat zu der Überzeugung gelangt, einer vergessenen Armee anzugehören. Ihr glänzender Sieg in Burma wurde durch den Zusammenbruch Deutschlands in Europa und aufsehenerregende Enthüllungen überschattet, welche die Zeitungs- und Rundfunkberichterstattung beherrschten. Nur sehr wenigen, gerade auch in England, war bewußt, daß britische und indische Streitkräfte in Burma gegen einen zahlenmäßig stärkeren Gegner kämpfen mußten als die Amerikaner während des Inselspringens im Pazifik. Der 14. Armee war es zunächst gelungen, den japanischen Vormarsch auf die indische Grenze aufzuhalten, dann brachte sie der Kaiserlichen Armee die schlimmste Niederlage ihrer Geschichte bei. Das nächste Ziel bestand darin, Vergeltung für die schändliche Übergabe von Singapur zu üben und den Feind aus der Seefestung zu vertreiben.

Das Gros jener britischen Kriegsschiffe, die aufgrund

der akuten Bedrohung durch das Schlachtschiff *Tirpitz* im Nordatlantik gebunden gewesen waren, wurde nun im Kampf gegen Japan eingesetzt. Die meisten Schiffe wurden der britischen Pazifikflotte zugeteilt, die unter dem Oberbefehl des amerikanischen Admirals Chester Nimitz stand und einen imponierenden Eindruck machte. Die amerikanischen Streitkräfte waren nach ihrem Inselspringen im Pazifik bis nach Okinawa vorgestoßen; ihre Flotte allerdings sowie die mächtige britische Streitmacht im Pazifik hatten gerade erst mit ihren Operationen gegen die japanischen Hauptinseln begonnen.

Die *Petard* war mit einem Geheimauftrag unterwegs; die versiegelte Order durfte erst nach dem Auslaufen geöffnet werden. Wegen des ungewöhnlich starken Nachrichtenverkehrs brütete das Funkpersonal stundenlang über den Signalbüchern. In der schwülen Augusthitze nahm die *Petard* Kurs auf einen Treffpunkt mit der Ostindischen Flotte. Gerüchte machten die Runde, daß eine größere Landeoperation geplant war, die irgendwo in feindlichem Gebiet stattfinden sollte. Der Zerstörer übernahm die Aufgabe des Führungsschiffs während der Operation »Zipper«, die der Rückeroberung Singapurs galt. Eine gewaltige Armada hatte tausende von Seemeilen zurückgelegt, um 200 000 Soldaten sowie Nachschubgüter an Strandabschnitten in der Nähe von Port Swettenham an der malaiischen Küste anzulanden. Reiseführer über Malaya sowie ein Glossar mit nützlichen Redewendungen in malaiischer Sprache wurden ausgegeben. In einer Fußnote stand folgender Warnhinweis: »Diese Beschreibung Malayas ist aus der Erinnerung verfaßt, die in einer riesigen Rauchwolke über dem brennenden Singapur aufgegangen ist. Britische Soldaten und Zivilisten wurden wie Vieh zusammengetrieben und sahen dem Terror der japanischen Barbaren ins Gesicht. Die japanische Okkupation hat in der Stadt ihre häßliche Fratze hinterlassen, und manches, was auf diesen Seiten beschrieben wird, dürfte heute wohl der Vergangenheit angehören.«

Als die *Petard* die Nicobaren passierte, meldeten die BBC-Nachrichten, daß eine neue Art von Vernichtungswaffe über der japanischen Stadt Hiroshima abgeworfen worden sei. Es folgte ein Kommentar, der die Bombe (ein Nebenprodukt, so schien es, der geglückten Kernspaltung) als Waffe von beispielloser Zerstörungskraft vorstellen sollte. Drei Tage später kam die Nachricht vom zweiten Atombombenabwurf auf Nagasaki und vom russischen Kriegseintritt, dem schwere Angriffe gegen die Japaner in der Mandschurei folgten. Allerdings hatte es den Anschein, als ob das Kaiserreich die Potsdamer Deklaration weiterhin ignorieren wollte; die darin ausgesprochene Drohung mit der völligen Vernichtung schien unvermeidlich.

Die *Petard* erhielt Befehl, nach Trincomalee zurückzukehren, als die BBC eine Meldung ausstrahlte, die man kaum glauben mochte – Japan war bereit, die Kapitulation anzunehmen. Die Besatzung brach in lauten Jubel aus. Die im Hafen liegenden Schiffe veranstalteten ein Feuerwerk mit Signalmunition, während die *Petard* vor Anker ging.

Was die Bordroutine auf der *Petard* anbetraf, schien die Nachricht vom Kriegsende allerdings eher ein Gerücht darzustellen. Am nächsten Tag befand sie sich bereits wieder auf See. Die Besatzung beachtete die Verdunkelungsvorschriften bei Nacht, hielt wachsam Ausschau nach U-Booten, Radar und Asdic tasteten die nähere Umgebung ab, Ausgucks beobachteten den Luftraum. Der Funkverkehr nahm ständig zu und wurde weiterhin verschlüsselt abgewickelt. Erst am 17. August wurde der Krieg offiziell für beendet erklärt. Der Allgemeine Befehl der Admiralität Nr. 243 A erreichte das Schiff in Klartext, und der Verfasser kann sich noch gut daran erinnern, wie er vor Erregung zitterte, als er das Gekritzel des Funkers in eine Spruchkladde übertrug, um die Mitteilung auf die Brücke zu bringen. Der Befehl hatte folgenden Wortlaut:

»1. Die Regierung Seiner Majestät gibt bekannt, daß Japan kapituliert hat.

2. Sämtliche militärischen Operationen sind folglich ab sofort einzustellen.

3. Es wird unter Umständen noch einige Zeit verstreichen, bis die förmliche Kapitulationserklärung unterzeichnet und bis sichergestellt ist, daß die japanischen Streitkräfte die Instruktionen ihres Oberkommandos erhalten haben und bereit sind, diese auch umzusetzen. Demzufolge muß mit feindseligen Handlungen von Überwasserstreitkräften, U-Booten und Flugzeugen weiterhin gerechnet werden.«

Die japanischen Truppenverbände in Südostasien zeigten keinerlei Neigung, die Befehle ihres kaiserlichen Herrn zur Übergabe zu befolgen. So hielt General Seichiro Itagaki, der die Truppen in Malaya, Sumatra und Java befehligte, sämtliche Nachrichten über die Entscheidung des Tenno zur Annahme der Potsdamer Deklaration für vier Tage zurück. Als die Meldungen am 20. August in Singapur freigegeben wurden, waren die Stabsoffiziere der 7. Armee, die sich irgendwo in Malaya auf die Abwehr der erwarteten alliierten Landeoperation vorbereiteten, von Zorn und Wut erfüllt. Sie drohten damit, sich den kaiserlichen Befehlen zu widersetzen, und wollten weiterkämpfen. General Itagaki höchstpersönlich gab bekannt, daß auf jedes Schiff geschossen werde, welches den Versuch unternehme, Truppen anzulanden. Entsprechende Befehle gingen an die Küstenbatterien. Radio Singapur erklärte, daß die japanische Armee weiterhin die Befehlsgewalt ausübe, und drohte mit Angriffen auf die britische Flotte im Seegebiet vor den Nicobaren.

Admiral Mountbatten, der Oberbefehlshaber in Südostasien, entschied, die Operation »Zipper« wie geplant durchzuführen, da die Vorbereitungen zu weit fortgeschritten seien. Das Landeunternehmen sollte am 9. September beginnen. Allerdings wurden die vorbereitenden Küstenbeschießungen durch Schlachtschiffe und Kreuzer sowie Luftangriffe durch Trägerflugzeuge abgesagt. Sie hätten japanische Stützpunkte ausschalten sollen, welche den Marsch des alliierten Invasionsgeleits durch die engen Gewässer der Straße von Malakka, der nördlichen Zufahrt nach Singapur zwischen Malaya und Sumatra, bedrohten.

Der Oberbefehlshaber der alliierten Streitkräfte im Südwestpazifik, General Douglas MacArthur, dem die Leitung zur Durchführung der japanischen Kapitulation übertragen worden war, ordnete hingegen an, daß keine Landeoperationen gegen japanisch besetzte Gebiete durchgeführt werden dürften, solange nicht ein Abgesandter des Kaisers die Gesamtkapitulation der japanischen Streitkräfte unterzeichnet habe. Er rechnete damit, daß die japanischen Truppen in entlegenen Stützpunkten weiterkämpfen würden, solange ihnen nicht deutlich vor Augen geführt worden sei, daß ihr Kaiser sich ergeben habe. In Singapur war genau dieser Fall eingetreten.

Da die Vorbereitungen zur feierlichen Unterzeichnung der Kapitulationserklärung Zeit benötigten (sie wurde schließlich am 2. September in der Bucht von Tokio vollzogen), bedeutete dies für die britischen Schiffe, daß sie weitab von ihren Stützpunkten auf Ceylon und in Indien untätig in See stehen mußten. Um Brennstoff zu sparen, ging die *Petard* für mehrere Tage in der Bucht von Trinkat Champong, vor der japanisch besetzten Großen Nicobaren Insel, vor Anker. Am Tage war die Brandung die einzige erkennbare Bewegung an den unberührten Stränden, Rauch stieg aus dem dichtbewachsenen grünen Dschungel auf. Während der Nacht war das Rauchen an Deck verboten. Wachposten wurden aufgestellt, um ungebetenem Besuch der Eingeborenen vorzubeugen, von denen es hieß, sie seien sehr geübt im Schießen von Giftpfeilen und begeisterte Kopfgeldjäger. Vom Minensucher bis zum Zerstörer waren nahezu sämtliche Schiffstypen in der Bucht versammelt; die *Tartar* und die *Volage* etwa gehörten zur 10. Zerstörer-Flottille. Andere Zerstörer wiederum schirmten die wichtigsten Einheiten von See her ab und mußten später Trincomalee zur Brennstoffergänzung anlaufen.

Sämtliche Besatzungen waren in Alarmbereitschaft. Gerade eine Woche war seit dem Sieg über Japan vergangen, die Crew der *Petard* hatte soeben ihr Mittagessen beendet – eine Komposition aus Büchsenfleisch, »Kalter Hund« genannt, und Kartoffelbrei aus Pulver –, als zum zweiten Mal an diesem Tag »Gelb«-Alarm gegeben wurde, eine Warnmeldung bei Luftangriffen. Die Besatzung ging auf ihre Gefechtsstationen. Die Pom-Poms, die Oerlikon-Maschinengewehre sowie die 10,2-cm-Geschütze der *Petard* wiesen voller Erwartung in den Himmel und waren zum Empfang jener Besucher bereit, die möglicherweise als »Kamikaze«-Flieger von einem nur 300 Kilometer entfernten Flugplatz gestartet waren.

Die Geduldsprobe dauerte zwanzig Minuten, dann kam die Meldung »Luftangriff beendet«. Der Alarm war von einem einzigen japanischen Aufklärungsflugzeug verursacht worden, das sich rasch aus dem Staub gemacht hatte, als Jäger von einem unserer in der Nähe stehenden Flugzeugträger aufgestiegen waren.

Nachdem der neue japanische Oberbefehlshaber in Südostasien, Feldmarschall Graf Juichi Terauchi, seinen Stabschef, General Takazo Numata, aus seinem Hauptquartier in Saigon nach Rangun entsandt hatte, um vorbereitende Abmachungen für eine formale Übergabe zu treffen, kamen neue Befehle. Während seiner Rückkehr nach Saigon erteilte General Numata im Rundfunk Anweisungen, daß Angriffe von Selbstmordfliegern und Überwasserstreitkräften auf britische Schiffe ab sofort zu unterbleiben hätten.

Die *Petard* fuhr Begleitschutz für ein Schiff, das Marineinfanteristen zu einem holländischen Flottenstützpunkt auf Sabang im Norden Sumatras brachte; dort konnte sich der Verfasser zum ersten Mal seit etwa drei Wochen an Land die Beine vertreten. Die Japaner hatten den Stützpunkt offenbar überstürzt verlassen. Besatzungsmitglieder der *Petard* fanden in Aschehaufen verkohlte Dokumente und Bündel von Flugblättern, die in indonesischer Sprache gedruckt waren und anscheinend die Unabhängigkeitsbewegung unterstützen sollten. Andere Mitbringsel bestanden aus Obstetiketten, die als Schreibblock für Geheimnachrichten dienen sollten, Rangabzeichen, einer Streichholzschachtel mit einem Bildchen darauf, das ein japanisches Flugzeug im Sturzangriff auf den Union Jack zeigte, einen Stahlhelm, der achtlos herumlag, und inmitten eines Aschehaufens ein angesengtes japanisches Bajonett.

Wenige Stunden später fuhr die *Petard* in die Straße von Malakka ein und ging vor Georgetown, der Hauptstadt von Penang, vor Anker; einige Marineinfanteristen waren bereits zuvor angelandet worden. Der japanische Befehlshaber, Konteradmiral Uzumi, hatte die Kapitulation der Insel an Bord des Kreuzers *Cleopatra* unterzeichnet, er trug sein Distinguished Service Cross und die Victory Medal, Auszeichnungen, die er als Verbündeter der Alliierten im Ersten Weltkrieg erhalten hatte.

Bei Tagesanbruch fuhr die *Petard* als Spitzenschiff vor der *Cleopatra* und dem Kreuzer *Bengal* der Königlich Indischen Marine durch eine enge, von Minen geräumte Fahrrinne, die von drei indischen Minensuchflottillen markiert worden war. Die Minensucher führten den Verband an. Auf den Decks der *Petard* und im Krähennest waren überall Beobachter postiert. Sie dienten als eine Art Feuerleitung für die Pom-Poms, die Oerlikons sowie Gewehrschützen, die von den Minensuchern aus ihrer Verankerung gelöste und nun aufschwimmende Minen zur Detonation bringen sollten. Einige Minen gingen tatsächlich mit riesigen Wasserfontänen hoch, andere sanken wahrscheinlich auf Grund. Die Durchfahrt zehrte an den Nerven. Sämtliche Luken und Schotten waren geschlossen, die Beiboote, zwei Kutter und eine Motorpinass, waren in ihren Davits hängend ausgeschwungen worden für den Fall, daß den Beobachtern eine Mine entgangen war. Die gesamte Besatzung, außer dem Maschinenraum und Funkpersonal, war an Deck befohlen worden und trug Rettungswesten. Am späten Nachmittag preschte die *Petard* ungeachtet der drohenden Gefahr mit Höchstfahrt vor und überholte die Minensucher. Sie hatte Befehl erhalten, ein verdächtiges Schiff zu untersuchen. Einer der Ausgucks hatte voraus eine kleine Rauchwolke gemeldet, ein etwas merkwürdig aussehendes Fahrzeug kam in Sicht. Die Besatzung befand sich auf Gefechtsstationen, als die *Petard* mit hoher Fahrt auf den japanischen Zerstörer *Kamikaze* zuhielt.

Als sich die *Petard* dem Fahrzeug näherte, war zu erkennen, daß es das White Ensign, die britische Kriegsflagge, gehißt hatte, darunter wehte eine kleinere japanische Kriegsflagge mit dem Symbol der aufgehenden Sonne – es war das Zeichen zur Übergabe. Wir drehten etwa 20 Meter querab des Gegners bei. An Deck waren stämmige Burschen in grünen Uniformen zu erkennen, eine einzelne Gestalt hob sich durch eine untadelige weiße Uniform hervor, sie trug eine Kuriertasche aus Leder. Unter der Crew der *Petard* kam haßerfülltes Murren auf, als sie die Reling bevölkerte und zum Feind hinüberstarrte. Ein paar deutliche Worte des Kommandanten auf der Brücke brachten sie zum Schweigen. Dann entstand für einen kurzen Moment Panik unter der japanischen Besatzung, als ein Knall zu hören war. Allerdings war lediglich eine Verbindungsleine quer über den Bug der *Kamikaze* geschossen worden.

Auf der Brücke der *Kamikaze* stand eine weitere Person in blütenweißer Uniform, sie hielt ein Megaphon in der Hand und sprach in fehlerfreiem Englisch. Der Offizier erklärte, daß er Karten und zwei Umschläge übergeben wolle. Einer der Umschläge enthielt eine Empfangsbestätigung, die unterzeichnet zurückgegeben werden sollte. Das Ersuchen des Feindes wurde nicht beachtet, und sobald die Kuriertasche übernommen war, lief die *Petard* zurück, um sie dem Admiral an Bord der *Cleopatra* zu übergeben. (Ein Foto, das der Verfasser von diesem Ereignis geschossen hat, wurde anschließend in der Wochenschrift *War Illustrated* sowie in seinem Buch über den Krieg gegen Japan, *Miracle of Deliverance,* veröffentlicht.) Danach nahm die *Petard* erneut ihre Position hinter den Minensuchern ein und erreichte am nächsten Tag die Reede von Singapur.

Der japanische Befehlshaber von Singapur, der damit gedroht hatte, weiterzukämpfen, war von seinen Vorgesetzten in Saigon endlich zur Vernunft gebracht worden. Ein paar Tage später kam er an Bord der *Cleopatra*, um seine Unterschrift unter die Kapitulationserklärung der 77 000 Mann zählenden Garnison zu leisten. Die *Petard* lag für mehrere Stunden in Sichtweite der *Cleopatra*, dann fuhr sie in der von Minen geräumten Fahrrinne zurück zum nördlichen Ende der Straße von Malakka. Dort diente sie während der nächsten fünf Tage und Nächte als schwimmende Signalboje, indem sie Konvois bei der Durchfahrt überwachte. Um die leeren Speisekammern wieder aufzufüllen, wurden bei vorbeifahrenden größeren Schiffen Lebensmittel erbettelt.

Zur Freude der Besatzung konnte die *Petard* am 8. September – am Vorabend der großen Landeoperation gegen Singapur – endlich die Anker lichten und auf Südkurs gehen. Diesmal fungierte sie als Führungsschiff einer riesigen Invasionsflotte, die sich aus Einheiten zusammensetzte, welche nach längerer Seereise aus verschiedenen Häfen eingetroffen waren, um den noch immer gefährlichen letzten Teil der Passage zu den Landeköpfen anzutreten. In der noch jungen tropischen Nacht zum 9. September verließ die *Petard* den weiten Golf von Penang und fuhr in den engen Seeweg der Straße von Malakka ein. Die brütenden Flecken an den weiterhin vom Feind besetzten Küsten – Malaya an Steuerbord, Sumatra an Backbord –, wo noch immer Selbstmordflieger und Schnellboote lauerten, wurden ausgelassen. Sie hätten, außer vielleicht einer Atombombe, einen hohen Preis für unser Eindringen in Gewässer gefordert, die zum letzten Mal vor drei Jahren von einem britischen Kriegsschiff über Wasser befahren worden waren.

Während der Nacht dienten die Scheinwerfer dazu, die Markierungen der geräumten Fahrrinne entlang der malaiischen Küste bis hinunter nach Singapur zu verfolgen. Hinter uns erstreckte sich eine fast unendliche Kette von Lichtern der nachfolgenden Schiffe. Es war einerseits ein bemerkenswerter Anblick, andererseits war es auch ein Wunder, daß es überhaupt dazu kam, denn seit der vergangenen Nacht waren Befehle zum Verdunkeln der Schiffe in Kraft. Die Armada erstreckte sich über eine Länge von 40 Seemeilen, vier schnelle und drei langsame Konvois waren zusammengefaßt worden. Sie hatten während schwerer Monsunstürme Häfen in Indien und Ceylon verlassen. Einige der Landungsboote (LST) waren wochenlang über den indischen Ozean getuckert. An Bord der älteren LST, manche von ihnen Veteranen der Landungen in Nordafrika, Italien und Frankreich, mußte das technische Personal die überstrapazierten Maschinen am Laufen halten. Die See in der Straße von Malakka war zum Glück spiegelglatt.

Es war noch dunkel, als die *Petard* auf ihrer Position am südlichen Ende der Landeköpfe vor Anker ging und Vorbereitungen für die Küstenbeschießung traf. Die Besatzung ging auf ihre Gefechtsstationen. Die Kreuzer *Nigeria* und *Ceylon*, die Zerstörer *Paladin*, *Tartar* und *Nubian* sowie die indischen Sloops *Cauvery* und *Narbada* hatten ihre Geschütze ebenfalls auf vermutete japanische Stellungen gerichtet. Das Schlachtschiff *Nelson* und die französische *Richelieu* blieben in Reserve; ihre mächtigen Geschütztürme waren feuerbereit, um auf das geringste Anzeichen von Widerstand hin die entsprechende Antwort zu erteilen.

In der Morgendämmerung setzten sich die Landungsboote in Richtung der Strandabschnitte in Bewegung. Flugzeuge, die von unseren Trägern gestartet waren, bildeten die Luftsicherung, als die Boote ihre Landeköpfe erreichten. Stunden vergingen, ehe die Geschützmannschaften von ihren Gefechtsstationen wegtreten konnten. Die Spannung ließ merklich nach, da sie wußten, daß nun kein Widerstand mehr zu erwarten war. Den ganzen schwülheißen Tag über lag die *Petard* vor der Küste, ihrer Besatzung war glücklicherweise nicht bewußt, daß die Landungstruppen einiges hatten durchmachen müssen, bis sie an die Strände gelangt waren. Manche der Vorausabteilungen mußten die ganze Nacht über an ihren Strandabschnitten ausharren. Erst später wurde Näheres über die fast chaotische Lage an den Landeköpfen bekannt, die vor allem durch Treibsand verursacht worden war. Hätten die Japaner Widerstand geleistet, wäre die große Invasion in einem Blutbad mit ähnlichen Ausmaßen wie das Gallipoli-Unternehmen geendet.

Am Nachmittag erhielt die *Petard* neue Befehle. Sie tastete sich durch die Ansammlung der vor den Stränden ankernden Schiffe und führte die Schlachtschiffe *Nelson* und *Richelieu* auf dem letzten Abschnitt der geräumten Fahrrinne durch die Straße von Malakka nach Singapur. Diesmal ging sie näher unter Land, unweit der Hafenmole, vor Anker. An den Landungsbrücken hatten Lazarettschiffe festgemacht. Sie gehörten zur Flotte, die für die Operation »Zipper« bereitgestellt worden war, da während des Landeunternehmens mit Ausfällen gerechnet werden mußte. Krankenträger brachten die ersten aus japanischer Gefangenschaft befreiten Briten an Bord.

An Land gingen die Vorbereitungen zur formellen Übergabe der 680879 Mann gegnerischer Truppen in Südostasien weiter. Später kam die Meldung, daß Mountbatten sich zu der Erklärung habe hinreißen lassen, die Japaner hätten vor einer überlegenen Streitmacht kapituliert, die sich zuvor bereits in Port Swettenham festgesetzt habe. Er fügte dem hinzu: »Als ich gestern die Strandabschnitte inspizieren konnte, gingen unsere Soldaten in einem endlosen Strom an Land. Während ich hier zu ihnen spreche, befinden sich mehr als 100000 Mann in Singapur und Umgebung. Die Invasion hätte am 9. September stattgefunden, ob die Japaner nun Widerstand geleistet hätten oder nicht. Ich möchte folgendes klarstellen – die heutige Übergabe ist keine Kapitulation, die auf dem Verhandlungswege herbeigeführt wurde, die Japaner ergaben sich einer überlegenen Streitmacht, die sich hier konzentriert hat.«

Die Besatzung der *Petard* hatte diese im höchsten Grade dubios anmutende Prahlerei gar nicht mitbekommen oder an den Feierlichkeiten teilgenommen. Das Schiff hatte Befehl erhalten, Hongkong anzulaufen. Allerdings hofften wir, daß zumindest eine Wache – die des Verfassers – sich vor dem Auslaufen noch kurz an Land die Beine vertreten konnte. Am Nachmittag erreichte uns jedoch die enttäuschende Mitteilung, daß die Order, nach Hongkong zu gehen, widerrufen worden war. Statt dessen sollte die *Petard* so schnell wie möglich zu einem Treffpunkt in der Timor See laufen. Mit 36 Knoten Höchstgeschwindigkeit nahm sie Kurs Süd. Am nächsten Tag wurde der Äquator überquert – ohne traditionelle Linientaufe dann schloß sich die *Petard* vor Tanjung

Priok, dem Hafen von Batavia (dem heutigen Jakarta), Hauptstadt von Niederländisch Ostindien (Indonesien), dem Kreuzer *Cumberland* an. Die indonesische Unabhängigkeitsbewegung, von den Japanern mit Waffen versorgt, drohte damit, gegen die Landung alliierter Truppen Widerstand zu leisten.

Der holländische Chef der zivilen Verwaltung, der sich auf der *Cumberland* befand und die Amtsgeschäfte des Gouverneurs und Statthalters in Niederländisch Ostindien aufnehmen wollte, mußte aus Sicherheitsgründen an Bord des Kreuzers bleiben. Der dienstgradhöchste der freigelassenen britischen Gefangenen, Colonel Laurens van der Post, fungierte als Verbindungsoffizier zu seinen ehemaligen Aufsehern. Auf Anraten van der Posts erteilte Mountbatten dem japanischen Befehlshaber, dessen Truppen weiterhin holländische Zivilgefangene in ihrer Gewalt hatten, die Anweisung, Soldaten nach Batavia zu entsenden, um die öffentliche Ordnung bis zum Eintreffen britischer Truppen aufrechtzuerhalten. Unterdessen gingen die Verhandlungen mit dem Führer der indonesischen Unabhängigkeitsbewegung, Dr. Sukarno, der zwei Tage nach der Annahme der Kapitulationserklärung durch den Tenno die Republik Indonesien ausgerufen hatte, weiter.

Als die *Petard* den Schauplatz erreichte, hatte Mountbatten die Entscheidung getroffen, sich auf keinen Fall in Gefechte mit der indonesischen Unabhängigkeitsbewegung verwickeln zu lassen. Nach einem kurzen Zwischenaufenthalt auf Celebes und im Süden Borneos kehrte das Schiff nach Trincomalee zurück. Die nächsten drei Wochen verbrachte die *Petard* damit, ein Schwimmdock mit etwa 6 Knoten Fahrt zu seinem neuen Bestimmungsort auf den Andamanen-Inseln zu geleiten – die geringe

Geschwindigkeit war noch nicht einmal ausreichend, um eine kühle Brise zu erzeugen. Auf dem Rückmarsch nach Singapur geriet die *Petard* dafür vor der Südküste Burmas in einen Taifun; das Schiff legte sich über wie eine Segelyacht, sämtliche Decks wurden von Wasser überspült. Kaum war der Sturm vorbei, verwandelte sich die *Petard* in ein Vogelhaus. Ganze Schwärme von Vögeln, die meisten mit wundervollen Farbzeichnungen, manche winzig, andere groß, hatten sich überall an Oberdeck niedergelassen, verzierten die Antennendrähte wie Girlanden, und Dutzende waren in die Messedecks eingedrungen. Es müssen Tausende von Vögeln gewesen sein in Hunderten von Arten. Die Besatzung konnte sich wegen der flatternden Schar kaum noch bewegen. Das Schiff befand sich auf hoher See, die meisten der Tiere waren jedoch offenbar Dschungelbewohner, die vielleicht von dem Taifun erfaßt und auf die offene See geschleudert worden waren, bevor sie den Winden entkommen konnten, um auf der *Petard* Zuflucht zu suchen. Es war ein phantastischer Anblick. Einer nach dem anderen begannen die Vögel schließlich, in ihre Heimat zurückzufliegen, meist in Richtung Osten, wo das nächste Land lag. Die kleinsten von ihnen blieben am längsten, die letzten flogen erst, als an Backbord bereits Land in Sicht war.

In Singapur mußte die *Petard* die durch den Sturm verursachten Schäden ausbessern lassen. Sie lag in der Marinewerft in Sichtweite des Dammes, der die Insel mit Johore auf dem malaiischen Festland verbindet. Ein japanischer Kreuzer, die *Myoko*, war ebenfalls fest vertäut; der Angriff eines britischen Kleinst-U-Bootes hatte ihr wenige Monate zuvor das Heck weggerissen. Das Gelände war übersät mit liegengebliebenen Panzerfahrzeugen, unter Aufsicht eines Maaten der *Petard* mußten japanische Soldaten Aufräumarbeiten leisten. Nach Beendigung der Reparaturen legte die *Petard* einen Zwischenstopp in Tanjung Priok ein, nahm dann Kurs auf Celebes, verweilte vor den dschungelbewachsenen Stränden des südlichen Borneo und kehrte dann nach Tanjung Priok zurück, um einige indonesische Offiziere in ihren schokoladefarbenen Uniformen an Bord zu nehmen. Der Befehl lautete, sie nach Padang an der Westküste Sumatras zu bringen. Sie hatten die Aufgabe, die örtlichen Führer der Unabhängigkeitsbewegung zur Zusammenarbeit mit den alliierten Streitkräften zu überreden. Landungsabteilungen besetzten drei Leuchttürme bei Ujong, Parcei und Lenarg auf den Medawi-Inseln und befahlen den Terroristen vor Ort, mit ihren Einschüchterungsversuchen gegen die Leuchtturmwärter aufzuhören. In Parcei mußte sich die gesamte Bevölkerung am Strand versammeln. Der Kommandant der *Petard* setzte sie davon in Kenntnis, daß er das ganze Dorf niederbrennen lasse, falls sie den Leuchtturm nicht in Ruhe ließen.

Die *Petard* kehrte daraufhin nach Trincomalee zurück. Jede der beiden Wachen an Bord verbrachte abwechselnd eine Woche im Erholungslager Nr. 56 in den kühlen Bergen Zentralceylons. Dann ging es mit Höchstfahrt zum Hafen von Surabaja, wo schwere Kampfhandlungen ausgebrochen waren. Die Besatzung befand sich auf Gefechtsstationen, als sich dic *Petard* der Meerenge näherte, die die Hauptinsel Java von der größeren Insel Madura trennt. Die wenigen sichtbaren Gebäude an beiden Ufern hatten die safrangelb-weiße Flagge Indonesiens gehißt, die Bewohner allerdings schienen die Gegend verlassen zu haben. An der engsten Stelle der Wasserstraße, die nur wenige hundert Meter breit ist, konnte die Besatzung deutlich das Donnern von Marinegeschützen, das Krachen von Bombeneinschlägen und das Geknatter von Maschinengewehren vernehmen.

Die *Petard* ging in der Nähe eines Kreuzers der Royal Navy und mehrerer Zerstörer, die unweit der Werft lagen, vor Anker. Die Geschützmannschaften waren feuerbereit. Die anderen Schiffe vor Ort hatten bereits Stellungen der indonesischen Nationalisten beschossen, um einer Abteilung Gurkhas Feuerschutz zu geben, die die Kontrolle über das Hafengebiet zurückerlangen sollte. Mosquitos und Thunderbolts der RAF bombardierten Stellungen der Rebellen nicht weit im Landesinnern. Ganze Bootsladungen mit vergnügt grinsenden Gurkhas, die genüßlich mit ihren furchteinflößenden Kukri-Messern fuchtelten, fuhren ganz nahe an der *Petard* vorbei in Richtung der Landungsbrücken, die eine Art Frontlinie darstellten. Auf der anderen Seite der Kais standen die Rebellen. Die Besatzung der *Petard* hatte einen Logenplatz. Sie konnte die Flugzeuge der RAF dabei beobachten, wie sie jenseits des Qualms und des Dunstes, die nur wenige hundert Meter entfernt über den Gebäuden am Hafen aufstiegen, mit Bomben und Bordwaffen im Sturzflug angriffen. Die Geschützbedienungen konnten jedoch rasch ihre Gefechtsstationen verlassen; die *Petard* war zu spät gekommen, um sich noch an den Kampfhandlungen beteiligen zu müssen. Da die alliierten Bodentruppen bereits in Gefechte mit den Rebellen verwickelt waren, wurde der Beschuß der Küste eingestellt.

Bei Ausbruch der Feindseligkeiten waren der Kommandeur der britischen Truppen in diesem Gebiet, Brigadier A. W. S. Mallaby, und mehrere seiner Offiziere von randalierenden Haufen ermordet worden, als sie unter weißer Parlamentärflagge mit den Anführern der Unabhängigkeitsbewegung verhandeln wollten. Der Mob hatte zudem einen Lastwagenkonvoi mit 200 holländischen Zivilinternierten angegriffen und die Eskorte, eine indische Mahratta-Einheit, sowie sämtliche Zivilisten mit Ausnahme von 20 Frauen und Kindern getötet. Die harte britische Reaktion war ein Vergeltungsschlag für diese Vorkommnisse. Die Kämpfe an Land dauerten noch etwa einen Monat an. Auf indonesischer Seite waren 1618 Tote und mehr als 3000 Verwundete zu beklagen.

Die alliierten Verluste auf Java betrugen während der zwei Monate nach der japanischen Kapitulation, vornehmlich im Raum Surabaja, 98 Tote, 197 Vermißte und mehr als 300 Verwundete. Britische Truppen zerstörten oder eroberten 15 gepanzerte Fahrzeuge, 47 Feldgeschütze, 36 Flugabwehrgeschütze, 7 Panzerabwehrgeschütze, 11 Mörser, 75 schwere Maschinengewehre, 55 leichte Maschinengewehre, 794 Gewehre, 500 Schußwaffen verschiedener Kaliber und 400 Tonnen Munition.

Auch die Japaner hatten während dieser gefährlichen Unruhen schwere Verluste. Insgesamt wurden 1000 japanische Soldaten getötet – dies entsprach etwa der Verlustzahl, die sie drei Jahre zuvor bei der Eroberung ganz Niederländisch Ostindiens zu verzeichnen hatten. (Der Wunsch der holländischen Streitkräfte, die Kontrolle über das ausgedehnte, von der 1603 gegründeten Ostindischen Kompanie errichtete Kolonialreich wiederzuerlangen, wurde absichtlich durchkreuzt. Ihre eigenen Truppentransporte wurden wegen angeblicher »Engpässe« bei der Bereitstellung von Schiffsraum verzögert, bis das South East Asia Command [SEAC] seine Aufgabe erledigt hatte, Gefangene und Internierte zu befreien sowie die japanischen Truppen in ihre Heimat zu überführen. Die Bemühungen der Niederländer, ihre traditionell strenge Herrschaft erneut durchzusetzen, führte während der folgenden drei Jahre immer wieder zum Ausbruch von Kämpfen, bis die Unabhängigkeit der Republik Indonesien schließlich anerkannt werden mußte.) Nach nur einer Nacht im Kampfgebiet fuhr die *Petard* nach Tanjung Priok zurück und nahm einhundert japanische Gefangene an Bord. Sie sollten vor einer möglichen Rückkehr nach Japan in ein Camp bei Singapur gebracht werden. Die Besatzung verweigerte ihnen den Zutritt zu den überfüllten Messedecks, und sie mußten sich selbst einen Platz an Oberdeck suchen. Es muß für sie eine jämmerliche Überfahrt gewesen sein, weil Monsunstürme während einer Nacht das Oberdeck überschwemmten. Es wurden Witze darüber gerissen, wie viele sich wohl während der Nacht unerlaubt entfernt hätten.

In Singapur angekommen, erhielt die *Petard* Befehl, Saigon anzulaufen, wo die Franzosen ebenfalls Schwierigkeiten hatten, ihre Kolonialherrschaft nach der japanischen Besetzung wiederzuerrichten. Der Befehl wurde allerdings widerrufen, und statt dessen lief die *Petard* Kalkutta an, wo sie zusammen mit dem Kreuzer *Sussex* und dem Zerstörer *Caprice* der größten Stadt Indiens einen Besuch abstatten und die Flagge zeigen sollte.

Nach weiteren unangenehmen Zwischenaufenthalten in Niederländisch Ostindien eilte die *Caprice* im Februar nach Bombay, um bei der Niederschlagung einer Meuterei in der Königlich Indischen Marine zur Stelle zu sein. Bei ihrer Ankunft hatten die Einheiten der indischen Marine die schwarze Flagge gehißt – es war das Zeichen zur Unterwerfung vor dem Kreuzer *Glasgow* und zwei Begleitzerstörern, die zuvor bereits eingetroffen waren. Die *Petard* fuhr weiter nach Karatschi, von wo schwere Zusammenstöße mit meuternden Mannschaften gemeldet wurden. Die Besatzung der indischen Sloop *Hindustan* hatte sich gegen eine Abteilung britischer Fallschirmjäger zur Wehr gesetzt – mit Verlusten auf beiden Seiten. Als die *Petard* an einer Landungsbrücke gegenüber der *Hindustan* festmachte, war bereits alles vorüber. Die Geschütze des indischen Schiffes waren durch Artilleriefeuer von Land aus zerstört worden. Die *Petard* lief nach Singapur zurück und überquerte als Laufbursche nach Niederländisch Ostindien noch acht Mal den Äquator. Ende März lag sie in Trincomalee. Da seine Dienstzeit zu Ende war, verließ der Verfasser dort das Schiff. Etwa zwei Monate später stand er in neuer Reservistenuniform an der Bahnstation in Portsmouth und erblickte ganz erstaunt mehrere Besatzungsmitglieder der *Petard*. Sie war gerade in Portsmouth eingelaufen.

Epilog

Der Friede verwandelte sich rasch in Jahrzehnte des Kalten Krieges; die Tage jedoch, an denen die *Petard* die sieben Meere befuhr, waren vorbei. Im September 1946 trat sie in Harwich zur Reserveflotte, sie blieb bis 1953 dort, als ihre Hull-Number in D 56 geändert und sie der Reserve in Chatham zugeteilt wurde. Im März 1953 wurde sie nach Belfast überführt und zu einer Fregatte vom Typ 36 mit der Nummer F 26 umgerüstet. 1956 wurde sie in Southampton eingemottet und nach Devonport geschleppt, wo das Schiff bis 1960 sein Dasein als Auflieger fristete bzw. für kurze Zeit Teil des in Plymouth stationierten Geschwaders war. Vom 3. September 1960 bis Juni 1962 stellte die *Petard* erneut in Dienst, danach trat sie in Devonport zur Reserve. Schließlich wurde sie 1967 nach Bowness überführt und dort abgebrochen. Die *Petard* war die letzte Vertreterin der P- und O-Klassen, die zu Beginn des Zweiten Weltkriegs auf Stapel gelegt worden waren.

Der Kalte Krieg sorgte dafür, daß Bletchley Park weiter im Geschäft blieb. Informationen über seine geheimen nachrichtendienstlichen Tätigkeiten beim Entschlüsseln des sowjetischen Funkverkehrs werden jedoch voraussichtlich noch länger mit einem Schleier der Verschwiegenheit umgeben bleiben, als die Arbeit, die Bletchley im Zweiten Weltkrieg geleistet hat.

Obwohl die Fähigkeit, die meisten Enigma-Meldungen mitlesen zu können, für die alliierten Nachrichtendienste die wichtigste Informationsquelle darstellte, blieb die deutsche Seite weiterhin der Überzeugung, daß während des Krieges ein Einbruch in das System Enigma nicht gelungen war. Diese Überzeugung stützte sich auf die ausgefeilten technischen Möglichkeiten der Chiffriermaschine sowie auf regelmäßige Änderungen und Verbesserungen der Fernmeldeverfahren.

Die Tatsache, daß die Aliierten bei der Funkentziffe-rung des Schlüsselkreises Triton über zehn Monate lang relativ blind blieben, zeigt, wie diszipliniert und sorgfältig das Funkpersonal auf U-Booten die Enigma bediente und die Schlüsselmaschine mit vier Walzen damit zu einem unüberwindlichen Hindernis machte. Auf eine ähnliche Art und Weise, wie die Wiederholung der Schlüsseleinstellung den Polen den entscheidenden Hinweis zum Einbruch die frühe Version der Enigma geliefert hatte, öffneten fehlerhafte Schlüsseleinstellungen auch den Zugang zu Triton. Verfahrensfehler beim Übersenden von Mitteilungen, die dem Funkpersonal anderer deutscher Fernmeldenetze unterliefen, insbesondere bei Wettermeldungen, hatten die Codeknacker in Bletchley Park mit den nötigen Eselsbrücken versorgt, um in den Funkverkehr mit der älteren Enigma-Version einzudringen.

Eine verbesserte Chiffriermaschine befand sich bei Kriegsende in der Erprobung, und Bletchley Park hätte von vorn anfangen müssen. Aber wie Dönitz' Super-U-Boote und andere deutsche Geheimwaffen kam sie zu spät.

Die deutsche Seite hatte die Umleitung von Geleitzügen um die versammelten Wolfsrudel herum alliierter Spionagetätigkeit zugeschrieben. Auch war man der Überzeugung, daß die Versenkung sämtlicher U-Tanker bzw. Ultra-Erkenntnisse über die Standorte einzelner U-

Boote auf der Einführung eines neuen Radargeräts durch die Alliierten beruhte. Eins dürfte allerdings klar sein: Kein Agent hätte jemals nachrichtendienstliche Erkenntnisse von solcher Bedeutung liefern können, wie sie von Bletchley durch die Entzifferung des deutschen Funkverkehrs zur Verfügung gestellt werden konnten.

John Cairncross, ehemals Übersetzer in Bletchley Park, behauptet in seiner posthum veröffentlichten Autobiographie *The Enigma Spy*, daß er einen bedeutenden Anteil am Sieg der Alliierten habe, indem er die Russen mit nachrichtendienstlichen Erkenntnissen versorgte, die entscheidend zur Niederlage der Wehrmacht in der Schlacht von Kursk beigetragen hätten. Er habe seine noch aus der Studienzeit in Cambridge stammenden Verbindungen zum KGB lösen wollen, als er 1942 in Bletchley Park zu den Übersetzern für Deutsch stieß. Er sei bestürzt gewesen, erklärt Cairncross, als er erfuhr, daß Großbritanniens sowjetischer Verbündeter nicht über den Einbruch in den Enigma-Schlüssel informiert worden sei, weil Bletchley fürchtete, daß eine undichte Stelle die Deutschen alarmiert und damit das Eindringen in einen neuen Enigma-Code vereitelt hätte. Er sei der Überzeugung gewesen, daß die gefilterten Ultra-Erkenntnisse, mit denen die Russen von Fall zu Fall versorgt wurden, unzulänglich waren, und nahm erneut Kontakt zu seinem Führungsoffizier vom KGB auf. Zunächst ließ er sich versichern, daß die von ihm gelieferten Informationen per Kurier von London nach Moskau verbracht würden und daß sie niemals Gegenstand oder Teil von Funksprüchen sein dürften, die innerhalb Rußlands gesendet würden. Cairncross war ein Jahr lang in Baracke 6 tätig, und während dieser Zeit übergab er dem KGB eine Vielzahl an Originaltexten in deutscher Sprache, die aus dem

Funkverkehr gegnerischer Truppenverbände an der Ostfront stammten; einige dieser Meldungen hatte er selbst übersetzt, andere hatte er vom Boden in Baracke 6 aufgelesen, da andere Übersetzer sie achtlos weggeworfen hatten. Dieses Material ermöglichte der sowjetischen Luftwaffe, einer deutschen Offensive mit 2500 Panzerfahrzeugen zuvorzukommen. Das Ergebnis war ein sowjetischer Sieg in der größten Panzerschlacht der Geschichte und der Beginn des Marsches der Roten Armee nach Berlin. Cairncross enthüllte darüber hinaus, daß der KGB auch in Englisch übertragene – oder gefilterte – Berichte von einem MI-14-Analytiker erhielt, der im Wehrmachtführungsstab tätig war.

Neben verschiedenen Varianten der Enigma bediente sich die deutsche Seite einer weiteren Chiffriermaschine mit der Bezeichnung Lorenz-Schlüsselzusatz; sie arbeitete mit zehn Walzen. Das Gerät wurde für den Nachrichtenaustausch auf höchster diplomatischer Ebene mit den Botschaften in neutralen Ländern eingesetzt, ferner war sie in Gebrauch, um Hitlers Direktiven und umfassenden strategischen Weisungen an die über ganz Europa verstreuten Generalstäbe zu senden. In Bletchley war sie unter der Bezeichnung »Fish« bekannt. Seit Juni 1944 waren zehn riesige elektronische Maschinen, Colossus genannt, in Betrieb, um das System Fish, dessen zehn Walzen nach einem bestimmten Muster geschaltet waren, zu knacken.

Über die Bedeutung der von Colossus dechiffrierten Nachrichten wird noch immer äußerstes Stillschweigen gewahrt. Man kann jedoch davon ausgehen, daß eine der wichtigsten dechiffrierten Mitteilungen Hitlers Direktiven an Generalfeldmarschall von Kluge beinhalteten; sie führten zur entscheidenden Schlacht im Kessel von

Falaise, die den Durchbruch der Amerikaner in Frankreich markierte.

Alan Turings Beitrag zum Sieg der Alliierten erfuhr – offenbar wegen der strengen Geheimhaltung, die seine Arbeit umgab – bis zu seinem Selbstmord 1954 nie eine offizielle Würdigung; sein Vorgesetzter allerdings, Edward Travis, wurde zum Ritter geschlagen. Auch Wing Commander Fred Winterbotham wurde nie eine förmliche Anerkennung zuteil. Er machte sich jedoch einen Namen, indem er das Geheimnis um Bletchley Park lüftete, als 1974 sein Bestseller mit dem Titel *The Ultra Secret* erschien. Allerdings behandelt das Buch hauptsächlich den Einfluß von Ultra auf die Land- und Luftoperationen, der Nutzen, den die Navy aus Ultra zog, wird nur am Rande erwähnt. Winterbotham starb 1990.

Gelegentlich, so etwa im Falle jenes Zerstörerkommandanten, der mit seinem Geleitzug mitten in ein U-Bootrudel fuhr, wurden Ultra-Erkenntnisse einfach ignoriert, da außer den Stabschefs niemandem bekannt war, woher die unvergleichlich wertvollen Informationen stammten. Allerdings neigten auch Befehlshaber in höchsten Positionen dazu, Ultra-Erkenntnisse einfach nicht wahrzunehmen, obwohl ihnen bewußt war, daß es sich bei der Nachrichtenquelle um den Funkverkehr des Gegners handelte.

Zu diesen Befehlshabern muß auch General Bernard Montgomery gerechnet werden, und zwar trotz der Tatsache, daß die mit Abstand bedeutendsten Erfolge, zu denen Ultra seinen Beitrag geleistet hat, während des Feldzugs in Nordafrika erzielt wurden. Ultra lieferte Detailinformationen über die Kurse, die Rommels Versorgungsschiffe steuerten, und nachdem Aufklärer das entsprechende Seegebiet überflogen hatten, um nicht preisgeben zu müssen, daß es sich bei der Nachrichtenquelle zum Standort einzelner Geleitzüge um die Enigma handelte, wurden die Schiffe in größerer Zahl versenkt. Es ist durchaus wahrscheinlich, daß Montgomerys Hauptquartier über den Inhalt mancher Nachrichten bereits informiert war, bevor Rommel sie zu Gesicht bekam. Indem er aber die Möglichkeiten, die Ultra ihm bot, nicht vollständig ausnutzte, war Montgomery auch für einen folgenschweren Fehlschlag verantwortlich. So war es Rommel nach der Niederlage von El Alamein gelungen, das Afrika-Korps in Rückzugsgefechten aus der Umklammerung zu lösen. Ultra hatte Erkenntnisse über die Anzahl verfügbarer Panzerfahrzeuge sowie weitere Details geliefert, die erkennen ließen, daß Rommels Streitmacht bei El Alamein schwere Verluste erlitten hatte. Montgomery hätte die zurückweichenden Achsentruppen überwältigen können, wenn er den Vorstoß der 8. Armee nicht unterbrochen hätte.

Am Tag vor dem kostspieligen Fehlschlag bei Arnheim im September 1944 traf ein Kurier in Montgomerys Hauptquartier in Brüssel ein. Er überbrachte eine Meldung, die auf Ultra-Informationen basierte und davor warnte, daß die alliierten Fallschirmjäger mitten in ein Wespennest abspringen würden. Montgomery nahm diese Nachricht offenbar nicht zur Kenntnis, und britische Fallschirmjäger wurden in einem Gebiet abgesetzt, in dem sich zwei deutsche Panzerdivisionen zur Auffrischung befanden. Die Überlebenden mußten sich zu den alliierten Linien bei Nimwegen durchschlagen.

Im Vorfeld des großen Kommandounternehmens gegen Dieppe im Jahr 1942 hat Admiral Lord Louis Mountbatten mindestens zwei auf Ultra-Erkenntnissen basierende Mitteilungen nicht beachtet. So hatte er die

Nachricht erhalten, daß in jener Nacht, in der das Unternehmen stattfinden sollte, schwerbewaffnete deutsche Vorpostenstreitkräfte vor Dieppe in See stehen würden. Folglich griffen die Vorpostenboote die Landungsschiffe gegen 3.30 Uhr an und alarmierten Truppenverbände in der Gegend von Dieppe. Das Kommandounternehmen, an dem 5000 Kanadier sowie 1000 britische und 50 US-Ranger beteiligt waren, endete als katastrophaler Fehlschlag. Mehr als die Hälfte der Angreifer wurden getötet oder gerieten in Gefangenschaft.

Im Gegensatz dazu führte General George Patton ständig einen Wagen mit Fernmeldeeinrichtungen neben seinem eigenen Befehlspanzer mit. Er verließ sich auf die Nachrichten, die Ultra lieferte, insbesondere als er nach dem Ausbruch aus dem Brückenkopf in der Normandie seinen Siegeszug durch Frankreich antrat.

Hat Ultra tatsächlich den Krieg entschieden, wie oftmals behauptet wird? Die Alliierten hätten auch ohne Ultra den Sieg errungen, vor allem aus dem Grund, weil die Amerikaner Liberty-Schiffe in ausreichender Zahl zur Verfügung stellen konnten. Es besteht jedoch kein Zweifel daran, daß die Entscheidung ohne Ultra viel später und unter weit höheren Verlusten an Menschenleben gefallen wäre. Hätte der Krieg in Europa tatsächlich noch ein weiteres Jahr angedauert, ist es durchaus wahrscheinlich, daß Dönitz' Super-U-Boote in der Lage gewesen wären, auch Städte in den Vereinigten Staaten anzugreifen, und Berlin wäre vielleicht das erste Ziel einer Atombombe geworden.

Ultra hat unter anderem zu der Entscheidung beigetragen, die British Expeditionary Force aus dem Chaos zurückzuziehen, das den Zusammenbruch Frankreichs begleitete – dies war eine Frage des Überlebens gewesen.

Ultra hatte Einfluß darauf, daß während der Luftschlacht um England die richtige Taktik gewählt wurde. Ultra war der Schlüssel dazu, daß sich das Blatt an der Ostfront wendete. 1943 erklärte der Oberbefehlshaber im Mittleren Osten, General Harold Alexander, in Tunesien: »Die Kenntnis nicht allein über Stärke und Aufstellung des Gegners, sondern auch darüber, wie, wann und wo er beabsichtigt, seine Operationen durchzuführen, hat der Kriegsführung eine neue Dimension hinzugefügt.«

Der ehemalige Befehlshaber des RAF-Coastal Command, Sir John Slessor, schrieb 1974 in seinem Vorwort zu Wing Commander Fred Winterbothams Buch *The Ultra Secret*: »Der Admiralität war es bezeichnenderweise gestattet, über alles, was funknachrichtendienstliche Erkenntnisse anbetraf, die Verfügungsgewalt auszuüben, leider nicht immer mit den gewünschten Ergebnissen. Aber ich habe guten Grund anzunehmen, daß Ultra, in Verbindung mit HF/DF, während der Schlacht im Atlantik tatsächlich die Entscheidung herbeigeführt hat.«

Am Sieg über die U-Boote hatte Ultra zweifelsohne einen wesentlichen Anteil. Und dies wiederum hat entscheidend mit dazu beigetragen, daß die erforderliche Truppenstärke zur Rückeroberung Westeuropas schließlich rechtzeitig zur Verfügung stand.

In seinem vorstehend bereits erwähnten, 1988 erschienenen Bericht über *Intelligence and National Security* resümiert Ralph Erskine die Zusammenhänge: »Die ganze Arbeit, die in Bletchley Park geleistet wurde, um Triton zu knacken, wäre völlig ergebnislos geblieben, hätte es nicht die Männer an der Front gegeben. Ohne die tapfere Tat von Lieutenant Antony Fasson, Able Seaman Colin Grazier und des 16jährigen Tommy Brown, die den

Wetterkurzschlüssel und das Kurzsignalheft auf U-559 bargen, hätten wir während des für den weiteren Verlauf der Schlacht im Atlantik entscheidenden ersten Halbjahres 1943 keine speziellen nachrichtendienstlichen Informationen aus Triton erhalten. Es gibt nur wenige Handlungen persönlicher Tapferkeit, die jemals solch weitreichende Konsequenzen hatten. Ohne die besonderen Erkenntnisse aus Triton wären die U-Boote auf die Dauer zwar ebenfalls besiegt worden, aber der Verlust an Menschenleben in diesem globalen Konflikt wäre insgesamt noch weitaus schlimmer gewesen, als er dies ohnehin schon war.«

Anhang 1

Der polnische Beitrag zum Sieg

Das Konzept für die Enigma-Chiffriermaschine stammte ursprünglich von dem Amerikaner Eduard Hugo Hebern. Er hatte im Jahr 1915 ein Modell der gerade auf den Markt gekommenen elektrischen Schreibmaschine solcherart verändert, daß ihm die erste maschinenverschlüsselte Codierung gelang. Die Typenhebel der elektrischen Schreibmaschine dienten als Schalter, jeder Hebel war einem entsprechenden Buchstaben zugeordnet. Hebern änderte einfach die Verdrahtung, so daß die letztlich ausgedruckten Buchstaben sich von den auf der Tastatur niedergedrückten unterschieden. Das Wort VORMARSCH etwa wurde zu BXKTZKJAG, und mit dem Zusatz passender Schaltkreise war das Ganze umkehrbar. Das Ver- und Entschlüsseln nahm kaum mehr Zeit in Anspruch als das Abfassen einer Mitteilung. War die Nachrichtenübermittlung auf einer Hebern-Maschine vor unbefugtem Mitlesen des allgemeinen Publikums relativ sicher, stellte sie für Kryptoanalytiker keine besondere Hürde dar. Sämtliche Idiome der westlichen Sprachengemeinschaft weisen eine charakteristische Häufigkeit von Buchstabenwiederholungen unabhängig vom Textinhalt auf. Die Auswertung der Häufigkeitsverteilung bildet die Grundlage der Kryptoanalyse. Als er diesen Schwachpunkt seiner Maschine erkannte, experimentierte Hebern mit einem Chiffriergerät, in das eine Walze eingefügt war, die bei jedem Tastendruck auf der elektrischen Schreibmaschine eine andere Schaltverbindung herstellte. Schließlich verkaufte er im Jahr 1924 seine Elektrische Schlüsselmaschine (mit dem US-Patent Nr. 1.683.072) an die US-Navy.

In Holland hatte der aus Delft stammende Hugo Alexander Koch eine Chiffriermaschine entwickelt, die er als »Geheimschriftmaschine« bezeichnete. Er verkaufte die Patentrechte an den deutschen Ingenieur Arthur Scherbius, der bereits seit 1923 Chiffriermaschinen mit drei Walzen unter dem Markennamen Enigma herstellte. Ein solches Gerät wurde von der Reichspost auf einem Kongreß des Weltpostvereins als billige und zuverlässige Maschine angeboten, um Telegraphenverbindungen und Telegramme abzusichern. Dies erregte das Interesse der Chiffrierabteilung der Reichswehr (jenes kleinen Heeres, das Deutschland im Versailler Vertrag zugestanden worden war), und ihr Chef, Oberst Erich Fellgiebel, ordnete an, das Gerät unverzüglich vom Markt zu nehmen.

In Polen, das nach einem Jahrhundert der Teilung im Versailler Vertrag seine Wiedergeburt erlebte, aber von potentiellen Feinden umzingelt blieb, hielt der Nachrichtendienst mit dem »byro szyfrow« (Chiffrierbüro, Dienststelle BS4) stets ein wachsames Auge auf Hitlers Rüstungsanstrengungen. Die Polen waren besorgt, weil die Zunahme des Funkverkehrs an ihrer Grenze auf die Möglichkeit militärischer Operationen außerhalb Deutschlands hinzudeuten schien, denn der interne Nachrichtenverkehr wurde normalerweise über Telegraphenleitungen abgewickelt. 1928 verzögerte der polnische Zoll die Auslieferung einer per Bahn beförderten Versandkiste, die an die deutsche Botschaft in Warschau adressiert war; die Zollbeamten verständigten zudem die polnische Abwehr. Das Gepäckstück war an einem Freitagabend angekommen. Auf Nachfrage eines deutschen

Diplomaten bestanden die polnischen Postbehörden darauf, die Schalter erst wieder am Montagmorgen zu öffnen. Die vierte Sektion des polnischen Nachrichtendienstes verbrachte nunmehr das Wochenende damit, eine neue Enigma, die der militärischen Nutzung diente, zu untersuchen, bevor sie wieder sorgfältig verpackt und der deutschen Botschaft, die keinen Verdacht geschöpft hatte, zugestellt wurde.

Die Chiffriermaschine hatte wertvolle Informationen über die interne Schaltung der drei Walzen einer Enigma und über das zusätzliche Steckerbrett geliefert, das die Überschlüsselung von Funksprüchen ermöglichte. Ein junger Mathematiker aus dem Team des BS4, Marian Rejewski, rekonstruierte nach kryptoanalytischen Gesichtspunkten die Verdrahtung einer Enigma. Ein in Schweden erworbenes, seltenes Exemplar der handelsüblichen Chiffriermaschine wurde daraufhin so umgebaut, daß es den militärischen Anforderungen genügte.

1931 warnte ein Büroangestellter im Reichswehrministerium namens Hans Thilo Schmidt (später erhielt er den Decknamen »Asche«) die französischen Sicherheitsbehörden vor der Existenz einer neuen deutschen Chiffriermaschine. Er nahm Kontakt zum Service Renseignements auf und bot Unterlagen an, von denen er behauptete, sie seien ein Teil des am besten gehüteten Geheimnisses der deutschen Abwehr – der Enigma. (Nach der Niederlage Frankreichs wurde Asche verhaftet und erschossen, da der französische Agent, mit dem er sich zuerst getroffen hatte – nun ein Spitzel der Vichy-Regierung –, ihn denunzierte.)

Bis zum Ausbruch des Krieges nahm Asche 19mal Kontakt zu französischen Geheimdienstoffizieren auf und übergab hunderte von Photographien streng geheimer Dokumente. Bei einem Treffen im Jahr 1932 händigte er ihnen eine Dienstvorschrift über den Gebrauch der Enigma und eine Sammlung chiffrierter Meldungen inklusive der Klartextversion aus. Diese wurden an den polnischen Geheimdienst weitergeleitet. Mit Hilfe dieser Unterlagen bzw. der »bomba« konnten die polnischen Kryptoanalytiker bis Ende 1938 eine Vielzahl an Enigma-Meldungen mitlesen.

Am 15. Dezember 1938 führte die deutsche Seite zwei zusätzliche Walzen für jede Enigma-Chiffriermaschine ein, so daß die drei in den Walzenzylinder einzusetzenden Buchstabenscheiben jetzt aus einem Fünferset ausgewählt werden mußten. Dies vervielfachte die möglichen Einstellkombinationen um den Faktor zehn, von sechs auf 60, und das bedeutete, daß nunmehr eine Vielzahl an bombas zur Übersetzung der Enigma-Meldungen benötigt wurde. Außerdem war ein größerer Stab geschulter Mitarbeiter erforderlich, um die zusätzlichen Maschinen zu bedienen. Das überstieg die Möglichkeiten der Polen, und der Funkverkehr per Enigma war wieder sicher.

Im Januar 1939 fand in Paris ein vorbereitendes Treffen zwischen französischen, polnischen und britischen Geheimdienstmitarbeitern statt. Die Polen luden bei dieser Gelegenheit die französischen und britischen Vertreter zu einem weiteren Treffen ein, das am 14. Juli stattfand, etwa sechs Wochen bevor Deutschland in Polen einmarschierte. Drei britische Geheimdienstoffiziere trafen sich in der Zentrale der polnischen Enigma-Experten, die in einem Kiefernwäldchen in der Nähe des kleinen Dorfes Pyry, etwa 30 Kilometer südöstlich von Warschau, lag, mit ihren französischen und polnischen Kollegen.

Der Leiter der polnischen Dechiffrierexperten offenbarte die bereits erzielten Erfolge ihrer Arbeit mit der Enigma und erläuterte das Problem, welches durch die Einführung einer zusätzlichen Walze entstanden war. Die Briten verpflichteten sich, ihre größeren finanziellen und technischen Mittel einzusetzen, um die bis zu sechzig »bombas« zu konstruieren bzw. herzustellen, die für den Einbruch in das Enigma-System mit fünf Walzen benötigt würden. Die Polen gaben ihr gesamtes Wissen über die Enigma preis und überreichten den Briten die Konstruktionspläne der »bomba«. Einen Monat später wurde eine polnische AVA-Kopie der Enigma nach London verschickt.

Zu jenem Team, das vor der anrückenden deutschen Wehrmacht aus Polen entkommen konnte, gehörten auch die an der Entzifferung des Enigma-Codes arbeitenden Mathematiker. Sie flohen nach Bukarest und fanden dort in der französischen Botschaft Asyl, dann reisten sie nach Frankreich weiter und verstärkten die französische Mannschaft, die an der Enigma arbeitete. Als die deutschen Truppen in Frankreich einmarschierten, floh das gesamte Team in den unbesetzten Teil des Landes und nahm die Arbeit mit Unterstützung einer weiteren Abteilung des französischen Geheimdienstes unter der Bezeichnung »Gruppe 300« wieder auf; ihr Büro befand sich im Château de Fouzes in der Nähe von Avignon. (Die Gruppe beanspruchte für sich, 673 Funksprüche der deutschen Wehrmacht, die zum größten Teil das Afrika-Korps betrafen, entziffert zu haben. Die dechiffrierten Texte wurden per Funk zu einem Anwesen in Stanmore gesendet, wo sich ein polnisches Team aufhielt, das nach London entkommen war.)

Im November 1942 durchsuchte eine deutsche Spezialeinheit das Château de Fouzes, fand es jedoch verlassen vor – die »Gruppe 300« war vorher gewarnt worden. Mehrere der Mitarbeiter wurden jedoch später verhaftet und von der Gestapo verhört. Sie gaben zwar zu, die Vorkriegs-Enigma geknackt zu haben – was die deutsche Seite allerdings bereits selbst herausgefunden hatte. Sie konnten die Vernehmungsbeamten aber irgendwie davon überzeugen, daß die während des Krieges erfolgten technischen Veränderungen die Enigma zu einer uneinnehmbaren Festung verwandelt hatten. Zwei der polnischen Mathematiker, Marian Rejewski und Henryk Zygalski, gelang die Flucht über Spanien nach Gibraltar, von wo sie nach England gebracht wurden. Ein dritter, Jerzy Rozycki, starb, als sein Schiff im Mittelmeer torpediert wurde. Jene Mitglieder der »Gruppe 300«, die Großbritannien erreichen konnten, feierten ihr Wiedersehen in der Gaststätte White Horse in Boxmoor, Hampshire, in der Nähe des Hauptquartiers des Fernmeldekorps der polnischen Armee.

Anhang 2

Verluste an Zerstörern

Etwa jeder dritte der 456 im Krieg eingesetzten Zerstörer ging verloren. Flugzeuge versenkten 56 Einheiten, davon 27 im Mittelmeer. Die U-Boote vernichteten 39 Zerstörer, 27 sanken nach Minentreffern. 16 Zerstörer gingen nicht durch Feindeinwirkung verloren.

Die Verlustrate der Zerstörer der P-Klasse war im Durchschnitt höher als jene der anderen Klassen: HMS *Porcupine* wurde am 9. Dezember 1942 im westlichen Mittelmeer torpediert; HMS *Partridge* fiel am 18. Dezember 1942 westlich Oran ebenfalls einem U-Boot-Torpedo zum Opfer; der Flottillenführer HMS *Pakenham* wurde am 16. April 1943 während eines Gefechts mit italienischen Torpedobooten so schwer beschädigt, daß er von einem seiner Schwesterschiffe versenkt werden mußte; HMS *Panther* sank am 9. Oktober 1943 nach Bombentreffern vor Rhodos.

Die *Petard*, die *Paladin* und die *Penn* waren bei Kriegsende weiterhin verwendungsfähig.

Anhang 3

Der Einbruch in den deutschen Marinefunkschlüssel

Das Schaubild wurde von dem Experten für Funkentzifferung Ralph Erskine zusammengestellt. Es ist deutlich zu erkennen, daß die von HMS *Petard* erbeuteten Unterlagen den Kryptoanalytikern in Bletchley Park ermöglichten, dauerhaft in den Funkverkehr der U-Boote einzubrechen. Während der letzten beiden Wochen des Jahres 1942 bis August 1943 konnten Funksprüche mit einiger Verzögerung mitgelesen werden. Während der letzten 20 Monate des Krieges dagegen gelang es, den gesamten Funkverkehr innerhalb von 24 Stunden zu entziffern.

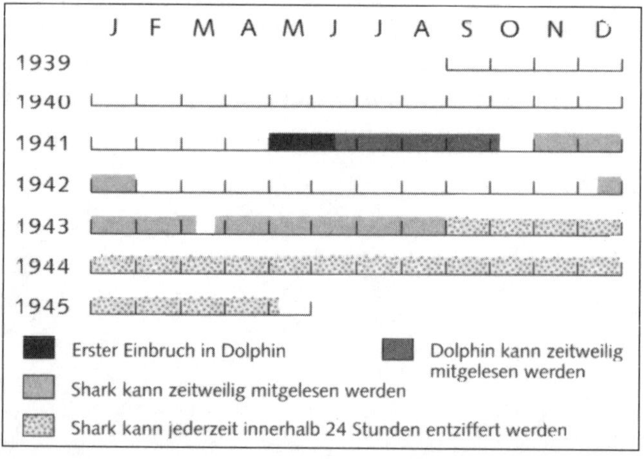

Literaturverzeichnis

Beesly, Patrick, Very Special Intelligence (1971)
Cairncross, John, The Enigma Spy (1997)
Churchill, Winston, The Gathering Storm (1949)
–, Closing the Ring (1952)
Connell, G. G., Fighting Destroyer (1976)
Coward, B. R., Battleship at War (1981)
Crabb, Brian James, Passage to Destiny (1997)
Denniston, Robin, Churchill's Secret War (1997)
Dyer, M. J., The O and P Class Fleet Destroyers (1997)
Erskine, Ralph, Naval Enigma: The Breaking of Heimisch and Triton (1988)
–, The First Naval Decrypts of World War II (1997)
Grove, Eric, Great Battles of the Royal Navy (1995)
Haines, Gregory, Cruiser at War (1982)
–, Destroyer at War (1982)
Harper, Stephen, Miracle of Deliverance (1985)
Harris, Robert, Enigma, A Novel (1995)
Higgins, Trumbull, Winston Churchill and the Dardanelles (1963)
Hinsley, Francis Harry/Stripp, Alan, The Code Breakers (1992)
Hough, Richard, The Longest Battle (1986)
Hoyt, Edwin P., The Death of the U-Boats (1988)
Hughes, Terry/Costello, John, The Battle of the Atlantic (1997)
Johnson, Brian, The Secret War (1978)
Kahn, David, Seizing the Enigma (1990)
Keegan, John, The Price of Admiralty (1988)
Lewin, Ronald, Ultra Goes to War (1978)
Mallalieu, J. P. W., Very Ordinary Seamen (1943)
Montserrat, Nicholas, The Cruel Sea
Moorhead, Alan, Montgomery (1946)
Patterson, George, A Spoonful of Rice with Salt (1993)
Peillard, Leonce, Sink the Tirpitz (1968)
Rhodes, James Robert, Gallipoli (1965)

Roskill, Stephen W., HMS Warspite (1956)
Schmidt, Heinz-Werner, With Rommel in the Desert (1951)
Trevor-Roper, H.R., Hitler's War Directives (1964)
Tute, Warren, The True Glory (1983)
–, The Reluctant Enemies (1989)
Van der Post, Laurens, The Admirals Baby (1996)
Van der Vat, Dan, The Adantic Campaign (1988)
Welchman, Gordon, The Hut Six Story (1982)
Westcombe, Peter/Gallehawk, John, Getting Back into Shark (1997)
Wiggan, Richard, Hunt the Altmark (1982)
Winterbotham, Frederick William, The Ultra Secret (1974)
Wright/Logan, The Royal Navy in Focus 1940–1949 (1990)
Ziegler, Philip, Mountbatten (1985)

Register

E

Q

R

W

Y

Z

PAPA FRANCESCO

BUON NATALE

La via della festa

A cura di
NATALE BENAZZI

PIEMME

ISBN 978-88-566-5003-7

I Edizione 2015

Anno 2015-2016-2017 – Edizione 1 2 3 4 5 6 7 8 9 10

Natale sei tu

Natale sei tu,
quando decidi di nascere di nuovo ogni giorno
e lasciare entrare Dio nella tua anima.

L'albero di Natale sei tu
quando resisti vigoroso
ai venti e alle difficoltà della vita.

Gli addobbi di Natale sei tu
quando le tue virtù sono i colori
che adornano la tua vita.

La campana di Natale sei tu
quando chiami,
congreghi e cerchi di unire.

Sei anche luce di Natale
quando illumini con la tua vita
il cammino degli altri
con la bontà, la pazienza, l'allegria e la generosità.

Gli angeli di Natale sei tu
quando canti al mondo
un messaggio di pace di giustizia e di amore.

La stella di Natale sei tu
quando conduci qualcuno
all'incontro con il Signore.

Sei anche i re magi
quando dai il meglio che hai
senza tenere conto a chi lo dai.

La musica di Natale sei tu
quando conquisti l'armonia dentro di te.

Il regalo di Natale sei tu
quando sei un vero amico
e fratello di tutti gli esseri umani.

Gli auguri di Natale sei tu
quando perdoni e ristabilisci la pace
anche quando soffri.

Il cenone di Natale sei tu
quando sazi di pane e di speranza
il povero che ti sta di fianco.

Tu sei la notte di Natale
quando umile e cosciente ricevi
nel silenzio della notte
il Salvatore del mondo
senza rumori né grandi celebrazioni;
tu sei sorriso di confidenza e tenerezza
nella pace interiore di un Natale perenne
che stabilisce il regno dentro di te.

Un buon Natale a tutti coloro
che assomigliano al Natale*.

* Testo raccolto in una omelia.

Profezia di una stella

«Il Verbo si è fatto carne,
si è emarginato
per portare la salvezza
agli emarginati.»

Omelia a Santa Marta, *19 dicembre 2014*

Aspettare Natale

Come nella vita di ognuno di noi c'è sempre bisogno di ripartire, di rialzarsi, di ritrovare il senso della mèta della propria esistenza, così per la grande famiglia umana è necessario rinnovare sempre l'orizzonte comune verso cui siamo incamminati. *L'orizzonte della speranza!* Questo è l'orizzonte per fare un buon cammino verso Natale. Il tempo di Avvento, che oggi di nuovo incominciamo, ci restituisce l'orizzonte della speranza, una speranza che non delude perché è fondata sulla Parola di Dio. Una speranza che non delude, semplicemente perché il Signore non delude mai! Lui è fedele! Lui non delude! Pensiamo e sentiamo questa bellezza.

Omelia, 1° dicembre 2013

Imparare ad abbracciare

Abbracciare, abbracciare. Abbiamo tutti bisogno di imparare ad abbracciare... Ma abbracciare non è sufficiente. Tendiamo la mano a chi è in difficoltà, a chi è caduto nel buio, magari senza sapere come, e diciamogli: Puoi rialzarti, puoi risalire, è faticoso, ma è possibile se tu lo vuoi.

Discorso, 24 luglio 2013

Al mercato rionale del cuore

Il nostro cuore ha sempre desideri, ha voglie, ha pensieri: ma tutti questi, sono del Signore? O alcuni di questi ci allontanano dal Signore? Per questo l'apostolo dice: mettete alla prova tutto quello che pensate, che sentite, quello che volete... Se questo va nella linea del Signore va bene; ma se non va...

È necessario mettere alla prova gli spiriti «per saggiare se provengono veramente da Dio, perché molti falsi profeti sono venuti nel mondo» (cfr. *1 Gv* 3, 22 – 4, 6).

In un cuore ci sono tante cose che vanno e vengono... Sembra un mercato rionale dove trovi di tutto. Ma come so che questo è di Cristo? È così semplice: se quello che tu desideri, o quello che tu pensi va sulla strada dell'incarnazione del Verbo, del Signore che è venuto in carne, è di Dio; ma se non va su quella strada, non viene da Dio... Se un pensiero, se un desiderio ti porta sulla strada dell'umiltà, dell'abbassamento, del servizio agli altri, è di Gesù; ma se ti porta sulla strada della sufficienza, della vanità, dell'orgoglio o sulla strada di un pensiero astratto, non è di Gesù.

Omelia a Santa Marta, 18 dicembre 2014

Nel buon piatto della vita

Quando si prepara un buon piatto e vedi che manca il sale, allora tu "metti" il sale; manca l'olio, allora tu "metti" l'olio... "Mettere", cioè collocare, versare. Così è anche nella nostra vita: se vogliamo che essa abbia veramente senso e pienezza, come voi stessi desiderate e meritate, dico a ciascuno e a ciascuna di voi:

- "*Metti fede*" e la vita avrà un sapore nuovo, la vita avrà una bussola che indica la direzione.
- "*Metti speranza*" e ogni tuo giorno sarà illuminato e il tuo orizzonte non sarà più oscuro, ma luminoso.
- "*Metti amore*" e la tua esistenza sarà come una casa costruita sulla roccia, il tuo cammino sarà gioioso, perché incontrerai tanti amici che camminano con te.

Metti fede,
metti speranza,
metti amore!...

- "*Metti Cristo*" nella tua vita e troverai un amico di cui fidarti sempre.
- "*Metti Cristo*" e vedrai crescere le ali della speranza per percorrere con gioia la via del futuro.
- "*Metti Cristo*" e la tua vita sarà piena del suo amore, sarà una vita feconda.
- Perché tutti noi desideriamo avere una vita feconda, una vita che dona vita agli altri!...

- “*Metti Cristo*” nella tua vita. In questi giorni, Lui ti attende: ascoltalo con attenzione e la sua presenza entusiasmerà il tuo cuore.
- “*Metti Cristo*”: Lui ti accoglie nel sacramento del perdono, con la sua misericordia cura tutte le ferite del peccato. Non avere paura di chiedere perdono a Dio perché Lui nel suo grande amore non si stanca mai di perdonarci, come un padre che ci ama. Dio è pura misericordia!
- “*Metti Cristo*”: Lui ti aspetta anche nell’Eucaristia, sacramento della sua presenza, del suo sacrificio di amore, e ti aspetta anche nell’umanità di tanti giovani che ti arricchiranno con la loro amicizia, ti incoraggeranno con la loro testimonianza di fede, ti insegneranno il linguaggio dell’amore, della bontà, del servizio.

Anche tu puoi essere un testimone gioioso del suo amore, un testimone coraggioso del suo Vangelo per portare in questo nostro mondo un po’ di luce. Lasciati cercare da Gesù, lasciati amare da Gesù, è un amico che non delude.

Omelia, 25 luglio 2013

Un pellegrinaggio universale

Verso cosa deve andare il nostro cammino? C’è una mèta comune? E qual è questa mèta? Il Signore ci risponde attraverso il profeta Isaia, e dice così:

«Alla fine dei giorni,
il monte del tempio del Signore

sarà saldo sulla cima dei monti
e s'innalzerà sopra i colli,
e ad esso affluiranno tutte le genti.
Verranno molti popoli e diranno:
"Venite, saliamo al monte del Signore,
al tempio del Dio di Giacobbe,
perché ci insegni le sue vie
e possiamo camminare per i suoi sentieri"» (2, 2-3).

Questo è quello che dice Isaia sulla meta dove andiamo. È *un pellegrinaggio universale verso una meta comune*, che nell'Antico Testamento è Gerusalemme, dove sorge il tempio del Signore, perché da lì, da Gerusalemme, è venuta la rivelazione del volto di Dio e della sua legge.

La rivelazione ha trovato in *Gesù Cristo* il suo compimento, e il "tempio del Signore" è diventato Lui stesso, il Verbo fatto carne: è Lui la guida e insieme la meta del nostro pellegrinaggio, del pellegrinaggio di tutto il popolo di Dio; e alla sua luce anche gli altri popoli possono camminare verso il Regno della giustizia, verso il Regno della pace.

Omelia, 1° dicembre 2013

Cosa mi succede in cuore?

Pensiamo a questo oggi. Ci farà bene. Cosa succede nel mio cuore? Cosa penso? Cosa sento? Presto attenzione o lascio passare, che tutto vada e venga? So cosa voglio? Metto alla prova ciò che voglio, ciò che desidero? O prendo tutto? Carissimi, non prestate fede ad ogni spirito; mettete alla prova gli spiriti...

Omelia a Santa Marta, 18 dicembre 2014

Buche e dossi

Penso a quanti sono oppressi da sofferenze, ingiustizie e soprusi; a quanti sono schiavi del denaro, del potere, del successo, della mondanità. Poveretti! Hanno consolazioni truccate, non la vera consolazione del Signore! Tutti siamo chiamati a consolare i nostri fratelli, testimoniando che solo Dio può eliminare le cause dei drammi esistenziali e spirituali. Lui può farlo! È potente!...

Il profeta Isaia parla al nostro cuore per dirci che Dio dimentica i nostri peccati e ci consola. Se noi ci affidiamo a Lui con cuore umile e pentito, Egli abbatterà i muri del male, riempirà le buche delle nostre omissioni, spianerà i dossi della superbia e della vanità e aprirà la strada dell'incontro con Lui.

Angelus, 7 dicembre 2014

Maria aspetta nel Presepe

Dalla sterilità il Signore è capace di ricominciare una nuova discendenza, una nuova vita: questo è il messaggio di oggi... Quando l'umanità è esaurita, non può andare più avanti, viene la grazia e viene il Figlio, e viene la salvezza. E quella creazione esaurita lascia posto alla nuova creazione, potremo così dire a una "ri-creazione"...

Guardando la storia di sterilità del popolo di Dio, e tante storie nella storia della Chiesa che hanno fatto la Chiesa sterile, chiediamo al Signore, oggi, guardando il presepe, la grazia della fecondità della Chiesa che, prima di tutto, la Chiesa sia madre, come Maria: madre!

Omelia a Santa Marta, 19 dicembre 2014

Bisogno di consolazione

Lasciamo che l'invito di Isaia – «Consolate, consolate il mio popolo» – risuoni nel nostro cuore. Oggi c'è bisogno di persone che siano testimoni della misericordia e della tenerezza del Signore, che scuote i rassegnati, rianima gli sfiduciati, accende il fuoco della speranza. Lui accende il fuoco della speranza! Non noi. Il messaggio di Isaia è un balsamo sulle nostre ferite e uno stimolo a preparare con impegno la via del Signore.

Angelus, 7 dicembre 2014

Confidare in Dio

Quando noi saremo in grado di dire al Signore: «Signore, questi sono i miei peccati, non sono di questo, di quello... Sono i miei. Prendili tu. Così io sarò salvo», allora saremo quel bel popolo, popolo umile e povero che confida nel nome del Signore.

Omelia a Santa Marta, 16 dicembre 2014

Il cuore e le banane

Non si negozia il cuore, non si negozia la roccia. La roccia è Cristo, non si negozia! Questo è il dramma dell'ipocrisia di questa gente. E Gesù non negoziava mai il suo cuore di Figlio del Padre, ma era aperto alla gente, cercando strade per aiutare...

Alcune volte, quando io ho visto un cristiano, una cristiana così, col cuore debole, non fermo, non saldo sulla roccia e con tanta rigidità fuori, ho chiesto al Signore: buttagli una buccia di banana davanti, perché faccia una bella scivolata, si vergogni di essere peccatore e così incontri te, che sei il Salvatore.

Omelia a Santa Marta, 15 dicembre 2014

Il germoglio di Iesse

Gesù viene non come un capitano, un generale di esercito, un governante potente, viene come un germoglio (*Is* 11, 1-10): «In quel giorno, un germoglio spunterà dal tronco di Iesse». Lui è un germoglio, è umile, è mite, ed è venuto per gli umili, per i miti, a portare la salvezza agli ammalati, ai poveri, agli oppressi, come lui stesso dice nel quarto capitolo di Luca, quando è alla sinagoga di Nazaret. Gesù è venuto per gli emarginati: lui si emargina, non ritiene un valore innegoziabile essere uguale a Dio. Infatti umiliò se stesso, si annientò... si è emarginato, si è umiliato per darci il mistero del Padre e il suo proprio.

Omelia a Santa Marta, 2 dicembre 2014

Il messaggero della consolazione

Isaia si rivolge a gente che ha attraversato un periodo oscuro, che ha subito una prova molto dura; ma ora è venuto il tempo della consolazione. La tristezza e la paura possono fare posto alla gioia, perché il Signore stesso guiderà il suo popolo sulla via della liberazione e della salvezza. In che modo farà tutto questo? Con la sollecitudine e la tenerezza di un pastore che si prende cura del suo gregge. Egli infatti darà unità e sicurezza al gregge, lo farà pascolare, radunerà nel suo sicuro ovile le pecore disperse, riserverà particolare attenzione a quelle più fragili e deboli. Questo è l'atteggiamento di Dio verso di noi sue creature. Perciò il profeta invita chi lo ascolta – compresi noi, oggi – a diffondere tra il popolo questo messaggio di speranza: che il Signore ci consola. E fare posto alla consolazione che viene dal Signore.

Angelus, 7 dicembre 2014

La vita è un cammino

La nostra vita è un cammino: dobbiamo andare per questo cammino, per arrivare al monte del Signore, all'incontro con Gesù. La cosa più importante che a una persona può accadere è incontrare Gesù: questo incontro con Gesù che ci ama, che ci ha salvato, che ha dato la sua vita per noi. Incontrare Gesù. E noi camminiamo per incontrare Gesù.

E andiamo nella vita così, come dice il profeta, al monte, fino al giorno in cui sarà l'incontro definitivo, dove potremo guardare quello sguardo tanto bello di Gesù, tanto bello. È questa la vita cristiana: camminare, andare avanti, uniti, come fratelli, volendosi bene l'uno all'altro. Incontrare Gesù.

Omelia, 1° dicembre 2013

I pellegrini e gli erranti

Camminare. Questo verbo ci fa pensare al corso della storia, a quel lungo cammino che è la storia della salvezza, a cominciare da Abramo, nostro padre nella fede, che il Signore chiamò un giorno a partire, a uscire dal suo paese per andare verso la terra che Lui gli avrebbe indicato. Da allora, la nostra identità di credenti è quella di gente pellegrina verso la terra promessa. Questa storia è sempre accompagnata dal Signore! Egli è sempre fedele al suo patto e alle sue promesse. Perché fedele, «Dio è luce, e in lui non c'è tenebra alcuna» (*1 Gv* 1,5). Da parte del popolo, invece, si alternano momenti di luce e di tenebra, fedeltà e infedeltà, obbedienza e ribellione; momenti di popolo pellegrino e momenti di popolo errante.

Anche nella nostra storia personale si alternano momenti luminosi e oscuri, luci e ombre. Se amiamo Dio e i fratelli, camminiamo nella luce, ma se il nostro cuore si chiude, se prevalgono in noi l'orgoglio, la menzogna, la ricerca del proprio interesse, allora scendono le tenebre dentro di noi e intorno a noi. «Chi odia suo fratello» scrive l'apostolo Giovanni «è nelle tenebre, cammina nelle tenebre e non sa dove va, perché le tenebre hanno accecato i suoi occhi» (*1 Gv* 2, 11). Popolo in cammino, ma popolo pellegrino che non vuole essere popolo errante.

Omelia, 24 dicembre 2013

Il mistero dell'Incarnazione

La grandezza del mistero di Dio si conosce soltanto nel mistero di Gesù, e il mistero di Gesù è proprio un mistero di abbassarsi, di annientarsi, di umiliarsi, e porta la salvezza ai poveri, a quelli che sono annientati da tante malattie, peccati e situazioni difficili.

Fuori da questa cornice non si può capire il mistero di Gesù, non si può capire l'unzione dello Spirito Santo che lo fa gioire (cfr. *Lc* 10, 21-24) nella lode del Padre, e che lo porta a evangelizzare i poveri, gli emarginati.

Chiediamo al Signore di avvicinarci più, più, più al suo mistero, e di farlo sulla strada che lui vuole che noi facciamo: la strada dell'umiltà, la strada della mitezza, la strada della povertà, la strada di sentirci peccatori... E così lui viene a salvarci, a liberarci.

Omelia a Santa Marta, 2 dicembre 2014

Donne pellegrine

In Maria, figlia di Sion, si compie la lunga storia di fede dell'Antico Testamento, con il racconto di tante donne fedeli, a cominciare da Sara, donne che, accanto ai patriarchi, erano il luogo in cui la promessa di

Dio si compiva, e la vita nuova sbocciava. Nella pienezza dei tempi, la Parola di Dio si è rivolta a Maria, ed ella l'ha accolta con tutto il suo essere, nel suo cuore, perché in lei prendesse carne e nascesse come luce per gli uomini. San Giustino martire, nel suo *Dialogo con Trifone*, ha una bella espressione in cui dice che Maria, nell'accettare il messaggio dell'Angelo, ha concepito "fede e gioia". Nella Madre di Gesù, infatti, la fede si è mostrata piena di frutto, e quando la nostra vita spirituale dà frutto, ci riempiamo di gioia, che è il segno più chiaro della grandezza della fede. Nella sua vita, Maria ha compiuto il pellegrinaggio della fede, alla sequela di suo Figlio. Così, in Maria, il cammino di fede dell'Antico Testamento è assunto nella sequela di Gesù e si lascia trasformare da Lui, entrando nello sguardo proprio del Figlio di Dio incarnato.

Lumen fidei, n. 58

Un mondo paralitico

Il vangelo della guarigione del paralitico ci presenta Cristo che vince le paralisi dell'umanità. Descrive la potenza della misericordia divina che perdona e scioglie ogni peccato quando incontra una fede autentica. Le paralisi delle coscienze sono contagiose. Con la complicità delle povertà della storia, e del nostro peccato, possono espandersi ed entrare nelle strutture sociali e nelle comunità fino a bloccare popoli interi. Ma il comando di Cristo può ribaltare la situazione: «Àlzati, cammina!»... Si fermino per sempre l'inimicizia e le divisioni. Riprendano speditamente le intese di pace spesso paralizzate da contrapposti e oscuri interessi. Siano date finalmente reali garanzie di libertà religiosa a tutti, insieme al diritto per i cristiani di vivere serenamente là dove sono nati, nella patria che amano come cittadini da duemila anni, per contribuire come sempre al bene di tutti... E andiamo sempre avanti, cercando il Signore, cercando nuove strade, nuove vie per avvicinarci al Signore. E se fosse necessario aprire un buco sul tetto per avvicinarci tutti al Signore, che la nostra immaginazione creativa della carità ci porti a questo: a trovare e a fare strade di incontro, strade di fratellanza, strade di pace.

Per parte nostra desideriamo «glorificare Dio», sostituendo al timore lo stupore: ancora oggi possiamo vedere «cose prodigiose». Il prodigio dell'Incarnazione del Verbo e, perciò, della assoluta vicinanza di Dio all'umanità, nel quale sempre ci colloca il mistero dell'Avvento.

Omelia, 9 dicembre 2013

La fedeltà di Dio

La gioia cristiana, come la speranza, ha il suo fondamento nella fedeltà di Dio, nella certezza che Lui mantiene sempre le sue promesse. Il profeta Isaia esorta coloro che hanno smarrito la strada e sono nello sconforto a fare affidamento sulla fedeltà del Signore, perché la sua salvezza non tarderà a irrompere nella loro vita. Quanti hanno incontrato Gesù lungo il cammino, sperimentano nel cuore una serenità e una gioia di cui niente e nessuno potrà privarli. La nostra gioia è Gesù Cristo, il suo amore fedele inesauribile! Perciò, quando un cristiano diventa triste, vuol dire che si è allontanato da Gesù. Ma allora non bisogna lasciarlo solo! Dobbiamo pregare per lui, e fargli sentire il calore della comunità.

Angelus, 15 dicembre 2013

Dio cammina con noi

Mantenere la speranza. Il testo di *Apocalisse* 12 presenta una scena drammatica: una donna – figura di Maria e della Chiesa – viene perseguitata da un drago – il diavolo – che vuole divorarne il figlio. Ma la scena non è di morte, ma di vita, perché Dio interviene e mette in salvo il bambino. Quante difficoltà ci sono nella vita di ognuno, nella nostra gente, nelle nostre comunità, ma per quanto grandi possano apparire, Dio non lascia mai che ne siamo sommersi. Davanti allo scoraggiamento che potrebbe esserci nella vita, in chi lavora all'evangelizzazione oppure in chi si sforza di vivere la fede come padre e madre di famiglia, vorrei dire con forza: «Abbiate sempre nel cuore questa certezza: Dio cammina accanto a voi, in nessun momento vi abbandona! Non perdiamo mai la speranza! Non spegniamola mai nel nostro cuore! Il "drago", il male, c'è nella nostra storia, ma non è lui il più forte. Il più forte è Dio, e Dio è la nostra speranza!».

Omelia, 24 luglio 2013

Lo Spirito consolatore

È curioso, ma tante volte abbiamo paura della consolazione, di essere consolati. Anzi, ci sentiamo più sicuri nella tristezza e nella desolazione. Sapete perché? Perché nella tristezza ci sentiamo quasi protagonisti. Invece nella consolazione è lo Spirito Santo il protagonista! È Lui che ci consola, è Lui che ci dà il coraggio di uscire da noi stessi. È Lui è che ci porta alla fonte di ogni vera consolazione, cioè il Padre. E questa è la conversione. Per favore, lasciatevi consolare dal Signore! Lasciatevi consolare dal Signore!

Angelus, 7 dicembre 2014

Agli smarriti di cuore

La terza domenica di Avvento è detta anche domenica *Gaudete*, cioè domenica della gioia. Nella liturgia risuona più volte l'invito a gioire, a rallegrarsi, perché? Perché il Signore è vicino. Il Natale è vicino. Il messaggio cristiano si chiama "evangelo", cioè "buona notizia", un annuncio di gioia per tutto il popolo; la Chiesa non è un rifugio per gente triste, la Chiesa è la casa della gioia! E coloro che sono tristi trovano in essa la gioia, trovano in essa la vera gioia!

Ma quella del Vangelo non è una gioia qualsiasi. Trova la sua ragione nel sapersi accolti e amati da Dio. Come ci ricorda il profeta Isaia – «Dite agli smarriti di cuore: coraggio, non temete!» –, Dio è colui che viene a salvarci, e presta soccorso specialmente agli smarriti di cuore. La sua venuta in mezzo a noi irrobustisce, rende saldi, dona coraggio, fa esultare e fiorire il deserto e la steppa, cioè la nostra vita quando diventa arida. E quando diventa arida la nostra vita? Quando è senza l'acqua della Parola di Dio e del suo Spirito d'amore.

Angelus, 15 dicembre 2013

La casa della gioia

Il cuore dell'uomo desidera la gioia. Tutti desideriamo la gioia, ogni famiglia, ogni popolo aspira alla felicità. Ma qual è la gioia che il cristiano è chiamato a vivere e a testimoniare? È quella che viene dalla *vicinanza di Dio*, dalla sua *presenza* nella nostra vita. Da quando Gesù è entrato nella storia, con la sua nascita a Betlemme, l'umanità ha ricevuto il germe del Regno di Dio, come un terreno che riceve il seme, promessa del futuro raccolto. Non occorre più cercare altrove! Gesù è venuto a portare la gioia a tutti e per sempre. Non si tratta di una gioia soltanto sperata o rinviata al paradiso: qui sulla terra siamo tristi ma in paradiso saremo gioiosi. No! Non è questa ma una gioia già reale e sperimentabile ora, perché *Gesù stesso è la nostra gioia*, e con Gesù la gioia di casa, come dice quel vostro cartello: con Gesù la gioia è di casa. Tutti, diciamolo: «Con Gesù la gioia è di casa». Un'altra volta: «Con Gesù la gioia è di casa». E senza Gesù c'è la gioia? No! Lui è vivo, è il Risorto, e opera in noi e tra noi specialmente con la Parola e i sacramenti.

Tutti noi battezzati, figli della Chiesa, siamo chiamati ad accogliere sempre nuovamente la presenza di Dio in mezzo a noi e ad aiutare gli altri a scoprirla, o a riscoprirla qualora l'avessero dimenticata. Si tratta di una missione bellissima, simile a quella di Giovanni Battista: orientare la gente a Cristo – non a noi stessi! – perché è Lui la meta a cui tende il cuore dell'uomo quando cerca la gioia e la felicità.

Angelus, 14 dicembre 2014

Scommetere sulla speranza

Dice ancora il profeta (*Is* 2, 4):

«Spezzeranno le loro spade e ne faranno aratri,
delle loro lance faranno falci;
una nazione non alzerà più la spada
contro un'altra nazione,
non impareranno più l'arte della guerra».

Mi permetto di ripetere questo che dice il profeta, ascoltate bene:

«Spezzeranno le loro spade e ne faranno aratri,
delle loro lance faranno falci;
una nazione non alzerà più la spada
contro un'altra nazione,
non impareranno più l'arte della guerra».

Ma quando accadrà questo? Che bel giorno sarà, nel quale le armi saranno smontate, per essere trasformate in strumenti di lavoro! Che bel giorno sarà quello! E questo è possibile! Scommettiamo sulla speranza, sulla speranza della pace, e sarà possibile!

Omelia, 1° dicembre 2013

Quel che si condivide, si moltiplica

Nessuno sforzo di "pacificazione" sarà duraturo, non ci saranno armonia e felicità per una società che ignora, che mette ai margini e che abbandona nella periferia una parte di se stessa. Una società così semplicemente impoverisce se stessa, anzi perde qualcosa di essenziale per se stessa. Non lasciamo, non lasciamo entrare nel nostro cuore la cultura dello scarto! Non lasciamo entrare nel nostro cuore la cultura dello scarto, perché noi siamo fratelli. Nessuno è da scartare. Ricordiamolo sempre: solo quando si è capaci di condividere ci si arricchisce veramente; tutto ciò che si condivide si moltiplica!... La misura della grandezza di una società è data dal modo con cui essa tratta chi è più bisognoso, chi non ha altro che la sua povertà!

Discorso, 25 luglio 2013

Il Vangelo in tasca

Non possiamo essere messaggeri della consolazione di Dio se noi non sperimentiamo per primi la gioia di essere consolati e amati da Lui. Questo avviene specialmente quando ascoltiamo la sua Parola, il Vangelo, che dobbiamo portare in tasca: non dimenticare questo! Il Vangelo in tasca o nella borsa, per leggerlo continuamente. E questo ci dà consolazione: quando rimaniamo in preghiera silenziosa alla sua presenza, quando lo incontriamo nell'Eucaristia o nel sacramento del perdono. Tutto questo ci consola...

Oggi c'è bisogno di persone che siano testimoni della misericordia e della tenerezza del Signore, che scuote i rassegnati, rianima gli sfiduciati, accende il fuoco della speranza. Lui accende il fuoco della speranza! Non noi. Tante situazioni richiedono la nostra testimonianza consolatrice. Essere persone gioiose, consolate.

Angelus, 7 dicembre 2014

Attesa e pazienza

L'origine delle tenebre che avvolgono il mondo si perde nella notte dei tempi. Ripensiamo all'oscuro momento in cui fu commesso il primo crimine dell'umanità, quando la mano di Caino, accecato dall'invidia, colpì a morte il fratello Abele (cfr. *Gn* 4, 8). Così, il corso dei secoli è stato segnato da violenze, guerre, odio, sopraffazione. Ma Dio, che aveva riposto le proprie attese nell'uomo fatto a sua immagine e somiglianza, aspettava. Dio aspettava. Egli ha atteso talmente a lungo che forse a un certo punto avrebbe dovuto rinunciare. Invece non poteva rinunciare, non poteva rinnegare se stesso. Perciò ha continuato ad aspettare con pazienza di fronte alla corruzione di uomini e popoli. La pazienza di Dio. Quanto è difficile capire questo: la pazienza di Dio verso di noi!

Lungo il cammino della storia, la luce che squarcia il buio ci rivela che Dio è Padre e che la sua paziente fedeltà è più forte delle tenebre e della corruzione. In questo consiste l'annuncio della notte di Natale. Dio non conosce lo scatto d'ira e l'impazienza; è sempre lì, come il padre della parabola del figlio prodigo, in attesa di intravedere da lontano il ritorno del figlio perduto; e tutti i giorni, con pazienza. La pazienza di Dio.

Omelia, 24 dicembre 2014

I "valori immateriali"

Oggi un po' tutti, e anche i nostri giovani sentono il fascino di tanti idoli che si mettono al posto di Dio e sembrano dare speranza: il denaro, il successo, il potere, il piacere. Spesso un senso di solitudine e di vuoto si fa strada nel cuore di molti e conduce alla ricerca di compensazioni, di questi idoli passeggeri. Cari fratelli e sorelle, siamo luci di speranza! Abbiamo uno sguardo positivo sulla realtà. Incoraggiamo la generosità che caratterizza i giovani, accompagniamoli nel diventare protagonisti della costruzione di un mondo migliore: sono un motore potente per la Chiesa e per la società. Non hanno bisogno solo di cose, hanno bisogno soprattutto che siano loro proposti quei valori immateriali che sono il cuore spirituale di un popolo, la memoria di un popolo. In questo santuario, che fa parte della memoria del Brasile, li possiamo quasi leggere: spiritualità, generosità, solidarietà, perseveranza, fraternità, gioia; sono valori che trovano la loro radice più profonda nella fede cristiana.

Omelia, 24 luglio 2013

La fede non si frulla

La croce continua a far scandalo. Ma è l'unico cammino sicuro: quello della croce, quello di Gesù, quello dell'Incarnazione di Gesù. Per favore, non "frullate" la fede in Gesù Cristo. C'è il frullato di arancia, c'è il frullato di mela, c'è il frullato di banana, ma per favore non bevete "frullato" di fede. La fede è intera, non si frulla. È la fede in Gesù.

Discorso, 25 luglio 2013

Il futuro del mondo

La gioventù è la finestra attraverso la quale il futuro entra nel mondo. È la finestra, e quindi ci impone grandi sfide. La nostra generazione si rivelerà all'altezza della promessa che c'è in ogni giovane quando saprà offrirgli spazio. Questo significa: tutelarne le condizioni materiali e spirituali per il pieno sviluppo; dargli solide fondamenta su cui possa costruire la vita; garantirgli la sicurezza e l'educazione affinché diventi ciò che può essere; trasmettergli valori duraturi per cui vale la pena vivere; assicurargli un orizzonte trascendente per la sua sete di felicità autentica e la sua creatività nel bene; consegnargli l'eredità di un mondo che corrisponda alla misura della vita umana; svegliare in lui le migliori potenzialità per essere protagonista del proprio domani e corresponsabile del destino di tutti. Con questi atteggiamenti anticipiamo oggi il futuro che entra dalla finestra dei giovani.

Discorso, 22 luglio 2013

Armi e aratri

Il potere di Cristo, che è liberazione e servizio, si faccia sentire in tanti cuori che soffrono guerre, persecuzioni, schiavitù. Che con la sua mansuetudine questo potere divino tolga la durezza dai cuori di tanti uomini e donne immersi nella mondanità e nell'indifferenza, nella globalizzazione dell'indifferenza. Che la sua forza redentrice trasformi le armi in aratri, la distruzione in creatività, l'odio in amore e tenerezza. Così potremo dire con gioia: «I nostri occhi hanno visto la tua salvezza».

Messaggio Urbi et Orbi, Natale 2014

Maria e Giuseppe: le gioie e le fatiche degli sposi

«Prepariamoci per il Natale,
pensando che Gesù viene.
Vi auguro che Gesù venga
nel cuore di ognuno di voi,
e vi benedica e vi dia forza
per andare avanti.»

Udienza generale, *3 dicembre* 2014

Verso Betlemme

Ci disponiamo a celebrare il Natale contemplando Maria e Giuseppe: Maria, la donna piena di grazia che ha avuto il coraggio di affidarsi totalmente alla Parola di Dio; Giuseppe, l'uomo fedele e giusto che ha preferito credere al Signore invece di ascoltare le voci del dubbio e dell'orgoglio umano. Con loro, camminiamo insieme verso Betlemme.

Angelus, 22 dicembre 2013

La ragazza di Nazaret

Maria ascolta, obbedisce interiormente e risponde: «Ecco la serva del Signore: avvenga per me secondo la tua parola». Il mistero di questa ragazza di Nazaret, che è nel cuore di Dio, non ci è estraneo. Non è lei là e noi qui. No, siamo collegati. Infatti Dio posa il suo sguardo d'amore su ogni uomo e ogni donna! Con nome e cognome. Il suo sguardo di amore è su ognuno di noi. L'apostolo Paolo afferma che Dio «ci ha scelti prima della creazione del mondo per essere santi e immacolati» (*Ef* 1,4). Anche noi, da sempre, siamo stati scelti da Dio per vivere una vita santa, libera dal peccato. È un progetto d'amore che Dio rinnova ogni volta che noi ci accostiamo a Lui, specialmente nei sacramenti.

Omelia, 8 dicembre 2013

L'Immacolata

Il Vangelo di san Luca ci presenta Maria, una ragazza di Nazaret, piccola località della Galilea, nella periferia dell'impero romano e anche nella periferia di Israele. Un paesino. Eppure su di lei, quella ragazza di quel paesino lontano, su di lei, si è posato lo sguardo del Signore, che l'ha prescelta per essere la madre di suo Figlio. In vista di questa maternità, Maria è stata preservata dal peccato originale, cioè da quella frattura nella comunione con Dio, con gli altri e con il creato che ferisce in profondità ogni essere umano. Ma questa frattura è stata sanata in anticipo nella Madre di Colui che è venuto a liberarci dalla schiavitù del peccato. L'Immacolata è inscritta nel disegno di Dio; è frutto dell'amore di Dio che salva il mondo.

Omelia, 8 dicembre 2013

L'attesa del Messia

Lo Spirito Santo, presente fin dall'inizio della storia della salvezza, aveva già operato in Gesù nel momento del suo concepimento nel grembo verginale di Maria di Nazaret, realizzando l'evento mirabile dell'Incarnazione: «Lo Spirito Santo ti colmerà, ti adombrerà» dice l'Angelo a Maria «e tu partorirai un Figlio al quale porrai nome Gesù» (cfr. *Lc* 1,35). In seguito, lo Spirito Santo aveva agito in Simeone e Anna nel giorno della presentazione di Gesù al Tempio (cfr. *Lc* 2,22). Entrambi in attesa del Messia; entrambi ispirati dallo Spirito Santo, Simeone e Anna alla vista del bambino intuiscono che è proprio l'Atteso da tutto il popolo. Nell'atteggiamento profetico dei due vegliardi si esprime la gioia dell'incontro con il Redentore e si attua in certo senso una *preparazione* dell'incontro tra il Messia e il popolo.

Omelia, 24 maggio 2014

Sguardo d'amore

La Madonna non si è mai allontanata dall'amore: tutta la sua vita, tutto il suo essere è un "sì" a quell'amore, è un "sì" a Dio. Ma non è stato certamente facile per lei! Quando l'Angelo la chiama «piena di grazia» (*Lc* 1,28), lei rimane «molto turbata», perché nella sua umiltà si sente un nulla davanti a Dio. L'Angelo la conforta: «Non temere Maria, perché hai trovato grazia presso Dio. Ed ecco, concepirai un figlio... e lo chiamerai Gesù» (v. 30). Questo annuncio la sconvolge ancora di più, anche perché non era ancora sposata con Giuseppe; ma l'Angelo aggiunge: «Lo Spirito Santo scenderà su di te... Perciò colui che nascerà sarà santo e sarà chiamato Figlio di Dio» (v. 35). Maria ascolta, obbedisce interiormente e risponde: «Ecco la serva del Signore: avvenga per me secondo la tua parola» (v. 38)...

Contemplando la nostra Madre Immacolata, bella, riconosciamo anche il nostro destino più vero, la nostra vocazione più profonda: essere amati, essere trasformati dall'amore, essere trasformati dalla bellezza di Dio. Guardiamo lei, nostra Madre, e lasciamoci guardare da lei, perché è nostra Madre e ci ama tanto; lasciamoci guardare da lei per imparare a essere più umili, e anche più coraggiosi nel seguire la Parola di Dio; per accogliere il tenero abbraccio del suo Figlio Gesù, un abbraccio che ci dà vita, speranza e pace.

Angelus, 8 dicembre 2013

"Eccomi"

Fissiamo lo sguardo su questa semplice fanciulla di Nazaret, nel momento in cui si rende disponibile al messaggio divino con il suo "sì"; cogliamo due aspetti essenziali del suo atteggiamento, che è per noi modello di come prepararsi al Natale.

Anzitutto la sua *fede*, il suo atteggiamento di fede, che consiste nell'ascoltare la Parola di Dio per abbandonarsi a questa Parola con piena disponibilità di mente e di cuore. Rispondendo all'Angelo, Maria disse: «Ecco la serva del Signore: avvenga per me secondo la tua parola» (v. 38). Nel suo "eccomi" pieno di fede, Maria non sa per quali strade si dovrà avventurare, quali dolori dovrà patire, quali rischi affrontare. Ma è consapevole che è il Signore a chiedere e lei si fida totalmente di Lui, si abbandona al suo amore. Questa è la fede di Maria!

Angelus, 21 dicembre 2014

La gratuità di Dio

Le due parole di Maria – qui mi sta mancando la memoria, non so se ne ha dette altre... –: «Si faccia in me...». Sì, certo, chiese spiegazioni sul perché era stata scelta lei, all'Angelo. Ma dice: «Si faccia in me». E l'altra parola, a Cana: «Fate quello che Lui vi dirà». Maria non ha mai voluto essere protagonista. È stata discepola per tutta la vita. La prima discepola di sua Figlio. Ed era cosciente che tutto ciò che lei aveva portato era pura gratuità di Dio. Coscienza di gratuità. Per questo «si faccia», «fate» che si manifesti la gratuità di Dio.

Omelia, 8 luglio 2015

Madri con i figli sulle spalle

Mi commuovo quando vedo molte madri con i loro figli sulle spalle. Come fanno qui molte di voi. Portano su di sé la vita, il futuro della loro gente. Portano le ragioni della loro gioia, delle loro speranze. Portano la benedizione della terra nei frutti. Portano il lavoro realizzato dalle loro mani. Mani che hanno plasmato il presente e che tesseranno le aspirazioni del domani. Ma portano sulle loro spalle anche disillusioni, tristezze e amarezze, l'ingiustizia che pare non avere fine e le cicatrici di una giustizia che non si realizza. Portano su di sé la gioia e il dolore della loro terra. Voi portate la memoria del vostro popolo. Perché i popoli hanno memoria, una memoria che si trasmette di generazione in generazione; i popoli hanno una memoria in cammino.

Omelia, 9 luglio 2015

Somiglianze intime

Il Signore ogni giorno visita la sua Chiesa. Visita ognuno di noi. E anche la nostra anima entra in questa somiglianza: la nostra anima assomiglia alla Chiesa; la nostra anima assomiglia a Maria.

Omelia in Santa Marta, 23 dicembre 2013

Un tempo per dormire e un tempo per agire

Come san Giuseppe, una volta ascoltata la voce di Dio, dobbiamo scuoterci dal nostro sonno; dobbiamo alzarci e agire (cfr. *Rm* 13, 11). In famiglia, dobbiamo alzarci e agire! La fede non ci toglie dal mondo, ma ci inserisce più profondamente in esso. Questo è molto importante! Dobbiamo andare in profondità nel mondo, ma con la forza della preghiera. Ognuno di noi, infatti, svolge un ruolo speciale nella preparazione della venuta del Regno di Dio nel mondo.

Proprio come il dono della Santa Famiglia fu affidato a san Giuseppe, così il dono della famiglia e il suo posto nel piano di Dio viene affidato a noi. Il dono della Santa Famiglia è stato affidato a san Giuseppe, perché lo portasse avanti. A ciascuno di voi e di noi – perché anch'io sono figlio di una famiglia – viene affidato il piano di Dio perché venga portato avanti. L'Angelo del Signore rivelò a Giuseppe i pericoli che minacciavano Gesù e Maria, costringendoli a fuggire in Egitto e poi a stabilirsi a Nazaret. Proprio così, nel nostro tempo, Dio ci chiama a riconoscere i pericoli che minacciano le nostre famiglie e a proteggerle dal male.

Discorso, 16 gennaio 2015

Portare Gesù a tutti

Ogni volta che preghiamo l'*Angelus*, facciamo memoria dell'evento che ha cambiato per sempre la storia degli uomini. Quando l'angelo Gabriele annunciò a Maria che sarebbe diventata la Madre di Gesù, del Salvatore, lei, anche senza capire il pieno significato di quella chiamata, si è fidata di Dio, ha risposto: «Ecco la serva del Signore: avvenga per me secondo la tua parola» (*Lc* 1,38). Ma immediatamente dopo che cosa ha fatto? Dopo aver ricevuto la grazia di essere la Madre del Verbo incarnato, non ha tenuto per sé quel regalo; si è sentita responsabile ed è partita, è uscita dalla sua casa ed è andata in fretta ad aiutare la parente Elisabetta, che aveva bisogno di aiuto (cfr. *Lc* 1, 38-39); ha compiuto un gesto di amore, di carità e di servizio concreto, portando Gesù che aveva in grembo. E questo gesto l'ha fatto in fretta!

Ecco, cari amici, il nostro modello. Colei che ha ricevuto il dono più prezioso da parte di Dio, come primo gesto di risposta si muove per servire e portare Gesù. Chiediamo alla Madonna che aiuti anche noi a donare la gioia di Cristo ai nostri familiari, ai nostri compagni, ai nostri amici, a tutti. Non abbiate mai paura di essere generosi con Cristo. Ne vale la pena! Uscire e andare con coraggio e generosità, perché ogni uomo e ogni donna possa incontrare il Signore.

Angelus, 28 luglio 2013

Un grembo benedetto

Tornano alla mente le parole con le quali Elisabetta pronunciò la sua *benedizione sulla Vergine Santa*: «Benedetta tu fra le donne e benedetto il frutto del tuo grembo! A che cosa devo che la madre del mio Signore venga a me?» (*Lc* 1, 42-43).

Questa benedizione si pone *in continuità con la benedizione sacerdotale* che Dio aveva suggerito a Mosè perché la trasmettesse ad Aronne e a tutto il popolo: «Ti benedica il Signore e ti custodisca. Il Signore faccia risplendere per te il suo volto e ti faccia grazia. Il Signore rivolga a te il suo volto e ti conceda pace» (*Nm* 6, 24-26). La Chiesa ci ricorda che Maria è la prima destinataria di questa benedizione. In Lei essa trova compimento: infatti, nessun'altra creatura ha visto brillare su di sé il volto di Dio come Maria, che ha dato un volto umano al Verbo eterno, così che tutti lo possiamo contemplare.

Omelia, 1° gennaio 2015

Momenti difficili

Rallegrati, Maria, rallegrati. Davanti a questo saluto, Maria restò sconcertata e si domandava che cosa volesse dire. Non capiva molto di ciò che stava succedendo. Ma comprese che veniva da Dio e disse "sì". Sì al sogno di Dio, sì al progetto di Dio, sì alla volontà di Dio.

Un "sì" che, come sappiamo, non fu per niente facile da vivere. Un "sì" che non la riempì di privilegi o distinzioni, ma che, come le dirà Simeone nella sua profezia: «Anche a te una spada trafiggerà l'anima» (*Lc* 2,35). Eccome l'ha trafitta! Per questo la amiamo tanto e troviamo in lei una vera Madre che ci aiuta a tenere vive la fede e la speranza in mezzo a situazioni complicate. Seguendo la profezia di Simeone, ci farà bene ripercorrere brevemente tre momenti difficili della vita di Maria.

1. *La nascita di Gesù.* «Non c'era posto per loro» (*Lc* 2,7). Non avevano una casa, un'abitazione per accogliere il loro figlio. Non c'era spazio per poterlo dare alla luce. E nemmeno la famiglia vicina, erano soli. L'unico posto disponibile era una stalla di animali. E nella sua memoria sicuramente risuonavano

le parole dell'Angelo: «Rallegrati, Maria, il Signore è con te». E lei avrebbe potuto chiedersi: Dov'è adesso?

2. *La fuga in Egitto*. Dovettero partire, andare in esilio. Là non solo non avevano un posto, una famiglia, ma anche la loro vita era in pericolo. Dovettero mettersi in cammino e andare in terra straniera. Furono migranti perseguitati per l'avidità e l'avarizia dell'imperatore. E anche là lei avrebbe potuto chiedersi: Dov'è quello che mi ha detto l'Angelo?

3. *La morte sulla croce*. Non deve esistere una situazione più difficile per una madre che accompagnare la morte di suo figlio. Sono momenti strazianti. Ed ecco vediamo Maria, ai piedi della croce, come ogni madre, salda, senza venir meno, che accompagna suo Figlio fino all'estremo della morte e della morte di croce. E anche lì lei avrebbe potuto domandarsi: Dov'è quello che mi ha detto l'Angelo? E poi la vediamo che tiene uniti e sostiene i discepoli.

Contempliamo la sua vita, e ci sentiamo compresi, capiti. Possiamo sederci a pregare e usare un linguaggio comune davanti a una serie di situazioni che viviamo ogni giorno. Ci possiamo identificare in molte situazioni della sua vita. Raccontarle le nostre realtà perché lei le comprende.

Omelia, 11 luglio 2015

La tenerezza è una rivoluzione

Ogni volta che guardiamo a Maria torniamo a credere nella forza rivoluzionaria della tenerezza e dell'affetto. In lei vediamo che l'umiltà e la tenerezza non sono virtù dei deboli ma dei forti, che non hanno bisogno di maltrattare gli altri per sentirsi importanti. Guardando a lei scopriamo che colei che lodava Dio perché «ha rovesciato i potenti dai troni» e «ha rimandato i ricchi a mani vuote» (*Lc* 1,52.53) è la stessa che assicura calore domestico alla nostra ricerca di giustizia. È anche colei che conserva premurosamente «tutte queste cose, meditandole nel suo cuore» (*Lc* 2,19). Maria sa riconoscere le orme dello Spirito di Dio nei grandi avvenimenti e anche in quelli che sembrano impercettibili. È contemplativa del mistero di Dio nel mondo, nella storia e nella vita quotidiana di ciascuno e di tutti. È la donna orante e lavoratrice a Nazaret, ed è anche nostra Signora della premura, colei che parte dal suo villaggio per aiutare gli altri «senza indugio» (*Lc* 1,39). Questa dinamica di giustizia e di tenerezza, di contemplazione e di cammino verso gli altri, è ciò che fa di lei un modello ecclesiale per l'evangelizzazione.

Evangelii gaudium, n. 288

Madre-Chiesa

Maria, la prima e perfetta discepola di Gesù, la prima e perfetta credente, modello della Chiesa in cammino, è Colei che apre questa strada di *maternità della Chiesa* e ne sostiene sempre la missione materna rivolta a tutti gli uomini. La sua testimonianza discreta e materna cammina con la Chiesa fin dalle origini.

Ella, Madre di Dio, è anche Madre della Chiesa e, per mezzo della Chiesa, è Madre di tutti gli uomini e di tutti i popoli.

Che questa Madre dolce e premurosa ci ottenga la benedizione del Signore per l'intera famiglia umana.

Omelia, 1° gennaio 2015

Magnificat!

La Vergine Maria: una semplice ragazza di paese, che porta nel cuore tutta la speranza di Dio! Nel suo grembo, la speranza di Dio ha preso carne, si è fatta uomo, si è fatta storia: Gesù Cristo. Il suo *Magnificat* è il cantico del popolo di Dio in cammino, e di tutti gli uomini e le donne che sperano in Dio, nella potenza della sua misericordia. Lasciamoci guidare da lei, che è madre, è mamma e sa come guidarci. Lasciamoci guidare da Lei in questo tempo di attesa e di vigilanza operosa.

Omelia, 1° dicembre 2013

Una donna piena di Grazia

Tre volte diciamo: «Piena di grazia!». Tutti: Piena di grazia! Piena di grazia! Piena di grazia! E così Dio l'ha guardata fin dal primo istante nel suo disegno d'amore. L'ha guardata bella, piena di grazia. È bella la nostra Madre! Maria ci sostiene nel nostro cammino verso il Natale, perché ci insegna come vivere questo tempo di Avvento nell'attesa del Signore. Perché questo tempo di Avvento è un'attesa del Signore, che ci visiterà tutti nella festa, ma anche, ognuno, nel nostro cuore. Il Signore viene! Aspettiamolo!

Contemplando la nostra Madre Immacolata, bella, riconosciamo anche il nostro destino più vero, la nostra vocazione più profonda: essere amati, essere trasformati dall'amore, essere trasformati dalla bellezza di Dio. Guardiamo lei, nostra Madre, e lasciamoci guardare da lei, perché è la nostra Madre e ci ama tanto; lasciamoci guardare da lei per imparare a essere più umili, e anche più coraggiosi nel seguire la Parola di Dio; per accogliere il tenero abbraccio del suo Figlio Gesù, un abbraccio che ci dà vita, speranza e pace.

Omelia, 8 dicembre 2013

Il volto di Maria

Di fronte all'amore, di fronte alla misericordia, alla grazia divina riversata nei nostri cuori, la conseguenza che s'impone è una sola: la *gratuità*. Nessuno di noi può comperare la salvezza! La salvezza è un dono gratuito del Signore, un dono gratuito di Dio che viene in noi e abita in noi. Come abbiamo ricevuto gratuitamente, così gratuitamente siamo chiamati a dare (cfr. *Mt* 10, 8); a imitazione di Maria, che, subito dopo aver accolto l'annuncio dell'Angelo, va a condividere il dono della fecondità con la parente Elisabetta. Perché, se tutto ci è stato donato, tutto dev'essere ridonato. In che modo? Lasciando che lo Spirito Santo faccia di noi un dono per gli altri. Lo Spirito è dono per noi e noi, con la forza dello Spirito, dobbiamo essere dono per gli altri e lasciare che lo Spirito Santo ci faccia diventare strumenti di accoglienza, strumenti di riconciliazione, strumenti di perdono. Se la nostra esistenza si lascia trasformare dalla grazia del Signore, perché la grazia del Signore ci trasforma, non potremo trattenere per noi la luce che viene dal suo volto, ma la lasceremo passare perché illumini gli altri. Impariamo da Maria, che ha tenuto costantemente lo sguardo fisso sul Figlio e il suo volto è diventato «la faccia che a Cristo più si somiglia» (Dante, *Paradiso*, XXXII, 87).

Angelus, 8 dicembre 2014

Maria, speranza nostra

Maria è la madre della speranza, l'icona più espressiva della speranza cristiana. Tutta la sua vita è un insieme di atteggiamenti di speranza, a cominciare dal "sì" al momento dell'annunciazione. Maria non sapeva come potesse diventare madre, ma si è affidata totalmente al mistero che stava per compiersi, ed è diventata la donna dell'attesa e della speranza. Poi la vediamo a Betlemme, dove colui che le è stato annunciato come il Salvatore d'Israele e come il Messia nasce nella povertà. In seguito, mentre si trova a Gerusalemme per presentarlo al tempio, con la gioia degli anziani Simeone e Anna avviene anche la promessa di una spada che le avrebbe trafitto il cuore e la profezia di un segno di contraddizione. Lei si rende conto che la missione e la stessa identità di quel Figlio, superano il suo essere madre. Arriviamo poi all'episodio di Gesù che si perde a Gerusalemme e viene richiamato: «Figlio, perché ci hai fatto questo?» (*Lc* 2, 48), e la risposta di Gesù che si sottrae alle preoccupazioni materne e si volge alle cose del Padre celeste.

Eppure, di fronte a tutte queste difficoltà e sorprese del progetto di Dio, la speranza della Vergine non vacilla mai! Donna di speranza.

Dobbiamo molto a questa Madre! In lei, presente in ogni momento della storia della salvezza, vediamo una testimonianza solida di speranza. Lei, madre di speranza, ci sostiene nei momenti di buio, di difficoltà, di sconforto, di apparente sconfitta o di vere sconfitte umane. Maria, speranza nostra, ci aiuti a fare della nostra vita un'offerta gradita al Padre celeste, e un dono gioioso per i nostri fratelli, un atteggiamento che guarda sempre al domani.

Vespri, 21 novembre 2013

Donne che amano "dividersi"

Le madri sono l'antidoto più forte al dilagare dell'individualismo egoistico. "Individuo" vuol dire "che non si può dividere". Le madri invece si "dividono", a partire da quando ospitano un figlio per darlo al mondo e farlo crescere. Sono esse, le madri, a odiare maggiormente la guerra, che uccide i loro figli. Tante volte ho pensato a quelle mamme quando hanno ricevuto la lettera: «Le dico che suo figlio è caduto in difesa della patria...». Povere donne! Come soffre una madre! Sono esse a testimoniare la bellezza della vita. L'arcivescovo Oscar Arnulfo Romero diceva che le mamme vivono un «martirio materno». Nell'omelia per il funerale di un prete assassinato dagli squadroni della morte, egli disse, riecheggiando il Concilio Vaticano II: «Tutti dobbiamo essere disposti a morire per la nostra fede, anche se il Signore non ci concede questo onore... Dare la vita non significa solo essere uccisi; dare la vita, avere spirito di martirio, è dare nel dovere, nel silenzio, nella preghiera, nel compimento onesto del dovere; in quel silenzio della vita quotidiana; dare la vita a poco a poco? Sì, come la dà una madre, che senza timore, con la semplicità del martirio materno, concepisce nel suo seno un figlio, lo dà alla luce, lo allatta, lo fa crescere e accudisce con affetto. È dare la vita. È martirio». Fino a qui la citazione. Sì, essere madre non significa solo mettere al mondo un figlio, ma è anche una scelta di vita. Cosa sceglie una madre, qual è la scelta di vita di una madre? La scelta di vita di una madre è la scelta di dare la vita. E questo è grande, questo è bello.

Udienza generale, 7 gennaio 2015

Anche la tua anima...

L'intima connessione tra Maria, la Chiesa e ciascun fedele, in quanto, in modi diversi, generano Cristo, è stata magnificamente espressa dal beato Isacco della Stella: «Nelle Scritture divinamente ispirate, quello che si intende in generale della Chiesa, vergine e madre, si intende in particolare della Vergine Maria [...] Si può parimenti dire che ciascuna anima fedele è sposa del Verbo di Dio, madre di Cristo, figlia e sorella, vergine e madre feconda [...]. Cristo rimase nove mesi nel seno di Maria, rimarrà nel tabernacolo della fede della Chiesa fino alla consumazione dei secoli; e, nella conoscenza e nell'amore dell'anima fedele, per i secoli dei secoli» .

Evangelii gaudium, n. 286

Cristo e la Madre sono inseparabili

Oltre alla contemplazione del volto di Dio, noi possiamo anche lodarlo e glorificarlo come i pastori, che se ne tornarono da Betlemme con un canto di ringraziamento dopo aver visto il bambino e la sua giovane mamma (cfr. *Lc* 2, 16). Erano insieme, come sono stati insieme al Calvario, perché *Cristo e sua Madre sono inseparabili*: tra loro esiste un rapporto strettissimo, come tra ogni figlio e sua madre. La carne di Cristo – che è cardine della nostra salvezza (Tertulliano) – è stata intessuta nel grembo di Maria (cfr. *Sal* 139, 13). Tale inseparabilità è significata anche dal fatto che Maria, prescelta per essere Madre del Redentore, ne ha condiviso intimamente tutta la missione rimanendo accanto al Figlio fino alla fine sul Calvario.

Maria è così unita a Gesù perché ha avuto di Lui la conoscenza del cuore, la conoscenza della fede, nutrita dall'esperienza materna e dal legame intimo con il suo Figlio. La Vergine Santa è la donna di fede, che ha fatto posto a Dio nel suo cuore, nei suoi progetti; è la credente capace di cogliere nel dono del Figlio l'avvento di quella «pienezza del tempo» (*Gal* 4, 4) nella quale Dio, scegliendo l'umile via dell'esistenza umana, è entrato personalmente nel solco della storia della salvezza. Per questo non si può capire Gesù senza sua Madre.

Omelia, 1° gennaio 2015

Due madri

Quando un cristiano mi dice, non che non ama la Madonna, che non gli viene di cercare la Madonna o di pregare la Madonna, io mi sento triste. Ricordo una volta, quasi quarant'anni fa, ero in Belgio, in un convegno, e c'era una coppia di catechisti, professori universitari ambedue, con figli, una bella famiglia, e parlavano di Gesù Cristo tanto bene. E a un certo punto ho detto: «E la devozione alla Madonna?». «Ma noi abbiamo superato questa tappa. Noi conosciamo tanto Gesù Cristo che non abbiamo bisogno della Madonna.» E quello che mi è venuto in mente e nel cuore è stato: "Mah... poveri orfani!". È così, no? Perché un cristiano senza la Madonna è orfano. Anche un cristiano senza Chiesa è un orfano. Un cristiano ha bisogno di queste due donne, due donne madri, due donne vergini: la Chiesa e la Madonna. E per fare il "test" di una vocazione cristiana giusta, bisogna domandarsi: «Come va il mio rapporto con queste due madri che ho?», con la madre Chiesa e con la madre Maria. Questo non è un pensiero di "pietà", no, è teologia pura. Questa è teologia. Come va il mio rapporto con la Chiesa, con la madre Chiesa, con la santa madre Chiesa gerarchica? E come va il mio rapporto con la Madonna, che è mia Mamma, mia Madre?

Discorso, 28 giugno 2014

Dio passa e bussa...

Un altro aspetto è la capacità della Madre di Cristo di *riconoscere il tempo di Dio*. Maria è colei che ha reso possibile l'Incarnazione del Figlio di Dio, «la rivelazione del mistero, avvolto nel silenzio per secoli eterni» (*Rm* 16,25). Ha reso possibile l'Incarnazione del Verbo grazie proprio al suo "sì" umile e coraggioso. Maria ci insegna a cogliere il momento favorevole in cui Gesù passa nella nostra vita e chiede una risposta pronta e generosa. E Gesù passa. Infatti, il mistero della nascita di Gesù a Betlemme, avvenuto storicamente più di duemila anni or sono, si attua, come evento spirituale, nell'"oggi" della liturgia. Il Verbo, che trovò dimora nel grembo verginale di Maria, nella celebrazione del Natale viene a bussare nuovamente al cuore di ogni cristiano: passa e bussa. Ognuno di noi è chiamato a rispondere, come Maria, con un "sì" personale e sincero, mettendosi pienamente a disposizione di Dio, della sua misericordia e del suo amore. Quante volte Gesù passa nella nostra vita, e quante volte ci manda un angelo, e quante volte non ce ne rendiamo conto, perché siamo tanto presi, immersi nei nostri pensieri, nei nostri affari e addirittura, in questi giorni, nei nostri preparativi del Natale, da non accorgerci di Lui che passa e bussa alla porta del nostro cuore, chiedendo accoglienza, chiedendo un "sì", come quello di Maria. Un santo diceva: «Ho timore che il Signore passi». Sapete perché aveva timore? Timore di non accorgersi e lasciarlo passare. Quando noi sentiamo nel nostro cuore: "Vorrei essere più buono, più buona... Sono pentito di questo che ho fatto...". È proprio il Signore che bussa. Ti fa sentire questo: la voglia di essere migliore, la voglia di rimanere più vicino agli altri, a Dio. Se tu senti questo, fermati. È il Signore lì! E vai alla preghiera, e forse alla confessione, a pulire un po'...: questo fa bene. Ma ricordati bene: se senti questa voglia di migliorare, è Lui che bussa: non lasciarlo passare!

Angelus, 21 dicembre 2014

Natale è pace

Nel mistero del Natale, accanto a Maria c'è la silenziosa presenza di san Giuseppe, come viene raffigurata in ogni presepe... L'esempio di Maria e di Giuseppe è per tutti noi un invito ad accogliere con totale apertura d'animo Gesù, che per amore si è fatto nostro fratello. Egli viene a portare al mondo il dono della pace: «Sulla terra pace agli uomini, che egli ama» (*Lc* 2, 14), come annunciarono in coro gli angeli ai pastori. Il dono prezioso del Natale è la pace, e Cristo è la nostra vera pace. E Cristo bussa ai nostri cuori per donarci la pace, la pace dell'anima.

Angelus, 21 dicembre 2014

Grandezza d'animo

Giuseppe e Maria vivevano a Nazaret; non abitavano ancora insieme, perché il matrimonio non era ancora compiuto. In quel frattempo, Maria, dopo aver accolto l'annuncio dell'Angelo, rimase incinta per opera dello Spirito Santo. Quando Giuseppe si accorge di questo fatto, ne rimane sconcertato. Il Vangelo non spiega quali fossero i suoi pensieri, ma ci dice l'essenziale: egli cerca di fare la volontà di Dio ed è pronto alla rinuncia più radicale. Invece di difendersi e di far valere i propri diritti, Giuseppe sceglie una soluzione che per lui rappresenta un enorme sacrificio. E il Vangelo dice: «Poiché era uomo giusto e non voleva accusarla pubblicamente, pensò di ripudiarla in segreto» (*Mt* 1, 19).

Questa breve frase riassume un vero e proprio dramma interiore, se pensiamo all'amore che Giuseppe aveva per Maria! Ma anche in una tale circostanza, Giuseppe intende fare la volontà di Dio e decide, sicuramente con gran dolore, di congedare Maria in segreto. Bisogna meditare su queste parole, per capire quale sia stata la prova che Giuseppe ha dovuto sostenere nei giorni che hanno preceduto la nascita di Gesù. Una prova simile a quella del sacrificio di Abramo, quando Dio gli chiese il figlio Isacco (cfr. *Gn* 22): rinunciare alla cosa più preziosa, alla persona più amata.

Ma, come nel caso di Abramo, il Signore interviene: ha trovato la fede che cercava e apre una via diversa, una via di amore e di felicità: «Giuseppe» gli dice «non temere di prendere con te Maria, tua sposa. Infatti il bambino che è generato in lei viene dallo Spirito Santo» (*Mt* 1,20).

Questo Vangelo ci mostra tutta la grandezza d'animo di san Giuseppe. Egli stava seguendo un buon progetto di vita, ma Dio riservava per lui un altro disegno, una missione più grande.

Angelus, 22 dicembre 2013

Chiacchiere da mercato

Giuseppe, fidanzato: voleva tanto la sua promessa sposa, e lei se n'era andata dalla cugina ad aiutarla, e quando torna si vedevano i primi segni della maternità. Giuseppe soffre, vede le donne del villaggio che chiacchierano nel mercato: «Questa donna è buona, io la conosco! È una donna di Dio. Ma cosa mi ha fatto? Non è possibile! Ma io devo accusarla e lei verrà lapidata. Ne diranno di tutti i colori di lei. Ma io non posso mettere questo peso su di lei, su qualcosa che non capisco, perché lei è incapace di infedeltà». Giuseppe preferì apparire come peccatore, come un cattivo uomo, per non fare ombra alla sua fidanzata, alla quale voleva tanto bene, anche se non capiva. Alla fine ha preso con sé la sua sposa dicendo: «Non capisco niente, ma il Signore mi ha detto questo e questo apparirà come mio figlio!».

Omelia a Santa Marta, 18 dicembre 2014

Senza rancore

Giuseppe era un uomo che dava sempre ascolto alla voce di Dio, profondamente sensibile al suo segreto volere, un uomo attento ai messaggi che gli giungevano dal profondo del cuore e dall'alto. Non si è ostinato a perseguire quel suo progetto di vita, non ha permesso che il rancore gli avvelenasse l'animo, ma è stato pronto a mettersi a disposizione della novità che, in modo sconcertante, gli veniva presentata.

È così, era un uomo buono. Non odiava, e non ha permesso che il rancore gli avvelenasse l'animo. Ma quante volte a noi l'odio, l'antipatia pure, il rancore ci avvelenano l'anima! E questo fa male. Non permetterlo mai: lui è un esempio di questo. E così, Giuseppe è diventato ancora più libero e grande. Accettandosi secondo il disegno del Signore, Giuseppe trova pienamente se stesso, al di là di sé. Questa sua libertà di rinunciare a ciò che è suo, al possesso sulla propria esistenza, e questa sua piena disponibilità interiore alla volontà di Dio, ci interpellano e ci mostrano la via.

Angelus, 22 dicembre 2013

La forza e la bontà

Nei Vangeli, san Giuseppe appare come un uomo forte, coraggioso, lavoratore, ma nel suo animo emerge una grande tenerezza, che non è la virtù del debole, anzi, al contrario, denota fortezza d'animo e capacità di attenzione, di compassione, di vera apertura all'altro, capacità di amore. Non dobbiamo avere timore della bontà, della tenerezza!

Omelia, 19 marzo 2013

Il custode della famiglia di Dio

«Giuseppe fece come gli aveva ordinato l'Angelo del Signore e prese con sé la sua sposa» (*Mt* 1,24). In queste parole è già racchiusa la missione che Dio affida a Giuseppe, quella di essere *custos*, custode. Custode di chi? Di Maria e di Gesù; ma è una custodia che si estende poi alla Chiesa, come ha sottolineato san Giovanni Paolo II: «San Giuseppe, come ebbe amorevole cura di Maria e si dedicò con gioioso impegno all'educazione di Gesù Cristo, così custodisce e protegge il suo mistico corpo, la Chiesa, di cui la Vergine Santa è figura e modello» (Esort. ap. *Redemptoris custos*, 1).

Come esercita Giuseppe questa custodia? Con discrezione, con umiltà, nel silenzio, ma con una presenza costante e una fedeltà totale, anche quando non comprende. Dal matrimonio con Maria fino all'episodio di Gesù dodicenne nel Tempio di Gerusalemme, accompagna con premura e tutto l'amore ogni momento. È accanto a Maria sua sposa nei momenti sereni e in quelli difficili della vita, nel viaggio a Betlemme per il censimento e nelle ore trepidanti e gioiose del parto; nel momento drammatico della fuga in Egitto e nella ricerca affannosa del figlio al Tempio; e poi nella quotidianità della casa di Nazaret, nel laboratorio dove ha insegnato il mestiere a Gesù...

Giuseppe è "custode", perché sa ascoltare Dio, si lascia guidare dalla sua volontà, e proprio per questo è ancora più sensibile alle persone che gli sono affidate, sa leggere con realismo gli avvenimenti, è attento a ciò che lo circonda, e sa prendere le decisioni più sagge. In lui cari amici, vediamo come si risponde alla vocazione di Dio, con disponibilità, con prontezza, ma vediamo anche qual è il centro della vocazione cristiana: Cristo! Custodiamo Cristo nella nostra vita, per custodire gli altri, per custodire il creato!

Omelia, 19 marzo 2013

Il custode della Chiesa e del mondo

San Giuseppe ebbe cura e difese Maria e Gesù con il suo lavoro e la sua presenza generosa, e li liberò dalla violenza degli ingiusti portandoli in Egitto. Nel Vangelo appare come un uomo giusto, lavoratore, forte. Ma dalla sua figura emerge anche una grande tenerezza, che non è propria di chi è debole ma di chi è veramente forte, attento alla realtà per amare e servire umilmente. Per questo è stato dichiarato custode della Chiesa universale. Anche lui può insegnarci ad aver cura, può motivarci a lavorare con generosità e tenerezza per proteggere questo mondo che Dio ci ha affidato.

Laudato si', n. 242

"Riposare" nel Signore

Le Scritture parlano poco di san Giuseppe e, là dove lo fanno, spesso lo troviamo mentre riposa, con un angelo che in sogno gli rivela la volontà di Dio. Nel brano evangelico di *Matteo* 2, 13-23, troviamo Giuseppe che riposa non una, ma due volte...

Il riposo è necessario per la salute della nostra mente e del nostro corpo, eppure è spesso così difficile da raggiungere, a causa alle numerose esigenze che pesano su di noi. Il riposo è anche essenziale per la nostra salute spirituale, affinché possiamo ascoltare la voce di Dio e comprendere quello che ci chiede. Giuseppe fu scelto da Dio per essere padre putativo di Gesù e sposo di Maria. Come cristiani, anche voi siete chiamati, come Giuseppe, a preparare una casa per Gesù. Preparare una casa per Gesù! Voi preparate una casa per Lui nei vostri cuori, nelle vostre famiglie, nelle vostre parrocchie e nelle vostre comunità...

Per ascoltare e accogliere la chiamata di Dio, e preparare una casa per Gesù, dovete essere capaci di riposare nel Signore. Dovete trovare il tempo ogni giorno per riposare nel Signore, per pregare. Pregare è riposare nel Signore. Ma voi potreste dirmi: Santo Padre, lo sappiamo; io vorrei pregare, ma c'è tanto lavoro da fare! Devo prendermi cura dei miei figli; ho i doveri di casa; sono troppo stanco perfino per dormire bene. È giusto. Questo potrebbe essere vero, ma se noi non preghiamo non conosceremo mai la cosa più importante di tutte: la volontà di Dio per noi. Inoltre, pur con tutta la nostra attività, con le nostre mille occupazioni, senza la preghiera concluderemo davvero poco...

Vorrei anche dirvi una cosa molto personale. Io amo molto san Giuseppe, perché è un uomo forte e silenzioso. Sul mio tavolo ho un'immagine di san Giuseppe che dorme. E mentre dorme si prende cura della Chiesa! Sì! Può farlo, lo sappiamo. E quando ho un problema, una difficoltà, io scrivo un foglietto e lo metto sotto san Giuseppe, perché lo sogni! Questo gesto significa: prega per questo problema!...

Non dimenticate Gesù che dorme! Non dimenticate san Giuseppe che dorme! Gesù ha dormito con la protezione di Giuseppe. Non dimenticate: il riposo della famiglia è la preghiera. Non dimenticate di pregare per la famiglia. Pregate spesso e portate i frutti della vostra preghiera nel mondo, perché tutti possano conoscere Gesù Cristo e il suo amore misericordioso. Per favore, "dormite" anche per me: pregate anche per me, ho davvero bisogno delle vostre preghiere e conterò sempre su di esse. Grazie tante!

Discorso, 16 gennaio 2015

Intorno a una culla

«Natale: la novità di Dio
che rifà in un modo
più meraviglioso
la creazione,
tutte le cose.»

Omelia a Santa Marta, *19 dicembre 2014*

Una parola fragile

Il Bambino di Betlemme è fragile, come tutti i neonati. Non sa parlare, eppure è la Parola che si è fatta carne, venuta a cambiare il cuore e la vita degli uomini. Quel Bambino, come ogni bambino, è debole e ha bisogno di essere aiutato e protetto. Anche oggi i bambini hanno bisogno di essere accolti e difesi, fin dal grembo materno.

Omelia a Betlemme, 25 maggio 2014

La Parola si fa carne

Il prologo del Vangelo di Giovanni (1, 1-18) mostra l'attività creatrice di Cristo come Parola divina (*Logos*). Ma questo prologo sorprende per la sua affermazione che questa Parola «si fece carne» (*Gv* 1, 14). Una Persona della Trinità si è inserita nel cosmo creato, condividendone il destino fino alla croce. Dall'inizio del mondo, ma in modo particolare a partire dall'incarnazione, il mistero di Cristo opera in modo nascosto nell'insieme della realtà naturale, senza per questo ledere la sua autonomia.

Laudato si', n. 99

Gli umili

Gesù, il Figlio di Dio, il Salvatore del mondo, è nato per noi. È nato a Betlemme da una vergine, realizzando le antiche profezie. La vergine si chiama Maria, il suo sposo Giuseppe. Sono le persone umili, piene di speranza nella bontà di Dio, che accolgono Gesù e lo riconoscono. Così lo Spirito Santo ha illuminato i pastori di Betlemme, che sono accorsi alla grotta e hanno adorato il Bambino. E poi lo Spirito ha guidato gli anziani Simeone e Anna, umili, nel tempio di Gerusalemme, e loro hanno riconosciuto in Gesù il Messia. «I miei occhi hanno visto la tua salvezza» esclama Simeone «salvezza preparata da [Dio] davanti a tutti i popoli» (*Lc* 2, 30).

Sì, fratelli, Gesù è la salvezza per ogni persona e per ogni popolo!

Messaggio Urbi et Orbi, Natale 2014

I bambini sono un segno

Il Bambino Gesù, nato a Betlemme, è *il segno* dato da Dio a chi attendeva la salvezza, e rimane per sempre il segno della tenerezza di Dio e della sua presenza nel mondo. L'angelo dice ai pastori: «Questo per voi il segno: troverete un bambino...».

Anche oggi *i bambini sono un segno*. Segno di speranza, segno di vita, ma anche *segno "diagnostico"* per capire lo stato di salute di una famiglia, di una società, del mondo intero. Quando i bambini sono accolti, amati, custoditi, tutelati, la famiglia è sana, la società migliora, il mondo è più umano.

Omelia a Betlemme, 25 maggio 2014

Il Presepe icona dei "piccoli"

I bambini ci ricordano che tutti, nei primi anni della vita, siamo stati totalmente dipendenti dalle cure e dalla benevolenza degli altri. E il Figlio di Dio non si è risparmiato questo passaggio. È il mistero che contempliamo ogni anno, a Natale. Il presepe è l'icona che ci comunica questa realtà nel modo più semplice e diretto. Ma è curioso: Dio non ha difficoltà a farsi capire dai bambini, e i bambini non hanno problemi a capire Dio. Non per caso nel Vangelo ci sono alcune parole molto belle e forti di Gesù sui "piccoli". Questo termine "piccoli" indica tutte le persone che dipendono dall'aiuto degli altri, e in particolare i bambini. Ad esempio Gesù dice: «Ti rendo lode, Padre, Signore del cielo e della terra, perché hai nascosto queste cose ai sapienti e ai dotti e le hai rivelate ai piccoli» (*Mt* 11, 25). E ancora: «Guardate di non disprezzare uno solo di questi piccoli, perché io vi dico che i loro angeli nei cieli vedono sempre la faccia del Padre mio che è nei cieli» (*Mt* 18, 10).

Udienza generale, 4 marzo 2015

Nella mangiatoia

La Vergine è colei che più di ogni altro ha contemplato Dio nel volto umano di Gesù. Aiutata da san Giuseppe, lo ha avvolto in fasce e lo ha adagiato nella mangiatoia.

Regina Coeli, 25 maggio

Dentro di noi, tenebre e luce

«Il popolo che camminava nelle tenebre ha visto una grande luce» (*Is* 9, 1). Questa profezia di Isaia non finisce mai di commuoverci, specialmente quando la ascoltiamo nella liturgia della notte di Natale. E non è solo un fatto emotivo, sentimentale; ci commuove perché dice la realtà profonda di ciò che siamo: siamo popolo in cammino, e intorno a noi – e anche dentro di noi – ci sono tenebre e luce. E in questa notte, mentre lo spirito delle tenebre avvolge il mondo, si rinnova l'avvenimento che sempre ci stupisce e ci sorprende: il popolo in cammino vede una grande luce. Una luce che ci fa riflettere su questo mistero: mistero del camminare e del vedere.

Omelia, 24 dicembre 2013

Dio in una tenda

La ragione della nostra speranza è questa: Dio è con noi e Dio si fida ancora di noi! Ma pensate bene a questo: Dio è con noi e Dio si fida ancora di noi. È generoso questo Dio Padre! Egli viene ad abitare con gli uomini, sceglie la terra come sua dimora per stare insieme all'uomo e farsi trovare là dove l'uomo trascorre i suoi giorni nella gioia o nel dolore. Pertanto, la terra non è più soltanto una "valle di lacrime", ma è il luogo dove Dio stesso ha posto la sua tenda, è il luogo dell'incontro di Dio con l'uomo, della solidarietà di Dio con gli uomini.

Udienza generale, 18 dicembre 2013

Santo Niño

«Un bambino è nato per noi, ci è stato dato un figlio» (*Is* 9,5). È per me una particolare gioia celebrare la domenica del Santo Niño con il popolo filippino. L'immagine del Santo Bambino Gesù ha accompagnato la diffusione del Vangelo in questo Paese fin dall'inizio. Vestito con gli abiti regali, coronato e dotato di scettro, globo e croce, Egli ci ricorda continuamente il legame tra il Regno di Dio e il mistero dell'infanzia spirituale. Egli ci parla di questo nel Vangelo odierno: «Chi non accoglie il Regno di Dio come lo accoglie un bambino, non entrerà in esso» (*Mc* 10, 15).

Il Santo Niño continua a proclamare che la luce della grazia di Dio è brillata su un mondo che abitava nelle tenebre, portando la Buona Novella della nostra liberazione dalla schiavitù, e guidandoci sul sentiero della pace, del diritto e della giustizia. Egli inoltre ci ricorda che siamo stati chiamati a diffondere il Regno di Cristo nel mondo.

Ho sentito cantare la canzone *Siamo tutti figli di Dio*. Questo è ciò che il Santo Niño viene a dirci. Ci ricorda la nostra più profonda identità. Tutti noi siamo figli di Dio, membri della famiglia di Dio. Oggi san Paolo ci ha detto che in Cristo siamo diventati figli adottivi di Dio, fratelli e sorelle in Cristo. Questo è quello che siamo. Questa è la nostra identità.

Omelia, 18 gennaio 2015

Il Dio-con-noi

La presenza di Dio in mezzo all'umanità non si è attuata in un mondo ideale, idilliaco, ma in questo mondo reale, segnato da tante cose buone e cattive, segnato da divisioni, malvagità, povertà, prepotenze e guerre. Egli ha scelto di abitare la nostra storia così com'è, con tutto il peso dei suoi limiti e dei suoi drammi. Così facendo ha dimostrato in modo insuperabile la sua inclinazione misericordiosa e ricolma di amore verso le creature umane. Egli è il Dio-con-noi; Gesù è Dio-con-noi. Credete questo voi? Facciamo insieme questa professione: Gesù è Dio-con-noi! Gesù è Dio-con noi da sempre e per sempre con noi nelle sofferenze e nei dolori della storia. Il Natale di Gesù è la manifestazione che Dio si è "schierato" una volta per tutte dalla parte dell'uomo, per salvarci, per risollevarci dalla polvere delle nostre miserie, delle nostre difficoltà, dei nostri peccati.

Udienza generale, 18 dicembre 2013

Una grotta per animali

Maria è colei che sa trasformare una grotta per animali nella casa di Gesù, con alcune povere fasce e una montagna di tenerezza. Lei è la piccola serva del Padre che trasalisce di gioia nella lode. È l'amica sempre attenta perché non venga a mancare il vino nella nostra vita. È colei che ha il cuore trafitto dalla spada, che comprende tutte le pene. Quale madre di tutti, è segno di speranza per i popoli che soffrono i dolori del parto finché non germogli la giustizia. È la missionaria che si avvicina a noi per accompagnarci nella vita, aprendo i cuori alla fede con il suo affetto materno. Come una vera madre, cammina con noi, combatte con noi, ed effonde incessantemente la vicinanza dell'amore di Dio. Attraverso le varie devozioni mariane, legate generalmente ai santuari, condivide le vicende di ogni popolo che ha ricevuto il Vangelo, ed entra a far parte della sua identità storica. Molti genitori cristiani chiedono il Battesimo per i loro figli in un santuario mariano, manifestando così la fede nell'azione materna di Maria che genera nuovi figli per Dio. È lì, nei santuari, dove si può osservare come Maria riunisce attorno a sé i figli che con tante fatiche vengono pellegrini per vederla e lasciarsi guardare da Lei. Lì trovano la forza di Dio per sopportare le sofferenze e le stanchezze della vita. Come a san Juan Diego, Maria offre loro la carezza della sua consolazione materna e dice loro: «Non si turbi il tuo cuore [...] Non ci sono qui io, che son tua Madre?».

Evangelii gaudium, n. 286

La grotta della meraviglia

Tutti siamo toccati dalla meraviglia del Dio fatto bambino nella grotta di Betlemme, dallo stupore del Figlio di Dio che diventa per amore nostro Figlio di Maria e si fa piccolo e fragile. Stiamo attenti e preghiamo perché questa luce interiore non si dissolva e possiamo portare nella nostra vita quotidiana, familiare e professionale, la gioia della fede, che si esprime nella carità, nella benevolenza, nella tenerezza.

Discorso, 10 gennaio 2014

Potenza dell'umiltà

Tra qualche giorno avremo la gioia di celebrare il Natale del Signore; l'evento di Dio che si fa uomo per salvare gli uomini; la manifestazione dell'amore di Dio che non si limita a darci qualcosa o a inviarci qualche messaggio o taluni messaggeri, ma dona a noi se stesso; il mistero di Dio che prende su di sé la nostra condizione umana e i nostri peccati per rivelarci la sua vita divina, la sua grazia immensa e il suo perdono gratuito.

È l'appuntamento con Dio che nasce nella povertà della grotta di Betlemme per insegnarci la potenza dell'umiltà. Infatti, il Natale è anche la festa della luce che non viene accolta dalla gente "eletta" ma dalla gente povera e semplice che aspettava la salvezza del Signore.

Discorso, 22 dicembre 2014

Il cognome di Dio

Qual è il cognome di Dio? Siamo noi, ognuno di noi. Lui prende da noi il nome per farne il suo cognome. Io sono il Dio di Abramo, di Isacco, di Giacobbe, di Pedro, di Marietta, di Armony, di Marisa, di Simone, di tutti. Da noi prende il cognome. Il cognome di Dio è ognuno di noi.

Omelia a Santa Marta, 17 dicembre 2013

Per chi cantano gli angeli

Faccio mio il canto degli angeli, che apparvero ai pastori di Betlemme nella notte in cui nacque Gesù. Un canto che unisce cielo e terra, rivolgendo al cielo la lode e la gloria, e alla terra degli uomini l'augurio di pace.

Invito tutti a unirsi a questo canto: questo canto è per ogni uomo e donna che veglia nella notte, che spera in un mondo migliore, che si prende cura degli altri cercando di fare umilmente il proprio dovere.

Gloria a Dio!

A questo prima di tutto ci chiama il Natale: a dare gloria a Dio, perché è buono, è fedele, è misericordioso. In questo giorno auguro a tutti di riconoscere il vero volto di Dio, il Padre che ci ha donato Gesù. Auguro a tutti di sentire che Dio è vicino, di stare alla sua presenza, di amarlo, di adorarlo. E ognuno di noi possa dare gloria a Dio soprattutto con la vita, con una vita spesa per amore suo e dei fratelli.

Messaggio Urbi et Orbi, Natale 2013

Un neonato in fasce

La profezia di Isaia annuncia il sorgere di una immensa luce che squarcia il buio. Essa nasce a Betlemme e viene accolta dalle mani amorevoli di Maria, dall'affetto di Giuseppe, dallo stupore dei pastori. Quando gli angeli annunciarono ai pastori la nascita del Redentore, lo fecero con queste parole: «Questo per voi il segno: troverete un bambino avvolto in fasce, adagiato in una mangiatoia» (*Lc* 2, 12). Il "segno" è proprio l'umiltà di Dio, l'umiltà di Dio portata all'estremo; è l'amore con cui, quella notte, Egli ha assunto la nostra fragilità, la nostra sofferenza, le nostre angosce, i nostri desideri e i nostri limiti. Il messaggio che tutti aspettavano, quello che tutti cercavano nel profondo della propria anima, non era altro che la tenerezza di Dio: Dio che ci guarda con occhi colmi di affetto, che accetta la nostra miseria, Dio innamorato della nostra piccolezza.

In questa santa notte, mentre contempliamo il Bambino Gesù appena nato e deposto in una mangiatoia, siamo invitati a riflettere. Come accogliamo la tenerezza di Dio? Mi lascio raggiungere da Lui, mi lascio abbracciare, oppure gli impedisco di avvicinarsi? «Ma io cerco il Signore» potremmo ribattere. Tuttavia, la cosa più importante non è cercarlo, bensì lasciare che sia Lui a cercarmi, a trovarmi e ad accarezzarmi con amorevolezza. Questa è la domanda che il Bambino ci pone con la sua sola presenza: permetto a Dio di volermi bene?

Omelia, 24 dicembre 2014

Gesù nasce in periferia

L'Incarnazione del Figlio di Dio apre un nuovo inizio nella storia universale dell'uomo e della donna. E questo nuovo inizio accade in seno a una famiglia, a Nazaret. Gesù nacque in una famiglia. Lui poteva venire spettacolarmente, o come un guerriero, un imperatore... No, no: viene come un figlio di famiglia, in una famiglia. Questo è importante: guardare nel presepio questa scena tanto bella.

Dio ha scelto di nascere in una famiglia umana, che ha formato Lui stesso. L'ha formata in uno sperduto villaggio della periferia dell'impero romano. Non a Roma, che era la capitale dell'impero, non in una grande città, ma in una periferia quasi invisibile, anzi, piuttosto malfamata. Lo ricordano anche i Vangeli, quasi come un modo di dire: «Da Nazaret può mai venire qualcosa di buono?» (*Gv* 1,46). Forse, in molte parti del mondo, noi stessi parliamo ancora così, quando sentiamo il nome di qualche luogo periferico di una grande città. Ebbene, proprio da lì, da quella periferia del grande impero, è iniziata la storia più santa e più buona, quella di Gesù tra gli uomini! E lì si trovava questa famiglia.

Udienza generale, 17 dicembre 2014

Una gioia per tutti

La gioia del Vangelo è per tutto il popolo, non può escludere nessuno. Così l'annuncia l'angelo ai pastori di Betlemme: «Non temete, ecco, vi annuncio una grande gioia, che sarà *di tutto il popolo*» (*Lc* 2, 10).

Evangelii gaudium, n. 23

Pastori che vegliano

Gesù è l'Amore fattosi carne. Non è soltanto un maestro di sapienza, non è un ideale a cui tendiamo e dal quale sappiamo di essere inesorabilmente lontani, è il senso della vita e della storia che ha posto la sua tenda in mezzo a noi.

I pastori sono stati i primi a vedere questa "tenda", a ricevere l'annuncio della nascita di Gesù. Sono stati i primi perché erano tra gli ultimi, gli emarginati. E sono stati i primi perché vegliavano nella notte, facendo la guardia al loro gregge. È legge del pellegrino vegliare, e loro vegliavano. Con loro ci fermiamo davanti al Bambino, ci fermiamo in silenzio. Con loro ringraziamo il Signore di averci donato Gesù, e con loro lasciamo salire dal profondo del cuore la lode della sua fedeltà: Ti benediciamo, Signore Dio Altissimo, che ti sei abbassato per noi. Tu sei immenso, e ti sei fatto piccolo; sei ricco, e ti sei fatto povero; sei l'onnipotente, e ti sei fatto debole.

Omelia, 24 dicembre 2013

Inclemenza del tempo

Mi voglio soffermare su Giuseppe e Maria a Betlemme. Essi dovettero lasciare la propria terra, i propri cari, i propri amici. Dovettero lasciare le proprie cose e andare in un'altra terra. Una terra in cui non conoscevano nessuno, non avevano casa, né famiglia. In quel momento, quella giovane coppia ebbe Gesù. In quel contesto, in una stalla preparata come poterono, quella giovane coppia ci ha regalato Gesù. Erano soli, in una terra estranea, loro tre. All'improvviso, cominciò ad apparire gente: dei pastori, persone come loro che avevano dovuto lasciare la propria realtà allo scopo di trovare migliori opportunità familiari. Anche la loro vita era legata alle inclemenze del tempo, e ad altri tipi di inclemenze.

Quando si resero conto della nascita di Gesù, si accostarono, si fecero prossimi, vicini. Diventarono subito la famiglia di Maria e Giuseppe. La famiglia di Gesù.

Questo è ciò che accade quando Gesù appare nella nostra vita. Questo è ciò che la fede suscita. La fede ci rende prossimi, ci fa prossimi della vita degli altri, ci avvicina alla vita degli altri. La fede suscita il nostro impegno con gli altri, la fede suscita la nostra solidarietà: una virtù umana e cristiana, che voi avete e che molti, molti hanno e che dobbiamo imparare. La nascita di Gesù risveglia la nostra vita. Una fede che non si fa solidarietà, è una fede morta, una fede falsa.

Omelia, 12 luglio 2015

Non aver paura delle lacrime

Fermiamoci davanti al Bambino di Betlemme. Lasciamo che il nostro cuore si commuova: non abbiamo paura di questo. Non abbiamo paura che il nostro cuore si commuova! Abbiamo bisogno che il nostro cuore si commuova. Lasciamolo riscaldare dalla tenerezza di Dio; abbiamo bisogno delle sue carezze. Le carezze di Dio non fanno ferite: le carezze di Dio ci danno pace e forza. Abbiamo bisogno delle sue carezze. Dio è grande nell'amore, a Lui la lode e la gloria nei secoli! Dio è pace: chiediamogli che ci aiuti a costruirla ogni giorno, nella nostra vita, nelle nostre famiglie, nelle nostre città e nazioni, nel mondo intero. Lasciamoci commuovere dalla bontà di Dio.

Messaggio Urbi et Orbi, Natale 2013

L'albero e il presepe

Il presepio e l'albero di Natale sono segni natalizi sempre suggestivi e cari alle nostre famiglie cristiane: essi richiamano il mistero dell'Incarnazione, il Figlio unigenito di Dio fattosi uomo per salvarci, e la luce che Gesù ha portato al mondo con la sua nascita. Ma il presepe e l'albero toccano il cuore di tutti, anche di coloro che non credono, perché parlano di fraternità, di intimità e di amicizia, chiamando gli uomini del nostro tempo a riscoprire la bellezza della semplicità, della condivisione e della solidarietà. Sono un invito all'unità, alla concordia e alla pace; un invito a fare posto, nella nostra vita personale e sociale, a Dio, il quale non viene con arroganza a imporre la sua potenza, ma ci offre il suo amore onnipotente attraverso la fragile figura di un bimbo. Il presepe e l'albero portano quindi un messaggio di luce, di speranza e di amore.

Discorso, 19 dicembre 2014

Un albero per Natale

Questa sera, dopo la cerimonia di consegna ufficiale verranno accese le luci che decorano l'albero di Natale. Questo maestoso abete resterà accanto al presepe fino al termine delle festività natalizie, e sarà ammirato dai romani e da pellegrini e turisti di ogni parte del mondo. Vi ringrazio, cari amici, per questo grande albero e per gli altri più piccoli, destinati a vari ambienti della Città del Vaticano. Con questi doni, tanto graditi, voi avete voluto manifestare la vicinanza spirituale e l'amicizia che legano la Germania tutta, e in particolare la Baviera, alla Santa Sede, nel solco della tradizione cristiana che ha fecondato la cultura, la letteratura e l'arte della vostra nazione e dell'Europa intera. Con la mia preghiera vi sono vicino e accompagno il cammino delle vostre comunità cristiane e di tutto il popolo tedesco.

In questa bella occasione auguro di cuore a tutti voi qui presenti e ai vostri concittadini e corregionali di trascorrere con serenità il Natale del Signore. A Natale riecheggia in ogni luogo il lieto annuncio dell'angelo ai pastori di Betlemme: «Oggi, nella città di Davide, è nato per voi un Salvatore, che è Cristo Signore» (*Lc* 2, 11). Quei pastori – dice il Vangelo – furono avvolti da una grande luce. Anche oggi Gesù continua a dissipare le tenebre dell'errore e del peccato, per recare all'umanità la gioia della sfolgorante luce divina, di cui l'albero natalizio è segno e richiamo.

Discorso, 13 dicembre 2013

Accendiamo la luce!

Nell'accendere la luce dell'albero di Natale, noi vogliamo che la luce di Cristo sia in noi. Un Natale senza luce non è Natale. Che ci sia la luce nell'anima, nel cuore; che ci sia il perdono agli altri; che non ci siano inimicizie, tenebre... Che ci sia la luce di Gesù, tanto bella. Questo auguro a tutti voi, al momento di accendere la luce dell'albero di Natale.

Se voi avete qualcosa di scuro nell'anima, chiedete perdono al Signore. È una bella opportunità questa del Natale per rendere pulita l'anima! Non abbiate paura, il prete è misericordioso, perdona tutti in nome di Dio, perché Dio perdona tutto.

Che la luce sia nei vostri cuori, nelle vostre famiglie, nelle vostre città. E adesso, con questo augurio, accendiamo la luce.

Vi benedica Dio Onnipotente, il Padre, il Figlio e lo Spirito Santo.

Buon Natale, e pregate per me!

Parole a Gubbio, 7 dicembre 2014

Dio corregge la storia

Quando noi sbagliamo, Dio corregge la storia e ci porta avanti, avanti, sempre camminando con noi...

Se noi non abbiamo chiaro questo, non capiremo mai il Natale, non capiremo mai il mistero dell'incarnazione del Verbo, mai.

Omelia a Santa Marta, 18 dicembre 2014

Farsi piccoli

Se nel Natale Dio si rivela non come uno che sta in alto e che domina l'universo, ma come colui che si abbassa, discende sulla terra piccolo e povero, significa che per essere simili a Lui noi non dobbiamo metterci al di sopra degli altri, ma anzi abbassarci, metterci al servizio, farci piccoli con i piccoli e poveri con i poveri.

Ma è una cosa brutta quando si vede un cristiano che non vuole abbassarsi, che non vuole servire. Un cristiano che si pavoneggia dappertutto, è brutto: quello non è cristiano, quello è pagano. Il cristiano serve, si abbassa.

Facciamo in modo che questi nostri fratelli e sorelle non si sentano mai soli!

Udienza generale, 18 dicembre 2013

Natale non è una favola!

Il Natale è proprio la festa della presenza di Dio che viene in mezzo a noi per salvarci. La nascita di Gesù non è una favola! È una storia realmente accaduta, a Betlemme, duemila anni fa. La fede ci fa riconoscere in quel Bambino, nato da Maria Vergine, il vero Figlio di Dio, che per amore nostro si è fatto uomo.

Nel volto del piccolo Gesù contempliamo il volto di Dio, che non si rivela nella forza, nella potenza, ma nella debolezza e nella fragilità di un neonato. Così è il nostro Dio, si avvicina tanto, in un bambino. Questo Bambino mostra la fedeltà e la tenerezza dell'amore sconfinato con cui Dio circonda ciascuno di noi.

Per questo facciamo festa a Natale, rivivendo la stessa esperienza dei pastori di Betlemme e insieme a tanti papà e mamme che si affaticano ogni giorno affrontando parecchi sacrifici; insieme ai piccoli, ai malati, ai poveri facciamo festa, perché è la festa dell'incontro di Dio con noi in Gesù.

Discorso, 20 dicembre 2013

La chiave della vita cristiana

La chiave della vita cristiana è la fede in Gesù Cristo Verbo di Dio fatto uomo...

Le due conseguenze pratiche di questa concretezza cristiana, di questo criterio, sono che l'amore è più nelle opere che nelle parole; e che l'amore è più nel dare che nel ricevere.

Guardando il Bambino, nel tempo di Natale, guardando il Verbo che si è fatto carne, chiediamo la grazia che ci dia questa concretezza di amore cristiano per rimanere sempre nell'amore così che Lui rimanga in noi.

Omelia a Santa Marta, 9 gennaio 2014

Il regalo del Bambino

Ecco il grande "regalo" del Bambino di Betlemme: Lui ci porta un'energia spirituale, un'energia che ci aiuta a non sprofondare nelle nostre fatiche, nelle nostre disperazioni, nelle nostre tristezze, perché è un'energia che riscalda e trasforma il cuore. La nascita di Gesù, infatti, ci porta la bella notizia che siamo amati immensamente e singolarmente da Dio, e questo amore non solo ce lo fa conoscere, ma ce lo dona, ce lo comunica!

Udienza generale, 18 dicembre 2013

La cesta dei sogni

Cari bambini, vi ringrazio per i vostri sogni e le vostre preghiere che avete raccolto in quella cesta che mi avete dato. Grazie tante! Li presentiamo insieme a Gesù: Lui li conosce meglio di tutti; Lui conosce quello che c'è nel profondo del nostro cuore. Specialmente con voi bambini, Gesù ha un legame speciale, vi sta sempre vicino. Adesso, recitiamo insieme una preghiera alla Madonna davanti a questa bella statua: la Madonna con Gesù. Ave Maria,... Vi benedica Dio onnipotente... Grazie tante!

Discorso all'ospedale pediatrico Bambino Gesù, 21 dicembre 2013

Predica di un bimbo

Vi dico una cosa: i bambini piangono, fanno rumore, vanno da una parte e dall'altra... e a me dà tanto fastidio quando in chiesa un bambino piange e la gente vuole che se ne vada fuori. No! È la migliore predica! Il pianto di un bambino è la voce di Dio! Mai, mai cacciarli via dalla chiesa, davvero!

Incontro con i bambini, 14 dicembre 2014

Il pianto e il sorriso

I bambini hanno la capacità di sorridere e di piangere. Alcuni, quando li prendo per abbracciarli, sorridono; altri mi vedono vestito di bianco e credono che io sia il medico e che vengo a fargli il vaccino, e piangono... ma spontaneamente! I bambini sono così: sorridono e piangono, due cose che in noi grandi spesso "si bloccano", non siamo più capaci... Tante volte il nostro sorriso diventa un sorriso di cartone, una cosa senza vita, un sorriso che non è vivace, anche un sorriso artificiale, di pagliaccio.

I bambini sorridono spontaneamente e piangono spontaneamente. Dipende sempre dal cuore, e spesso il nostro cuore si blocca e perde questa capacità di sorridere, di piangere. E allora i bambini possono insegnarci di nuovo a sorridere e a piangere. Ma, noi stessi, dobbiamo domandarci: io sorrido spontaneamente, con freschezza, con amore o il mio sorriso è artificiale? Io ancora piango oppure ho perso la capacità di piangere? Due domande molto umane che ci insegnano i bambini.

Udienza generale, 18 marzo 2015

Semi e fiaccole

È bello vedere tanti bambini... Un bambino dice sempre una parola di speranza con il suo essere, un bambino sempre va avanti, ci porta al futuro... È un seme di futuro. Nel bambino ci sono tante cose, e voi, genitori – ma questo non potete dirlo, è una cosa segreta di ognuno di voi – quante volte pensate al bambino: "Diventerà questo, quello, quest'altro nella vita..."; e questo è bello, pensare al futuro, perché è una preghiera. È dire a Dio: «Custodisci il mio bambino, la mia bambina per il futuro». Nel bambino, nella bambina ci sono le nostre speranze. Noi diamo loro una fiaccola di fede, di vita e loro la porteranno avanti ai loro figli, ai loro nipoti...

E così è la vita.

Incontro con i bambini, 14 dicembre 2014

Quando i bambini lottano

Cari bambini, voglio farvi una domanda, vediamo se mi aiutate. Mi hanno detto che siete molto intelligenti, per questo mi sono deciso. Gesù si è arrabbiato qualche volta? Vi ricordate quando? So che è una domanda difficile, perciò vi aiuterò. È stato quando impedirono che i bambini si avvicinassero a Lui. È l'unica volta in cui il Vangelo di Marco usa questa espressione (cfr. 10, 13-15). Qualcosa di simile alla nostra espressione: si riempì di rabbia. Voi, qualche volta vi siete arrabbiati? Bene, allo stesso modo fece Gesù, quando non gli permisero di stare vicino ai bambini, vicino a voi. Gli venne molta rabbia. I bambini sono tra i prediletti di Gesù...

I bambini stavano in disparte, i grandi non li lasciavano avvicinare, ma Gesù li chiamò, li abbracciò e li pose in mezzo perché tutti imparassimo a essere come loro. Oggi direbbe la stessa cosa a noi. Ci guarda e dice: imparate da loro. Dobbiamo imparare da voi, dalla vostra fiducia, gioia, tenerezza. Dalla vostra capacità di lotta, dalla vostra fortezza. Dalla vostra imbattibile capacità di resistenza. Sono veri lottatori! Vero mamme? Vero papà e nonni? Vedere voi, ci dà forza, ci dà forza per avere fiducia, per andare avanti.

Mamme, papà, nonni, so che non è per niente facile stare qui. Ci sono momenti di grande dolore, di incertezza. Ci sono momenti di angoscia forte che opprime il cuore e ci sono momenti di grande gioia. I due sentimenti convivono, sono dentro di noi. Ma non c'è miglior rimedio che la vostra tenerezza, la vostra vicinanza. E mi dà gioia sapere che tra voi famiglie vi aiutate, vi stimolate, vi sostenete a vicenda per andare avanti e attraversare questo momento.

Discorso all'ospedale pediatrico di Asunción,
11 luglio 2015

Un martire a Natale?

La liturgia prolunga la solennità del Natale per otto giorni: un tempo di gioia per tutto il popolo di Dio! E in questo secondo giorno dell'ottava, nella gioia del Natale si inserisce la festa di santo Stefano, il primo martire della Chiesa.

Il libro degli *Atti degli Apostoli* ce lo presenta come «uomo pieno di fede e di Spirito Santo» (6, 5), scelto con altri sei per il servizio delle vedove e dei poveri nella prima comunità di Gerusalemme. E ci racconta il suo martirio: quando, dopo un discorso di fuoco che suscitò l'ira dei membri del Sinedrio, fu trascinato fuori dalle mura della città e lapidato. Stefano morì come Gesù, chiedendo il perdono per i suoi uccisori (7, 55-60).

Nel clima gioioso del Natale, questa commemorazione potrebbe sembrare fuori luogo. Il Natale infatti è la festa della vita e ci infonde sentimenti di serenità e di pace; perché turbarne l'incanto col ricordo di una violenza così atroce? In realtà, nell'ottica della fede, la festa di santo Stefano è in piena sintonia col significato profondo del Natale. Nel martirio, infatti, la violenza è vinta dall'amore, la morte dalla vita. La Chiesa vede nel sacrificio dei martiri la loro "nascita al cielo". Celebriamo dunque oggi il "natale" di Stefano, che in profondità scaturisce dal Natale di Cristo. Gesù trasforma la morte di quanti lo amano in aurora di vita nuova!

Angelus, 26 dicembre 2013

Battesimo

A me piace battezzare bambini. Mi piace tanto! Ogni bambino che nasce è un dono di gioia e di speranza, e ogni bambino che viene battezzato è un prodigio della fede e una festa per la famiglia di Dio.

Omelia, 12 gennaio 2014

Battezzato a Natale

Quando sono stato battezzato? E questo è bello, è bello! Io sono stato battezzato il giorno di Natale, proprio! Otto giorni dopo la mia nascita, proprio in quel giorno, perché in quel tempo c'era l'abitudine – almeno in Argentina – di battezzare il bambino otto giorni dopo la nascita. Ricordate sempre questo.

Incontro con i bambini, 14 dicembre 2014

Latte materno

Voi mamme date ai vostri figli *il latte* – anche adesso, se piangono per fame, allattateli, tranquilli. Ringraziamo il Signore per il dono del latte, e preghiamo per quelle mamme – sono tante, purtroppo – che non sono in condizione di dare da mangiare ai loro figli. Preghiamo e cerchiamo di aiutare queste mamme. Dunque, quello che fa il latte per il corpo, la Parola di Dio lo fa per lo spirito: *la Parola di Dio fa crescere la fede. E grazie alla fede noi siamo generati da Dio. È quello che succede nel Battesimo.* Abbiamo ascoltato l'apostolo Giovanni: «Chiunque crede che Gesù è il Cristo, è stato generato da Dio» (*1 Gv* 5, 1). In questa fede i vostri bambini vengono battezzati. Oggi è la *vostra* fede, cari genitori, padrini e madrine. È la fede della Chiesa, nella quale questi piccoli ricevono il Battesimo. Ma domani, con la grazia di Dio, sarà la *loro* fede, il loro personale "sì" a Gesù Cristo, che ci dona l'amore del Padre.

Omelia, 11 gennaio 2015

Pensa ai tuoi figli, pensa ai tuoi genitori

La vita ringiovanisce e acquista energie moltiplicandosi: si arricchisce, non si impoverisce! I figli imparano a farsi carico della loro famiglia, maturano nella condivisione dei suoi sacrifici, crescono nell'apprezzamento dei suoi doni. L'esperienza lieta della fraternità anima il rispetto e la cura dei genitori, ai quali è dovuta la nostra riconoscenza. Tanti di voi qui presenti hanno figli e tutti siamo figli. Facciamo una cosa, un minuto di silenzio. Ognuno di noi pensi nel suo cuore ai propri figli – se ne ha –; pensi in silenzio. E tutti noi pensiamo ai nostri genitori e ringraziamo Dio per il dono della vita. In silenzio, quelli che hanno figli pensino a loro, e tutti pensiamo ai nostri genitori.

Udienza generale, 11 febbraio 2015

Natale è rendere grazie

La gioia cristiana è un dono del Signore. «Ah, Padre, noi facciamo un bel pranzone, tutti contenti.» Questo è bello, un bel pranzone sta bene; ma questa non è la gioia cristiana della quale parliamo oggi, la gioia cristiana è un'altra cosa. Ci porta anche a fare festa, è vero, ma è un'altra cosa. E per questo, la Chiesa vuol far capire che cosa sia questa gioia cristiana.

L'apostolo san Paolo ai Tessalonicesi dice: «Fratelli, siate sempre lieti». E come posso essere lieto? Lui dice: «Pregate, ininterrottamente, in ogni cosa rendete grazie». La gioia cristiana la troviamo nella preghiera, viene dalla preghiera e anche dal rendere grazie a Dio: «Grazie, Signore, per tante cose belle!».

Omelia, 14 dicembre 2014

L'abbassamento di Dio

Qual è *il mistero in cui Dio si nasconde*? Dove posso incontrarlo? Vediamo attorno a noi guerre, sfruttamento di bambini, torture, traffici di armi, tratta di persone... In tutte queste realtà, in tutti questi fratelli e sorelle più piccoli che soffrono per tali situazioni, c'è Gesù (cfr. *Mt* 25, 40. 45). Il presepe ci prospetta una strada diversa da quella vagheggiata dalla mentalità mondana: è la strada dell'*abbassamento di Dio*, quell'umiltà dell'amore di Dio si abbassa, si annienta, la sua gloria nascosta nella mangiatoia di Betlemme, nella croce sul calvario, nel fratello e nella sorella che soffrono.

Omelia, 6 gennaio 2015

Pace artigianale

Pace agli uomini. La vera pace – noi lo sappiamo – non è un equilibrio tra forze contrarie. Non è una bella "facciata", dietro alla quale ci sono contrasti e divisioni. La pace è un impegno di tutti i giorni, ma, la pace è artigianale, che si porta avanti a partire dal dono di Dio, dalla sua grazia che ci ha dato in Gesù Cristo.

Guardando il Bambino nel presepe, Bambino di pace, pensiamo ai bambini che sono le vittime più fragili delle guerre, ma pensiamo anche agli anziani, alle donne maltrattate, ai malati... Le guerre spezzano e feriscono tante vite!

Messaggio Urbi et Orbi, Natale 2013

Natale come "esercizio di cura"

Permettetemi di esortarvi a trasformare questo Santo Natale in una vera occasione per "curare" ogni ferita e per "curarsi" da ogni mancanza.

Per questo vi esorto a:

- curare la vostra vita spirituale, il vostro rapporto con Dio, perché questa è la colonna vertebrale di tutto ciò che facciamo e di tutto ciò che siamo. Un cristiano che non si nutre con la preghiera, i sacramenti e la Parola di Dio, inevitabilmente appassisce e si secca. Curare la vita spirituale;

- curare la vostra vita famigliare, dando ai vostri figli e ai vostri cari non solo denaro, ma soprattutto tempo, attenzione e amore;
- curare i vostri rapporti con gli altri, trasformando la fede in vita e le parole in opere buone, specialmente verso i più bisognosi;
- curare il vostro parlare, purificando la lingua dalle parole offensive, dalle volgarità e dal frasario di decadenza mondana;
- curare le ferite del cuore con l'olio del perdono, perdonando le persone che ci hanno ferito e medicando le ferite che abbiamo procurato agli altri;
- curare il vostro lavoro, compiendolo con entusiasmo, con umiltà, con competenza, con passione, con animo che sa ringraziare il Signore;
- curarsi dall'invidia, dalla concupiscenza, dall'odio e dai sentimenti negativi che divorano la nostra pace interiore e ci trasformano in persone distrutte e distruttive;
- curarsi dal rancore che ci porta alla vendetta, e dalla pigrizia che ci porta all'eutanasia esistenziale, dal puntare il dito che ci porta alla superbia, e dal lamentarsi continuamente che ci porta alla disperazione. Io so che alcune volte, per conservare il lavoro, si sparla di qualcuno, per difendersi. Io capisco queste situazioni, ma la strada non finisce bene. Alla fine saremo tutti distrutti tra noi, e questo no, non serve. Piuttosto, chiedere al Signore la

saggezza di saper mordersi la lingua a tempo, per non dire parole ingiuriose, che dopo ti lasciano la bocca amara;

- curare i fratelli deboli... Cioè, curare gli anziani, i malati, gli affamati, i senzatetto e gli stranieri perché su questo saremo giudicati;
- curare che il Santo Natale non sia mai una festa del consumismo commerciale, dell'apparenza o dei regali inutili, oppure degli sprechi superflui, ma che sia la festa della gioia di accogliere il Signore nel presepe e nel cuore.

Curare. Curare tante cose. Ognuno di noi può pensare: "Qual è la cosa che io devo curare di più?". Pensare questo: "Oggi curo questo". Ma soprattutto curare la famiglia! La famiglia è un tesoro, i figli sono un tesoro. Una domanda che i genitori giovani possono farsi: "Io ho tempo per giocare con i miei figli, o sono sempre impegnato, impegnata, e non ho tempo per i figli?". Vi lascio la domanda. Giocare con i figli: è tanto bello. E questo è seminare futuro.

Discorso, 22 dicembre 2014

Il messaggio del Natale è per tutti

Il Natale ormai vicino è la festa dell'incontro tra Dio e l'uomo. Ci viene donato un Bambino che nella sua persona realizza pienamente la cultura dell'incontro. Anche chi non è cristiano si sente interpellato dal messaggio del Natale di Gesù. Auspico che ciascuno di voi possa vivere intensamente questo mistero d'amore... Soprattutto desidero augurarvi che il Signore Gesù doni tanta pace e serenità alle vostre famiglie, ai bambini, agli anziani, alle persone malate. Vi ringrazio ancora e vi chiedo per favore di pregare per me. Vi auguro buon Natale!

Discorso, 20 dicembre 2013

La gioia del Natale

Per avere questa gioia nella preparazione del Natale, primo, pregare: «Signore, che io viva questo Natale con la vera gioia». Non con la gioia del consumismo che ci porta al 24 dicembre tutti in ansia, perché «Ah, mi manca questo, mi manca quello...». No, questa non è la gioia di Dio. Pregare. Secondo: rendere grazie al Signore per le cose buone che ci ha dato. Terzo, pensare come posso andare agli altri, a quelli che hanno difficoltà, problemi – pensiamo agli ammalati, a tanti problemi – a portare un po' di unzione, di pace, di gioia. Questa è la gioia del cristiano.

Non dimenticate: preghiamo chiedendo la gioia del Natale. Rendiamo grazie a Dio per tante cose che ci ha dato, prima di tutto la fede. Questa è una grazia grande. Terzo, pensiamo dove io posso andare a portare un po' di sollievo, di pace a quelli che soffrono.

Preghiera, rendimento di grazie e aiuto agli altri.

E così arriveremo al Natale dell'Unto, del Cristo, unti di grazia, di preghiera, di azione di grazia e di aiuto agli altri.

Omelia, 14 dicembre 2014

Porta a casa Dio, chiama i vicini...

Dio si fa portare a casa. Egli risveglia nell'uomo il desiderio di custodirlo nella propria vita, nella propria casa, nel proprio cuore. Egli risveglia in noi il desiderio di chiamare i vicini per far conoscere la sua bellezza.

Omelia, 27 luglio 2013

I Magi
e le domande di chi è in ricerca

«Io cosa ho?
Un cuore stanco che vuol soltanto sistemarsi
con tre o quattro cose,
con un bel conto in banca?
O un cuore inquieto,
che sempre più cerca le cose del Signore?»

Omelia a Santa Marta, *21 giugno 2013*

In ricerca

I Magi, secondo la tradizione, erano uomini sapienti: studiosi degli astri, scrutatori del cielo, in un contesto culturale e di credenze che attribuiva alle stelle significati e influssi sulle vicende umane.

I Magi rappresentano gli uomini e le donne *in ricerca di Dio nelle religioni e nelle filosofie del mondo intero*: una ricerca che non ha mai fine. Uomini e donne in ricerca.

Omelia, 6 gennaio 2015

Seguire la luce

«*Lumen requirunt lumine.*» Questa suggestiva espressione di un inno liturgico dell'Epifania si riferisce all'esperienza dei Magi: seguendo *una* luce essi ricercano *la* Luce. La stella apparsa in cielo accende nella loro mente e nel loro cuore una luce che li muove alla ricerca della grande Luce di Cristo. I Magi seguono fedelmente quella luce che li pervade interiormente, e incontrano il Signore.

In questo percorso dei Magi d'Oriente è simboleggiato il destino di ogni uomo: la nostra vita è un camminare, illuminati dalle luci che rischiarano la strada, per trovare la pienezza della verità e dell'amore, che noi cristiani riconosciamo in Gesù, Luce del mondo. E ogni uomo, come i Magi, ha a disposizione due grandi "libri" da cui trarre i segni per orientarsi nel pellegrinaggio: il libro della creazione e il libro delle Sacre Scritture. L'importante è essere attenti, vigilare, ascoltare Dio che ci parla, sempre ci parla. Come dice il Salmo, riferendosi alla Legge del Signore: «Lampada per i miei passi la tua parola, / luce sul mio cammino» (*Sal* 119, 105). Specialmente ascoltare il Vangelo, leggerlo, meditarlo e farlo nostro nutrimento spirituale ci consente di incontrare Gesù vivo, di fare esperienza di Lui e del suo amore.

Omelia, 6 gennaio 2014

Luce e luci

L'uomo contemporaneo ha rinunciato alla ricerca di una luce grande, di una verità grande, per accontentarsi delle piccole luci che illuminano il breve istante, ma sono incapaci di aprire la strada. Quando manca la luce, tutto diventa confuso, è impossibile distinguere il bene dal male, la strada che porta alla mèta da quella che ci fa camminare in cerchi ripetitivi, senza direzione.

È urgente perciò recuperare il carattere di luce proprio della fede, perché quando la sua fiamma si spegne anche tutte le altre luci finiscono per perdere il loro vigore. La luce della fede possiede, infatti, un carattere singolare, essendo capace di illuminare *tutta* l'esistenza dell'uomo. Perché una luce sia così potente, non può procedere da noi stessi, deve venire da una fonte più originaria, deve venire, in definitiva, da Dio.

Lumen fidei, nn. 3-4

La stella

Nel loro cammino i Magi incontrano *tante difficoltà*. Quando arrivano a Gerusalemme loro vanno al palazzo del re, perché considerano ovvio che il nuovo re sarebbe nato nel palazzo reale. Là perdono la vista della stella. Quante volte si perde la vista della stella!... Nel palazzo i Magi attraversano un momento di oscurità, di desolazione, che riescono a superare grazie ai suggerimenti dello Spirito Santo, che parla mediante le profezie della Sacra Scrittura. Queste indicano che il Messia nascerà a Betlemme, la città di Davide.

A quel punto riprendono il cammino e rivedono la stella: l'evangelista annota che provarono «una gioia grandissima» (*Mt* 2, 10), una vera consolazione. Giunti a Betlemme, trovarono «il bambino con Maria sua madre» (*Mt* 2, 11). Dopo quella di Gerusalemme, presso Erode, questa per loro fu *la seconda, grande tentazione*: rifiutare questa piccolezza. E invece: «si prostrarono e lo adorarono», offrendogli i loro doni preziosi e simbolici. È sempre *la grazia dello Spirito Santo* che li aiuta: quella grazia che, mediante la stella, li aveva chiamati e guidati lungo il cammino, ora *li fa entrare nel mistero*. Quella stella che ha accompagnato il camino li fa entrare nel mistero. Guidati dallo Spirito, arrivano a riconoscere che i criteri di Dio sono molto diversi da quelli degli uomini, che Dio non si manifesta nella potenza di questo mondo, ma si rivolge a noi nell'umiltà del suo amore. L'amore di Dio è grande, sì. L'amore di Dio è potente, sì. Ma l'amore di Dio è umile, tanto umile! I Magi sono così modelli di conversione alla vera fede perché hanno creduto più nella bontà di Dio che non nell'apparente splendore del potere.

Omelia, 6 gennaio 2015

Dio rispetta i nostri occhi

Dio è luminoso, e può essere trovato da coloro che lo cercano con cuore sincero. Immagine di questa ricerca sono i Magi, guidati dalla stella fino a Betlemme. Per loro la luce di Dio si è mostrata come cammino, come stella che guida lungo una strada di scoperte. La stella parla così della pazienza di Dio con i nostri occhi, che devono abituarsi al suo splendore. L'uomo religioso è in cammino e deve essere pronto a lasciarsi guidare, a uscire da sé per trovare il Dio che sorprende sempre. Questo rispetto di Dio per gli occhi dell'uomo ci mostra che, quando l'uomo si avvicina a Lui, la luce umana non si dissolve nell'immensità luminosa di Dio, come se fosse una stella inghiottita dall'alba, ma diventa più brillante quanto è più prossima al fuoco originario, come lo specchio che riflette lo splendore.

Lumen fidei, n. 35

I Magi nel mistero

I Magi *sono entrati nel mistero*. Sono passati dai calcoli umani al mistero: e questa è stata la loro conversione. E la nostra? Chiediamo al Signore che ci conceda di vivere lo stesso cammino di conversione vissuto dai Magi. Che ci difenda e ci liberi dalle tentazioni che nascondono la stella. Che abbiamo sempre l'inquietudine di domandarci: dov'è la stella?, quando – in mezzo agli inganni mondani – l'abbiamo persa di vista. Che impariamo a conoscere in modo sempre nuovo il mistero di Dio, che non ci scandalizziamo del "segno", dell'indicazione, quel segno detto dagli angeli: «un bambino avvolto in fasce, adagiato in una mangiatoia» (*Lc* 2,12), e che abbiamo l'umiltà di chiedere alla Madre, alla nostra Madre, che ce lo mostri. Che troviamo il coraggio di liberarci dalle nostre illusioni, dalle nostre presunzioni, dalle nostre "luci", e che cerchiamo questo coraggio nell'umiltà della fede e possiamo incontrare la Luce, *Lumen*, come hanno fatto i santi Magi. Che possiamo entrare nel mistero. Così sia.

Omelia, 6 gennaio 2015

Non accontentarti di una vita mediocre

Nella festa dell'Epifania, in cui ricordiamo la manifestazione di Gesù all'umanità nel volto di un Bambino, sentiamo accanto a noi i Magi, come saggi compagni di strada. Il loro esempio ci aiuta ad alzare lo sguardo verso la stella e a seguire i grandi desideri del nostro cuore. Ci insegnano a non accontentarci di una vita mediocre, del "piccolo cabotaggio", ma a lasciarci sempre affascinare da ciò che è buono, vero, bello... da Dio, che tutto questo lo è in modo sempre più grande! E ci insegnano a non lasciarci ingannare dalle apparenze, da ciò che per il mondo è grande, sapiente, potente. Non bisogna fermarsi lì. È necessario custodire la fede. In questo tempo è tanto importante questo: custodire la fede. Bisogna andare oltre, oltre il buio, oltre il fascino delle sirene, oltre la mondanità, oltre tante modernità che oggi ci sono, andare verso Betlemme, là dove, nella semplicità di una casa di periferia, tra una mamma e un papà pieni d'amore e di fede, risplende il Sole sorto dall'alto, il Re dell'universo. Sull'esempio dei Magi, con le nostre piccole luci, cerchiamo la Luce e custodiamo la fede. Così sia!

Omelia, 6 gennaio 2014

Chi "gira" non "cammina"

Cammino adatto, scegliere la via... cosa significa questo? Non stare fermi – un giovane non può stare fermo! – e *camminare*. Ciò indica *andare verso qualcosa*; perché uno può muoversi e non essere uno che cammina, ma un "errante", che gira, gira, gira per la vita... Ma la vita non è fatta per "*girarla*", è fatta per "*camminarla*", e questa è la vostra sfida!

Da un lato, siete alla ricerca di ciò che veramente conta, che rimane stabile nel tempo ed è *definitivo*, siete alla ricerca di risposte che illuminino la vostra mente e scaldino il vostro cuore non soltanto per lo spazio di un mattino o per un breve tratto di strada, ma per sempre. La luce nel cuore per sempre, la luce nella mente per sempre, il cuore riscaldato per sempre, definitivo.

Discorso, 5 luglio 2014

Erranti e camminanti

Cristiani fermi: questo fa male, perché ciò che è fermo, che non cammina, si corrompe. Come l'acqua ferma, che è la prima acqua a corrompersi, l'acqua che non scorre... Ci sono cristiani che confondono il camminare col "girare". Non sono "camminanti", sono erranti e girano qua e là nella vita. Sono nel labirinto, e lì vagano, vagano... Manca loro la *parresia*, l'audacia di andare avanti; manca loro la speranza. I cristiani senza speranza girano nella vita; non sono capaci di andare avanti. Siamo sicuri soltanto quando camminiamo alla presenza del Signore Gesù. Lui ci illumina, Lui ci dà il suo Spirito per camminare bene.

Discorso, 28 luglio 2014

Epifania perenne

I Magi venuti dall'Oriente sono i primi di una processione che da allora non si interrompe più, e che attraverso tutte le epoche riconosce il messaggio della stella e trova il Bambino che ci indica la tenerezza di Dio. Ci sono sempre nuove persone che vengono illuminate dalla luce della stella, che trovano la strada e giungono fino a Lui.

Omelia, 6 gennaio 2015

Correre insieme verso la mèta

Il rugby è uno sport molto simpatico, e vi dico perché lo vedo così: perché è uno sport duro, c'è molto scontro fisico, ma non c'è violenza, c'è grande lealtà, grande rispetto. Giocare a rugby è faticoso, *no es un paseo*, non è una passeggiata! E questo penso che sia utile anche a temprare il carattere, la forza di volontà.

Un altro aspetto che risalta è l'equilibrio tra il gruppo e l'individuo. Ci sono le famose "mischie", che a volte fanno impressione! Le due squadre si affrontano, due gruppi compatti, che spingono insieme uno contro l'altro e si bilanciano. E poi ci sono le azioni individuali, le corse agili verso la "mèta". Ecco, nel rugby si corre verso la "mèta"! Questa parola così bella, così importante, ci fa pensare alla vita, perché tutta la nostra vita tende a una meta; e questa ricerca, ricerca della meta, è faticosa, richiede lotta, impegno, ma l'importante è non correre da soli! Per arrivare bisogna correre insieme, e la palla viene passata di mano in mano, e si avanza insieme, finché si arriva alla meta. E allora si festeggia!

Incontro con gli atleti, 22 novembre 2013

Il viaggio dell'anima

Il racconto evangelico dei Magi descrive il loro viaggio dall'Oriente come un viaggio dell'anima, come *un cammino verso l'incontro con Cristo*. Essi sono *attenti ai segni* che ne indicano la presenza; sono *instancabili* nell'affrontare le difficoltà della ricerca; sono *coraggiosi* nel trarre le conseguenze di vita derivanti dall'incontro con il Signore. La vita è questa: la vita cristiana è camminare, ma essendo attenti, instancabili e coraggiosi. Così cammina un cristiano. Camminare attento, instancabile e coraggioso. L'esperienza dei Magi evoca il cammino di ogni uomo verso Cristo. Come per i Magi, anche per noi cercare Dio vuol dire *camminare* – e come dicevo: attento, instancabile e coraggioso – fissando il cielo e scorgendo nel segno visibile della stella il Dio invisibile che parla al nostro cuore. La stella che è in grado di guidare ogni uomo a Gesù è la *Parola di Dio*, Parola che è nella Bibbia, nei Vangeli. La Parola di Dio è luce che orienta il nostro cammino, nutre la nostra fede e la rigenera. È la Parola di Dio che rinnova continuamente i nostri cuori, le nostre comunità.

Angelus, 6 gennaio 2015

Salvezza universale

Con il loro gesto di adorazione, i Magi testimoniano che Gesù è venuto sulla terra per salvare non un solo popolo, ma tutte le genti. Pertanto il nostro sguardo si allarga all'orizzonte del mondo intero per celebrare la "manifestazione" del Signore a tutti i popoli, cioè la manifestazione dell'amore e della *salvezza universale* di Dio. Egli non riserva il suo amore ad alcuni privilegiati, ma lo offre a tutti. Come di tutti è il Creatore e il Padre, così di tutti vuole essere il Salvatore. Per questo, siamo chiamati a nutrire sempre grande fiducia e speranza nei confronti di ogni persona e della sua salvezza: anche coloro che ci sembrano lontani dal Signore sono seguiti – o meglio "inseguiti" – dal suo amore appassionato, dal suo amore fedele e anche umile. Perché l'amore di Dio è umile, tanto umile!

Angelus, 6 gennaio 2015

La Sacra Famiglia di Nazaret e le famiglie del mondo

«Il Signore giudica la nostra vita ascoltando quello che gli riferiscono gli angeli dei bambini, angeli che "vedono sempre il volto del Padre che è nei cieli". Domandiamoci sempre: che cosa racconteranno a Dio, di noi, questi angeli dei bambini?»

Udienza generale, *8 aprile 2015*

Generazioni

Il Vangelo di Luca (cfr. *Lc* 2, 22-24) ci presenta la Madonna e san Giuseppe nel momento in cui, quaranta giorni dopo la nascita di Gesù, si recano al tempio di Gerusalemme. Lo fanno in religiosa obbedienza alla Legge di Mosè, che prescrive di offrire al Signore il primogenito.

Possiamo immaginare questa piccola famigliola, in mezzo a tanta gente, nei grandi cortili del Tempio. Non risalta all'occhio, non si distingue... Eppure non passa inosservata! Due anziani, Simeone e Anna, mossi dallo Spirito Santo, si avvicinano e si mettono a lodare Dio per quel Bambino, nel quale riconoscono il Messia, luce delle genti e salvezza d'Israele (cfr. *Lc* 2, 22-38). È un momento semplice ma ricco di profezia: l'incontro tra due giovani sposi pieni di gioia e di fede per le grazie del Signore; e due anziani anch'essi pieni di gioia e di fede per l'azione dello Spirito. Chi li fa incontrare? Gesù.

Angelus, 28 dicembre 2014

Oggi ho sognato?

A me piace molto il sogno in una famiglia. Tutte le mamme e tutti i papà hanno sognato il loro figlio per nove mesi. È vero o no? Sognare come sarà questo figlio... Non è possibile una famiglia senza il sogno. Quando in una famiglia si perde la capacità di sognare, i bambini non crescono e l'amore non cresce, la vita si affievolisce e si spegne. Per questo vi raccomando che la sera, quando fate l'esame di coscienza, ci sia anche questa domanda: oggi ho sognato il futuro dei miei figli? Oggi ho sognato l'amore del mio sposo, della mia sposa? Oggi ho sognato i miei genitori, i miei nonni che hanno portato avanti la storia fino a me? È tanto importante sognare. Prima di tutto, sognare in una famiglia. Non perdete questa capacità di sognare!

Discorso, 16 gennaio 2015

Nazaret

Ciascuna famiglia cristiana – come fecero Maria e Giuseppe – può anzitutto accogliere Gesù, ascoltarlo, parlare con Lui, custodirlo, proteggerlo, crescere con Lui; e così migliorare il mondo.

Facciamo spazio nel nostro cuore e nelle nostre giornate al Signore. Così fecero anche Maria e Giuseppe, e non fu facile: quante difficoltà dovettero superare! Non era una famiglia finta, non era una famiglia irreale. La famiglia di Nazaret ci impegna a riscoprire la vocazione e la missione della famiglia, di ogni famiglia. E, come accadde in quei trent'anni a Nazaret, così può accadere anche per noi: far diventare normale l'amore e non l'odio, far diventare comune l'aiuto vicendevole, non l'indifferenza o l'inimicizia.

Non è un caso, allora, che "*Nazaret*" significhi "*Colei che custodisce*", come Maria, che – dice il Vangelo – «custodiva nel suo cuore tutte queste cose» (cfr. *Lc* 2, 19.51). Da allora, ogni volta che c'è una famiglia che custodisce questo mistero, fosse anche alla periferia del mondo, il mistero del Figlio di Dio, il mistero di Gesù che viene a salvarci, è all'opera. E viene per salvare il mondo. E questa è la grande missione della famiglia: fare posto a Gesù che viene, accogliere Gesù nella famiglia, nella persona dei figli, del marito, della moglie, dei nonni... Gesù è lì. Accoglierlo lì, perché cresca spiritualmente in quella famiglia. Che il Signore ci dia questa grazia in questi ultimi giorni prima del Natale. Grazie.

Udienza generale, 17 dicembre 2014

Famiglia universale

Essendo stati creati dallo stesso Padre, noi tutti esseri dell'universo siamo uniti da legami invisibili e formiamo una sorta di famiglia universale, una comunione sublime che ci spinge a un rispetto sacro, amorevole e umile.

Laudato si', n. 89

Riposare in preghiera

Riposare in preghiera è particolarmente importante per le famiglie. È prima di tutto nella famiglia che impariamo come pregare. Non dimenticate: quando la famiglia prega insieme, rimane insieme. Questo è importante. Lì arriviamo a conoscere Dio, a crescere come uomini e donne di fede, a sentirci membri della più grande famiglia di Dio, la Chiesa. Nella famiglia impariamo ad amare, a perdonare, a essere generosi e aperti e non chiusi ed egoisti. Impariamo ad andare al di là dei nostri bisogni, a incontrare gli altri e a condividere la nostra vita con loro. Ecco perché è così importante pregare in famiglia! Così importante! Ecco perché le famiglie sono così importanti nel piano di Dio per la Chiesa! Riposare nel Signore è pregare. Pregare insieme in famiglia.

Discorso, 16 gennaio 2015

Dove si insegna la vita

Desidero sottolineare l'importanza centrale della famiglia, perché è il luogo in cui la vita, dono di Dio, può essere adeguatamente accolta e protetta contro i molteplici attacchi a cui è esposta, e può svilupparsi secondo le esigenze di un'autentica crescita umana. Contro la cosiddetta cultura della morte, la famiglia costituisce la sede della cultura della vita. Nella famiglia si coltivano le prime abitudini di amore e cura per la vita, come per esempio l'uso corretto delle cose, l'ordine e la pulizia, il rispetto per l'ecosistema locale e la protezione di tutte le creature. La famiglia è il luogo della formazione integrale, dove si dispiegano i diversi aspetti, intimamente relazionati tra loro, della maturazione personale. Nella famiglia si impara a chiedere permesso senza prepotenza, a dire "grazie" come espressione di sentito apprezzamento per le cose che riceviamo, a dominare l'aggressività o l'avidità, e a chiedere scusa quando facciamo qualcosa di male. Questi piccoli gesti di sincera cortesia aiutano a costruire una cultura della vita condivisa e del rispetto per quanto ci circonda.

Laudato si', n. 213

La catena della fede

Il 26 luglio di ogni anno la Chiesa celebra i genitori della Vergine Maria, i nonni di Gesù: i santi Gioacchino e Anna. Nella loro casa è venuta al mondo Maria, portando con sé quello straordinario mistero dell'Immacolata Concezione; nella loro casa è cresciuta accompagnata dal loro amore e dalla loro fede; nella loro casa ha imparato ad ascoltare il Signore e a seguire la sua volontà. I santi Gioacchino e Anna fanno parte di una lunga catena che ha trasmesso la fede e l'amore per Dio, nel calore della famiglia, fino a Maria che ha accolto nel suo grembo il Figlio di Dio e lo ha donato al mondo, lo ha donato a noi. Il valore prezioso della famiglia come luogo privilegiato per trasmettere la fede!

Angelus, 26 luglio 2013

La danza della Vergine bambina

Nella suggestiva iconografia mariana della Presentazione di Maria al Tempio, la Vergine bambina si allontana dai suoi genitori salendo la scalinata del Tempio. Maria non guarda indietro e, con chiaro riferimento al monito evangelico, cammina decisa in avanti. Anche noi, come i discepoli nel Vangelo, ci mettiamo in cammino per portare a ogni popolo e luogo la Buona Notizia di Gesù...

In qualche modo, nell'immagine della Vergine bambina che sale al Tempio, possiamo vedere la Chiesa che accompagna il discepolo missionario. Insieme a lei ci sono i suoi genitori, che le hanno trasmesso la memoria della fede e ora generosamente la offrono al Signore perché possa continuare la sua strada; c'è la sua comunità rappresentata nel "seguito delle vergini", nelle "sue compagne", con le lampade accese (cfr. *Sal* 44, 15) e nelle quali i Padri della Chiesa vedono una profezia di tutti quelli che, imitando Maria, cercano con sincerità di essere amici di Dio, e ci sono i sacerdoti che la aspettano per riceverla e che ci ricordano che nella Chiesa i pastori hanno la responsabilità di accogliere con tenerezza e di aiutare a discernere ogni spirito e ogni chiamata...

L'immagine della Presentazione ci dice che, una volta benedetta dai sacerdoti, la Vergine bambina si sedette sui gradini dell'altare e poi, alzatasi in piedi, danzò. Penso alla gioia che si esprime nelle immagini del banchetto di nozze, degli amici dello sposo, della sposa adornata con i suoi gioielli. È la gioia di chi ha scoperto un tesoro e ha lasciato tutto per averlo. Incontrare il Signore, vivere nella sua casa, partecipare alla sua intimità, impegna all'annuncio del Regno e a portare la salvezza a tutti.

Discorso, 8 luglio 2015

Pance da... benedire

I figli sono amati prima che arrivino. Quante volte trovo le mamme in piazza che mi fanno vedere la pancia e mi chiedono la benedizione... questi bimbi sono amati prima di venire al mondo. E questa è gratuità, questo è amore; sono amati prima della nascita, come l'amore di Dio che ci ama sempre prima. Sono amati prima di aver fatto qualsiasi cosa per meritarlo, prima di saper parlare o pensare, addirittura prima di venire al mondo! Essere figli è la condizione fondamentale per conoscere l'amore di Dio, che è la fonte ultima di questo autentico miracolo. Nell'anima di ogni figlio, per quanto vulnerabile, Dio pone il sigillo di questo amore, che è alla base della sua dignità personale, una dignità che niente e nessuno potrà distruggere.

Udienza generale, 11 febbraio 2015

Dividere le caramelle

Per i genitori tutti i figli, anche se ciascuno ha la sua indole, sono ugualmente degni d'amore. Invece, quando il bambino si rifiuta di condividere quello che riceve gratuitamente da loro, dai genitori, rompe questa relazione, o entra in crisi, fenomeno più comune. Le prime reazioni, che a volte sono precedenti alla consapevolezza stessa della madre, incominciano quando la madre è in gravidanza: il bimbo incomincia ad avere comportamenti strani, incomincia a voler rompere, perché nella sua psiche si accende una spia rossa: attenzione che c'è competizione, attenzione che non sei più l'unico. È curioso. L'amore dei genitori lo aiuta a uscire dal suo egoismo per imparare a vivere insieme con colui o colei che arriva e con gli altri, per imparare a rinunciare per aprirsi all'altro. A me piace chiedere ai bambini: «Se hai due caramelle e viene un amico, che fai?». Generalmente mi dicono: «Gliene do una». Generalmente. «E se hai una caramella e viene il tuo amico, che fai?» Lì sono incerti, e vanno dal «gliela do», al «la dividiamo», al «me la metto in tasca». Il bambino che impara ad aprirsi all'altro. Nell'ambito sociale questo significa che la gratuità non è un complemento ma un requisito necessario per la giustizia. La gratuità è requisito necessario per la giustizia.

Omelia, 7 luglio 2015

Vita semplice

Il nostro sguardo sulla Santa Famiglia si lascia attirare dalla semplicità della vita che essa conduce a Nazaret. È un esempio che fa tanto bene alle nostre famiglie, le aiuta a diventare sempre più comunità di amore e di riconciliazione, in cui si sperimenta la tenerezza, l'aiuto vicendevole, il perdono reciproco. Ricordiamo le tre parole-chiave per vivere in pace e gioia in famiglia: permesso, grazie, scusa. Quando in una famiglia non si è invadenti e si chiede "permesso", quando in una famiglia non si è egoisti e si impara a dire "grazie", e quando in una famiglia uno si accorge che ha fatto una cosa brutta e sa chiedere "scusa", in quella famiglia c'è pace e c'è gioia. Ricordiamo queste tre parole. Ma possiamo ripeterle tutti insieme: permesso, grazie, scusa.

Angelus, 29 dicembre 2013

Dio al centro

Il messaggio che proviene dalla Santa Famiglia è anzitutto un messaggio di *fede*. Nella vita familiare di Maria e Giuseppe Dio è veramente al centro, e lo è nella persona di Gesù. Per questo la Famiglia di Nazaret è santa. Perché? Perché è centrata su Gesù.

Angelus, 28 dicembre 2014

Pane quotidiano

Il Signore si preoccupa dei suoi figli come un genitore: si preoccupa di dare ai suoi figli *un cibo sostanzioso*. Mediante il profeta Dio dice: «Perché spendete denaro per ciò che non è pane, il vostro guadagno per ciò che non sazia?» (*Is* 55, 2). Dio, come un bravo papà e una brava mamma, vuole dare cose buone ai suoi figli. E che cos'è questo cibo sostanzioso che Dio ci dà? È *la sua Parola*: la sua Parola ci fa crescere, ci fa portare buoni frutti nella vita, come la pioggia e la neve fanno bene alla terra e la rendono feconda (cfr. *Is* 55, 10-11). Così voi, genitori, e anche voi, padrini e madrine, nonni, zii, aiuterete questi bambini a crescere bene se darete loro la Parola di Dio, il Vangelo di Gesù. E anche darlo con l'esempio! Tutti i giorni, prendete l'abitudine di leggere un brano del Vangelo, piccolino, e portate sempre con voi un piccolo Vangelo in tasca, nella borsa, per poterlo leggere. E questo sarà l'esempio per i figli, vedere papà, mamma, i padrini, nonno, nonna, gli zii, leggere la Parola di Dio.

Omelia, 11 gennaio 2015

Siamo sempre figli

I bambini ci ricordano un'altra cosa bella; ci ricordano che siamo sempre figli: anche se uno diventa adulto, o anziano, anche se diventa genitore, se occupa un posto di responsabilità, al di sotto di tutto questo rimane l'identità di figlio. Tutti siamo figli. E questo ci riporta sempre al fatto che la vita non ce la siamo data noi ma l'abbiamo ricevuta. Il grande dono della vita è il primo regalo che abbiamo ricevuto. A volte rischiamo di vivere dimenticandoci di questo, come se fossimo noi i padroni della nostra esistenza, e invece siamo radicalmente dipendenti. In realtà, è motivo di grande gioia sentire che in ogni età della vita, in ogni situazione, in ogni condizione sociale, siamo e rimaniamo figli. Questo è il principale messaggio che i bambini ci danno, con la loro stessa presenza: soltanto con la presenza ci ricordano che tutti noi e ognuno di noi siamo figli.

Udienza generale, 18 marzo 2015

Aiuto reciproco

La fraternità in famiglia risplende in modo speciale quando vediamo la premura, la pazienza, l'affetto di cui vengono circondati *il fratellino o la sorellina più deboli*, malati, o portatori di handicap. I fratelli e le sorelle che fanno questo sono moltissimi, in tutto il mondo, e forse non apprezziamo abbastanza la loro generosità. E quando i fratelli sono tanti in famiglia – oggi, ho salutato una famiglia che ha nove figli –: il più grande, o la più grande, aiuta il papà, la mamma, a curare i più piccoli. Ed è bello questo lavoro di aiuto tra i fratelli.

Udienza generale, 18 febbraio 2015

Le colpe dei grandi non devono cadere sui piccoli

Non scarichiamo sui bambini le nostre colpe, per favore! I bambini non sono mai "un errore". La loro fame non è un errore, come non lo è la loro povertà, la loro fragilità, il loro abbandono – tanti bambini abbandonati per le strade; e non lo è neppure la loro ignoranza o la loro incapacità – tanti bambini che non sanno cosa è una scuola. Semmai, questi sono motivi per amarli di più, con maggiore generosità. Che ne facciamo delle solenni dichiarazioni dei diritti dell'uomo e dei diritti del bambino, se poi puniamo i bambini per gli errori degli adulti?

Udienza generale, 8 aprile 2015

I figli sono un dono

I figli sono un dono, sono un regalo: capito? I figli sono un dono. Ciascuno è unico e irripetibile; e al tempo stesso inconfondibilmente legato alle sue radici. Essere figlio e figlia, infatti, secondo il disegno di Dio, significa portare in sé la memoria e la speranza di un amore che ha realizzato se stesso proprio accendendo la vita di un altro essere umano, originale e nuovo. E per i genitori ogni figlio è se stesso, è differente, è diverso. Permettetemi un ricordo di famiglia. Io ricordo mia mamma, diceva di noi – eravamo cinque –: «Ma io ho cinque figli». Quando le chiedevano: «Qual è il tuo preferito» lei rispondeva: «Io ho cinque figli, come cinque dita. *[Mostra le dita della mano]* Se mi picchiano questo, mi fa male; se mi picchiano quest'altro, mi fa male. Mi fanno male tutti e cinque. Tutti sono figli miei, ma tutti differenti come le dita di una mano». E così è la famiglia! I figli sono differenti, ma tutti figli.

Udienza generale, 11 febbraio 2015

Litigi

La rottura del legame tra fratelli è una cosa brutta e cattiva per l'umanità. Anche in famiglia, quanti fratelli litigano per piccole cose, o per un'eredità, e poi non si parlano più, non si salutano più. Questo è brutto! La fratellanza è una cosa grande, quando si pensa che tutti i fratelli hanno abitato il grembo della stessa mamma durante nove mesi, vengono dalla carne della mamma! E non si può rompere la fratellanza. Pensiamo un po': tutti conosciamo famiglie che hanno i fratelli divisi, che hanno litigato; chiediamo al Signore per queste famiglie – forse nella nostra famiglia ci sono alcuni casi – che le aiuti a riunire i fratelli, a ricostituire la famiglia.

Udienza generale, 18 febbraio 2015

Dov'è tuo fratello?

Nel racconto di Caino e Abele, vediamo che la gelosia ha spinto Caino a compiere l'estrema ingiustizia contro suo fratello. Ciò a sua volta ha causato una rottura della relazione tra Caino e Dio e tra Caino e la terra, dalla quale fu esiliato. Questo passaggio è sintetizzato nel drammatico colloquio tra Dio e Caino. Dio chiede: «Dov'è Abele, tuo fratello?». Caino dice di non saperlo e Dio insiste: «Che hai fatto? La voce del sangue di tuo fratello grida a me dal suolo! Ora sii maledetto, lontano da questo suolo» (*Gn* 4, 9-11). Trascurare l'impegno di coltivare e mantenere una relazione corretta con il prossimo, verso il quale ho il dovere della cura e della custodia, distrugge la mia relazione interiore con me stesso, con gli altri, con Dio e con la terra. Quando tutte queste relazioni sono trascurate, quando la giustizia non abita più sulla terra, la Bibbia ci dice che tutta la vita è in pericolo.

Laudato si', n. 70

Sentirsi a casa

La nostra società vince quando ogni persona, ogni gruppo sociale, *si sente veramente a casa*. In una famiglia, i genitori, i nonni, i bambini sono di casa; nessuno è escluso. Se uno ha una difficoltà, anche grave, anche quando "se l'è cercata", gli altri vengono in suo aiuto, lo sostengono; il suo dolore è di tutti. Mi viene in mente l'immagine di quelle donne, mogli, le ho viste a Buenos Aires nei giorni di visita fare la coda per entrare nel carcere, per vedere loro figlio, o loro marito, che non si era comportato bene, per dirlo in linguaggio semplice, ma non li abbandonano perché rimangono sempre di casa. Come ci insegnano queste donne! Nella società, non dovrebbe succedere lo stesso? E, tuttavia, nelle nostre relazioni sociali o nel gioco politico... spesso questo nostro agire si basa sulla competizione, che produce lo scarto. La mia posizione, la mia idea, il mio progetto sono rafforzati se sono in grado di battere l'altro, di impormi, di scartarlo. E così costruiamo una cultura dello scarto che oggi ha assunto dimensioni mondiali, di ampiezza... È essere famiglia questo? Nelle famiglie, tutti contribuiscono al progetto comune, tutti lavorano per il bene comune, ma senza annullare l'individuo; al contrario, lo sostengono, lo promuovono. Litigano, ma c'è qualcosa che non si smuove: quel legame familiare. I litigi di famiglia dopo sono riconciliazioni. Le gioie e i dolori di ciascuno sono fatti propri da tutti. Questo sì è essere famiglia! Se potessimo riuscire a vedere l'avversario politico o il vicino di casa con gli stessi occhi con cui vediamo i bambini, le mogli, i mariti, i padri e le madri. Che bello sarebbe!

Omelia, 7 luglio 2015

Dire sì e dire no

Stiamo attenti alle nuove colonizzazioni ideologiche. Esistono colonizzazioni ideologiche che cercano di distruggere la famiglia. Non nascono dal sogno, dalla preghiera, dall'incontro con Dio, dalla missione che Dio ci dà, vengono da fuori e per questo dico che sono colonizzazioni. Non perdiamo la libertà della missione che Dio ci dà, la missione della famiglia. E così come i nostri popoli, in un momento della loro storia, arrivarono alla maturità di dire "no" a qualsiasi colonizzazione politica, come famiglie dobbiamo essere molto molto sagaci, molto abili, molto forti, per dire "no" a qualsiasi tentativo di colonizzazione ideologica della famiglia, e chiedere a san Giuseppe, che è amico dell'Angelo, che ci mandi l'ispirazione di sapere quando possiamo dire "sì" e quando dobbiamo dire "no".

Discorso, 16 gennaio 2015

Fraternità

In famiglia, tra fratelli si impara la convivenza umana, come si deve convivere in società. Forse non sempre ne siamo consapevoli, ma è proprio la famiglia che introduce la fraternità nel mondo! A partire da questa prima esperienza di fraternità, nutrita dagli affetti e dall'educazione familiare, lo stile della fraternità si irradia come una promessa sull'intera società e sui rapporti tra i popoli. La benedizione che Dio, *in Gesù Cristo*, riversa su questo legame di fraternità *lo dilata* in un modo inimmaginabile, rendendolo capace di oltrepassare ogni differenza di nazione, di lingua, di cultura e persino di religione.

Udienza generale, 18 febbraio 2015

Padri coraggiosi

Se dunque c'è qualcuno che può spiegare fino in fondo la preghiera del *Padre Nostro*, insegnata da Gesù, questi è proprio chi vive in prima persona la paternità. Senza la grazia che viene dal Padre che sta nei cieli, i padri perdono coraggio, e abbandonano il campo. Ma i figli hanno bisogno di trovare un padre che li aspetta quando ritornano dai loro fallimenti. Faranno di tutto per non ammetterlo, per non darlo a vedere, ma ne hanno bisogno; e il non trovarlo apre in loro ferite difficili da rimarginare.

Udienza generale, 4 febbraio 2015

Come si amano i figli

Un figlio lo si ama perché è figlio: non perché bello, o perché è così o cosà; no, perché è figlio! Non perché la pensa come me, o incarna i miei desideri. Un figlio è un figlio: una vita generata da noi ma destinata a lui, al suo bene, al bene della famiglia, della società, dell'umanità intera.

Udienza generale, 11 febbraio 2015

Nessun sacrificio è troppo costoso

Pensate che cosa sarebbe una società che decidesse, una volta per tutte, di stabilire questo principio: "È vero che non siamo perfetti e che facciamo molti errori. Ma quando si tratta dei bambini che vengono al mondo, nessun sacrificio degli adulti sarà giudicato troppo costoso o troppo grande, pur di evitare che un bambino pensi di essere uno sbaglio, di non valere niente e di essere abbandonato alle ferite della vita e alla prepotenza degli uomini". Come sarebbe bella una società così! Io dico che a questa società, molto sarebbe perdonato, dei suoi innumerevoli errori. Molto, davvero.

Udienza generale, 8 aprile 2015

Ogni persona è un miracolo

Maternità e paternità sono dono di Dio, ma accogliere il dono, stupirsi della sua bellezza e farlo splendere nella società, questo è il vostro compito. Ognuno dei vostri figli è una creatura unica che non si ripeterà mai più nella storia dell'umanità. Quando si capisce questo, ossia che ciascuno è stato voluto da Dio, si resta stupiti di quale grande miracolo sia un figlio! Un figlio cambia la vita! Tutti noi abbiamo visto – uomini, donne – che quando arriva un figlio la vita cambia, è un'altra cosa. Un figlio è un miracolo che cambia una vita.

Voi, bambini e bambine, siete proprio questo: ognuno di voi è frutto unico dell'amore, venite dall'amore e crescete nell'amore. Siete *unici*, ma non *soli*! E il fatto di avere fratelli e sorelle vi fa bene: i figli e le figlie di una famiglia numerosa sono più capaci di comunione fraterna fin dalla prima infanzia. In un mondo segnato spesso dall'egoismo, la famiglia numerosa è una scuola di solidarietà e di condivisione; e questi atteggiamenti vanno poi a beneficio di tutta la società.

Discorso all'Associazione delle famiglie numerose,
28 dicembre 2014

Non siamo mai orfani

Noi non siamo orfani, abbiamo una madre! La Madonna, la madre Chiesa, e la nostra mamma. Non siamo orfani, siamo figli della Chiesa, siamo figli della Madonna, e siamo figli delle nostre madri.

Udienza generale, 7 gennaio 2015

Abbiamo bisogno di padri

Vorrei dire a tutte le comunità cristiane che dobbiamo essere più attenti: l'assenza della figura paterna nella vita dei piccoli e dei giovani produce lacune e ferite che possono essere anche molto gravi. E in effetti le devianze dei bambini e degli adolescenti si possono in buona parte ricondurre a questa mancanza, alla carenza di esempi e di guide autorevoli nella loro vita di ogni giorno, alla carenza di vicinanza, alla carenza di amore da parte dei padri. È più profondo di quel che pensiamo il senso di orfanezza che vivono tanti giovani.

Sono orfani in famiglia, perché i papà sono spesso assenti, anche fisicamente, da casa, ma soprattutto perché, quando ci sono, non si comportano da padri, non dialogano con i loro figli, non adempiono il loro compito educativo, non danno ai figli, con il loro esempio accompagnato dalle parole, quei principi, quei valori, quelle regole di vita di cui hanno bisogno come del pane. La qualità educativa della presenza paterna è tanto più necessaria quanto più il papà è costretto dal lavoro a stare lontano da casa. A volte sembra che i papà non sappiano bene quale posto occupare in famiglia e come educare i figli. E allora, nel dubbio, si astengono, si ritirano e trascurano le loro responsabilità, magari rifugiandosi in un improbabile rapporto "alla pari" con i figli. È vero che tu devi essere "compagno" di tuo figlio, ma senza dimenticare che tu sei il padre! Se tu ti comporti soltanto come un compagno alla pari del figlio, questo non farà bene al ragazzo.

Udienza generale, 21 gennaio 2015

Modelli educativi

Giuseppe ha ascoltato la voce dell'Angelo del Signore e ha risposto alla chiamata di Dio di prendersi cura di Gesù e Maria. In questo modo egli ha svolto il suo ruolo nel piano di Dio ed è diventato una benedizione non solo per la Santa Famiglia, ma per tutta l'umanità. Con Maria, Giuseppe è stato modello per il bambino Gesù mentre cresceva in sapienza, età e grazia (cfr. *Lc* 2, 52).

Quando le famiglie mettono al mondo i bambini, li educano alla fede e ai sani valori e insegnano loro a contribuire al bene della società, diventano una benedizione per il mondo. Le famiglie possono diventare una benedizione per il mondo! L'amore di Dio diventa presente e attivo attraverso il modo con cui noi amiamo e le buone opere che compiamo. Così diffondiamo il Regno di Cristo nel mondo. Facendo questo, siamo fedeli alla missione profetica che abbiamo ricevuto nel battesimo.

Discorso, 16 gennaio 2015

Quando un padre è maturo

Oggi ci soffermiamo sul valore del suo ruolo, e vorrei partire da alcune espressioni che si trovano nel Libro dei Proverbi, parole che un padre rivolge al proprio figlio, e dice così: «Figlio mio, se il tuo cuore sarà saggio, anche il mio sarà colmo di gioia. Esulterò dentro di me, quando le tue labbra diranno parole rette» (*Pr* 23, 15-16). Non si potrebbe esprimere meglio l'orgoglio e la commozione di un padre che riconosce di avere trasmesso al figlio quel che conta davvero nella vita, ossia un cuore saggio. Questo padre non dice: "Sono fiero di te perché sei proprio uguale a me, perché ripeti le cose che dico e che faccio io". No, non gli dice semplicemente qualcosa. Gli dice qualcosa di ben più importante, che potremmo interpretare così: "Sarò felice ogni volta che ti vedrò agire con saggezza, e sarò commosso ogni volta che ti sentirò parlare con rettitudine. Questo è ciò che ho voluto lasciarti, perché diventasse una cosa tua: l'attitudine a sentire e agire, a parlare e giudicare con saggezza e rettitudine. E perché tu potessi essere così, ti ho insegnato cose che non sapevi, ho corretto errori che non vedevi. Ti ho fatto sentire un affetto profondo e insieme discreto, che forse non hai riconosciuto pienamente quando eri giovane e incerto. Ti ho dato una testimonianza di rigore e di fermezza che forse non capivi, quando avresti voluto soltanto complicità e protezione. Ho dovuto io stesso, per primo, mettermi alla prova della saggezza del cuore, e vigilare sugli eccessi del sentimento e del risentimento, per portare il peso delle inevitabili incomprensioni e trovare le parole giuste per farmi capire. Adesso" continua il padre "quando vedo che tu cerchi di essere così con i tuoi figli, e con tutti, mi commuovo. Sono felice di essere tuo padre". È così ciò che dice un padre saggio, un padre maturo.

Udienza generale, 4 febbraio 2015

Padri presenti e padri controllori

Che il padre sia *presente* nella famiglia. Che sia vicino alla moglie, per condividere tutto, gioie e dolori, fatiche e speranze. E che sia vicino ai figli nella loro crescita: quando giocano e quando si impegnano, quando sono spensierati e quando sono angosciati, quando si esprimono e quando sono taciturni, quando osano e quando hanno paura, quando fanno un passo sbagliato e quando ritrovano la strada; padre presente, sempre. Dire presente non è lo stesso che dire controllore! Perché i padri troppo controllori annullano i figli, non li lasciano crescere.

Udienza generale, 4 febbraio 2015

Due più due...

L'evangelista Luca narra che la Madonna e san Giuseppe, secondo la Legge di Mosè, portarono il bambino al Tempio per offrirlo al Signore, e che due anziani, Simeone e Anna, mossi dallo Spirito Santo, andarono loro incontro e riconobbero in Gesù il

Messia (cfr. *Lc* 2, 22-38). Simeone lo prese tra le braccia e ringraziò Dio perché finalmente aveva "visto" la salvezza; Anna, malgrado l'età avanzata, trovò nuovo vigore e si mise a parlare a tutti del bambino. È un'immagine bella: due giovani genitori e due persone anziane, radunati da Gesù. Davvero Gesù fa incontrare e unisce le generazioni!

Lettera alle famiglie, 2 febbraio 2014

Popoli fra passato e futuro

Quando noi isoliamo i giovani, facciamo un'ingiustizia; togliamo loro l'appartenenza. I giovani hanno un'appartenenza, un'appartenenza a una famiglia, a una patria, a una cultura, a una fede... Hanno un'appartenenza e noi non dobbiamo isolarli! Ma, soprattutto, non isolarli da tutta la società! Loro – davvero! – sono il futuro di un popolo: questo è vero! Ma non soltanto loro: loro sono il futuro perché hanno la forza, sono giovani, andranno avanti. Ma anche l'altro estremo della vita, gli anziani, sono il futuro di un popolo. Un popolo ha futuro se va avanti con tutti e due i punti: con i giovani, con la forza, perché lo portano avanti; e con gli anziani perché loro sono quelli che danno la saggezza della vita.

Io tante volte penso che noi facciamo un'ingiustizia con gli anziani, li lasciamo da parte come se loro non avessero niente da darci; loro hanno la saggezza, la saggezza della vita, la saggezza della storia, la saggezza della patria, la saggezza della famiglia. E di questo noi abbiamo bisogno!

Incontro con i giornalisti, 22 luglio 2013

L'allegria dei bambini

I bambini portano vita, allegria, speranza, anche guai. Ma, la vita è così. Certamente portano anche preoccupazioni e a volte tanti problemi; ma è meglio una società con queste preoccupazioni e questi problemi, che una società triste e grigia perché è rimasta senza bambini! E quando vediamo che il livello di nascita di una società arriva appena all'uno per cento, possiamo dire che questa società è triste, è grigia perché è rimasta senza bambini.

Udienza generale, 18 marzo 2015

Detto brasiliano

È comune da voi sentire i genitori che dicono: «*I figli sono la pupilla dei nostri occhi*». Come è bella questa espressione della saggezza brasiliana che applica ai giovani l'immagine della pupilla degli occhi, la finestra attraverso la quale la luce entra in noi regalandoci il miracolo della visione! Che ne sarà di noi se non ci prendiamo cura dei nostri occhi? Come potremo andare avanti?

Il mio augurio è che, in questa settimana, ognuno

di noi si lasci interpellare da questa domanda provocatoria.

Discorso, 22 luglio 2013

Senza madri?

Una società senza madri sarebbe una società disumana, perché le madri sanno testimoniare sempre, anche nei momenti peggiori, la tenerezza, la dedizione, la forza morale. Le madri trasmettono spesso anche il senso più profondo della pratica religiosa: nelle prime preghiere, nei primi gesti di devozione che un bambino impara, è inscritto il valore della fede nella vita di un essere umano.

È un messaggio che le madri credenti sanno trasmettere senza tante spiegazioni: queste arriveranno dopo, ma il germe della fede sta in quei primi, preziosissimi momenti. Senza le madri, non solo non ci sarebbero nuovi fedeli, ma la fede perderebbe buona parte del suo calore semplice e profondo.

Udienza generale, 7 gennaio 2015

Senza padri?

"Padre" è una parola nota a tutti, una parola universale. Essa indica una relazione fondamentale la cui realtà è antica quanto la storia dell'uomo. Oggi, tuttavia, si è arrivati ad affermare che la nostra sarebbe una "società senza padri". In altri termini, in particolare nella cultura occidentale, la figura del padre sarebbe simbolicamente assente, svanita, rimossa. In un primo momento, la cosa è stata percepita come una liberazione: liberazione dal padre-padrone, dal padre come rappresentante della legge che si impone dall'esterno, dal padre come censore della felicità dei figli e ostacolo all'emancipazione e all'autonomia dei giovani.

Talvolta in alcune case regnava in passato l'autoritarismo, in certi casi addirittura la sopraffazione: genitori che trattavano i figli come servi, non rispettando le esigenze personali della loro crescita; padri che non li aiutavano a intraprendere la loro strada con libertà – ma non è facile educare un figlio in libertà –; padri che non li aiutavano ad assumere le proprie responsabilità per costruire il loro futuro e quello della società.

Questo, certamente, è un atteggiamento non buono; però come spesso avviene, si passa da un estremo all'altro. Il problema dei nostri giorni non sembra essere più tanto la presenza invadente dei padri, quanto piuttosto la loro assenza, la loro latitanza. I padri sono talora così concentrati su se stessi e sul proprio lavoro e alle volte sulle proprie realizzazioni individuali, da dimenticare anche la famiglia. E lasciano soli i piccoli e i giovani. Già da vescovo di Buenos Aires avvertivo il senso di orfanezza che vivono oggi i ragazzi; e spesso domandavo ai papà se giocavano con i loro figli, se avevano il coraggio e l'amore di perdere tempo con i figli. E la risposta era brutta, nella maggioranza dei casi: «Mah, non posso, perché ho tanto lavoro...». E il padre era assente da quel figliolo che cresceva, non giocava con lui, no, non perdeva tempo con lui.

Udienza generale, 21 gennaio 2015

Famiglia come "piccola Chiesa"

La famiglia è l'ospedale più vicino: quando uno è malato lo curano lì, finché si può. La famiglia è la prima scuola dei bambini, è il punto di riferimento imprescindibile per i giovani, è il miglior asilo. La famiglia costituisce la grande ricchezza sociale, che altre istituzioni non possono sostituire, che dev'essere aiutata e potenziata, per non perdere mai il giusto senso dei servizi che la società presta ai suoi cittadini. In effetti, questi servizi che la società presta ai suoi cittadini non sono una forma di elemosina, ma un autentico "debito sociale" nei confronti dell'istituzione familiare, che è la base e che tanto apporta al bene comune.

La famiglia forma anche una piccola Chiesa, la chiamiamo "Chiesa domestica", che, oltre a dare la vita, trasmette la tenerezza e la misericordia divina. Nella famiglia la fede si mescola al latte materno: sperimentando l'amore dei genitori si sente più vicino l'amore di Dio.

E nella famiglia – di questo siamo tutti testimoni – i miracoli si fanno con quello che c'è, con quello che siamo, con quello che uno ha a disposizione; e molte volte non è l'ideale, non è quello che sogniamo e neppure quello che "dovrebbe essere".

Omelia, 6 luglio 2015

Memoria e speranza

È opportuno ascoltare i giovani e gli anziani. Entrambi sono la speranza dei popoli. Gli anziani apportano la memoria e la saggezza dell'esperienza, che invita a non ripetere stupidamente gli stessi errori del passato. I giovani ci chiamano a risvegliare e accrescere la speranza, perché portano in sé le nuove tendenze dell'umanità e ci aprono al futuro, in modo che non rimaniamo ancorati alla nostalgia di strutture e abitudini che non sono più portatrici di vita nel mondo attuale.

Evangelii gaudium, n. 108

Nonni

Gesù li fa incontrare: i giovani e gli anziani. Gesù è colui che avvicina le generazioni. È la fonte di quell'amore che unisce le famiglie e le persone, vincendo ogni diffidenza, ogni isolamento, ogni lontananza. Questo ci fa pensare anche ai nonni: quanto è importante la loro presenza, la presenza dei nonni! Quanto è prezioso il loro ruolo nelle famiglie e nella società! Il buon rapporto tra i giovani e gli anziani è decisivo per il cammino della comunità civile ed ecclesiale. E guardando a questi due anziani, questi due nonni – Simeone e Anna – salutiamo di qua, con un applauso, tutti i nonni del mondo.

Angelus, 28 dicembre 2014

Gli anziani siamo noi

Gli anziani sono uomini e donne, padri e madri che sono stati prima di noi sulla nostra stessa strada, nella nostra stessa casa, nella nostra quotidiana battaglia per una vita degna. Sono uomini e donne dai quali abbiamo ricevuto molto. L'anziano non è un alieno. L'anziano siamo noi: fra poco, fra molto, inevitabilmente comunque, anche se non ci pensiamo. E se noi non impariamo a trattare bene gli anziani, così tratteranno a noi.

Udienza generale, 4 marzo 2015

Nonni che educano

È molto importante la presenza dei nonni: una presenza preziosa sia per l'aiuto pratico, sia soprattutto per l'apporto educativo. I nonni custodiscono in sé i valori di un popolo, di una famiglia, e aiutano i genitori a trasmetterli ai figli.

Nel secolo scorso, in tanti Paesi dell'Europa, sono stati i nonni a trasmettere la fede: loro portavano di nascosto il bambino a ricevere il battesimo e trasmettevano la fede.

Discorso all'Associazione delle famiglie numerose,
28 dicembre 2014

Anche il Papa è un nonno

Cari amici, cari genitori, cari ragazzi, cari bambini, cari nonni, buona festa a tutti voi! Ognuna delle vostre famiglie sia sempre ricca della tenerezza e della consolazione di Dio. Con affetto vi benedico. E voi, per favore, continuate a pregare per me, che io sono un po' il nonno di tutti voi. Pregate per me! Grazie.

Discorso, 28 dicembre 2014

Foreste

La grande famiglia umana è come una foresta, dove gli alberi buoni portano solidarietà, comunione, fiducia, sostegno, sicurezza, sobrietà felice, amicizia.

Discorso, 28 dicembre 2014

Onora il padre e la madre

Una società di figli che non onorano i genitori è una società senza onore; quando non si onorano i genitori si perde il proprio onore! È una società destinata a riempirsi di giovani aridi e avidi. Però, anche una società avara di generazione, che non ama circondarsi di figli, che li considera soprattutto una preoccupazione, un peso, un rischio, è una società depressa. Pensiamo a tante società che conosciamo qui in Europa: sono società depresse, perché non vogliono i figli, non hanno i figli, il livello di nascita non arriva all'uno per cento. Perché? Ognuno di noi pensi e risponda. Se una famiglia generosa di figli viene guardata come se fosse un peso, c'è qualcosa che non va!

Udienza generale, 11 febbraio 2015

Erode,
i profughi e le lacrime

«Basta un uomo buono
perché ci sia speranza!»

Laudato si', *n. 71*

Erode e il potere

«Io ho potere, sono sicuro, comando questo, comando quello, sono rispettato: sono in pace.» In questa situazione si trovava il re Erode; ma quando sono arrivati i Magi e gli hanno detto che era nato il re d'Israele, in quello stesso momento la sua pace se n'è andata via subito. A conferma che la pace del potere non funziona: un colpo di Stato te la toglie subito!

Omelia a Santa Marta, 20 maggio 2014

L'inganno del re

A Gerusalemme i Magi incontrano *una tentazione*, messa lì dal diavolo: è l'inganno di Erode. Il re Erode si mostra interessato al bambino, ma non per adorarlo, bensì per eliminarlo. Erode è l'uomo di potere, che nell'altro riesce a vedere soltanto il rivale. E in fondo egli considera anche Dio come un rivale, anzi come il rivale più pericoloso.

Omelia, 6 gennaio 2015

Il Natale dei poveri

Ci dovrebbero indignare soprattutto le enormi disuguaglianze che esistono tra di noi, perché continuiamo a tollerare che alcuni si considerino più degni di altri. Non ci accorgiamo più che alcuni si trascinano in una miseria degradante, senza reali possibilità di miglioramento, mentre altri non sanno nemmeno che farsene di ciò che possiedono, ostentano con vanità una pretesa superiorità e lasciano dietro di sé un livello di spreco tale che sarebbe impossibile generalizzarlo senza distruggere il pianeta. Continuiamo nei fatti ad ammettere che alcuni si sentano più umani di altri, come se fossero nati con maggiori diritti.

Laudato si', n. 90

Chi siamo davanti a Gesù Bambino

Chi siamo noi davanti a Gesù Bambino? Chi siamo noi davanti ai bambini di oggi? Siamo come Maria e Giuseppe, che accolgono Gesù e se ne prendono cura con amore materno e paterno? O siamo come Erode, che vuole eliminarlo? Siamo come i pastori, che vanno in fretta, si inginocchiano per adorarlo e offrono i loro umili doni? Oppure siamo indifferenti? Siamo forse retorici e pietisti, persone che sfruttano le immagini dei bambini poveri a scopo di lucro? Siamo capaci di stare accanto a loro, di "perdere tempo" con loro? Sappiamo ascoltarli, custodirli, pregare per loro e con loro? O li trascuriamo, per occuparci dei nostri interessi?

Omelia a Betlemme, 25 maggio 2014

Cose difficili

Quando genitori e figli respirano insieme questo clima di fede, possiedono un'energia che permette loro di affrontare prove anche difficili, come mostra l'esperienza della Santa Famiglia, ad esempio nell'evento drammatico della fuga in Egitto: una dura prova.

Il Bambino Gesù con sua Madre Maria e con san Giuseppe sono un'icona familiare semplice ma tanto luminosa. La luce che essa irradia è luce di misericordia e di salvezza per il mondo intero, luce di verità per ogni uomo, per la famiglia umana e per le singole famiglie. Questa luce che viene dalla Santa Famiglia ci incoraggia a offrire calore umano in quelle situazioni familiari in cui, per vari motivi, manca la pace, manca l'armonia, manca il perdono. La nostra concreta solidarietà non venga meno specialmente nei confronti delle famiglie che stanno vivendo situazioni più difficili per le malattie, la mancanza di lavoro, le discriminazioni, la necessità di emigrare... E qui ci fermiamo un po' e in silenzio preghiamo per tutte queste famiglie in difficoltà, siano difficoltà di malattia, mancanza di lavoro, discriminazione, necessità di emigrare, siano difficoltà a capirsi e anche di disunione. In silenzio preghiamo per tutte queste famiglie...

Angelus, 28 dicembre 2014

Proteggere la famiglia

Il Cristo Bambino... quando venne in questo mondo, la sua stessa vita si trovò minacciata da un re corrotto. Gesù stesso si trovò nella necessità di venire protetto. Egli ha avuto un protettore sulla terra: san Giuseppe. Ha avuto una famiglia qui sulla terra: la Santa Famiglia di Nazaret. In tal modo Egli ci ricorda l'importanza di proteggere le nostre famiglie e quella più grande famiglia che è la Chiesa, la famiglia di Dio, e il mondo, la nostra famiglia umana. Oggi purtroppo la famiglia ha bisogno di essere protetta da attacchi insidiosi e da programmi contrari a tutto quanto noi riteniamo vero e sacro, a tutto ciò che nella nostra cultura è più nobile e bello.

Nel Vangelo Gesù accoglie i bambini, li abbraccia e li benedice. Anche noi abbiamo il compito di proteggere, guidare e incoraggiare i nostri giovani, aiutandoli a costruire una società degna del suo grande patrimonio spirituale e culturale. In modo specifico, abbiamo bisogno di vedere ogni bambino come un dono da accogliere, da amare e da proteggere.

È un fragile bambino che portò la bontà di Dio, la misericordia e la giustizia nel mondo. Egli resistette alla disonestà e alla corruzione, che sono l'eredità del peccato, e trionfò su di esse con il potere della croce.

Omelia, 18 gennaio 2015

La culla e la croce

Nel martirio di Stefano si riproduce l'eterno confronto tra il bene e il male, tra l'odio e il perdono, tra la mitezza e la violenza, che ha avuto il suo culmine nella croce di Cristo. La memoria del primo martire viene così, immediatamente, a dissolvere una falsa immagine del Natale: l'immagine fiabesca e sdolcinata, che nel Vangelo non esiste! La liturgia ci riporta al senso autentico dell'Incarnazione, collegando Betlemme al calvario e ricordandoci che la salvezza divina implica la lotta al peccato, passa attraverso la porta stretta della croce. Questa è la strada che Gesù ha indicato chiaramente ai suoi discepoli, come attesta il Vangelo di oggi: «Sarete odiati da tutti a causa del mio nome. Ma chi avrà perseverato fino alla fine sarà salvato» (*Mt* 10, 22).

Angelus, 26 dicembre 2013

L'asinello

Mi viene in mente il logo che la Commissione della protezione dell'infanzia e dell'adolescenza aveva a Buenos Aires. Il logo della Sacra Famiglia sopra un asinello che scappa in Egitto per difendere il Bambino. A volte per difendere, è necessario scappare; a volte è necessario fermarsi per proteggere; a volte è necessario combattere. Però sempre bisogna avere tenerezza.

Discorso, 11 aprile 2014

La follia di un re

Ci dice il Vangelo che i Magi, quando giunsero a Gerusalemme, persero per un po' la vista della stella. Non la vedevano più. In particolare, la sua luce è assente nel palazzo del re Erode: quella dimora è tenebrosa, vi regnano il buio, la diffidenza, la paura, l'invidia. Erode, infatti, si mostra sospettoso e preoccupato per la nascita di un fragile bambino che egli sente come un rivale. In realtà Gesù non è venuto ad abbattere lui, misero fantoccio, ma il principe di questo mondo! Tuttavia il re e i suoi consiglieri sentono scricchiolare le impalcature del loro potere, temono che vengano capovolte le regole del gioco, smascherate le apparenze. Tutto un mondo edificato sul dominio, sul successo sull'avere, sulla corruzione è messo in crisi da un bambino! Ed Erode arriva fino a uccidere i bambini. «Tu uccidi i bambini nella carne perché la paura ti uccide nel cuore» scrive san Quodvultdeus. È così: aveva paura, e per questa paura è impazzito.

Omelia, 6 gennaio 2014

Ogni epoca ha il suo Erode

La vocazione del custodire non riguarda solamente noi cristiani, ha una dimensione che precede e che è semplicemente umana, riguarda tutti. È il custodire l'intero creato, la bellezza del creato, come ci viene detto nel Libro della Genesi e come ci ha mostrato san Francesco d'Assisi: è l'avere rispetto per ogni creatura di Dio e per l'ambiente in cui viviamo. È il custodire la gente, l'aver cura di tutti, di ogni persona, con amore, specialmente dei bambini, dei vecchi, di coloro che sono più fragili e che spesso sono nella periferia del nostro cuore. È l'aver cura l'uno dell'altro nella famiglia: i coniugi si custodiscono reciprocamente, poi come genitori si prendono cura dei figli, e col tempo anche i figli diventano custodi dei genitori. È il vivere con sincerità le amicizie, che sono un reciproco custodirsi nella confidenza, nel rispetto e nel bene. In fondo, tutto è affidato alla custodia dell'uomo, ed è una responsabilità che ci riguarda tutti. Siate custodi dei doni di Dio!

E quando l'uomo viene meno a questa responsabilità di custodire, quando non ci prendiamo cura del creato e dei fratelli, allora trova spazio la distruzione e il cuore inaridisce. In ogni epoca della storia, purtroppo, ci sono degli "Erode" che tramano disegni di morte, distruggono e deturpano il volto dell'uomo e della donna.

Omelia, 19 marzo 2013

Le grida dei bambini

Ogni bambino emarginato, abbandonato, che vive per strada mendicando e con ogni genere di espedienti, senza scuola, senza cure mediche, è un grido che sale a Dio e che accusa il sistema che noi adulti abbiamo costruito. E purtroppo questi bambini sono preda dei delinquenti, che li sfruttano per indegni traffici o commerci, o addestrandoli alla guerra e alla violenza. Ma anche nei Paesi cosiddetti ricchi tanti bambini vivono drammi che li segnano in modo pesante, a causa della crisi della famiglia, dei vuoti educativi e di condizioni di vita a volte disumane. In ogni caso sono infanzie violate nel corpo e nell'anima. Ma nessuno di questi bambini è dimenticato dal Padre che è nei cieli! Nessuna delle loro lacrime va perduta! Come neppure va perduta la nostra responsabilità, la responsabilità sociale delle persone, di ognuno di noi, e dei Paesi.

Udienza generale, 8 aprile 2015

Il pianto di Gesù Bambino

Il mio pensiero va a tutti i bambini oggi uccisi e maltrattati, sia a quelli che lo sono prima di vedere la luce, privati dell'amore generoso dei loro genitori e seppelliti nell'egoismo di una cultura che non ama la vita; sia a quei bambini sfollati a motivo delle guerre e delle persecuzioni, abusati e sfruttati sotto i nostri occhi e il nostro silenzio complice; e ai bambini massacrati sotto i bombardamenti, anche là dove il figlio di Dio è nato. Ancora oggi il loro silenzio impotente grida sotto la spada di tanti Erode. Sopra il loro sangue campeggia oggi l'ombra degli attuali Erode. Davvero tante lacrime ci sono in questo Natale insieme alle lacrime di Gesù Bambino!

Messaggio Urbi et Orbi, Natale 2014

La grazia di piangere sulla propria indifferenza

«Rachele piange i suoi figli... perché non sono più.» Erode ha seminato morte per difendere il proprio benessere, la propria bolla di sapone. E questo continua a ripetersi... Domandiamo al Signore che cancelli ciò che di Erode è rimasto anche nel nostro cuore; domandiamo al Signore la grazia di piangere sulla nostra indifferenza, di piangere sulla crudeltà che c'è nel mondo, in noi, anche in coloro che nell'anonimato prendono decisioni socio-economiche che aprono la strada ai drammi come questo. «Chi ha pianto?». Chi ha pianto oggi nel mondo?

Omelia, 8 luglio 2013

Rachele oggi

«Questo per noi il segno: troverete un bambino...» Forse quel bambino piange. Piange perché ha fame, perché ha freddo, perché vuole stare in braccio... Anche oggi piangono i bambini, piangono molto, e il loro pianto ci interpella. In un mondo che scarta ogni giorno tonnellate di cibo e di farmaci, ci sono bambini che piangono invano per la fame e per malattie facilmente curabili. In un tempo che proclama la tutela dei minori, si commerciano armi che finiscono tra le mani di bambini-soldato; si commerciano prodotti confezionati da piccoli lavoratori-schiavi. Il loro pianto è soffocato: il pianto di questi bambini è soffocato! Devono combattere, devono lavorare, non possono piangere! Ma piangono per loro le madri, odierne Rachele: piangono i loro figli, e non vogliono essere consolate (cfr. *Mt* 2, 18).

Omelia a Betlemme, 25 maggio 2014

Furbi come i Magi

Un aspetto della luce che ci guida nel cammino della fede è anche la santa "furbizia". È una virtù anche questa, la santa "furbizia". Si tratta di quella scaltrezza spirituale che ci consente di riconoscere i pericoli ed evitarli.

I Magi seppero usare questa luce di "furbizia" quando, sulla via del ritorno, decisero di non passare dal palazzo tenebroso di Erode, ma di percorrere un'altra strada. Questi saggi venuti da Oriente ci insegnano come non cadere nelle insidie delle tenebre e come difenderci dall'oscurità che cerca di avvolgere la nostra vita. Loro, con questa santa "furbizia" hanno custodito la fede.

E anche noi dobbiamo custodire la fede. Custodirla da quel buio. Ma, anche, tante volte, un buio travestito di luce! Perché il demonio, dice san Paolo, si veste da angelo di luce, alcune volte. E qui è necessaria la santa "furbizia", per custodire la fede, custodirla dai canti delle sirene, che ti dicono: «Guarda, oggi dobbiamo fare questo, quello...». Ma la fede è una grazia, è un dono. A noi tocca custodirla con questa santa "furbizia", con la preghiera, con l'amore, con la carità. Occorre accogliere nel nostro cuore la luce di Dio e, nello stesso tempo, coltivare quella furbizia spirituale che sa coniugare semplicità e astuzia, come chiede Gesù ai discepoli: «Siate prudenti come i serpenti e semplici come le colombe» (*Mt* 10, 16).

Omelia, 6 gennaio 2014

Profughi ed esiliati

Ogni presepio ci mostra Gesù insieme con la Madonna e san Giuseppe, nella grotta di Betlemme. Dio ha voluto nascere in una famiglia umana, ha voluto avere una madre e un padre, come noi. E oggi il Vangelo ci presenta la Santa Famiglia sulla via dolorosa dell'esilio, in cerca di rifugio in Egitto. Giuseppe, Maria e Gesù sperimentano la condizione drammatica dei profughi, segnata da paura, incertezza, disagi (cfr. *Mt* 2, 13-15. 19-23). Purtroppo, ai nostri giorni, milioni di famiglie possono riconoscersi in questa triste realtà. Quasi ogni giorno la televisione e i giornali danno notizie di profughi che fuggono dalla fame, dalla guerra, da altri pericoli gravi, alla ricerca di sicurezza e di una vita dignitosa per sé e per le proprie famiglie.

In terre lontane, anche quando trovano lavoro, non sempre i profughi e gli immigrati incontrano accoglienza vera, rispetto, apprezzamento dei valori di cui sono portatori. Le loro legittime aspettative si scontrano con situazioni complesse e difficoltà che sembrano a volte insuperabili. Perciò, mentre fissiamo lo sguardo sulla Santa Famiglia di Nazaret nel momento in cui è costretta a farsi profuga, pensiamo al dramma di quei migranti e rifugiati che sono vittime del rifiuto e dello sfruttamento, che sono vittime della tratta delle persone e del lavoro schiavo. Ma pensiamo anche agli altri "esiliati": io li chiamerei "esiliati nascosti", quegli esiliati che possono esserci all'interno delle famiglie stesse: gli anziani, per esempio, che a volte vengono trattati come presenze ingombranti. Molte volte penso che un segno per sapere come va una famiglia è vedere come si trattano in essa i bambini e gli anziani.

Angelus, 29 dicembre 2013

Non ho altre parole...

Noi siamo come quel bimbo che sta laggiù: nei momenti di dolore, di pena, nei momenti in cui non capiamo niente, nei momenti in cui vogliamo ribellarci, ci viene solo da tendere la mano e aggrapparci alla sua sottana e dirle: «Mamma!». Come un bambino che quando ha paura dice: «Mamma!». È forse l'unica parola che può esprimere quello che sentiamo nei momenti bui: «Madre! Mamma!».

Facciamo insieme un momento di silenzio. Guardiamo al Signore: Lui può comprenderci perché è passato per tutte queste cose. E guardiamo a nostra Madre, e come il bimbo che sta laggiù aggrappiamoci alla sua sottana e con il cuore diciamole: «Madre!». In silenzio facciamo questa preghiera, ciascuno le dica ciò che sente...

Non siamo soli, abbiamo una madre. Abbiamo Gesù nostro fratello maggiore. Non siamo soli. E abbiamo anche tanti fratelli che, anche nei momenti più difficili, sono venuti ad aiutarci. E anche noi ci sentiamo più fratelli... noi che ci siamo aiutati gli uni gli altri.

Questo è tutto quello che mi viene da dirvi. Perdonatemi se non ho altre parole. Ma siate sicuri che Gesù non delude. Siate sicuri che l'amore e la tenerezza di nostra Madre non delude. E attaccati a lei come figli e con la forza che ci dà Gesù nostro fratello maggiore andiamo avanti. E come fratelli camminiamo. Grazie!

Omelia, 17 gennaio 2015,
dopo il passaggio del tifone Yolanda

Candele

Penso alla fede salda di quelle madri ai piedi del letto del figlio malato che si afferrano a un rosario anche se non sanno imbastire le frasi del *Credo*; o a tanta carica di speranza diffusa con una candela che si accende in un'umile dimora per chiedere aiuto a Maria, o in quegli sguardi di amore profondo a Cristo crocifisso. Chi ama il santo popolo fedele di Dio non può vedere queste azioni unicamente come una ricerca naturale della divinità. Sono la manifestazione di una vita teologale animata dall'azione dello Spirito Santo che è stato riversato nei nostri cuori.

Evangelii gaudium, n. 125

Là dove sognano gli uomini

Gesù ha voluto appartenere a una famiglia che ha sperimentato le difficoltà, perché nessuno si senta escluso dalla vicinanza amorosa di Dio. La fuga in Egitto a causa delle minacce di Erode ci mostra che Dio è là dove l'uomo è in pericolo, là dove l'uomo soffre, là dove scappa, dove sperimenta il rifiuto e l'abbandono; ma Dio è anche là dove l'uomo sogna, spera di tornare in patria nella libertà, progetta e sceglie per la vita e la dignità sua e dei suoi familiari.

Angelus, 29 dicembre 2013

Vergogna

Purtroppo, in questo mondo che ha sviluppato le tecnologie più sofisticate, ci sono ancora tanti bambini in condizioni disumane, che vivono ai margini della società, nelle periferie delle grandi città o nelle zone rurali. Tanti bambini sono ancora oggi sfruttati, maltrattati, schiavizzati, oggetto di violenza e di traffici illeciti. Troppi bambini oggi sono profughi, rifugiati, a volte affondati nei mari, specialmente nelle acque del Mediterraneo. Di tutto questo noi ci vergogniamo oggi davanti a Dio, a Dio che si è fatto bambino.

Omelia a Betlemme, 25 maggio 2014

Maranathà.
Vieni, Signore!

«Perdete tutto nella vita,
ma non perdete
il rapporto con Gesù Cristo.
Questa è la vostra vittoria.»

Omelia a Santa Marta, *11 gennaio 2014*

Il Signore è vicino

La testimonianza delle prime comunità cristiane risuona quanto mai suggestiva. Esse infatti erano solite accompagnare le celebrazioni e le preghiere con l'acclamazione *Maranathà*, un'espressione costituita da due parole aramaiche che, a seconda di come vengono scandite, si possono intendere come una supplica: «Vieni, Signore!», oppure come una certezza alimentata dalla fede: «Sì, il Signore viene, il Signore è vicino». È l'esclamazione in cui culmina tutta la rivelazione cristiana, al termine della meravigliosa contemplazione che ci viene offerta nell'Apocalisse di Giovanni (cfr. *Ap* 22,20). In quel caso, è la Chiesa-sposa che, a nome dell'umanità intera e in quanto sua primizia, si rivolge a Cristo, suo sposo, non vedendo l'ora di essere avvolta dal suo abbraccio: l'abbraccio di Gesù, che è pienezza di vita e pienezza di amore. Così ci abbraccia Gesù.

Se pensiamo al giudizio in questa prospettiva, ogni paura e titubanza viene meno e lascia spazio all'attesa e a una profonda gioia: sarà proprio il momento in cui verremo giudicati finalmente pronti per essere rivestiti della gloria di Cristo, come di una veste nuziale, ed essere condotti al banchetto, immagine della piena e definitiva comunione con Dio.

Udienza generale, 11 dicembre 2013

Come ti guarda Dio

Il Signore non ci guarda tutti insieme, come una massa: no, no! Lui ci guarda a uno a uno, in faccia, negli occhi, perché l'amore non è un amore astratto ma è un amore concreto. Persona per persona. Il Signore, persona, guarda a me, persona.

Omelia a Santa Marta, 2 dicembre 2013

Silenzio nell'anima

Ognuno di noi sa come misteriosamente opera il Signore nel suo cuore, nella sua anima. E qual è la nube, la potenza, com'è lo stile dello Spirito Santo per coprire il nostro mistero.

Questa nube in noi, nella nostra vita, si chiama silenzio. Il silenzio è proprio la nube che copre il mistero del nostro rapporto col Signore, della nostra santità e dei nostri peccati.

Omelia a Santa Marta, 20 dicembre 2013

Siamo tutti necessari al cuore di Dio

Che meravigliosa certezza è sapere che la vita di ogni persona non si perde in un disperante caos, in un mondo governato dalla pura casualità o da cicli che si ripetono senza senso! Il Creatore può dire a ciascuno di noi: «Prima di formarti nel grembo materno, ti ho conosciuto» (*Ger* 1,5). Siamo stati concepiti nel cuore di Dio e quindi «ciascuno di noi è il frutto di un pensiero di Dio. Ciascuno di noi è voluto, ciascuno è amato, ciascuno è necessario».

Laudato si', n. 65

Non ti addormentare!

La parabola delle dieci vergini (cfr. *Mt* 25,1-13) parla di dieci ragazze che aspettano l'arrivo dello Sposo, ma questi tarda ed esse si addormentano. All'annuncio improvviso che lo Sposo sta arrivando, tutte si preparano ad accoglierlo, ma mentre cinque di esse, sagge, hanno olio per alimentare le proprie lampade, le altre, stolte, restano con le lampade spente perché non ne hanno; e mentre lo cercano giunge lo Sposo e le vergini stolte trovano chiusa la porta che introduce alla festa nuziale. Bussano con insistenza, ma ormai è troppo tardi, lo Sposo risponde: non vi conosco. Lo Sposo è il Signore, e il tempo di attesa del suo arrivo è il tempo che Egli ci dona, a tutti noi, con misericordia e pazienza, prima della sua venuta finale; è un tempo di vigilanza; tempo in cui dobbiamo tenere accese le lampade della fede, della speranza e della carità, in cui tenere aperto il cuore al bene, alla bellezza e alla verità; tempo da vivere secondo Dio, poiché non conosciamo né il giorno, né l'ora del ritorno di Cristo. Quello che ci è chiesto è di essere preparati all'incontro – preparati a un incontro, a un bell'incontro, l'incontro con Gesù –, che significa saper vedere i segni della sua presenza, tenere viva la nostra fede, con la preghiera, con i Sacramenti, essere vigilanti per non addormentarci, per non dimenticarci di Dio. La vita dei cristiani addormentati è una vita triste, non è una vita felice. Il cristiano dev'essere felice, la gioia di Gesù. Non addormentarci!

Udienza generale, 24 aprile 2013

Tieni accesa la lampada!

La speranza cristiana non è semplicemente un desiderio, un auspicio, non è ottimismo: per un cristiano, la speranza è attesa, attesa fervente, appassionata del compimento ultimo e definitivo di un mistero, il mistero dell'amore di Dio, nel quale siamo rinati e già viviamo. Ed è attesa di qualcuno che sta per arrivare: è il Cristo Signore che si fa sempre più vicino a noi, giorno dopo giorno, e che viene a introdurci finalmente nella pienezza della sua comunione e della sua pace. La Chiesa ha allora il compito di mantenere accesa e ben visibile la lampada della speranza, perché possa continuare a risplendere come segno sicuro di salvezza e possa illuminare a tutta l'umanità il sentiero che porta all'incontro con il volto misericordioso di Dio.

Udienza generale, 15 ottobre 2014

Non esaurire l'olio della gioia!

Cari fratelli e sorelle, ecco allora che cosa aspettiamo: che Gesù ritorni! La Chiesa sposa aspetta il suo sposo! Dobbiamo chiederci però, con molta sincerità: siamo davvero testimoni luminosi e credibili di questa attesa, di questa speranza? Le nostre comunità vivono ancora nel segno della presenza del Signore Gesù e nell'attesa calorosa della sua venuta, oppure appaiono stanche, intorpidite, sotto il peso della fatica e della rassegnazione? Corriamo anche noi il rischio di esaurire l'olio della fede, e l'olio della gioia? Stiamo attenti!

Udienza generale, 15 ottobre 2014

Il suono del silenzio

Mi ha sempre colpito l'incontro del Signore con Elia, quando il Signore parlò con Elia... Il Signore non era nella grandine, nella pioggia, nella tempesta, nel vento... Il Signore era nella brezza soave. Nell'originale è usata una parola bellissima che non si può tradurre con precisione: era in un filo sonoro di silenzio. Un filo sonoro di silenzio: così si avvicina il Signore, con quella sonorità del silenzio che è propria dell'amore.

Omelia a Santa Marta, 12 dicembre 2013

Si può comprare la pace?

Quanto bisogno ha il mondo di noi come messaggeri di pace, come testimoni di pace! È una necessità che ha il mondo. Anche il mondo ci chiede di fare questo: portare la pace, testimoniare la pace!

La pace non si può comperare, non si vende. La pace è un dono da ricercare pazientemente e costruire "artigianalmente" mediante piccoli e grandi gesti che coinvolgono la nostra vita quotidiana. Il cammino della pace si consolida se riconosciamo che tutti abbiamo lo stesso sangue e facciamo parte del genere umano; se non dimentichiamo di avere un unico Padre nel cielo e di essere tutti suoi figli, fatti a sua immagine e somiglianza.

Omelia, 24 maggio 2014

Un supplemento d'amore

Non vi sembra che nel nostro tempo ci sia bisogno di un supplemento di condivisione fraterna e di amore? Non vi sembra che abbiamo tutti bisogno di un supplemento di carità? Non quella che si accontenta dell'aiuto estemporaneo che non coinvolge, non mette in gioco, ma quella carità che condivide, che si fa carico del disagio e della sofferenza del fratello. Quale sapore acquista la vita, quando ci si lascia inondare dall'amore di Dio!

Omelia, 12 gennaio 2014

Il Verbo viene nella carne

L'apostolo Giovanni è chiaro: «Colui che dice che il Verbo non è venuto nella carne, non è da Dio! È dal diavolo». Non è nostro, è nemico! Perché c'era la prima eresia – diciamo la parola fra di noi – ed è stata questa, che l'apostolo condanna: che il Verbo non sia venuto nella carne. No! L'incarnazione del Verbo è alla base: è Gesù Cristo! Dio e uomo, Figlio di Dio e Figlio dell'uomo, vero Dio e vero uomo. E così lo hanno capito i primi cristiani e hanno dovuto lottare tanto, tanto, tanto per mantenere queste verità: il Signore è Dio e uomo; il Signore Gesù è Dio fatto carne. È il mistero della carne di Cristo: non si capisce l'amore per il prossimo, non si capisce l'amore per il fratello, se non si capisce questo mistero dell'Incarnazione. Io amo il fratello perché anche lui è Cristo, è come Cristo, è la carne di Cristo. Io amo il povero, la vedova, lo schiavo, quello che è in carcere... Pensiamo al "protocollo" sul quale noi saremo giudicati: *Matteo* 25. Amo tutti costoro, perché queste persone che soffrono sono la carne di Cristo, e a noi che siamo su questa strada dell'unità farà bene toccare la carne di Cristo. Andare alle periferie, proprio dove ci sono tanti bisogni, o – diciamolo meglio – ci sono tanti bisognosi, tanti bisognosi... Anche bisognosi di Dio, che hanno fame – ma non di pane, ne hanno tanto di pane – di Dio! E andare là, per dire questa verità: Gesù Cristo è il Signore e Lui ti salva. Ma sempre andare a toccare la carne di Cristo! Non si può predicare un Vangelo puramente intellettuale: il Vangelo è verità ma è anche amore ed è anche bellezza! E questa è la gioia del Vangelo! Questa è proprio la gioia del Vangelo.

Discorso, 28 luglio 2014

La via della festa

La spiritualità cristiana integra il valore del riposo e della festa. L'essere umano tende a ridurre il riposo contemplativo all'ambito dello sterile e dell'inutile, dimenticando che così si toglie all'opera che si compie la cosa più importante: il suo significato. Siamo chiamati a includere nel nostro operare una dimensione ricettiva e gratuita, che è diversa da una semplice inattività. Si tratta di un'altra maniera di agire che fa parte della nostra essenza. In questo modo l'azione umana è preservata non solo da un vuoto attivismo, ma anche dalla sfrenata voracità e dall'isolamento della coscienza che porta a inseguire l'esclusivo beneficio personale. La legge del riposo settimanale imponeva di astenersi dal lavoro nel settimo giorno, «perché possano godere quiete il tuo bue e il tuo asino e possano respirare i figli della tua schiava e il forestiero» (*Es* 23, 12). Il riposo è un ampliamento dello sguardo che permette di tornare a riconoscere i diritti degli altri. Così, il giorno di riposo, il cui centro è l'Eucaristia, diffonde la sua luce sull'intera settimana e ci incoraggia a fare nostra la cura della natura e dei poveri.

Laudato si', n. 237

Cristiani, che significa?

"Cristiani" viene da "Cristo", e "Cristo" significa "unto". E noi siamo "unti": lo Spirito del Signore è su di me, perché il Signore mi ha consacrato con l'unzione. Noi siamo unti: cristiani vuol dire “unti”. E perché siamo unti? Per fare che cosa? «Mi ha mandato a portare il lieto annuncio» a chi? «Ai miseri», «a fasciare le piaghe dei cuori spezzati, a proclamare la libertà degli schiavi, la scarcerazione dei prigionieri, a promulgare l’anno di grazia del Signore» (cfr. *Is* 61, 1-2). Questa è la vocazione di Cristo e anche la vocazione dei cristiani.

Andare agli altri, a quelli che hanno bisogno, sia bisogni materiali, sia spirituali... Tanta gente che soffre angoscia per problemi familiari... Portare la pace lì, portare l’unzione di Gesù, quell’olio di Gesù che fa tanto bene e consola le anime.

Omelia, 14 dicembre 2014

Furti

Non lasciamoci rubare la speranza!
Non lasciamoci rubare la comunità!
Non lasciamoci rubare il Vangelo!
Non lasciamoci rubare l’ideale dell’amore fraterno!
Non lasciamoci rubare la forza missionaria!

Evangelii gaudium, passim

Sempre avanti!

Per quanto siano grandi i nostri limiti e i nostri smarrimenti, non ci è consentito essere fiacchi e vacillanti di fronte alle difficoltà e alle nostre stesse debolezze. Al contrario, siamo invitati a irrobustire le mani, a rendere salde le ginocchia, ad avere coraggio e non temere, perché il nostro Dio ci mostra sempre la grandezza della sua misericordia. Lui ci dà la forza per andare avanti. Lui è sempre con noi per aiutarci ad andare avanti. È un Dio che ci vuole tanto bene, ci ama e per questo è con noi, per aiutarci, per irrobustirci e andare avanti. Coraggio! Sempre avanti! Grazie al suo aiuto noi possiamo sempre ricominciare da capo. Come? Ricominciare da capo? Qualcuno può dirmi: «No, padre, io ne ho fatte tante... Sono un gran peccatore, una grande peccatrice... Io non posso rincominciare da capo!». Sbagli! Tu puoi ricominciare da capo! Perché? Perché Lui ti aspetta, Lui è vicino a te, Lui ti ama, Lui è misericordioso, Lui ti perdona, Lui ti dà la forza di ricominciare da capo! A tutti! Allora siamo capaci di riaprire gli occhi, di superare tristezza e pianto e intonare un canto nuovo. E questa gioia vera rimane anche nella prova, anche nella sofferenza, perché non è una gioia superficiale, ma scende nel profondo della persona che si affida a Dio e confida in Lui.

Angelus, 15 dicembre 2013

Vegliare e vigilare

L'amore di Gesù è grande, l'amore di Gesù è misericordioso, l'amore di Gesù perdona; ma tu devi aprirti e aprirsi significa pentirsi, accusarsi delle cose che non sono buone e che abbiamo fatto. Il Signore Gesù si è donato e continua a donarsi a noi, per ricolmarci di tutta la misericordia e la grazia del Padre. Siamo noi quindi che possiamo diventare in un certo senso giudici di noi stessi, autocondannandoci all'esclusione dalla comunione con Dio e con i fratelli. Non stanchiamoci, pertanto, di vigilare sui nostri pensieri e sui nostri atteggiamenti, per pregustare fin da ora il calore e lo splendore del volto di Dio – e ciò sarà bellissimo – che nella vita eterna contempleremo in tutta la sua pienezza. Avanti, pensando a questo giudizio che comincia adesso, è già cominciato. Avanti, facendo in modo che il nostro cuore si apra a Gesù e alla sua salvezza; avanti senza paura, perché l'amore di Gesù è più grande e se noi chiediamo perdono dei nostri peccati Lui ci perdona. È così Gesù. Avanti allora con questa certezza, che ci porterà alla gloria del cielo!

Udienza generale, 11 dicembre 2013

Guarda il cielo!

Da quando il Verbo si è fatto carne è dunque possibile vedere i cieli aperti. È stato possibile per i pastori di Betlemme, per i Magi d'Oriente, per il Battista, per gli apostoli di Gesù, per santo Stefano, il primo martire, che esclamò: «Contemplo i cieli aperti!» (*At* 7,56). Ed è possibile anche per ognuno di noi, se ci lasciamo invadere dall'amore di Dio, che ci viene donato la prima volta nel Battesimo per mezzo dello Spirito Santo. Lasciamoci invadere dall'amore di Dio! Questo è il grande tempo della misericordia! Non dimenticatelo: questo è il grande tempo della misericordia!

Omelia, 12 gennaio 2014

Misericordia e speranza

Misericordia: è la parola che rivela il mistero della Santissima Trinità. Misericordia: è l'atto ultimo e supremo con il quale Dio ci viene incontro. Misericordia: è la legge fondamentale che abita nel cuore di ogni persona quando guarda con occhi sinceri il fratello che incontra nel cammino della vita. Misericordia: è la via che unisce Dio e l'uomo, perché apre il cuore alla speranza di essere amati per sempre nonostante il limite del nostro peccato.

Misericordiae vultus, n. 2

Grazie!

La gioia cristiana la troviamo nella preghiera, viene dalla preghiera e anche dal rendere grazie a Dio: «Grazie, Signore, per tante cose belle!»... Fa male trovare cristiani con la faccia amareggiata, con quella faccia inquieta dell'amarezza, che non è in pace. Mai, mai un santo o una santa ha avuto la faccia funebre, mai! I santi hanno sempre la faccia della gioia. O almeno, nelle sofferenze, la faccia della pace. La sofferenza massima, il martirio di Gesù: Lui aveva quel volto di pace e si preoccupava degli altri: della mamma, di Giovanni, del ladrone... si preoccupava degli altri.

Per avere questa gioia cristiana, primo, pregare; secondo, rendere grazie. E come faccio, per rendere grazie? Ricorda la tua vita, e pensa a tante cose buone che la vita ti ha dato: tante. «Ma, padre, è vero, ma io ho ricevuto tante cose cattive!» «Sì, è vero, succede a tutti. Ma pensa alle cose buone.» «Io ho avuto una famiglia cristiana, genitori cristiani, grazie a Dio ho un lavoro, la mia famiglia non soffre la fame, siamo tutti sani...» Non so, tante cose, e rendere grazie al Signore per questo. E questo ci abitua alla gioia. Pregare, rendere grazie...

Omelia, 14 dicembre 2014

Il Giudizio finale

Guardare al giudizio finale, che non ci faccia mai paura; ci spinga piuttosto a vivere meglio il presente. Dio ci offre con misericordia e pazienza questo tempo affinché impariamo ogni giorno a riconoscerlo nei poveri e nei piccoli, ci adoperiamo per il bene e siamo vigilanti nella preghiera e nell'amore. Il Signore, al termine della nostra esistenza e della storia, possa riconoscerci come servi buoni e fedeli. Grazie.

Udienza generale, 24 aprile 2013

Benedizione

«Ti benedica il Signore e ti custodisca. Il Signore faccia risplendere per te il suo volto e ti faccia grazia. Il

Signore rivolga a te il suo volto e ti conceda pace» (*Nm* 6,24-26). È quanto mai significativo riascoltare queste parole di benedizione all'inizio di un nuovo anno: accompagneranno il nostro cammino per il tempo che si apre davanti a noi. Sono parole di forza, di coraggio, di speranza. Non una speranza illusoria, basata su fragili promesse umane; neppure una speranza ingenua che immagina migliore il futuro semplicemente perché è futuro. Questa speranza ha la sua ragione proprio nella benedizione di Dio, una benedizione che contiene l'augurio più grande, l'augurio della Chiesa a ognuno di noi, pieno di tutta la protezione amorevole del Signore, del suo provvidente aiuto.

L'augurio contenuto in questa benedizione si è realizzato pienamente in una donna, Maria, in quanto destinata a diventare la Madre di Dio, e si è realizzato in lei prima che in ogni creatura.

Omelia, 1° gennaio 2014

Il vino migliore deve ancora arrivare

Questa è la buona notizia: il vino migliore è quello che sta per essere bevuto, la realtà più amabile, la più profonda e la più bella per la famiglia deve ancora arrivare. Viene il tempo in cui gustiamo l'amore quotidiano, in cui i nostri figli riscoprono lo spazio che condividiamo e gli anziani sono presenti nella letizia di ogni giorno. Il vino migliore è "in speranza", sta per venire per ogni persona che accetta il rischio di amare. E nella famiglia bisogna correre il rischio dell'amore, bisogna arrischiarsi ad amare. E il migliore dei vini sta per venire, anche se tutte le possibili variabili e le statistiche dicessero il contrario. Il vino migliore sta per venire per quelli che oggi vedono crollare tutto. Sussurratevelo fino a crederci: il vino migliore sta per arrivare. Sussurratevelo ciascuno nel suo cuore: il vino migliore sta per venire. E sussurratelo ai disperati e a quelli con poco amore: abbiate pazienza, abbiate speranza, fate come Maria, pregate, agite, aprite il cuore, perché il migliore dei vini sta per venire. Dio si avvicina sempre alle periferie di coloro che sono rimasti senza vino, di quelli che hanno da bere solo lo scoraggiamento; Gesù ha una preferenza per versare il migliore dei vini a quelli che per una ragione o per l'altra ormai sentono di avere rotto tutte le anfore.

Omelia, 6 luglio 2015

Da dove dobbiamo cominciare?

Una volta hanno chiesto a Madre Teresa di Calcutta che cosa doveva cambiare nella Chiesa, se vogliamo cominciare, da quale parete? Da dove – hanno chiesto a Madre Teresa – bisogna iniziare? Da te e da me! rispose lei. Aveva grinta questa donna! Sapeva da dove iniziare. Anche io oggi rubo la parola a Madre Teresa e ti dico: iniziamo? Da dove? Da te e da me! Ognuno, ancora una volta in silenzio, si chieda: se devo iniziare da me, da dove inizio? Ciascuno apra il suo cuore perché Gesù gli dica da dove iniziare.

Discorso, 27 luglio 2013

APPENDICE

Le preghiere del Buon Natale

Alla Santa Famiglia

Gesù, Maria e Giuseppe,
in voi contempliamo
lo splendore dell'amore vero,
a voi con fiducia ci rivolgiamo.
Santa Famiglia di Nazaret,
rendi anche le nostre famiglie
luoghi di comunione e cenacoli di preghiera,
autentiche scuole del Vangelo
e piccole Chiese domestiche.
Santa Famiglia di Nazaret,
mai più nelle famiglie si faccia esperienza
di violenza, chiusura e divisione:
chiunque è stato ferito o scandalizzato
conosca presto consolazione e guarigione.
Gesù, Maria e Giuseppe,
ascoltate, esaudite la nostra supplica.
Amen.

Angelus, 29 dicembre 2013

Voglio essere fecondo

Signore, io voglio essere fecondo;
io voglio che la mia vita dia vita,
la mia fede sia feconda
e vada avanti
e possa darla agli altri.
Signore, io sono sterile;
io non posso, tu puoi.
Io sono un deserto;
io non posso, tu puoi.
O figlio di David, o Adonai, o Sapienza
o Radice di Iesse, o Emmanuel,
vieni a darci vita,
vieni a salvarci
perché Tu solo puoi,
io da solo non posso.

Omelia a Santa Marta, 19 dicembre 2013

Non manchino profeti!

Signore, non manchino profeti nel tuo popolo.
Tutti noi battezzati siamo profeti.
Signore, che non dimentichiamo la tua promessa;
che non ci stanchiamo di andare avanti;
che non ci chiudiamo nelle legalità che chiudono le porte.
Signore, libera il tuo popolo
dallo spirito del clericalismo
e aiutalo con lo spirito di profezia.

Omelia a Santa Marta, 16 dicembre 2013

Insegnaci!

O Maria, Madre di Gesù,
tu che hai accolto, insegnaci ad accogliere;
tu che hai adorato, insegnaci ad adorare;
tu che hai seguito, insegnaci a seguire. Amen.

Omelia a Betlemme, 25 maggio 2014

A Maria, Madre del cammino

Ave, Maria...
Signore, Tu hai lasciato in mezzo a noi tua Madre
perché ci accompagnasse.
Che abbia cura di noi e ci protegga nel nostro cammino,
nel nostro cuore, nella nostra fede.
Che ci faccia discepoli come Lei lo è stata,
e missionari come anche Lei lo è stata.
Che ci insegni a uscire per le strade.
Che ci insegni a uscire da noi stessi.
Che con la sua mansuetudine, con la sua pace,
ci indichi il cammino.

Discorso, 25 luglio 2015

Alla Vergine Madre di Cristo e dei popoli

Vergine e Madre Maria,
tu che, mossa dallo Spirito,
hai accolto il Verbo della vita
nella profondità della tua umile fede,

totalmente donata all'Eterno,
aiutaci a dire il nostro "sì"
nell'urgenza, più imperiosa che mai,
di far risuonare la Buona Notizia di Gesù.
Tu, ricolma della presenza di Cristo,
hai portato la gioia a Giovanni il Battista,
facendolo esultare nel seno di sua madre.
Tu, trasalendo di giubilo,
hai cantato le meraviglie del Signore.
Tu, che rimanesti ferma davanti alla Croce
con una fede incrollabile,
e ricevesti la gioiosa consolazione della risurrezione,
hai radunato i discepoli nell'attesa dello Spirito
perché nascesse la Chiesa evangelizzatrice.
Ottienici ora un nuovo ardore di risorti
per portare a tutti il Vangelo della vita
che vince la morte.
Dacci la santa audacia di cercare nuove strade
perché giunga a tutti
il dono della bellezza che non si spegne.
Tu, Vergine dell'ascolto e della contemplazione,
madre dell'amore, sposa delle nozze eterne,
intercedi per la Chiesa, della quale sei l'icona purissima,
perché mai si rinchiuda e mai si fermi
nella sua passione per instaurare il Regno.
Stella della nuova evangelizzazione,
aiutaci a risplendere nella testimonianza della comunione,
del servizio, della fede ardente e generosa,
della giustizia e dell'amore verso i poveri,
perché la gioia del Vangelo
giunga sino ai confini della terra
e nessuna periferia sia priva della sua luce.
Madre del Vangelo vivente,

sorgente di gioia per i piccoli,
prega per noi.
Amen. Alleluia.

Evangelii gaudium, n. 288

Preghiera all'Immacolata

Vergine Santa e Immacolata,
a Te, che sei l'onore del nostro popolo
e la custode premurosa della nostra città,
ci rivolgiamo con confidenza e amore.
Tu sei la Tutta Bella, o Maria!
Il peccato non è in Te.
Suscita in tutti noi un rinnovato desiderio di santità:
nella nostra parola rifulga lo splendore della verità,
nelle nostre opere risuoni il canto della carità,
nel nostro corpo e nel nostro cuore abitino purezza e castità,
nella nostra vita si renda presente tutta la bellezza del Vangelo.
Tu sei la Tutta Bella, o Maria!
La Parola di Dio in Te si è fatta carne.
Aiutaci a rimanere in ascolto attento della voce del Signore:
il grido dei poveri non ci lasci mai indifferenti,
la sofferenza dei malati e di chi è nel bisogno
non ci trovi distratti,
la solitudine degli anziani e la fragilità dei bambini
ci commuovano,
ogni vita umana sia da tutti noi sempre amata e venerata.
Tu sei la Tutta Bella, o Maria!
In Te è la gioia piena della vita beata con Dio.
Fa' che non smarriamo il significato
del nostro cammino terreno:
la luce gentile della fede illumini i nostri giorni,

la forza consolante della speranza orienti i nostri passi,
il calore contagioso dell'amore animi il nostro cuore,
gli occhi di noi tutti rimangano ben fissi là, in Dio,
dove è la vera gioia.
Tu sei la Tutta Bella, o Maria!
Ascolta la nostra preghiera, esaudisci la nostra supplica:
sia in noi la bellezza
dell'amore misericordioso di Dio in Gesù,
sia questa divina bellezza
a salvare noi, la nostra città, il mondo intero.
Amen.

Solennità dell'Immacolata 2013

Alla Madre della fede

Aiuta, o Madre, la nostra fede!
Apri il nostro ascolto alla Parola,
perché riconosciamo la voce di Dio e la sua chiamata.
Sveglia in noi il desiderio di seguire i suoi passi,
uscendo dalla nostra terra
e accogliendo la sua promessa.
Aiutaci a lasciarci toccare dal suo amore,
perché possiamo toccarlo con la fede.
Aiutaci ad affidarci pienamente a Lui,
a credere nel suo amore,
soprattutto nei momenti di tribolazione e di croce,
quando la nostra fede è chiamata a maturare.
Semina nella nostra fede la gioia del Risorto.
Ricordaci che chi crede non è mai solo.
Insegnaci a guardare con gli occhi di Gesù,
affinché Egli sia luce sul nostro cammino.
E che questa luce della fede cresca sempre in noi,

finché arrivi quel giorno senza tramonto,
che è lo stesso Cristo, il Figlio tuo, nostro Signore!

Lumen fidei, n. 60

Al Bambino di Betlemme per tutta l'umanità

O Bambino di Betlemme,
tocca il cuore di quanti sono coinvolti
nella tratta di esseri umani,
affinché si rendano conto
della gravità di tale delitto contro l'umanità.
Volgi il tuo sguardo ai tanti bambini
che vengono rapiti, feriti e uccisi
nei conflitti armati,
e a quanti vengono trasformati in soldati,
derubati della loro infanzia.
Signore del cielo e della terra,
guarda a questo nostro pianeta,
che spesso la cupidigia e l'avidità degli uomini
sfrutta in modo indiscriminato.

Messaggio Urbi et Orbi, Natale 2013

Grazie di non averci lasciati orfani

Grazie, Signore, di essere oggi con noi.
Grazie, Signore, di condividere le nostre sofferenze.
Grazie, Signore, di darci speranza.
Grazie, Signore, per la tua grande misericordia.
Grazie, Signore, perché hai voluto essere come uno di noi.

Grazie, Signore, perché sei sempre vicino a noi,
anche nei momenti di croce.
Grazie, Signore, perché ci dai la speranza.
Signore, che non ci rubino la speranza!
Grazie, Signore, perché nel momento più buio della tua vita,
sulla croce, ti sei ricordato di noi
e ci hai lasciato una madre.
Grazie, Signore, di non averci lasciati orfani.

Omelia, 17 gennaio 2015

Tu sei uno scandalo!

Signore.
Tu sei uno scandalo.
Tu sei uno scandalo:
lo scandalo della Croce.
Una Croce che è umiltà, mansuetudine;
una Croce che ci parla della vicinanza di Dio.

Discorso, 25 luglio 2015

Insegnaci a sognare

Signore Gesù, ti ringrazio perché sono qui.
Ti ringrazio di avermi dato fratelli
che ti hanno incontrato, Gesù,
che ti conoscono, Gesù,
che sanno che Tu, loro Dio, sei la loro fortezza.
Gesù, ti prego per i ragazzi e le ragazze
che non sanno che Tu sei la loro fortezza,
e che hanno paura di vivere,
paura di essere felici,

hanno paura di sognare.
Gesù, insegnaci a sognare,
a sognare cose grandi, cose belle,
cose che anche se sembrano quotidiane
sono cose che allargano il cuore.
Signore Gesù, dacci fortezza,
dacci un cuore libero,
dacci speranza,
dacci amore,
e insegnaci a servire. Amen.

Discorso, 12 luglio 2015

Preghiera per la nostra terra

Dio Onnipotente,
che sei presente in tutto l'universo
e nella più piccola delle tue creature,
Tu che circondi con la tua tenerezza
tutto quanto esiste,
riversa in noi la forza del tuo amore
affinché ci prendiamo cura
della vita e della bellezza.
Inondaci di pace, perché viviamo come fratelli e sorelle
senza nuocere a nessuno.
O Dio dei poveri,
aiutaci a riscattare gli abbandonati
e i dimenticati di questa terra
che tanto valgono ai tuoi occhi.
Risana la nostra vita,
affinché proteggiamo il mondo e non lo depprediamo,
affinché seminiamo bellezza
e non inquinamento e distruzione.

Tocca i cuori
di quanti cercano solo vantaggi
a spese dei poveri e della terra.
Insegnaci a scoprire il valore di ogni cosa,
a contemplare con stupore,
a riconoscere che siamo profondamente uniti
con tutte le creature
nel nostro cammino verso la tua luce infinita.
Grazie perché sei con noi tutti i giorni.
Sostienici, per favore, nella nostra lotta
per la giustizia, l'amore e la pace.

Laudato si', n. 246

Preghiera cristiana con il creato

Ti lodiamo, Padre, con tutte le tue creature,
che sono uscite dalla tua mano potente.
Sono tue, e sono colme della tua presenza
e della tua tenerezza.
Laudato si'!
Figlio di Dio, Gesù,
da te sono state create tutte le cose.
Hai preso forma nel seno materno di Maria,
ti sei fatto parte di questa terra,
e hai guardato questo mondo con occhi umani.
Oggi sei vivo in ogni creatura
con la tua gloria di risorto.
Laudato si'!
Spirito Santo, che con la tua luce
orienti questo mondo verso l'amore del Padre
e accompagni il gemito della creazione,
tu pure vivi nei nostri cuori
per spingerci al bene.

Laudato si'!
Signore Dio, Uno e Trino,
comunità stupenda di amore infinito,
insegnaci a contemplarti
nella bellezza dell'universo,
dove tutto ci parla di te.
Risveglia la nostra lode e la nostra gratitudine
per ogni essere che hai creato.
Donaci la grazia di sentirci intimamente uniti
con tutto ciò che esiste.
Dio d'amore, mostraci il nostro posto in questo mondo
come strumenti del tuo affetto
per tutti gli esseri di questa terra,
perché nemmeno uno di essi è dimenticato da te.
Illumina i padroni del potere e del denaro
perché non cadano nel peccato dell'indifferenza,
amino il bene comune, promuovano i deboli,
e abbiano cura di questo mondo che abitiamo.
I poveri e la terra stanno gridando:
Signore, prendi noi col tuo potere e la tua luce,
per proteggere ogni vita,
per preparare un futuro migliore,
affinché venga il tuo Regno
di giustizia, di pace, di amore e di bellezza.
Laudato si'!
Amen.

Laudato si', n. 246

Preghiera del Giubileo della Misericordia

Signore Gesù Cristo,
tu ci hai insegnato a essere misericordiosi

come il Padre celeste,
e ci hai detto che chi vede te vede Lui.
Mostraci il tuo volto e saremo salvi.
Il tuo sguardo pieno di amore liberò Zaccheo e Matteo
dalla schiavitù del denaro;
l'adultera e la Maddalena
dal porre la felicità solo in una creatura;
fece piangere Pietro dopo il tradimento,
e assicurò il Paradiso al ladrone pentito.
Fa' che ognuno di noi ascolti come rivolta a sé
la parola che dicesti alla samaritana:
Se tu conoscessi il dono di Dio!

Tu sei il volto visibile del Padre invisibile,
del Dio che manifesta la sua onnipotenza
soprattutto con il perdono e la misericordia:
fa' che la Chiesa sia nel mondo il volto visibile di Te,
suo Signore, risorto e nella gloria.
Hai voluto che i tuoi ministri
fossero anch'essi rivestiti di debolezza
per sentire giusta compassione
per quelli che sono nell'ignoranza e nell'errore:
fa' che chiunque si accosti a uno di loro
si senta atteso, amato e perdonato da Dio.

Manda il tuo Spirito e consacraci tutti con la sua unzione
perché il Giubileo della Misericordia
sia un anno di grazia del Signore
e la tua Chiesa con rinnovato entusiasmo
possa portare ai poveri il lieto messaggio
proclamare ai prigionieri e agli oppressi la libertà
e ai ciechi restituire la vista.

Lo chiediamo per intercessione di Maria
Madre della Misericordia
a te che vivi e regni con il Padre e lo Spirito Santo
per tutti i secoli dei secoli.
Amen

Indice

Stampato presso ELCOGRAF S.p.A. – Stabilimento di Cles (TN)